Diogenes Taschenbuch 21900

Margery Allingham

Der Geist der Gouvernante

Roman

Aus dem Englischen von Edith Walter

Diogenes

Titel der Originalausgabe:
›The China Governess‹

Umschlagzeichnung von
Hans Traxler

Deutsche Erstausgabe

150/91/43/1
ISBN 3 257 21900 8

Inhalt

Warum erkennt jedes Fünkchen seinesgleichen?
Wie kommt es, daß trotz Kummer und Tod
das Leben heiter und jeder Atemzug süß?

Robert Bridges

Vorwort

Die Turk Street Mile

»Man nannte sie die sündigste Straße Londons, und sie begann genau hier. Meiner Meinung nach lag die Einmündung zwischen diesem Laternenpfahl und dem übernächsten dort unten.«

In der klammen Dunkelheit des Vorfrühlingsabends hörte sich der Chef der Kriminalabteilung des zuständigen Reviers wie ein Fremdenführer an, und seine Worte klangen nach zufriedenem Besitzerstolz. Er war ein adretter rosiger Mann namens Munday und eher Beamter als Polizeioffizier. Sein Begleiter, der nach ihm aus dem schwarzen, von einem Chauffeur gesteuerten Polizeiauto gestiegen war, das an der Bordsteinkante hielt, streckte sich und betrachtete stumm die düstere Szenerie.

Sie standen mitten im East End auf einem neuen Gehsteig vor einer niedrigen Mauer, hinter der in einem Halbkreis von etwa einer Viertelmeile Durchmesser nur ein einziges riesiges Gebäude stand; sonst schien dort alles öd und leer zu sein. Das große Vlies, das London darstellt, verklumpt und verfilzt und von Zeit und Rauch geschwärzt, hat hier und dort ähnliche kahle Stellen. Es sind die von Schutt und Unrat befreiten Narben des Krieges in verschiedenen Stadien des Wiederaufbaus. An den Rändern dieses Grundstücks war das Netz schmaler Straßen hell, und die Hauptstraße, an der sie standen, war eine glänzende Spur, in orangefarbenes Licht getaucht; doch innerhalb des Halbkreises war es, obwohl die Fenster des Gebäudes erleuchtet waren, dunkel genug, so daß der rötliche Schein, der nachts immer über der Stadt hängt, tiefrot wirkte.

»Die Turk Street Mile gibt es jedenfalls nicht mehr«, fuhr Munday fort. »Ein Unruheherd seit dreihundert Jahren, beim ersten Angriff auf London vor zwanzig Jahren von Landminen und einer Reihe kleinerer Brände ausradiert.«

Der andere Mann schwieg noch immer, was eigentlich ein Phänomen war. Gewöhnlich war Superintendent Charles Luke nicht um Worte verlegen. Er war sehr groß, hatte jedoch so mächtige Rücken- und Schultermuskeln, daß er kleiner wirkte – und irgendwie so, wie man sich den traditionellen Gangster vorstellt; besonders jetzt, als er, die Schöße seines leichten Tweedmantels zurückgeschoben, breitbeinig dastand – die Hände in den Hosentaschen, den weichen Hut tief in das dunkle Gesicht gezogen. Die letzten Jahre, die ihm Beförderung, Heirat, Vaterschaft und die Polizei-Medaille einbrachten, in denen er jedoch auch seine Frau verlor, hatten äußerlich kaum Spuren bei ihm hinterlassen. Seine kurzgeschorenen Locken waren so schwarz wie eh und je, und er konnte noch immer Energie ausstrahlen wie ein ganzes Kraftwerk, doch in seinen intelligenten Augen war ein Ausdruck, der verriet, daß er gelebt hatte und reifer geworden war.

»Soviel ich weiß, hat man diesen Bezirk als Zufluchtsort betrachtet«, sagte der Chief. »Als einen Zufluchtsort wie jenen uralten hinter dem Strand oder Saffron Hill vor dem Ersten Weltkrieg. Man hat mir erzählt, daß es hier einen ganz offiziellen Markt für Diebesgut gab.«

Luke nahm die Hand aus der Tasche und zeigte auf einen dünnen Turm, der weit entfernt in den rostroten Himmel ragte. »Das ist die St. Botolphskirche«, sagte er. »Ziehen Sie eine Linie von dort zum alten Gasometer am Kanal hinter dem Kino dort drüben, dann müßte es ungefähr stimmen. Die Mile war eine enge, gewundene Straße, und stellenweise stießen die obersten Stockwerke der einander gegenüberliegenden Häuser fast zusammen. Genau in der Mitte lag ein tiefes Tal. Die Straße fiel ab wie eine Mauer und stieg ebenso steil wieder an. Deshalb hat es dort keinen Durchgangsverkehr gegeben. Das

Katzenkopfpflaster war seit Generationen nicht erneuert worden. Es war, als ginge man über Kanonenkugeln.«

Nachdem er sich von seinem Staunen über das neue Gebäude erholt hatte, das ganz anders war als erwartet, sprach er wieder mit der ihm eigenen Begeisterung und begleitete seine Worte mit lebhaften Handbewegungen, als male er die Einzelheiten in die Luft.

»Wenn man an diesem Ende in die Mile einbog, lag vor einem die größte Pfandleihe, die man je gesehen hatte, und gegenüber, sehr praktisch, das ›Scimitar‹. Ein riesiger Gin-Palast, in einer Art orientalischem Stil erbaut. Zu beiden Seiten der Straße zogen sich Marktstände bis zum Hügel hin, und in jedem zweiten frönte man streng verbotenen Glücksspielen. Die Leute, die hier wohnten, spielten den ganzen Tag. Früh am Morgen und spät nachts bei Petroleumlampen. Ein Stück weiter, hinter der Senke, lag das Wohngebiet. Ich weiß aber nicht, ob man es so nennen kann. Die Menschen hausten in Höhlen. Anders kann man diese Behausungen nicht bezeichnen. Haben Sie schon einmal einen Balken gesehen, den Käfer und anderes Ungeziefer so zerfressen hatten, daß er löchrig war wie ein Schwamm? Vergrößern Sie ihn, und hüllen Sie die Käfer in Lumpen, dann haben Sie das ungefähre Bild. Ich habe mich, als ich etwa zehn war, aus Übermut einmal hineingewagt. Meine Mutter hat mich einen ganzen Monat lang nicht sauber gekriegt.« Er lachte. »Oh, die Mile war auf ihre Weise schon sündig, je nachdem, was Sie damit meinen.«

Er wandte sich wieder der vor ihm liegenden Szenerie und dem großen neuen Block mit Gemeindewohnungen zu. Das Gebäude hatte entfernte Ähnlichkeit mit einem Entwurf von Le Corbusier, doch es stand auf einem Sockel und erinnerte an einen Liniendampfer, der mit leichter Schlagseite diagonal auf dem Atlantik schwimmt.

»Was, zum Teufel, ist das dort?« fragte er. »Ein urzeitlicher Saurier?«

»Es ist ein bemerkenswertes Gebäude.« Munday war sehr

ernst. »Bei Tageslicht einfach atemberaubend. Schnittig wie ein Raumschiff. Es ist der Grund, warum ich Sie heute abend stören mußte. Mr. Cornish war der Meinung, daß man sofort die Direktion verständigen müsse.«

»Ah, das ist wohl der Gemeinderat, nicht wahr? Der Mann, der für das Ding dort drüben geadelt werden soll?«

»Davon ist mir nichts bekannt, Sir.« Munday war nicht zu erschüttern. »Ich weiß, daß er das Kapital für fünf weitere solcher Häuser auftreiben muß.«

Luke schnaubte und betrachtete das Monster mit seinen Sonnenbalkons und den ordentlichen Fensterreihen, von denen jede pastellfarben umrahmt war – blau, rosa, fliederfarben, hellbraun und zitronengelb. Plötzlich begann Luke über das ganze dunkle Cockney-Gesicht zu grinsen.

»Und wohnen dort tatsächlich die Familien, die aus dieser Gegend kommen, Chefinspektor?« fragte er.

Munday sah ihn mit einem festen Blick an.

»Nein, eigentlich nicht, Sir. Das ist ein Teil der Geschichte von heute abend. Man hat mir zu verstehen gegeben, daß es der eigentliche Zweck dieser Wohnblocks ist, die Familien unterzubringen, die im Krieg durch Feindeinwirkung ihr Heim verloren hatten, doch zwanzig Jahre sind eine lange Zeit. Die neuen Gebäude müssen auf die übliche Weise finanziert werden und sich mit der Zeit amortisieren, daher hat man beschlossen, diese sehr ungewöhnlichen neuen Wohnungen – sie sind wirklich sehr eindrucksvoll – nur an Leute abzugeben, die sich in den nach dem Krieg erbauten Notwohnungen als erstklassige und zahlungskräftige Mieter erwiesen haben.«

Er verstummte irgendwie verlegen, und Luke brach in lautes Gelächter aus.

»Ich werde im Parlament keine Anfrage vorbringen – weder eine kleine noch eine große, Chief. Sie brauchen vor mir nichts zu beschönigen. Sie haben hier nur handverlesene Leute, nicht wahr? Und deshalb hat dieser Fall von ›willkürlicher Zerstörungswut‹ für so viel Wirbel gesorgt. Ich verstehe. Kommen

Sie.« Sie gingen die erst teilweise fertiggestellte Betonrampe hinunter. »Einige dieser hohen Tiere der lokalen Gemeindeverwaltung benehmen sich wie die alten Edelleute und Großgrundbesitzer, Relikte aus der Zeit des Feudalismus«, sagte er. »›Hängt euer Bettzeug nicht zum Lüften aus dem Fenster‹, ›bringt euren Kindern anständige Manieren bei, verdammt‹«, und: »›Singen dürfen Sie nur im Badezimmer.‹ Ich mag es ja selbst nicht, wenn ein Vermieter sich so aufspielt. Vielleicht wurde jemand einmal zuviel gereizt, wie?«

»Das weiß ich nicht.« Munday zuckte mit den Schultern. »Man hat mir gesagt, daß es sich bei den Leuten, deren Wohnung verwüstet wurde, um ein vorbildliches Paar handelt. Der alte Herr arbeitet im Zweigwerk von Alandel ein Stück weiter unten an der Straße. Er soll bald in Rente gehen, und alle Welt ist ihm angeblich wohlgesinnt. Für die alte Dame, seine zweite Frau, gilt dasselbe. Ich glaube, sie haben vorübergehend einen Untermieter, einen sehr tüchtigen Arbeiter von Alandel. Man hat ihnen gestattet, ihn für sechs Wochen auf Probe aufzunehmen, und die Miete wurde der neuen Situation angepaßt, also kann es auch kein Neid irgendwelcher Nachbarn sein. Der Schaden ist angeblich sehr groß, und man ist der Meinung, daß der Akt eigentlich gegen das Gebäude selbst gerichtet war, das heißt, gegen den Gemeinderat und nicht gegen die Mieter.«

»Könnte sein. Wen haben Sie hier draußen?«

»Einen guten Mann, Sergeant Stockwell. Ich habe vorhin mit ihm telefoniert. Er glaubt, es sei das Werk einer kleinen Gang. Wahrscheinlich Jugendliche. Die Sache gefällt ihm nicht, aber er ist der Meinung, daß vor morgen früh nicht viel getan werden kann. Mr. Cornish jedoch ...« Er ließ den Rest des Satzes unausgesprochen.

»Er verlangt die erste Garnitur, nicht wahr?« Luke war gut gelaunt, aber grimmig. »Hier hat er sie. Durch uns beide vertreten. Los, gehen wir zu ihm und sagen unser Sprüchlein auf.«

Seine amüsierte, leicht geringschätzige Stimmung hielt auch noch an, als sie den innen mit Aluminium verkleideten Personenaufzug bestiegen, der sie in die oberste Etage brachte. Der Komfort und die schlichte Eleganz beeindruckten ihn, aber die einem Termitenhügel ähnliche Architektur verursachte ihm Unbehagen.

»Es ist so still. Was machen die Leute hinter ihren ach so feinen Vorhängen?« Er versuchte seine bemerkenswert hallende Stimme zu dämpfen, doch es mißlang ihm kläglich.

»Die verwüstete Wohnung liegt auf der anderen Seite, Sir. Im obersten Stockwerk. Alle Türen befinden sich auf der ›Lieferantenseite‹.« Munday hörte sich an, als müsse er sich verteidigen. »Es ist nicht so wie in einer normalen Straße. Hier kann viel passieren, ohne daß die Nachbarn es merken.«

Luke öffnete den Mund, um etwas zu sagen, doch im selben Moment blieb der Aufzug stehen, sie verließen ihren silbernen Käfig, und er stand vor einem Panorama seiner geliebten Stadt, wie er es noch nie gesehen hatte.

Er war wie verzaubert von diesem ungewohnten Ausblick auf das abendliche London – einem riesigen Gemälde, das ihn weniger an eine moderne Luftaufnahme erinnerte, als an einige Holzschnitte, die er als Kind im Schaufenster einer Druckerei betrachtet hatte und die ihm damals ungeheuer fern und magisch vorgekommen waren. Sie stammten aus dem vorigen Jahrhundert, waren recht grob auf farbiges Papier gedruckt, und die Konturen waren mit Flittergold nachgezogen. Es waren Prospekte für Puppentheater und Ausgeburten einer wilden Phantasie. Der Untergang von Rom war darauf dargestellt, es gab mehrere Schlachtfelder und sogar die Hölle selbst mit dampfenden Seen und Schlünden, aus denen nachkolorierte Flammen schossen. Jetzt dehnte sich zu Lukes entzücktem Erstaunen tief unter ihm das gleiche herrliche Inferno aus Erhabenheit und Mysterium. Er sah die Ketten und Spiralen der Straßenlaternen, das zottige Silberband des Flusses, die Türme und Kuppeln und Schornsteinkappen vor dem verhangenen Himmel, eingefaßt vom magischen roten Feuer eines Zauberers.

Munday berührte seinen Arm. »Hier entlang, Mr. Luke.«

Er wandte abrupt den Kopf und sah am anderen Ende des Balkons eine Gruppe von Leuten. Auch dort war die Beleuchtung dramatisch und des Anblicks würdig, der sich dem Auge bot.

Als sie näher kamen, löste sich eine untersetzte Gestalt in einem knapp sitzenden Anzug aus der Gruppe und ging ihnen entgegen. Der Mann hatte einen leichten Gang wie ein Boxer, und alles an ihm verriet, daß er Sergeant Stockwell war, der unvermeidliche »gute, verantwortliche Mann«. Luke musterte ihn mit einem langen, erfahrenen Blick und blieb ganz dicht bei Munday, um den gemurmelten Bericht auch zu hören. Selbstgefällig und tüchtig, dachte Luke, der nichts anderes erwartet hatte. Was ihn jedoch überraschte, war die unterschwellige Empörung, die aus Stockwells Stimme klang, und erstaunt zog Luke die Brauen in die Höhe.

»Gemeinderat Cornish hat den alten Mann, dem die verwüstete Wohnung gehört, zum Nachbarn gebracht und redet dort mit ihm«, sagte Stockwell. »Er heißt Len Lucey. Er ist Mechaniker, ein tüchtiger alter Handwerker, und es ist nichts Nachteiliges über ihn bekannt. Vor dem Krieg wohnte er am Rand dieser Siedlung – mit seiner ersten Frau, die einen Tabak- und Süßwarenladen führte. Ein sehr kleines Geschäft. Sie ist bei einem großen Bombenangriff umgekommen. Er heiratete dann eine Frau aus Nord London, mußte dort wohnen und jeden Tag quer durch die Stadt zur Arbeit fahren, bis er diese erstklassige Wohnung zugewiesen bekam. Seine zweite Frau hat sie in einen kleinen Palast verwandelt, und das ist die zusätzliche Schwierigkeit. Als sie nach Hause kam und den Schaden sah, hat sie einen Anfall bekommen. Eine Nachbarin ist jetzt bei ihr, aber ich habe den Krankenwagen bestellt. Ich wäre nicht überrascht, wenn sie nie wieder richtig wird. Und ich könnte das sogar verstehen«, fügte er ernst hinzu. »Wie es in dem Zimmer aussieht – das hat sogar mich erschüttert. Anfangs hab ich gedacht, daß es eine unserer hiesigen Banden gewesen sein muß, aber jetzt bin ich nicht mehr so sicher. So viel Arbeit hätten sich die Kerle nie gemacht, falls Sie verstehen, was ich meine . . .«

»Es ist die letzte Tür, wie ich vermute?« fragte Luke. »Der Gemeinderat und der alte Mann sind gleich nebenan. Ist das richtig?«

»Jawohl, Sir. Die erste Wohnung gehört einem viel jüngeren Paar namens Headley. Er ist Bäckermeister und arbeitet in einer Fleischpastetenfabrik in der Nähe. Er und seine Frau haben mit dieser Sache nichts zu tun, und sie haben mächtig Angst. Sie sind nicht unfreundlich, aber sie befürchten, eine Dosis von der gleichen Medizin zu bekommen. Sie haben sich auch schon unauffällig an mich gewandt und mich gebeten, alle anderen Leute wegzuschicken, wenn ich kann.«

»Aber sie wollen den alten Herrn nicht kränken, nicht wahr?« Luke lachte mit einem Unterton seiner ureigensten Wildheit in sich hinein. »Soso. Hoffen wir auch um aller anderen willen, daß die arme alte Dame sich bald wieder erholt, sonst kommt die Sache in die Sonntagsblätter, und dafür würde niemand einen Orden oder einen Titel einheimsen, oder?«

Munday wollte etwas sagen, überlegte es sich dann jedoch anders. Er ging weiter und an dem salutierenden Polizisten vorbei zu der offenstehenden Tür der ersten Wohnung. Er zögerte einen Moment, nahm höflich den Hut ab und trat, von Luke gefolgt, ein.

Die winzige weiß gestrichene Diele, von der mehrere Türen abzweigten, war mustergültig ordentlich. Jedes zusätzliche Stück, sogar ein zusammengerollter Regenschirm, wäre hier fehl am Platz gewesen. Die beiden großen Männer waren durch die feste Masse ihrer Körper eine geradezu unerträgliche Störung; sie fühlten es beide, als sie hintereinander dastanden und in das kleine Wohnzimmer spähten, in dem sie vier Menschen, zweierlei Tapeten, einen Fernseher, der ohne Ton lief, einen mächtigen Gummibaum, eine sehr teure, gut gepflegte moderne Wohn-Speisezimmergarnitur, drei Blumendrucke und einen wuchtigen schmiedeeisernen Lampenständer erblickten. So viel hochklassiges professionelles ›Design‹ war in dieses Zimmer gestopft worden, daß nichts mehr Platz gehabt hätte und man in der augenblicklichen dramatischen Situation zu ersticken glaubte.

Es war Luke noch nicht oft passiert, doch diesmal geriet er völlig aus dem Takt. Die Wohnungsinhaber, zwei große, blasse junge Leute, die von ihrer Angst völlig beherrscht wurden, hatten sich in eine Ecke zurückgezogen. Sie kauerte in einem Lehnsessel, und er stand dahinter, und zusammen nahmen sie mindestens ein Viertel des Fußbodens ein. Der benommen wirkende Len Lucey, alt und zitternd, dessen dünner Hals rührend aus einem weißer als weißen Hemdkragen emporragte, saß am Eßzimmertisch auf einem Stuhl mit Spinnenbeinen, und vor ihm hatte sich ein Mann aufgepflanzt, der wesentlich größere Räume wie Spielzeugschachteln hätte aussehen lassen, eine lebende Flamme von einem Mann, genauso fanatisch und leidenschaftlich wie Luke.

Er begann auf dem ›zeitgenössischen‹ Teppich hin und her zu stapfen, das graue Haar zu Berge stehend, die mageren Schultern gebeugt, die langen, knochigen Hände auf dem Rükken verschränkt. Einen unwahrscheinlicheren Kandidaten für Lukes hypothetische Erhebung in den Adelsstand hätte man sich nur schwer vorstellen können. Der Superintendent erkannte seinen Irrtum und begann seine Vorstellungen zu revidieren.

»Gemeinderat Cornish?« fragte er. »Ich bin Superintendent Luke aus dem Zentralbüro, Scotland Yard. Das ist ein Schock für uns alle, fürchte ich.«

Die wachen, umschatteten, aber intelligenten Augen sahen ihn fragend an.

»Es ist eine verdammt üble Geschichte«, sagte der Gemeinderat sachlich. Er hatte eine angenehme Stimme mit einem Unterton aus purem Stahl. »Sie werden sehr bald dahinterkommen, Superintendent.«

»Das hoffe ich, Sir«, antwortete Luke aus tiefstem Herzen energisch.

»Ich weiß es.« Die Stimme klang noch immer angenehm, war aber noch immer nicht fähig zu modulieren. »Sie werden alles aufdecken und dem Spuk ein für allemal ein Ende bereiten, bevor ein großartiges Projekt gefährdet wird. Man nennt diese Wohnanlage einen Phönix. Es ist kein städtisches Unternehmen, es ist eine soziale Wiedergeburt, ein Ausdruck aufrichtiger Überzeugung, daß menschenwürdige Lebensbedingungen in einer Gemeinde geordnete Verhältnisse schaffen, und ich werde keinen Mißerfolg dulden.«

Hilfskommissare kanzeln angeblich manchmal höhere Beamte in einem solchen Ton ab, doch da sie es nie in Gegenwart eines Dritten tun, gibt es für diese Behauptung keine Beweise. Nachdenklich betrachtete Luke den Mann, der vor ihm stand, und warf Munday, der seinerseits den Gemeinderat düster ansah, einen schrägen Blick zu.

»O-ha!« Luke sagte es nicht laut, doch seine Lippen bewegten sich, und Munday verstand die Botschaft. Zum erstenmal, seit sie sich kannten, hatte Luke ins Schwarze getroffen und die Genugtuung, daß der überkorrekte Munday sich kaum das Lachen verbeißen konnte.

Der Gemeinderat, der sein Hin und Her auf dem Teppich wieder aufgenommen hatte, blieb stehen. »Ihr Sergeant hat die Aussage von Mr. Lucey aufgenommen«, sagte er. »Ich bin bereit, den größten Teil persönlich zu bezeugen. Zwar habe ich den heutigen Abend nicht mit ihm verbracht, aber ich kann beweisen, daß ich seinen gesamten Lebenslauf gründlich durchleuchten ließ, bevor ihm die Wohnung in dieser neuen Wohnanlage angeboten wurde, und ich stehe persönlich dafür ein, daß weder er noch seine Frau einen Feind haben. Er ist ein durch und durch anständiger, unschuldiger Bürger, Superintendent, und in jeder zivilisierten Stadt sollte sein Heim unversehrt bleiben. Mein Gott, Mann! Waren Sie schon nebenan?«

»Nein, Sir«, antwortete Luke hölzern. »Ich würde mir die Wohnung gern in Anwesenheit des Inhabers ansehen. Das ist wichtig, Sir. Wenn Sie nichts dagegen haben.« Das war eine andere Stimme, mit einem metallenen Unterton, und der hagere, schäbige Mann mit den vom Kopf wegstehenden Haaren musterte ihn mit flüchtiger Neugier.

»Wenn es eine notwendige Vorsichtsmaßnahme ist –«, begann er.

»Nein, Sir. Nur eine Vorschrift.« Der Stahl war noch da, aber mit viel Schmieröl darauf. »Wollen wir? Vielleicht möchte Mr. Lucey uns vorausgehen?« Luke preßte sich an die eierschalenfarben gestrichene Wand, und der alte Mann konnte sich gerade noch seitlich vorbeischieben. Man sah jetzt deutlich, wie zerbrechlich er war, und als er vorbeiging, spürten die beiden Kriminalbeamten etwas von der tiefen Verwirrung, gegen die anzukämpfen er zu schwach war.

Er war so klein, daß sie ihn weit überragten, und als sie die zweite Schwelle überschritten und sein Heim betraten, waren sie es, die beiden hohen Kriminalbeamten, die als erste mit einer Szene konfrontiert wurden, die sie nie vergessen sollten.

Ein Zimmer, vor kurzem noch das gemütliche Heim eines Ehepaars im mittleren Alter – ein Heim voller kleiner, dem Alter ihrer Besitzer angepaßter Schätze, kostbar hauptsächlich wegen ihrer Nützlichkeit und ihres Erinnerungswertes, war mit einer Gründlichkeit auseinandergenommen worden, daß es in seiner Zerstörung fast ordentlich aussah. Doch auf den ersten Blick fesselte allein das eine zentrale Bild ihre Aufmerksamkeit. Eine sehr adrette alte Frau, noch immer im Sonntagsmantel und ihrem besten Hut, saß an einem polierten Mahagonitisch, dessen Platte mehrere so tiefe Kerben aufwies, daß ein großes dreieckiges Stück Furnier herausgebrochen war. Vor ihr lagen, so sorgfältig geordnet, daß die Mägen der beiden erfahrenen Beamten sich mit einer Eisschicht zu überziehen schienen, die Einzelteile einer hübschen französischen Kaminuhr; daneben das leere Gehäuse. Es war alles da, Zahnräder, Federn, Zeiger und Pendel, aber alles zertrümmert und verbogen, doch – wie schon erwähnt – fein säuberlich aufgereiht zu einem Muster absichtlicher Zerstörung. Die alte Frau selbst sah die Sachen nicht an. Ihr Gesicht war feuerrot und in Schweiß gebadet, sie hatte die Augen geschlossen, und ihr Mund stand offen. Nur ihr Gewicht hielt sie auf dem Stuhl fest. Hinter ihr stand eine andere, viel kleinere Frau, die eine Schürze und Hauspantoffeln trug, aber eine Handtasche umklammerte und durch eine Brille mit fröhlich gemusterter Fassung jämmerlich zu Luke und Munday aufblickte.

»Sie is tot«, sagte sie. »Ich hab's gefühlt. Eben jetzt. Eben als Sie reingekommen sind. Der Doktor kommt zu spät – nicht wahr?« Erst jetzt schien sie den kleinen Mann vor den beiden Kriminalbeamten zu entdecken, und ihre Miene verdüsterte sich. »Oh, Sie armer Kerl!« sagte sie. »Schauen Sie nicht hin, mein Lieber. Schauen Sie nicht hin. Es war ein Schlaganfall, sie ist nicht mehr zu sich gekommen.«

»Das ist richtig, Paps, kommen Sie, wir gehen hinaus.« Luke betrachtete das feuerrote Gesicht, das sich vor seinen Augen auf unverkennbare Weise veränderte. Die Nachbarin hatte recht. Die alte Frau war tot. Er brauchte sie nicht zu berühren, um das festzustellen. Er legte dem alten Mann den Arm um die Schultern, drehte ihn sanft um und führte ihn in die Diele. Dort blieben sie, vor sich das Panorama der Stadt, umrahmt von der offenen Tür, eine Weile stehen wie zwei Tauben, die sich auf einem Fenstersims aneinanderdrängten.

»Sie beide sind gemeinsam nach Hause gekommen und haben den Schaden gesehen, nicht wahr?« fragte er behutsam und hielt den alten Mann fest, als fürchte er, er könnte zusammenbrechen. »War noch jemand bei Ihnen?«

»Nur Reg Sloan, unser Untermieter.« Die alte Stimme klang dünn und hohl. Len Lucey hatte noch nicht begriffen, was zuletzt geschehen war. Er sorgte sich noch um Kleinigkeiten. »Man hat uns erlaubt, das Zimmer zu vermieten, da es leergestanden hat. Wir hatten die Genehmigung. Ich habe es dem Sergeant gesagt. Mr. Cornish weiß es. Reg hat sich die Bewilligung bei ihm geholt. Er ist zu ihm gegangen – ist zu ihm gegangen, sag ich, hat ihn in seinem Haus aufgesucht.«

Es klang wie eine Stimme im Wind, etwas, das in den Binsen seufzte. Es machte Luke nervös. »Nur mit der Ruhe, Freund, holen Sie ein paarmal tief Atem«, sagte er. »Wie lange wohnt dieser Reg schon bei Ihnen?«

»Wie lange? Das weiß ich nicht. Zwei oder drei Monate. Vor Weihnachten ist er eingezogen.«

»Ich verstehe. Es ist also noch gar nicht lange her. Er lebt nicht schon seit Jahren hier?«

»O nein. Nur vorübergehend, und da hat man mich gefragt, ob ich ihn für ein paar Wochen bei uns aufnehmen könnte. Wir haben die Erlaubnis, Edie und ich. Er hat sie für uns besorgt.«

»Was meinen Sie mit ›vorübergehend‹?« fragte Munday, der in der Wohnzimmertür stand und sich leicht vorbeugte, um besser gehört zu werden.

»Nun ja, er wurde angelernt. Er ist von einer anderen Firma zu uns gekommen, wissen Sie? Es war ein geschäftliches Arrangement. Er sollte nicht bleiben.«

»Ich verstehe.« Das kam von Luke und klang zweifelnd. »Wo ist er denn jetzt?«

»Ich weiß nicht.« Der alte Mann sah sich plötzlich um. »Er wollte die Polizei verständigen. Er ist telefonieren gegangen. Wir sind alle zusammen nach Hause gekommen. Waren einen trinken. Reg schwatzt gern über alte Zeiten, und wir sind öfter ins Pub gegangen, weil man dort immer jemanden trifft, mit dem man reden kann. Heute sind wir alle zusammen nach Hause gekommen, und Edie hat sofort die zerbrochene Uhr auf dem Tisch gesehen. Sie hat sich sehr aufgeregt, weil sie die Uhr von ihrem Vater hatte. Sie hat sie von zu Hause mitgebracht. Reg hat zu fluchen angefangen und ist in sein Zimmer gelaufen – das ist der kleine Raum, der hinter der Küche liegt – und ist fast sofort wieder rausgekommen. ›Bleib hier, Len‹, hat er gesagt. ›Ich geh und ruf die Polizei an. Gott, tut mir das leid‹, hat er gesagt. ›Ich würde alles drum geben, wenn das nicht passiert wäre‹, hat er gesagt und ist gegangen. Wissen Sie nicht, wo er ist? Edie hat ihn gern. Er wird sie als einziger beschwichtigen können, wenn ihr bewußt wird, daß ihre Uhr zerbrochen ist.«

»Ja.« Luke warf Munday einen scharfen Blick zu. »Was ist mit der Nachbarin?« fragte er. »Könnte sie ihn mitnehmen und ihm eine Tasse Tee machen?«

»Ja.« Die Frau mit der bunten Brille schlüpfte um den Kriminalbeamten herum wie eine flüchtende Katze. »Ja, ich kümmere mich um ihn. Es ist der Schock, wissen Sie? Kommen Sie, Mr. Lucey, Sie haben heute abend noch viel zu tun. Müssen mit einer Menge Menschen reden und so. Kommen Sie, ruhen Sie sich ein bißchen aus, damit Sie alles durchstehen können.« Sie schob die Hand unter seinen Arm, und Luke ließ ihn los. »Macht Platz für uns, Leute, seid nett!« Ihre schrille Stimme übertönte das Gemurmel der kleinen Menschenansammlung. »Wir müssen jetzt eine Tasse Tee trinken, das müssen wir, ja. Wenn ihr helfen wollt, dort drin wird eine Frau gebraucht. Das ist keine Sache, bei der man lange abwarten sollte.«

Den Kopf zur Seite geneigt, hörte Luke zu und mußte über diese Kaltschnäuzigkeit sogar ein bißchen lachen.

»Ich bin für einen Bullen viel zu empfindlich«, sagte er zu Munday, der ein verdrießliches Gesicht machte. »Dann hatte also der Untermieter mit jemandem Streit. Das kommt davon, wenn man Nomaden wie ihn aufnimmt. Trotzdem kommt mir das Ganze für einen Arbeitskampf zu bösartig vor.«

»Bösartig? Sehen Sie die Stühle dort drüben?«

Munday trat beiseite und gab den Blick auf eine Ecke des Zimmers frei, in der zwei gute Eßzimmerstühle standen. Die Ledersitze waren mit einer Rasierklinge sauber in Streifen geschnitten worden. »Wie eine Schweineschwarte, nicht wahr? Der Teppich sieht genauso aus. Das ist kein gewöhnlicher Vandalismus. Keine Zerstörungswut, die den Vandalen einen Heidenspaß bereitet. Dahinter steht ein eiskalter, blutiger Vernichtungswille.«

»Mir gefällt nicht, was sie mit dieser Uhr gemacht haben«, sagte Luke. »Ich habe etwas gegen Kunstradfahrer, Gehirnklempner und ihre Hausaufgaben. Sehen wir uns einmal das Zimmer des Untermieters an. ›Hinter der Küche‹ hat er gesagt. Verdammt! Das war vermutlich früher ein Elektroherd?«

Sie gingen durch die kleine Küche, in der nichts Zerbrechliches ganz geblieben, aber auch nicht blindwütig zerstört worden war, dann weiter durch die hintere Tür in den Stolz des Architekten – ein Gäste- oder Kinderzimmer. Hier war nur Platz für ein Bett und eine Kommode, doch als sie das Zimmer von der Schwelle her betrachteten, zweifelten beide nicht daran, daß dies das Zentrum des Sturms war.

Alles, was eine lebende Bestie tun konnte, um ein Bett und Wände zu zerstören und zu besudeln, war hier zerstört und besudelt worden. Zerfetzte Kleidungsstücke und die Teile eines Koffers lagen als unordentlicher Haufen auf dem Stückchen Fußboden zwischen Mobiliar und Wand. Eine Mehldose aus der Küche war in den Spiegel geschleudert worden, und das Mehl lag wie niedergetretener Schnee auf den Resten eines guten blauen Anzugs, aus dem das Futter herausgeschnippselt worden war, der wiederum auf etwas lag, das einmal ein Plastikschrank gewesen sein mußte.

Auf dem mehlblinden Spiegel stand eine mit einem behandschuhten Zeigefinger geschriebene Botschaft in jenen Druckbuchstaben, die man an manchen Schulen anstelle einer ordentlichen Handschrift lernt.

Es waren zwei Zeilen, leicht lesbar und sehr eindeutig, und dennoch unter den gegebenen Umständen so ausgefallen, daß die beiden hohen Kriminalbeamten sich bestürzt ansahen.

Laß die Vergangenheit ihre Toten begraben. Die unheilvolle Botschaft starrte ihnen entgegen – ein schockierendes Zitat inmitten von so viel Schmutz. Darunter stand in derselben sorgfältigen Buchhalterschrift eine zweite Botschaft: *Geh nach Hause, Dick.*

Munday betrachtete die Botschaften, das magere rötliche Gesicht in seiner mißtrauischen Verwirrung noch düsterer als sonst.

»›Ihre Toten begraben?‹ Was, zum Teufel, heißt das? Wer hat gewußt, daß sie sterben würde?«

»Nein, nein. Es ist ein Zitat. Ein Gedicht, das ich in der Schule gelernt habe. *Psalm of Life* von Henry Longfellow.« Luke sprach geistesabwesend; seine Cockney-Schnoddrigkeit war nicht beabsichtigt und gehörte genauso zu seiner Persönlichkeit wie seine unglaublich machtvolle Stimme, die sogar jetzt noch, zu einem Murmeln gedämpft, die zerschlitzten Vorhänge erzittern ließ. »Dann ist also auch noch jemand anders in die Schule gegangen, eh? Aber dort haben sie ihm, nach dem Aussehen dieses Zimmers zu schließen, mehr beigebracht als Gedichte. Poesie und Gründlichkeit, und der Rest ist der gleiche alte unzivilisierte Barbar. Die gleiche alte Turk-Street-Spezialität, die immer wieder auftaucht wie die Symptome einer Erbkrankheit. Jetzt ist für mich das ›vorübergehend‹ auch kein Geheimnis mehr.«

»Wie meinen Sie das?«

»›Geh nach Hause, Dick.‹« Lukes dunkles Gesicht glühte. »Der Kerl heißt Reg Sloan. Der Text bedeutet buchstabengetreu das, was hier steht. ›Dick‹, du alter Privatschnüffler, Amateur oder Profi, geh nach Hause. Die Vergangenheit ist tot.«

»Gütiger Gott!« Munday starrte Luke fassungslos an. Er hatte, wie Luke feststellte, die Farbe gewechselt.

»Woran denken Sie?«

»An den Gemeinderat. Wenn er sich in den Kopf setzt, daß dies ein Echo aus der ehemaligen Turk Street ist, irgend etwas aus der Vorkriegszeit, und wenn er zu dem Schluß kommt, daß ein Unbekannter einen Privatdetektiv angeheuert hat, um in der Vergangenheit eines seiner kostbaren handverlesenen Mieter – und es gibt ihrer dreihundertundsechzig – zu graben und Dreck aufzuwühlen, dann wird das für mich eine Lebensaufgabe.«

»Wie recht Sie haben«, sagte Luke. »Außerdem ist dieser literarisch gebildete Mensch, der so darauf erpicht ist, die Geschichte ruhen zu lassen, kein leichter Gegner. Warum ist er erst jetzt daran interessiert? Was könnte er verbergen wollen, das erst nach zwanzig Jahren Bedeutung erlangt hat?«

I

Die Ausreißer

Im erwartungsvollen Grau, das nicht mehr völlig nachtschwarz war, krähte zweimal ein Hahn. Sofort antwortete ihm von dem Hügel hinter der Bahnstation ein zweiter, und mit diesen schauerlichen Lauten setzte das Ritual des Tagesanbruchs ein.

In dem roten Sportwagen, der unterhalb der Zufahrt zur Bahnstation am Rand der schmalen Landstraße parkte, rührten sich die beiden jungen Leute, die, sich gegenseitig in den Armen haltend, tief geschlafen hatten. Die Lippen des Mädchens lagen noch auf der Wange des jungen Mannes, und noch ehe sie die Augen aufschlug, gab sie ihm den Kuß, zu dem sie vor lauter Müdigkeit nicht mehr gekommen war. »O nein!« protestierte sie verschlafen. »Nein! Es kann doch noch nicht Morgen sein.«

»Julia!« Der Junge öffnete die Augen und war sofort hellwach. Fröhlich erwiderte er den Kuß, warf dann einen Blick auf die Uhr an seinem Handgelenk und richtete sich stirnrunzelnd auf. »Fast wäre er schiefgegangen, unser sorgfältig ausgetüftelter Plan. Wir haben zwei ganze Stunden geschlafen, und der Zug fährt in einer Viertelstunde ein. Oh, zum Teufel! Du wirst allein zum Bergfried hinunterfahren müssen. Macht es dir was aus?«

»Ich habe das Gefühl, als könnte mir nie wieder etwas etwas ausmachen«, antwortete sie vergnügt und ein bißchen abenteuerlich in der Formulierung. »Vielleicht ändert sich das später einmal, aber noch ist es nicht soweit – noch bin ich durch und durch glücklich.« Sie kniete auf dem Sitz, und er legte ihr die Arme um die Taille und drückte sie an sich. »Aber wenn ich deinen Wagen noch bei Tageslicht in sein Versteck bringen soll, muß ich jetzt los, was mir ein bißchen das Herz zerreißt ... Bist du sicher, daß Nanny Broome hundertprozentig auf unserer Seite ist?«

»Absolut sicher.« Seine Stimme klang gedämpft, als er das Gesicht müde und sehnsüchtig an ihrer Brust rieb. »Ich habe sie angerufen, bevor ich dich abholte. Außerdem ist sie so etwas wie eine Pflegemutter für mich. Sie ist immer auf meiner Seite.« Er richtete sich auf und sah sie ernst an. »Ich habe ihr alles rückhaltlos gesagt und ihr erklärt, was wir wollen.«

Sie sah ihn ernst an.

»War sie empört?«

»Guter Gott, nein! Sie war hingerissen.« Er fröstelte leicht. »Und ich bin es auch.«

»Ich auch.« Julia war im kalten Morgenlicht jetzt deutlicher zu sehen. Sie war ein ungewöhnlich hübsches Mädchen. Nicht sehr groß, schmal, mit zartem Knochenbau und fast schwarzem Haar. Sie hatte eine glatte, helle Haut, war nicht geschminkt, und in den leuchtend blauen Augen und dem energischen Mund spiegelte sich die starke Persönlichkeit ihres Vaters, Anthony Laurell, Präsident des Laurell-Leichtmaschinenbau-Imperiums, Britanniens jüngster Industriemagnat, der sich aus eigener Kraft emporgearbeitet hatte und einer der interessantesten Männer der Großindustrie war. Julia war gerade achtzehn, warm und vergnügt wie ein Lamm, und jede Einzelheit an ihrer gepflegten Erscheinung – bei der Kleidung angefangen – verriet, daß sie jemandes sehr kostbares einziges Kind war. Im Moment war sie völlig in den Anblick des schattenhaften Gesichts versunken, das von unten her zu ihr aufsah.

»Dein Lächeln ist wie feinste Spitze«, sagte sie.

»Spitze?« Er fühlte sich durch den Vergleich nicht gerade geschmeichelt.

»Dekorativ.« Sie war ganz ernst. »Es schmückt dich irgendwie und macht dich hinreißend.«

»Sei nicht dumm«, murmelte er, während er sie küßte. »Ich liebe, liebe dich – wie verrückt. Gott, wie ich dich liebe! Aber, mein Herz, ich darf diesen gräßlichen Zug nach London nicht verpassen, doch heut abend ...« Er unterbrach sich, überwältigt von einer entwaffnenden Hilflosigkeit, die sie beide fühlten wie einen Stich durchs Herz. »Heut abend komme ich zurück zu dir, und dann – zum Teufel mit der ganzen Welt.« Er schob sie energisch von sich und stieg aus dem Wagen.

»Timothy.«

»Hallo?« Er drehte sich in der schnell zunehmenden Helligkeit um, und wieder sah sie ihn, als sei es das allererste Mal. Er hatte einen langgliedrigen, geschmeidigen Körper, ein klares, charaktervolles Gesicht, arrogante graue Augen und einen schmalen, sehr ausdrucksvollen Mund. Er war zweiundzwanzig und ein Prachtexemplar physischen männlichen Charmes, der ihm ein ganzes Gefolge bewundernder Altersgenossen einbrachte, da er in seiner unverbildeten Frische sogar in Oxford, wo sie beide studierten, keine alltägliche Erscheinung war.

»Ich will nicht, daß du nach London zurückfährst.«

»Ich auch nicht, meine Dame. Aber ich muß. Ich muß mich deinem Vater stellen und mich mit ihm aussprechen. Seine Reise nach Irland hat es mir ermöglicht, dich zu holen und sicher herzubringen, aber wir können uns nicht einfach ins Blaue davonmachen.«

»Warum nicht?« fragte sie schmeichelnd. »Ehrlich, mir ist alles andere egal, wenn ich nur bei dir sein kann. Noch vor zwei Monaten hätte ich mich lieber umgebracht, als Daddy Kummer zu bereiten oder in die Klatschspalten zu kommen. Jetzt kümmert es mich ganz einfach nicht mehr.«

Der junge Mann nahm ihr Gesicht in beide Hände und sah sie an wie ein Kind, das einen Schatz gefunden hat.

»Denk du ruhig so weiter, und überlaß alles andere mir«, sagte er. »Aber ich ertrage die Vorstellung nicht, man könnte uns beide zu einer saftigen Klatschgeschichte verarbeiten, von geistig Minderbemittelten am Sonntag zu lesen. Es war unklug und rücksichtslos von deinem Vater, die Sache plötzlich abzublasen, unmittelbar nachdem die Einladungen zum Verlobungsempfang hinausgegangen waren. Er mußte doch wissen, daß die Klatschreporter sich auf uns stürzen würden. Ich will mit ihm reden. Er kann doch nichts so Schwerwiegendes gegen mich haben.«

»Hat er auch nicht. Ich habe dir gesagt, ich weiß nicht, warum er plötzlich nicht mehr will, daß wir heiraten. Er hat dich gemocht, war mit deiner Herkunft einverstanden, war beeindruckt von deinem akademischen Grad und deinen sportlichen Leistungen, und ...«

»Dann – warum, in Gottes Namen?«

»Es hatte etwas mit einem Brief zu tun, den er von Miss Kinnit bekommen hat.«

»Von Tante Alison?« Er sah sie verblüfft an. »Weißt du, was in dem Brief gestanden hat?«

»Nein, sonst hätte ich es dir gesagt. Ich weiß nur, daß ein Brief gekommen ist. Ich wollte ihn gar nicht erwähnen.« Ihre Wangen färbten sich dunkel. »Sie war so nett zu mir. Ich dachte, sie sei mit uns beiden einverstanden.«

»Das ist sie auch. Sie ist ein komisches, kaltes altes Ding, aber schrecklich nett – schließlich habe ich außer ihr und Eustace keine Angehörigen, und sie waren ganz entzückt von dir. Sie haben mich immer damit geneckt, daß du die Debütantin des Jahres bist. Es muß sich um ein absolut idiotisches Mißverständnis handeln. Ich werde die Sache richtigstellen. Warte im Bergfried auf mich und behalt mich lieb.«

Auf dem Bahndamm über ihnen rasselte das Signal, und sie umarmte ihn besitzergreifend.

»Ich wünschte trotzdem, du gingst nicht. Ich halte dich fest. Ich laß dich nicht los, damit du den Zug verpaßt.« Er löste sich sanft von ihr. »Bitte nicht«, sagte er sehr ernst, aber unendlich liebevoll, die Lippen dicht an ihrem Ohr. »Es tut zu weh. Alles tut zu weh.« Er drehte sich um und rannte den Abhang hinauf, dem trüben Licht entgegen, während die Luft schon vom rhythmischen Stampfen des Zuges bebte.

Lauschend saß Julia da, bis der Zug mit Getöse die Station wieder verlassen hatte, dann startete sie mit einem Gefühl der Trostlosigkeit den Wagen und fuhr über Landstraßen dahin, wo sich das Dorf Angevin in der Tiefebene von Suffolk versteckte.

Sie vermied es, in die einzige Hauptstraße einzubiegen, und nahm statt dessen die obere Straße, die sich durch die Felder zu einem vernachlässigten Eisentor schlängelte, durch das man in einen dicht mit riesigen Ulmen bestandenen Park gelangte, in dem noch tiefe Dunkelheit herrschte, obwohl das Laub zwischen den gewaltigen Ästen nur wie ein kaum sichtbarer Schleier hing.

Die Bäume reichten so nah an das Haus heran, daß sie es von der Nordseite her völlig abschirmten und Julia die Scheinwerfer einschalten mußte, um den gedrungenen Tudorbogen zu finden, der in den gepflasterten Hof führte. Als sie unter dem Bogen durchfuhr, wurde es in einem Torweg plötzlich hell, und im gelben Lichtschein tauchte eine knochige, aufrechte Frauengestalt auf. Sie lief auf den Wagen zu.

»Mr. Tim?«

»Nein«, sagte Julia bedauernd. »Ich bin es nur, leider, Mrs. Broome. Wir wurden aufgehalten, und ich habe ihn beim Bahnhof abgesetzt. Sie haben doch gewußt, daß er nach London zurückmußte?«

»Ja. Bis heute abend.«

In der energischen Stimme war ein unbeschreiblicher Unterton von Befriedigung, der Julia zugleich erschreckte und tröstete. »Er hat mir am Telefon alles gesagt«, fuhr Mrs. Broome fort, »und was er mir nicht gesagt hat, konnte ich mir zusammenreimen. Es gibt nicht viel, das Mr. Tim vor mir geheimhalten kann.«

Es war eine seltsame Begrüßung, weder feindlich noch überschwenglich, aber besitzergreifend und feminin und ungeheuer autoritär. Julia war jedoch selbstsicher genug, um sich davon nicht irritieren zu lassen. »Was ist mit dem Wagen?« fragte sie. »Ich denke nicht, daß er hier draußen stehenbleiben sollte, wo er gesehen werden kann, was meinen Sie?«

»Nein, Miss, das soll er ganz bestimmt nicht, und ich habe mir fast die ganze Nacht den Kopf darüber zerbrochen, wo wir ihn verstecken könnten. Ich meine, wir stellen ihn am besten in das kleine gemauerte Schweinchenhaus. Ich weise Sie ein.«

Sie zeigte auf eine Durchfahrt am anderen Ende des Hofes. »Dorthin bitte.«

Es entging Julia nicht, daß Timothys ehemalige Kinderfrau vor Erregung zitterte, als sie auf dem Beifahrersitz Platz nahm, und das runde Gesicht, das sich ihr plötzlich zuwandte, war weiß- und rotfleckig. Margaret Broome war etwa fünfzig Jahre alt, doch ihr grobes Haar war noch blond, und ihre hellbraunen Augen glänzten wie Kieselsteine in einem Bach. Die leuchtend grüne Strickjacke hatte sie bis zum Hals fest zugeknöpft, und sie kreuzte die Arme vor der Brust, um nicht zu frieren.

»Es ist alles zugewachsen, aber wenn Sie langsam fahren, schaffen Sie es«, sagte sie hastig. »Ich war gestern abend heimlich hier, um nachzusehen, ob es möglich ist. Es ist das alte Sommerhaus am Ende der View. Wir haben es Schweinchenhaus genannt, als Tim ein Baby war, nach dem kleinen aus Ziegeln erbauten Ferkelhaus, wissen Sie.« Sie sprach sachlich, aber wie zu einem Kind, ganz unbewußt in der Sprache, die ihr in Fleisch und Blut übergegangen war. »Es steht jetzt immer leer. Vom Haus aus ist es zu weit entfernt, liegt aber direkt vor seinen Fenstern, so daß sich nicht einmal die Liebespaare aus dem Dorf dort treffen. Hier sind wir schon. Ich habe das Tor geöffnet, wie Sie sehen. Fahren Sie direkt hinein.«

Es war ein dekorativer kleiner Tempel mit einem Mosaikfußboden und Säulen, vielleicht in weit zurückliegenden Zeiten viktorianischer Extravaganz als Musikzimmer entworfen.

Von dem paneellierten zweiflügeligen Tor war fast schon die ganze Farbe abgeblättert, aber es war noch immer stabil, und im Licht der Wagenscheinwerfer sah man an der gegenüberliegenden Wand, von Spinnweben fest eingesponnen, ein unglaubliches Durcheinander aus dem üblichen Sommerhausmobiliar.

»So«, sagte Nanny Broome und sprang geschmeidig wie ein junges Mädchen aus dem Wagen, »jetzt machen wir das Tor zu und schließen ab, und kein Mensch weiß etwas. Wir müssen uns aber trotzdem beeilen, weil es bald hell ist. Kommen Sie, Miss, nehmen Sie die Beinchen in die Hand.«

Der Kinderzimmerjargon amüsierte Julia und gab ihr zugleich Sicherheit, wobei ihr nicht bewußt war, daß ihr eine Behandlung zuteil wurde, die so alt war wie die Geschichte. Sie beeilte sich gehorsam, half, das Tor zu schließen, und folgte dann der knochigen Gestalt um die Längsseite des Sommerhauses herum zu dem breiten, gepflasterten Weg, der den Abhang zur Vorderseite des Bergfrieds hinaufführte. Als sie aufblickte und das ehrwürdige Gemäuer zum erstenmal aus dieser Perspektive sah, blieb sie jäh stehen, und Nanny Broome, die sie beobachtete, brach in entzücktes Gelächter aus. Im rosenfarbenen Licht der Morgendämmerung, mit den langen Strahlen des Sonnenaufgangs, die durch den Dunstschleier brachen, war der Bergfried von Angevin wirklich atemberaubend.

In diesem Augenblick war er von reiner, romantischer Schönheit, vergeistigt und zeitlos. Viel von dieser Schönheit hatte er dem Umstand zu verdanken, daß er nie vollendet worden war. Die Familie, die ursprünglich mit dem Bau eines Palastes begonnen hatte, der nicht seinesgleichen haben sollte, war ausgestorben, als noch nicht viel mehr stand als der Torüberbau, so daß der eigentliche Bau, mit dem die Nachwelt konfrontiert wurde, eher den geheimen Zauber eines Versprechens ausstrahlte als die überwältigende Pracht eines architektonischen Meisterwerks.

Zwei schlanke Türme aus flachen rosenfarbenen Ziegelsteinen mit in der Mitte geteilten Fenstern wurden von dreistöckigen Flügeln aus derselben Periode flankiert, alle sehr sorgfältig restauriert und von dem viktorianischen Architekten, der das Sommerhaus an diesen herrlichen Aussichtspunkt gesetzt hatte, erstaunlich wenig verdorben.

»Wie phantastisch das Haus von hier aussieht!« Julia lachte beinahe. »Als ich Weihnachten hier war, sind wir nicht so weit gekommen, also habe ich es aus diesem Blickwinkel noch nie gesehen. Ich weiß jetzt, warum Timothy es sein Schloß nennt.«

»Es ist sein Schloß.« Wieder fiel Julia der warnende und besitzergreifende Unterton in Margaret Broomes Stimme auf. »Im Krieg, als er noch klein war, haben wir uns oft in aller Frühe aus dem Haus gestohlen, um Pilze zu suchen, und ich habe ihm von den Rittern erzählt, die einst in den Hof eingeritten sind, von Turnieren, von der Rettung edler Damen, Drachenkämpfen und so weiter. Er hat meine Geschichten geliebt. Heute zeigt man sie den Kindern im Fernsehen«, fügte sie hinzu. »Haben Sie *Ivanhoe* gesehen?«

»Das war ein bißchen früher, denke ich. Sie haben sich um ein paar hundert Jahre vertan. Wann wurde dieser Bau begonnen? Während der Regierungszeit von Heinrich VIII., nehme ich an?«

»Heinrich VIII.! Von dem kann man doch keinem Kind erzählen.« Mrs. Broome fühlte sich kritisiert und schien verärgert. Sie marschierte den Weg hinauf, die Farbflecke in ihrem runden Gesicht traten deutlicher hervor, die Augen waren trotzig und hart wie Stein. »Ich wollte, daß mein kleiner Mr. Timmy zu einem vollendeten Gentleman heranwächst, mit der richtigen Einstellung zu Frauen«, sagte sie bissig. »Ich hoffe, Sie haben bemerkt, daß er die hat, und wissen das zu würdigen?«

Sie wandte beim Sprechen den Kopf und formulierte ihre Worte als direkte Frage. Julia musterte sie ausdruckslos. »Ich liebe ihn sehr«, antwortete sie steif.

»Nun, das habe ich angenommen, Miss, sonst wären Sie jetzt wohl kaum hier, nicht wahr?« Die leicht gewöhnliche Stimme klang unbarmherzig. »Ich wollte damit sagen, daß ich hoffe, Sie haben immer in ihm gefunden, was Sie sich wünschen, und sind selbst so erzogen, wie ich es von Ihnen erhoffe.«

Erst jetzt dämmerte es Julia, daß sie hier ganz unverblümt gefragt wurde, ob sie noch Jungfrau war, und ihre Selbstsicherheit schrumpfte unter diesem unerwarteten Angriff. Vom Hals her stieg ihr die Röte ins Gesicht, breitete sich aus, und ihre Haarwurzeln begannen zu prickeln.

»Ich –« begann sie, aber wieder kam Margaret Broome ihr zuvor. Über einen Punkt beruhigt, der sie offensichtlich arg geplagt hatte, wurde sie die Freundlichkeit selbst, mit fast noch verheerenderen Folgen.

»Sie sind so erzogen, wie ich sehe«, sagte sie und tätschelte Julias Arm. »Natürlich sind die jungen Menschen jeder Generation gleich. Auch die Dinge, die man ›tut‹ oder die man ›nicht tut‹, bleiben die gleichen, nur der Stellenwert, den sie haben, ändert sich von Zeit zu Zeit.« Und als wolle sie betonen, daß sie jetzt ganz hinter einem Unternehmen stand, an dem sie erhebliche Zweifel gehabt hatte, nahm sie Julia den kleinen Koffer ab und eilte, ununterbrochen redend, weiter. »Manchmal kriegen Kinder ja komische Ideen, aber ich habe Mr. Timmy selbst erzogen, und meiner Meinung nach konnten ihm später die Schulen nicht mehr viel schaden. Es ist eine wissenschaftlich erwiesene Tatsache, nicht wahr, daß es egal ist, wer ein Kind später übernimmt, wenn man es bis zu seinem sechsten Lebensjahr selbst erzogen und geprägt hat.« Und wieder ließ sie das kleine Auflachen hören, das spitzbübisch geklungen hätte, wäre es nicht wegen der unerschütterlichen Selbstüberschätzung, die man deutlich heraushörte, so erschreckend gewesen.

Julia warf Margaret Broome unter den Wimpern hervor einen scharfen Blick zu, und das auf unbestimmte Weise jugendliche Gesicht wurde starr.

»Ich hoffe, Sie haben nichts dagegen, wenn ich Sie Nanny Broome nenne, aber so nenne ich Sie auch in Gedanken«, begann Julia, die Initiative ergreifend. »Ich habe es so oft von Timothy gehört. Haben Sie ihn von seiner Geburt an versorgt?«

»Fast. Er war erst drei Tage alt und das häßlichste Äffchen, das Sie sich vorstellen können. Großer Mund und riesige Ohren und die Augen zusammengekniffen wie der Wechselbalg aus einem Märchen.« Sie lachte entzückt, und ihr Gesicht begann zu strahlen und bekam einen naiven Ausdruck. »Seit mehr als einundzwanzig Jahren habe ich mich darauf gefreut, das zu dem Mädchen sagen zu können, das er heiraten wird.«

Julias großzügiger Mund zuckte unwillkürlich, ganz gegen ihren Willen. »Und ist es auch wahr?« fragte sie. »War er tatsächlich so? Oder wissen Sie es jetzt nicht mehr genau?«

Margaret Broome blinzelte wie ein Kind, das bei seinen Phantastereien ertappt worden war. Es war eine durch und durch aufrichtige Reaktion und absolut entwaffnend. »Nun, ich erinnere mich, daß er sehr süß und lieb war«, sagte sie nachdenklich. »Ich habe alles an ihm geliebt, mehr weiß ich nicht. Er war mein Baby. Ich hatte mein Kind verloren, wissen Sie, und er hat sich in mein Herz geschlichen.« Sie benutzte das Klischee, als habe sie es geprägt, und die wesentliche Seite ihres Charakters, der warm, selbstlos und sorglos war wie eine Blütenknospe, öffnete sich dem Mädchen. »Ich war Kindermädchen bei den Pagets drüben in St. Bede und eben dreißig, als ich Mr. Broome kennenlernte, der hier Obergärtner und Hausmeister und auch sonst noch alles mögliche war. Er war Witwer und hatte fünf sehr liebe erwachsene Kinder, und als er mich fragte, konnte ich ihnen und diesem wunderschönen Ort nicht widerstehen, an den ich sie bringen konnte. Also heiratete ich ihn, und dann war mein eigener kleiner Junge unterwegs – kurz vor dem Krieg, um die Zeit des Münchner Abkommens. Die Ärzte schickten mich nach Ipswich ins Krankenhaus, aber es nützte nichts. Mein Baby ist nicht am Leben geblieben, und als ich zurückkam, wußte ich, daß ich nie wieder ein Kind bekommen konnte. Sie können sich, obwohl Sie noch sehr jung sind, vielleicht vorstellen, was ich fühlte, als man mir Timmy übergab. Und ist nicht ein wunderbarer Mensch aus ihm geworden? Und jetzt sind Sie gekommen, und nehmen ihn mir weg.« Der letzte Satz war nur aus Effekthascherei gesagt worden, und sein falscher Klang überzeugte anscheinend nicht einmal Margaret Broome selbst, denn sie lachte über sich, als sie ihn aussprach, und weder in ihrem Ton noch in ihrem Lächeln war eine Spur von Bitterkeit. »Sie werden ihn mir nie ganz nehmen können«, fuhr sie mit einem Lachen purer weiblicher Selbstzufriedenheit fort. »In einem Winkel seines Herzens wird er immer mein kleiner Prinz Tim aus dem rosenroten Schloß bleiben. Sie sehen ja selbst, daß ich recht habe, denn wohin hat er Sie gebracht? Zu mir, damit ich Sie verstecke. Kommen Sie jetzt, ich mache Ihnen eine Tasse Tee.«

Sie hatten die letzte Terrasse erreicht, als sie aufhörte zu reden, und nur ein Rasen trennte sie von der anmutigen Fassade, deren leere Fenster auf die zwei Meilen entfernte Meeresbucht hinausblickten.

»Es ist alles abgeschlossen, außer meiner kleinen Tür.« Sie nahm Julias Ellenbogen und führte sie durch das feuchte Gras zu dem schmalen Eingang, aus dem sie vorhin gekommen war.

Vor Julia lag eine kleine Halle mit steingrau gestrichenen Wänden und lackiertem Holzwerk von der soliden Art viktorianischer Gotik. Margaret Broome zog sie weiter in ein langes, schmales Zimmer mit einer hohen Decke. Trotz der Doppelreihe gestrichener Wasserleitungsrohre, die sich an der Dekkenleiste entlangzogen, war der Raum überaus gemütlich und warm.

»Als die Kinder gegangen waren und Miss Alison wollte, daß Broome und ich ins Haus ziehen sollten, haben wir unser Cottage aufgegeben, und ich habe uns hier eine kleine Wohnung eingerichtet.« Margaret Broome führte Julia zum Fenster, wo eine moderne Eßzimmergarnitur stand – Stühle und ein Tisch mit einer fröhlich blau und gelb gemusterten Kunststoffplatte. »Die große Küche ist fast zwölf Meter lang, und es wäre wenig sinnvoll gewesen, wenn mein armer alter Broome und ich allein dort gehaust hätten. Ich benutze die Spülküche als Küche, und aus der Speisekammer des Butlers habe ich ein bildschönes Doppelschlafzimmer gemacht. Sie hätten bestimmt nicht erraten, daß dieses Zimmer vor dem ersten Weltkrieg Vorratskammer und Servierraum war, oder? Es ist jetzt mein Wohnzimmer, und ich liebe es. Entschuldigen Sie mich einen Augenblick, ich muß nach dem Teekessel sehen.«

Sie eilte geschäftig hinaus, schalkhaft, geziert, die romantische Situation bis ins letzte genießend, und dennoch im tiefsten Innern merkwürdig aufrichtig. Julia sah sich neugierig um. Der Raum widerspiegelte das Wesen seiner Bewohnerin bis zur Selbstaufgabe. Auf der altmodischen Kommode, die weiß angestrichen worden war, stapelten sich Wochenzeitschriften, deren leuchtend bunte Titelseiten die modischsten Schnittmuster und Tips versprachen. Die Wände unter den Wasserrohren waren mit einer Rosentapete beklebt, und die himmelblauen Vorhänge paßten zur Tischplatte und den abwaschbaren Stuhlbezügen. Selbstgewebte schwarze Wollteppiche bedeckten polierte schwarz-gelbe Linoleumfliesen. Überall im Zimmer standen dort, wo man eigentlich Nippes zu sehen erwartete, Spielsachen herum, repariert und frisch lackiert. Eine hölzerne Lokomotive, zum Beispiel, an den Bruchstellen scharlachrot bemalt, hatte den Ehrenplatz auf der Kommode inne, während überall sonst Tiere und kleine, neu eingekleidete Puppen neben Schubkarren aus Porzellan und Stiefeln standen, die mit Schnittblumen oder kleinen Farnen gefüllt waren.

Julias weißer Ledermantel und Seidenschal wirkten in dieser schlichten Umgebung sehr elegant, und Margaret Broome, die mit einem farbigen Tablett und buntem Teegeschirr zurückkam, betrachtete sie bewundernd.

»Sie sehen genauso aus, wie es in der Zeitung stand, in der Ihre Verlobung angekündigt wurde«, erklärte sie. »›Die tonangebende junge Dame des Jahres‹. Als ich das las, war ich so glücklich, daß ich weinen mußte. ›Eine Prinzessin‹, sagte ich.

Das habe ich Mr. Timmy immer versprochen, als er noch klein war.«

Julia setzte sich abrupt und bemühte sich, nicht allzu bestürzt auszusehen. »O du meine Güte!« sagte sie. »Damit erklären Sie mir so vieles an Timothy, Nanny Broome.«

»Sehr wahrscheinlich, aber immer noch nicht alles«, sagte Margaret Broome unerwartet scharfsinnig. »Nichts formt so den Charakter wie eine britische Public School und Oxford. Das behauptete jedenfalls Mr. Eustace Kinnit, der darauf bestand, das arme Kerlchen in die Vorbereitungsschule nach Totham zu schicken. Er war erst acht und ein bißchen drüber, und ausgesehen hat er wie ein Baby.«

Sie redete schnell und schenkte dabei den Tee ein, aber als sie eine dampfende Tasse nahm, um sie Julia zu reichen, unterbrach sie sich und fixierte sie mit ihren harten braunen Augen.

»Sagen Sie mir, Miss, was hat Ihr Vater eigentlich gegen Timmy? Ich hätte gedacht, mein Junge hat jede irdische Tugend, die ein Gentleman sich für seine Tochter wünschen kann. Er ist hübsch, hat eine Menge Geld, er ist hochintelligent, hat hervorragende Schulen besucht, einen Platz in einem Geschäft, das eines Tages ihm gehören wird, und ausgezeichnete Manieren. Das sage ich, obwohl ich es war, die sie ihm beigebracht hat. Ich verstehe Ihren Vater nicht, denn wenn wir den Jungen sein Leben lang ganz bewußt darauf vorbereitet hätten, hätte er, meiner Ansicht nach, für Sie nicht passender sein können.«

Julia zögerte, und Margaret Broome nickte ermutigend, ohne sich in ihrem Monolog zu unterbrechen.

»Ist etwas passiert, das Ihren Vater umgestimmt hat?« erkundigte sie sich. »Anfangs war er doch ganz einverstanden, oder? Er wollte einen Ball geben, um die Verlobung bekanntzugeben, das hat Probe Parker zumindest in meiner Zeitung geschrieben. Dann plötzlich überlegte es sich Ihr Vater anders und widersetzte sich verbissen, und der Kolumnist wollte wissen, warum. Ganz offen gesagt, Miss, mich interessiert es auch, und ich wäre diejenige, die es wüßte, wenn es einen ernstlichen Hinderungsgrund geben würde.«

Das dunkelhaarige, elegant gekleidete Mädchen sah sie nachdenklich an, und Mrs. Broome beobachtete ihrerseits Julia.

»Sie haben das gleiche gedacht, nicht wahr, Püppchen?« fragten ihre Augen. Sie wagte jedoch nicht, das auch laut auszusprechen, und Julia faßte einen Entschluß.

»Haben Sie Timothys Eltern gekannt, Nanny Broome?« wollte sie wissen.

»Nein, Miss, leider nicht«, antwortete Margaret Broome mit großer Entschiedenheit, aber in ihrer Stimme war ein Unterton, der zu sagen schien: genau wie ich es mir gedacht habe. »Ich hatte natürlich gehört, daß der jüngere Bruder von Mr. Eustace und Miss Alison in Spanien ums Leben gekommen war, aber in meinem ersten Ehejahr bekam ich die Familie nicht oft zu sehen. Erst als ich, nachdem ich mein Baby verloren hatte, aus dem Krankenhaus kam, stellte ich fest, daß die Familie, weil Krieg drohte, hierhergezogen war. Als ich Broome heiratete, wurde das Haus ungefähr genauso genutzt wie heute, teils als Ausstellungsort, teils als Lagerraum. Die Familie hat nicht nur Aktien der größten Auktionshäuser, sondern besitzt auch selbst ein kleines Antiquitätengeschäft. Hier wurden und werden noch eine Menge wichtiger Stücke aufbewahrt.«

»Ja, das habe ich gewußt.« Julia bemühte sich, nicht zu stören. »Ich wollte nur wissen, ob Sie Timothys Mutter je gesehen haben.«

»Nein, ich habe nur mit dem Mädchen ein paar Worte gesprochen, das ihn herbrachte, weil man mit schweren Bombenangriffen auf London rechnete. Sie war keine geprüfte Kinderschwester, trug keine Tracht oder Uniform, und sie ging nicht sehr vorsichtig mit ihm um. Deshalb habe ich mich seiner angenommen. Ich war immer der Meinung, seine Mami sei im Kindbett gestorben, aber Sie können sich wohl vorstellen, daß ich mit achtzig Babys im Haus zuviel zu tun hatte, um richtig hinzuhören.«

»So viele?« Julias dunkle Augen wurden ganz groß. »Miss Kinnit hat mir Weihnachten von den evakuierten Kindern erzählt. Das Haus wurde schon am ersten Kriegstag beschlagnahmt. Es war eine Art Schaltstation für den Bezirk, nicht wahr? Sie müssen tolle Zeiten erlebt haben!«

Ein Ausdruck so innigen Glücks, daß man es fast ein Strahlen nennen konnte, veränderte plötzlich Margaret Broomes Gesicht.

»Es war herrlich«, sagte sie voller Begeisterung. »Mir blieb keine Sekunde Zeit, um an meinen persönlichen Kummer zu denken, und daß ich Timmy ganz allein versorgen konnte – ohne seine Mutter –, hat mir wirklich und wahrhaftig das Leben gerettet. – Ihr Vater ist offenbar sehr altmodisch?« fuhr sie nach einer Pause unvermittelt fort.

»Vater – altmodisch? Nein, eher das Gegenteil.« Julia begriff nicht ganz, wohin das Gespräch steuerte. »Warum?«

»Ich war dabei, als Mr. Eustace Timmy adoptierte«, sagte Margaret Broome, ohne Julias Frage zu beantworten. »Wir sind alle nach London aufs Gericht gefahren und in das Geheimzimmer des Richters gegangen, und es war Sommer, und Timmy trug seinen ersten weißen Matrosenanzug mit langen Hosen, obwohl er erst fünf war...«

»Geheimzimmer?« Julia schien fasziniert.

»Es könnte auch *Privat* an der Tür gestanden haben, ich hab's vergessen«, gab die Dame mit dem romantischen Gemüt ohne Verlegenheit zu. »Auf jeden Fall war die Tür in der Täfelung versteckt, und überall standen Wasserflaschen und lagen Perücken und schwarze Gewänder herum, und ich saß im Flur, während die Sache abgewickelt wurde. Timmy war unglaublich brav, wie mir der Anwalt gesagt hat. Hinterher spielten wir immer ›Richter‹. Ich hatte einen alten weißen Pelzkragen, der wie eine Perücke aussah, wenn man sich ihn ums Gesicht legte. Jetzt, Miss, Broome wird in einer Minute hier sein, also bring ich Sie in Ihr Zimmer hinauf. Es war immer bereit, seit es sich herumgesprochen hatte, daß Mr. Timmy eine junge Dame hat. Ich wußte, daß er sie in den Flitterwochen zu mir bringen würde. Das hat er mir immer versprochen. ›Ich bringe dir meine Braut, Nan, und du wirst für uns sorgen.‹« Sie ahmte den kleinen Jungen so naturgetreu nach, daß er eine Sekunde lang vor ihnen zu stehen schien, ein arroganter, autoritärer Zwerg in einem waschbaren weißen Matrosenanzug.

Sie nahm Julias Koffer wieder auf, den sie für einen Moment abgestellt hatte, und wandte ihr lächelnd das Gesicht zu.

»Am besten, Sie schlafen jetzt ein bißchen«, sagte sie. »Sind die Reporter erst einmal hinter Ihnen her, werden Sie nicht mehr viel zum Schlafen kommen. Sie werden sich wie hungrige Wölfe auf Sie beide stürzen, und Ihr Vater wird im Fernsehen flehende Appelle an Sie richten – wie gestern abend.«

Julia brauchte einen Moment, um diese unglaubliche Erklärung zu begreifen.

»Aber das ist unmöglich«, sagte sie endlich. »Er weiß es nicht.«

»O doch, er weiß es«, behauptete Margaret Broome erstaunlich vergnügt. »Eltern wissen immer viel mehr, als die Kinder glauben. Sie haben einen Instinkt, wissen Sie, hier drin...« Sie klopfte sich leicht auf die flache Brust. »Es stimmt jedenfalls, denn ich hab's selbst gesehen, während ich dasaß und auf Sie wartete. Kurz nach den letzten Nachrichten haben sie ihn erwischt, als er gerade ein Flugzeug besteigen und sich auf die Suche nach Ihnen machen wollte. ›Ich wünschte, sie läge sicher und geborgen zu Hause in ihrem Bett‹, hat er gesagt, und sein armes altes Gesicht war ganz zerknittert vor Sorge. Er hat mir richtig leid getan, obwohl er urplötzlich diese alberne Abneigung gegen Timmy gefaßt hat. ›Du hast dir dein eigenes Grab geschaufelt‹, habe ich zu ihm gesagt, ›und jetzt mußt du die Folgen tragen.‹ Dann hab ich den Apparat ausgeschaltet.«

Julia schüttelte den Kopf. »Mein Vater ist gestern abend mit dem Flugzeug von einer Geschäftsreise aus Irland zurückgekommen ...«

»Mag sein, mag sein.« Über so unwesentliche Details war Margaret Broome erhaben. »Ich wußte, daß er nach Gretna Green in Schottland fliegen könnte, aber er würde Sie und Timmy nicht finden, weil Sie hier im Brautzimmer in Sicherheit sein würden. Kommen Sie, Miss, es ist ziemlich weit oben, im selben Stockwerk wie das Kinderzimmer, aber auf dieser Seite der Türme.«

Sie verließen den ehemaligen Personalbereich, und Mrs. Broome führte Julia durch das riesige Haus. Julia ging hinter ihr her und war, wie schon bei ihrem ersten Besuch, überwältigt von den hohen, weitläufigen Fluren, den endlosen Metern dunkler Eichentäfelung, die funkelnagelneu aussah, und den steinernen Wendeltreppen, die ein Stockwerk mit dem anderen verbanden. Nur die Fenster, deren Scheiben so fein geschliffene Muster aufwiesen wie sonst nur Holzschnitzereien, schienen zu dem Palast zu gehören, den sie vom Sommerhaus gesehen hatte.

»Wäre das nicht eine wunderschöne Schule gewesen?« fragte Margaret Broome, nur leicht außer Atem, als sie schließlich in eine Galerie kamen, die so lang war wie eine Kegelbahn, und betrachtete die Reihe wunderschöner Mahagonitüren mit Kupferbeschlägen und Scheiben aus geschliffenem Glas.

»Ich habe die Räume hier immer die Kinder-Suite genannt, und als Timmy ungefähr sechs und sehr laut war, haben wir sie auch als Kinderzimmer benutzt, aber sie liegen so hoch oben und sind so einsam. Wir haben hier nie anständige Haushaltshilfen bekommen, müssen Sie wissen, nicht zu meiner Zeit. Zu Lebzeiten von Mr. Eustaces Großvater muß es herrlich gewesen sein. Dreiundzwanzig Hausangestellte im Personaltrakt und immer noch zuwenig, wie sie meinten, das hat Broome mir erzählt. Er hat den alten Herrn noch gekannt. ›Wie ein Gott in Tweed war er‹, sagt Broome immer, was ich jedoch nicht wiederholen sollte. So, und hier ist das Zimmer, meine Liebe. Wir haben es immer das Brautzimmer genannt, Timmy und ich. Wir hatten für alle Zimmer unsere eigenen Namen, doch die anderen haben meist leergestanden, außer es wurde eine große Suite für eine Möbel- oder Gobelin-Ausstellung oder eine ähnliche Veranstaltung gebraucht. Wir hatten seine Sachen in das letzte Zimmer dort hinaufbringen lassen, aber als Timmy in die Schule kam, wurden sie alle wieder heruntergeschafft. Das Brautzimmer ist jedoch unverändert geblieben und hat unter Staubdecken gewissermaßen vor sich hingeträumt. Ich habe sie abgenommen und die Bezüge gereinigt. Sie sind nicht einmal vergilbt.«

Ihre Hand lag auf der Türklinke, als sie einen kurzen Blick auf ihren Gast warf. Julia stand in dem langen, leeren Korridor inmitten des klaren Morgenlichts, das durch die hohen Fenster fiel. Sie sah irgendwie ungeheuer einsam aus, und Margaret Broomes gemütliches Geplauder wirkte plötzlich wie lästiges Altweibergeschwätz. Ein erschrockener Ausdruck flog über ihr Gesicht, als sie sich für einen Sekundenbruchteil der Wirklichkeit gegenübersah, aber sie verfügte über eine nie ermüdende Widerstandskraft und redete im nächsten Moment so glückselig weiter wie ein Kind, das eine große Überraschung in petto hat. Sie öffnete die Tür, trat beiseite und ließ Julia eintreten.

»Sehen Sie, Miss!«

Es folgte eine lange Pause, als sie nebeneinanderstanden und das Zimmer betrachteten. »Verstehen Sie, warum wir ihm den Namen gegeben haben?« fragte Margaret Broome endlich. »Es war für eine Tochter von Königin Victoria bestimmt, die jedoch nie geheiratet hat – aber vielleicht hat Mr. Eustace sich nur einen Scherz mit mir erlaubt, als er mir das erzählte. So etwas ist ihm durchaus zuzutrauen – man weiß nie, wie man ihn nehmen soll. Auf jeden Fall ist die Einrichtung einer Prinzessin würdig, finden Sie nicht?«

Julia schwieg. Der riesige quadratische Kasten mit Parkettboden und hoher Decke war mit Schlafzimmermöbeln ausgestattet, die im letzten Viertel des 19. Jahrhunderts – einer glücklichen und friedvollen Zeit – entworfen und gearbeitet worden waren, als modischer Geschmack für den größten Teil der nächsten hundert Jahre langsam aus der Mode kam.

Das halbe Dutzend raumeinnehmender Möbelstücke war weiß lackiert und wies überreiche Schnitzereien auf – Blumen, Vögel und Amoretten. Damit sie auch richtig auffielen, waren die Wände in einem lebhaften Blau gestrichen, das jetzt ausgeblichen war, doch der Teppich, den man offensichtlich gelagert und erst kürzlich wieder ausgebreitet hatte, prunkte noch mit seiner ursprünglichen türkisgrünen Farbe. Das Bett war das extravaganteste Möbelstück. Der anmutige Betthimmel war fast so hoch wie die Kranzleiste und so üppig mit geschnitzten weißen Holzgirlanden bestückt, daß man den Eindruck hatte, die große Liege sei mit Zuckerguß verziert. Eine herrliche Decke aus gehäkelter irischer Spitze über einer blauen Unterdecke vervollständigte ein Bild kühler Pracht, so keusch, daß es verdächtig wirkte.

»Bräutlich rein und – oh, ich hoffe so sehr, daß ihr glücklich werdet.« Margaret Broomes Worte kamen von Herzen – einem bescheidenen, warmen Herzen, und sie merkte nicht, wie groß die Bestürzung war, die sie auslösten. Sie verstand auch dann noch nicht, als sie sich umdrehte und das erstarrte junge Gesicht sah, die Augen, die zwischen dem monströsen Möbel und der entsetzlichen Intimität des Doppelwaschtischs mit der grünen Marmorplatte und den Waschschüsseln in Form zweier Seerosen hin und her blickten.

»Oh, Miss, gefällt es Ihnen nicht?« Die Frage klang erstaunt und vorwurfsvoll zugleich.

»Es ist sehr schön. Vielen Dank, daß Sie sich so große Mühe gemacht haben, aber mich friert in diesem Raum. Ich hoffe, Sie haben nichts dagegen, wenn ich jetzt nicht hierbleibe. Haben Sie vielleicht ein anderes Zimmer, in dem ich mich umziehen und für eine Stunde hinlegen könnte?«

Julia sprach, als wisse sie genau, daß sie undankbar war, aber nicht anders könne. Margaret Broome war enttäuscht und zutiefst verwirrt. »Es ist nicht *das* Zimmer, Miss«, sagte sie plötzlich. »Nicht das, von dem man sich diese Geschichte erzählt. Das liegt in einem anderen Stockwerk und auf der anderen Seite des Hauses, und nicht einmal das ist das richtige, weil das Ganze sich in einem anderen Haus zugetragen hat. Ich würde Ihnen *dieses* Zimmer nicht geben, obwohl ich bei meinem Leben schwören kann, daß es dort nie gespukt hat. Es gibt keine Geister im Bergfried, Gott sei Dank!« Sie sprach mit leidenschaftlichem Nachdruck, aber die Kälte blieb, und ihre runden Augen waren wachsam. »Sie haben eine Menge darüber gehört, nehme ich an?«

»Nein.« Julia wandte sich schon zur Tür, und Margaret Broome machte eine Bewegung, als wolle sie sie aufhalten. Ihre Miene war ängstlich und doch irgendwie herausfordernd und mißbilligend, obwohl man spürte, daß sie darauf brannte zu erzählen.

»Haben Sie schon von Miss Thyrzas Sessel gehört?« Der halb gemurmelte Satz klang auf komische Weise unheimlich, wie bei einem Kind, das sich an einem wahrscheinlich verbotenen Wort versuchte.

Julia hörte sie zwar, war aber nicht interessiert. Sie rannte an Margaret Broome vorbei zur Treppe. Dort blieb sie stehen, machte kehrt und betrat das Zimmer in dem Augenblick wieder, in dem Margaret Broome herauskam. Sie lief über den blauen Teppich, kletterte auf die steinerne Fensterbank und riß das Fenster so weit wie möglich auf, damit die Morgenluft hereinströmen konnte.

»Um Himmels willen, Miss, was tun Sie denn da? Es werden Blätter von den Bäumen, Vögel und auch sonst noch alles mögliche von draußen hereinfliegen. Die Bettdecke allein ist ein Vermögen wert.«

»Ja, wahrscheinlich.« Julias Stimme klang unerwartet fest. »Aber darüber wollen wir uns jetzt nicht den Kopf zerbrechen. Bitte lassen Sie das Fenster offen, damit das Zimmer gründlich durchgelüftet wird. Vielleicht komme ich später wieder her, doch jetzt möchte ich mich woanders hinlegen.«

Margaret Broome öffnete den Mund, um zu protestieren, überlegte es sich jedoch anders. Sie war darin geübt, Autorität zu erkennen, wo immer sie ihr begegnete. Gleich darauf stieg sie vor Julia die Treppe hinunter, und zum erstenmal verriet ihre Miene einen leichten Zweifel.

2

Eine gefährliche Lady

Ein bemerkenswert übellaunig aussehender alter Mann, so rosig und sauber wie ein Baby, schob einen neuen Schubkarren über die gekieste Zufahrt.

Als Julia aus dem Fenster des kleinen Wohnzimmers im Erdgeschoß auf ihn hinunterblickte, spiegelte sich die Sonne in der grellen Farbe des Schubkarrens, und sie lachte lautlos in sich hinein.

Das war Broome höchstpersönlich, und seine unverkennbare Ähnlichkeit mit einem von Walt Disneys Zwergen konnte nicht ganz zufällig sein. Sie fragte sich, ob ihm das bewußt war.

Ausgeruht und satt – Margaret Broome hatte eben das Tablett abgeholt –, war Julia wieder so fröhlich wie immer. Sie wirkte in dem maßgeschneiderten grauen Baumwollkleid mit dem terrakottafarbenen Halstuch, den ebenfalls terrakottafarbenen Schuhen und dem seidigen schwarzen Haar sehr kühl. Sie saß auf der Tischkante und hatte die an den Gelenken blaugeaderten Hände im Schoß gefaltet. Sie war sehr verliebt und fest entschlossen.

Margaret Broome hatte ihr die Morgenzeitung gebracht und so gefaltet, daß keine andere Nachricht über Krieg oder Frieden sie von der Titelgeschichte ablenken konnte. Über den beiden Spalten war ein Foto von Sir Anthony Laurell, auf dem er mit einem strahlenden Lächeln ein Flugzeug verließ. Dazu die Schlagzeile: *Müde, aber bestens gelaunt. Wieder einmal kann der »fliegende Vorsitzende« angedrohten Streik abwenden.* In dem Artikel ging es ausschließlich um wirtschaftliche Belange und die Tarifgespräche, die Sir Laurell in Nordirland geführt hatte, aber er schloß mit einer kurzen Notiz über den kleinen Zwischenfall, der für Margaret Broome allein wichtig gewesen war. *Als er sich müde, aber sehr zufrieden und breit lächelnd, den Vertretern der Medien stellte, fragte ein wagemutiger Korrespondent, ob Sir Anthony wisse, wo seine Tochter sei. Die Frage bezog sich auf das Gerücht, daß die erwartete Verlobung zwischen Julia Laurell, Sir Anthonys einzigem Kind, und dem zweiundzwanzigjährigen Timothy Kinnit, Erbe des Auktionshauses in der Dover Street, geplatzt sei.*

Man schiebt die Schuld an der zerstörten Romanze Sir Anthony in die Schuhe und prophezeit den jungen Leuten großen Liebeskummer. Auf die Frage des Korrespondenten antwortete Sir Anthony gestern abend, noch breiter lächelnd: »Gut aufgehoben in ihrem Bett, hoffe ich«, und ging zu seinem Wagen.

Als Margaret Broome das Tablett abholte, hatte Julia versucht ihr zu erklären, was dieser Bericht tatsächlich besagte, aber ohne erkennbaren Erfolg. Sie war daher nicht sehr überrascht, als Margaret Broome nervös ins Zimmer flatterte, nachdem sie zwei-, dreimal verstohlen angeklopft hatte.

»Ich habe Ihnen gesagt, daß Sie sich irren!« rief sie, und von ihren Knopfaugen sah man fast nur noch das Weiße. Doch trotz aller Dramatik gelang es ihr nicht, ihr stets gegenwärtiges Lächeln zu unterdrücken. »Sie sind hier!«

Julia rutschte vom Tisch herunter und machte einen Schritt auf das Fenster zu.

»Wer?«

»Die Presse, wie ich es Ihnen prophezeit habe. Aber Sie haben ja gemeint, es ist wenig wahrscheinlich, daß sie hier auftaucht. Oh, nicht da draußen!« Margaret Broome schien gekränkt, daß man ihre Worte so buchstäblich nahm. »Amy Beadle vom *Goat and Boot* – sie hat selbst die Konzession, und wir sind gut befreundet – hat eben mit mir telefoniert und gesagt, zwei Londoner Zeitungen haben angerufen und gefragt, ob Sie oder Mr. Timothy im Dorf gesehen worden sind. Sie hat natürlich nein gesagt und mich dann gefragt, ob ich etwas weiß.«

»Was haben Sie ihr geantwortet?« Schon hatte Julia es sich angewöhnt, mit Margaret Broome sehr energisch zu sprechen und ungewöhnlich deutlich zu artikulieren.

»Oh, ich war sehr vorsichtig.« Ein unerwartet pfiffiger Ausdruck erschien auf dem strahlenden Gesicht. »Ich kenne Amy. Wenn nichts da ist, wird sie etwas erfinden. Man kann bei ihr nur eins tun – ihr direkt ins Gesicht sehen und lügen. Ich sagte, ich verstehe nicht, warum man ausgerechnet sie anrufen sollte, denn wenn überhaupt jemand etwas weiß, dann bin das wohl ich. Ich hätte aus London kein Sterbenswort gehört, sagte ich – wir haben Direktwahl, also kann niemand mithören –, und ich hoffte natürlich, bald etwas zu erfahren, nähme aber an, Mr. Timothy sei mit Ihnen nach Schottland oder nach Paris oder so gefahren, wenn es in Gretna Green nicht geklappt hatte.«

Julia sah wieder sehr jung aus. »Sie waren sehr gründlich.«

»Das muß man bei Amy schon sein. Wobei mir einfällt, Miss, wenn Sie jemanden kommen sehen – ich glaube zwar nicht, daß das der Fall sein wird, aber man weiß ja nie –, laufen Sie schnell durch den linken Korridor bis zu der großen Tür am Ende. Das Schloß sieht ganz gewöhnlich aus, ist es aber nicht. Darunter ist ein kleiner Metallbolzen, wenn Sie ihn zur Seite schieben, geht die Tür auf, und Sie kommen in den großen Salon. Ich nenne ihn die Schatzkammer. Dort werden alle wertvollen Sachen aufbewahrt. Es ist der Raum, in den ich nie einen der Fremden führe, die herkommen, um das historische Gebäude zu besichtigen. Das Schloß schnappt hinter Ihnen zu, aber es hat auch auf der anderen Seite diesen kleinen Metallbolzen, so daß Sie immer heraus können. Es ist nur eine Vorsichtsmaßnahme. Sie kennen den Raum – es ist der, in dem Weihnachten getanzt wurde.« Sie unterbrach sich, um Luft zu holen, und dachte kurz nach. Gleich darauf machte sie einen Schritt auf Julia zu, legte ihr die abgearbeitete rote Hand auf die Schulter und sagte mit einem Ernst, der um so eindrucksvoller war, weil er aus der Tiefe ihres Herzens kam:

»Ich habe heute bei der Hausarbeit die ganze Zeit an Sie gedacht und hoffe sehr, daß Sie mich verstehen werden. Ich weiß, es ist in einer Zeit wie dieser sehr leicht, sich gekränkt zu fühlen, aber, Miss, warum geben Sie sich nicht ganz offiziell gegenseitig das Versprechen? Ich kenne Mr. Timmy, und ich glaube, ich lerne auch Sie allmählich kennen. Sie wären beide viel glücklicher, wenn alles seine Ordnung hätte. So wie die Dinge liegen, werden Sie nie ganz glücklich sein, weil es zu viele Kleinigkeiten gibt, die Ihnen Kummer machen.«

Es war völlig klar, was sie meinte, und auch an der Aufrichtigkeit ihrer Fürsorge war nicht zu zweifeln.

»Mr. Lingley, der Pfarrer – oder Pastor-Ben, wie ihn alle hier nennen –, kennt Mr. Timmy seit fünfzehn Jahren, und ich weiß, daß er gern helfen würde.«

Julia saß wieder auf dem Tisch, die schwarzen Augen zusammengekniffen, und ihr kluges Gesicht sah so jung und wehrlos aus, daß man sich für sie verantwortlich fühlte.

»Ich verstehe nicht recht, was Sie mit dem gegenseitigen Versprechen meinen«, sagte sie endlich. »Es klingt sehr gut, aber was ist es? Eine Art Zeremonie?«

»Ja, ich glaube, Miss. Sie müßten natürlich alles dem Pfarrer überlassen, aber man liest es doch immer wieder in Romanen, nicht wahr? Es werden Ringe getauscht, das weiß ich. Sie haben Ihren Verlobungsring, und für Timmy finde ich bestimmt einen. In der Vitrine im Salon liegt ein schöner, großer – er stammt aus Pompeji, denke ich.« Es war nur die leichte Hebung im letzten Wort, ein kaum merklicher Mangel an Entschlossenheit in der begeisterten Tirade, die in Julia den Eindruck erweckten, daß Margaret Broome selbst nicht genau wußte, wovon sie sprach. Es war auf mancherlei Weise eine mitleiderregende Situation, unbezahlbare und hochempfindliche Schätze standen auf dem Spiel, und beide Frauen kannten alle Fakten, ohne sie zu verstehen.

Mit hoffnungsvollem und fragendem Blick stand Margaret Broome abwartend da.

»Ich glaube, das Ganze passiert in der Kirche, und es ist nur ein Gebet und ein Versprechen, aber die Dokumente werden nicht unterschrieben, weil man dazu eine Lizenz braucht, und Sie sind noch nicht volljährig, nicht wahr, Miss? Ich habe einfach das Gefühl, es wäre eine gute Sache, denn wenn die Zeremonie auch vor Gericht nicht gültig wäre, für euch beide wäre sie es, so wie ihr beide geartet seid, und ihr würdet euch hinterher viel wohler fühlen. Darf ich Mr. Lingley anrufen und ihn bitten, herzukommen? Ich werde ihm den Grund nicht sagen, doch ich weiß, daß er kommen wird. Er ist ein sehr guter Mann. Freundlich und gewissenhaft.« Sie war mit ihrer Kinderzimmerautorität nur um Haaresbreite davon entfernt, Julia zu überzeugen, aber bei ihrem nächsten Schritt barst das dünne Eis. »Vor langer, langer Zeit kniete der Mann die ganze Nacht betend vor einem Schwert, und heutzutage nennen die Zeitungen es ganz einfach eine Hochzeitsprobe«, erklärte sie vernichtend.

Julia hielt den Atem an und lachte Tränen.

»Sie denken an eine *Vigil*«, sagte sie. »Das ist, fürchte ich, etwas ganz anderes. Nein, ich glaube nicht, daß ich mit Mr. Lingley sprechen möchte. Trotzdem vielen Dank, daß Sie daran gedacht haben.«

»Aber er ist ein guter Mann, Miss. Ein einfacher, praktischer Mensch, auch wenn er den ganzen Tag die Soutane trägt. Er würde helfen, wenn er könnte.«

»Davon bin ich überzeugt. Ich habe ihn doch schon Weihnachten kennengelernt. Nein, überlassen wir das alles Timothy. Ich werde ihm sagen, was Sie vorgeschlagen haben.«

»Ah!« sagte Margaret Broome. »Jetzt weiß ich, daß Sie Timmy eine gute Frau sein werden, weil er sehr stolz und eigenwillig ist und geführt werden muß. Ich verlaß' mich drauf, Miss. Sie sagen es ihm. Ich werde ein gutes Abendessen für ihn vorbereiten, und dann sagen Sie ihm, er soll Rev-Ben anrufen.

Und ich mache die Brautjungfer.« Ein knirschendes Geräusch auf dem Kies vor dem Haus ließ sie mitten im Satz verstummen, und sie blickten beide aus dem Fenster. Ein Jaguar war eben durch den Torbogen gefahren, hielt auf der Zufahrt, und zwei Männer stiegen fast direkt unter dem Fenster aus, an dem sie standen.

Margaret Broome warf einen einzigen Blick auf den kleineren und dunkleren der beiden und wurde feuerrot vor Ärger.

»O Hölle und Teufel!« stieß sie hervor, und aus ihrem Mund klang der lächerliche Ausdruck schockierend. »Mr. Basil! Das ist typisch für ihn – kommt einfach daher, wenn man ihn nicht brauchen kann. Es ist Mr. Basil Toberman. Ich nehme an, Sie haben schon von ihm gehört. Er ist der Geschäftspartner, das schwarze Schaf, wenn Sie mich fragen. Er trinkt wie ein Schwamm und bildet sich ein, er ist die Antwort auf ein Gebet. Ich habe keine Ahnung, wen er da mitgebracht hat.«

»Ich schon.« Ängstlich musterte Julia den langen, dünnen Mann, der auf der Beifahrerseite ausgestiegen war. »Das ist Albert Campion. Ich denke zwar nicht, daß er schon nach mir sucht, aber ich mache mich lieber aus dem Staub.«

»Was ist er? Ein Rechtsanwalt?« Margaret Broome hatte Julia vom Fenster weggezogen, reckte selbst aber immer noch den Hals.

»Das glaube ich eigentlich nicht. Die Leute mutmaßen alles Mögliche, was er ist oder was er nicht ist. Man ruft ihn, wenn man in der Tinte sitzt. Gehen Sie, und halten Sie die beiden ein bißchen auf, bis ich mich versteckt habe.«

3

Miss Thyrzas Sessel

Das Schloß an der Salontür ließ sich leicht handhaben, sobald man sein Geheimnis kannte, und zufrieden hörte Julia, daß der Riegel automatisch zuschnappte, als sie die Tür hinter sich zumachte und einen sehr hohen, geschmackvollen Raum mit poliertem Fußboden betrat, über den schöne, abgenutzte Teppiche wie Farbtupfer verteilt waren. Die abgebeizte Täfelung hatte einen warmen Goldton, und die Gemälde, hauptsächlich englische Schule, wirkten im Nachmittagslicht sanft und weich. Den Kaminvorplatz bildeten sepiafarbene Delfter Kacheln mit plump gezeichneten biblischen Szenen in verblaßtem Zyklamenrot, das gut zu dem rötlichen Kiefernholz paßte. Darüber befand sich statt einer Kamineinfassung ein gemauerter Bogen, hoch genug, um einen kleinen Balkon mit einer zierlichen Balustrade zu bilden. Die Wand dahinter schmückte ein Gobelin. Wie gewöhnlich paßte der Name ausgezeichnet, den Margaret Broome dem Zimmer gegeben hatte. Überall sah man Kostbarkeiten, darunter zwei italienische Vitrinen mit herrlichen Intarsien, riesengroße, wunderschöne Möbel, auf deren langen, geschwungenen Glaszwischenböden weißes Porzellan ausgestellt war. Hier hatte großer Sachverstand einen Raum von erlesener Eleganz geschaffen. Tische mit Glasplatten aus den verschiedensten Perioden standen zwischen mit Samt bezogenen Sesseln und Sofas mit gestickten Überwürfen, und hier und da entdeckte Julia ein Sammlerstück, ein winziges Cembalo aus Nußbaumholz, anmutig wie ein Boot, oder eine Kassette, aus einem Holz gearbeitet, das so alt war wie das Gebäude selbst. Der ganze Raum duftete nach

Zedern, vermutlich Möbelpolitur, aber angenehm und scharf und sehr anheimelnd in der ein wenig stickigen Stille. Man hatte das Gefühl, daß die Blätter, die vor den Fenstern im Sonnenlicht tanzten, fröhlich lärmten, eine solche Ruhe herrschte im Raum.

Die Kacheln interessierten Julia, und als sie sich bücken wollte, um sie näher anzusehen, hörte sie, daß der Türriegel wieder zur Seite geschoben wurde, und sie erschrak, weil ihr einfiel, daß mindestens einer der Besucher das Haus genausogut kennen mußte wie Margaret Broome. Es gab nur ein einziges Versteck, in das sie sich sofort flüchtete – die verborgene Treppe, die hinter der Täfelung zu dem Balkon hinaufführte. Vor dem bogenförmigen Zugang hing ein Vorhang, und Julia setzte sich auf die zweite Stufe, um abzuwarten, bis die beiden sich wieder verzogen.

»Aber zur Zeit Königin Victorias waren die Leute robust und sehr an Verbrechen interessiert.«

Die Stimme war Julia unbekannt, doch sie vermutete, daß sie Toberman gehörte. »Sehen Sie mal! Das sind die Mord-Cottages und ihre Insassen aus Staffordshire-Porzellan. Die ganze Kollektion auf dem mittleren Bord.« Die aggressive, energische Stimme war zwar nicht besonders laut, aber durchdringend. Sie war so nah, daß Julia das Gefühl hatte, der Sprecher könne nur wenige Meter von ihr entfernt sein. Campions Lachen jedoch, das sie sofort erkannte, schien viel weiter entfernt. Wahrscheinlich standen die beiden Männer vor der Porzellanvitrine am anderen Ende des Zimmers.

»Wie ungewöhnlich«, sagte Campion, und es klang absolut aufrichtig. Sie konnte sich seine arglos verwirrte Miene und das schläfrige Lächeln in seinen hellen Augen sehr gut vorstellen. Er war, soweit sie sich erinnerte, kein besonders hübscher, aber ein sehr anziehender Mann mit einem starken und einfühlsamen Interesse für seine Mitmenschen.

»Als Sie vor ein paar Tagen die Mordhäuser zum erstenmal erwähnten, habe ich darüber nachgelesen. Es schien mir«, fuhr er aufrichtig fort, »eine so makabre Idee, daß ich Ihnen nicht geglaubt habe. Zu meiner Überraschung steht in den Lehrbüchern eine Menge über sie, mit Illustrationen; die berühmten Verbrecher des 19. Jahrhunderts und die Häuser, in denen sie gelebt haben, in Porzellan nachgebildet. Ich war auf meine altjüngferliche Art ehrlich schockiert. Na, ich danke! Stellen Sie sich vor, Sie sitzen gemütlich am Kamin und sehen, wenn Sie aufblicken, auf dem Kaminsims eine Replik von George Christie und Rillington Place.«

Toberman lachte. »Vielleicht nicht ganz das richtige. Sie sähen wahrscheinlich lieber Maigret und seine Pfeife, Poirot mit dem Zeigefinger an seinen grauen Zellen oder Nero Wolf mit einer Orchidee. Der Geschmack geht wieder mehr in diese Richtung. Sie sollten die Sammlung hier studieren, Campion. Eustace wird sich zu seinen Lebzeiten nie davon trennen, aber eines Tages wird sie berühmt sein. In dieser Vitrine steht jedes Staffordshire-Modell, das je gemacht wurde. Das Van-Hoyer-Museum in New York, zum Beispiel, besitzt weder die überaus seltene zweite Version von Maria Martens Roter Scheune noch den kleinen Frederick George Manning – das war übrigens der Verbrecher, der in Anwesenheit von Charles Dickens auf dem Dach des Gefängnisses in der Horse Monger Lane gehenkt wurde...«

»Aber es hat Miss Thyrza und ihren Sessel?«

»Das ist richtig.« Toberman schien erfreut. »Das einzige andere Exemplar, das es auf der ganzen Welt gibt. Eustaces Urgroßvater, Terence Kinnit, kaufte die Brennformen auf und vernichtete die ganze Auflage, um zu verhindern, daß die Geschichte von seiner mordenden Gouvernante verewigt wurde. Er konnte jedoch der Versuchung nicht widerstehen, zwei Exemplare zu behalten, eins für seine Sammlung und eins, das in klingende Münze umgewandelt werden sollte, damit er einen Teil des Geldes wieder hereinbekam, das ihn die Aktion gekostet hatte. Und er hatte richtig gerechnet, wie üblich. Miss Thyrza geriet in Vergessenheit, und sein Enkel – der Vater des jetzigen Eustace – verkaufte das zweite Exemplar an das Van-Hoyer-Museum für die höchste Summe, die je für ein Einzelstück Stafford bezahlt wurde.«

»Ach, tatsächlich?« Campion war entsprechend beeindruckt. »Und das Verbrechen ist hier im Haus geschehen, nicht wahr?«

»Der Mord? O nein. Terence ist wegen des Mordes hierhergezogen. Die Restaurierung dieses Hauses hat seine Nachbarn von dem anderen kleineren Gebäude hinter dem Dorf – dem Schauplatz der Tat – abgelenkt. Später wurde es abgerissen. Hier haben Sie die Dame, Campion, ermattet über die Lehne des tödlichen Sessel gebeugt. Wie gefällt sie Ihnen?«

Hinter dem Vorhang versteckt, konnte Julia den Sprecher nicht sehen, hörte aber das leise Klirren dünnen Glases, als er die Tür der Vitrine öffnete.

Campion blickte Toberman über die Schulter, als er die Porzellangruppe herausnahm. Es war ein typisches Produkt der Manufaktur, stark glasig mit leuchtenden Farben, ehrlich, aber naiv modelliert, so daß die allgemeine Wirkung ein bißchen komisch war. Der Sessel war ein gemütlicher, gepolsterter Halbzylinder in grellem Rosa. Die Dame in einer in der Taille stark geschnürten, schulterfreien königsblauen Robe lehnte malerisch daneben, das lange schwarze Haar über Schultern und Brust drapiert. Zu ihren Füßen kauerten auf einem Schemel zwei undefinierbare Gestalten – vermutlich Kinder.

»Es hat sehr wenige Fehler, und das ist sehr ungewöhnlich für Stafford«, sagte Toberman, drehte und wendete das Stück in seinen plumpen Händen. Er war ein Mann in den Dreißigern mit bläulichem Bartschatten, feuchten Augen und einem sehr vollen dunkelroten Mund; er machte immer den Eindruck, als sei er den Tränen nahe. »Es vermittelt ein erfrischend direktes, modernes Gefühl, finden Sie nicht? Sehen Sie die Packnadel?«

Er zeigte auf einen kleinen Höcker innerhalb der Rundung des Sessels. Campion hatte ihn für einen Fehler in der Glasur gehalten, doch als er ihn jetzt eingehender betrachtete, sah er die graue Spitze, die daraufgemalt war. Verblüfft und erstaunt sah er auf.

»Eine Packnadel? War das die Mordwaffe? Was für ein gräßlich praktischer und hausbackener Gegenstand! Sie hat sie einfach in die Polsterung gesteckt und ein Stück herausschauen lassen, nehme ich an? Wie unglaublich abscheulich!«

»Es hat funktioniert«, erwiderte Toberman vergnügt.

»Das kann ich mir vorstellen«, meinte Campion trocken. »Der Sessel muß eine viktorianische Version der mittelalterlichen *Maiden* gewesen sein, einer Art Guillotine.«

»Könnte man sagen, ja. Aber unter *Maiden* verstand man einen innen mit Stacheln ausgerüsteten Eisensarg, nicht wahr? Das Opfer wurde hineingeworfen und der Sargdeckel geschlossen. In diesem Fall handelte es sich um einen einzigen Stachel, der so plaziert war, daß er einen Mann direkt unter dem linken Schulterblatt erwischen mußte. Die Nadel war etwas stärker als eine Hutnadel, aber aus Stahl und hatte die Stoßkraft eines Stiletts. Entweder hat Miss Thyrza den Mann von vorn in den Sessel hineingepreßt, oder sie hat ihm, als er sich setzte, von hinten die Arme um den Hals gelegt und fest gezogen. Das hat übrigens auch die Anklagebehörde vermutet.«

»Wann hat dieses saftige kleine Verbrechen stattgefunden?« fragte Campion noch immer sehr erstaunt. »Ich kann mir nicht vorstellen, wie das passiert ist, aber es scheint mir völlig entgangen zu sein.«

»Das überrascht mich nicht«, antwortete Toberman ein wenig geringschätzig, aber ohne beleidigend zu sein. »Fachleute haben häufig Lücken, ich stoße andauernd darauf. Doch in diesem Fall bekommen Sie Absolution, denn Terence Kinnit war ein einflußreicher Mann und konnte die Sache vertuschen. Im selben Jahr – 1849 – hat es zwei oder drei andere sensationelle Verbrechen gegeben, auch wurde die junge Frau nicht gehenkt. Die Jury hat sie freigesprochen, aber sie beging

Selbstmord, daher nahm man an, daß sie doch schuldig war, und die Öffentlichkeit verlor das Interesse an dem Fall.«

Campion sagte nichts, und einen Augenblick blieb es still in dem nach Zedern duftenden Raum. Gleich darauf stellte Toberman die Gruppe in die Vitrine zurück, und sein Gast betrachtete sie durch das Glas.

»Wer sind die kleinen Wesen im Vordergrund?« erkundigte er sich.

»Das sind die Kusinen. Miss Haidée, die Tochter von Terence, und Miss Emma, das Kind seiner Schwester. Thyrza war ihre Gouvernante. Sie waren viel älter, als sie hier dargestellt sind; der Künstler hat sie nur so klein gemacht, um zu betonen, wie unwichtig sie waren. Emma war die älteste. Fast sechzehn. Haidée ungefähr ein Jahr jünger. Thyrza erst zwanzig. Das Opfer war der Musiklehrer. Er kam einmal wöchentlich aus der Stadt herausgeritten, und die beiden hatten eine Affäre. Haidée hat Briefe gefunden, das neugierige kleine Biest. Sie zeigte sie Emma, und die hat sie Thyrza zurückgegeben. Thyrza hatte mächtig Bammel davor, daß die Kleine alles ihrer Mutter erzählte, und setzte alle Hebel in Bewegung, damit der junge Mann entlassen wurde, ohne Erfolg. Das kam alles beim Prozeß heraus. Der Musiklehrer hatte sich für Don Juan auf dem Lande gehalten und mit seinen Eroberungen geprahlt, daher war Miss Thyrza praktisch gezwungen, sich seiner zu entledigen, wenn sie nicht ihre Stellung verlieren und alle Hoffnung auf eine gute Heirat aufgeben wollte. Da sie eine sehr geschickte und findige junge Frau war, begann sie die Polsterung des Besuchersessels mit einer dreiundzwanzig Zentimeter langen Packnadel zu reparieren.«

»Wieso hat die Jury sie freigesprochen?« Campion schien von dem weit zurückliegenden Verbrechen fasziniert.

»Oh, ich stelle mir vor, weil sie jung und schön war und im Zeugenstand intelligente Antworten gab«, antwortete Toberman. »Sie behauptete natürlich, das Ganze sei ein Unfall gewesen, und hätte es die Briefe nicht gegeben und hätte der junge

Mann ihr nicht mit seinen Prahlereien ein Motiv geliefert, hätte es ja durchaus ein Unfall sein können. Was für eine herrlich ungesunde Atmosphäre in diesem Schulzimmer geherrscht haben muß, nicht wahr, Campion?«

»Furchterregend. Warum hat sie sich umgebracht?«

»Keine Zukunft.« Toberman zuckte eiskalt mit den Schultern. »Sie kam aus dem Schwurgericht, schlenderte die Hauptstraße entlang, stellte fest, daß sie nicht wußte, wohin, und warf sich in eine Pferdetränke. Ihr war gar nichts mehr geblieben, wissen Sie? Im Zeitalter von Königin Victoria vergeudete man weder Zeit noch Geld dafür, daß gestrandete Existenzen für die Zeitungen ihre Memoiren schrieben. Und ihr ehemaliger Arbeitgeber Terence Kinnit hätte keinen Finger für sie gerührt. Die Philantropie der Kinnits muß sich am Ende immer irgendwie lohnen.«

Hohn und Bitterkeit in der bisher so ruhigen Stimme kamen so unerwartet, daß der letzte Satz in dem stillen Zimmer fast wie ein bösartiges Knurren klang. Betroffen musterte Campion den Sprecher durch seine runde Brille. Toberman lachte, und sein voller Mund zitterte leicht, was ziemlich verwirrend war.

»Ich bin der erste in meiner Familie, der nicht dankbar ist«, erklärte er. »Ich war ein zorniger junger Mann, und jetzt bin ich ein Jammerlappen im mittleren Alter. Ich bin der letzte der Tobermans und der erste, der die Kinnits so sieht, wie sie immer gewesen sein müssen – ein Rudel skrupelloser Haie in der Maske wohltätiger Amateure.« Er unterbrach sich unvermittelt. »Ich brauche jetzt etwas zu trinken«, sagte er. »Immer wenn ich so unangenehm nüchtern werde wie jetzt, reite ich dieses langweilige alte Steckenpferd. Die Kinnits sind eine deprimierende Familie. Der alte Terence muß typisch für alle gewesen sein. Er hat meinem Urgroßvater aus einem schlimmen Schlamassel herausgeholfen – Bankrott nennt man das wohl – und hat unserem Auktionshaus seinen Namen und sehr viel Geld geliehen. Wir sind die Auktionare geblieben, und die

Kinnits haben ihren Status als Kunstliebhaber und -kenner behalten, die hin und wieder ganz nebenbei und mit vornehmer Zurückhaltung ein bißchen handelten. Das ist die Kinnit-Methode; such dir eine lahme Ente, frag nicht zuviel, und mach sie für alle Ewigkeit zu deinem ergebenen Sklaven. Der alte Terence hatte weder Zeugnisse noch Referenzen verlangt, als er Thyrza einstellte; auch das kam beim Prozeß zur Sprache. Sie verlangte sehr wenig, und sie tat ihm leid. Aus diesem kleinen Satz spricht jeder Kinnit, der je gelebt hat.«

Campion wandte sich von der Porzellanvitrine ab, und sein Blick fiel ganz zufällig auf eine Sammlung emaillierter Knöpfe unter der Glasplatte eines Tischchens, das kaum größer war als ein Teller. Als er das Wort ergriff, klang seine Stimme völlig gleichmütig, doch die lauschende Julia, die sich ja nur nach seiner Stimme richten konnte, wußte sofort, daß er endlich die Gelegenheit gekommen sah, auf die er gewartet hatte.

»Was geht Ihnen am meisten unter die Haut«, fragte er mit irreführender Arglosigkeit, »das Gönnerhafte oder der eigentlich nur vorgespiegelte Amateurstatus?«

»Der verdammte Reichtum«, antwortete Toberman wahrheitsgemäß und über sich selbst belustigt. »Terence Kinnit hat ein Vermögen dafür ausgegeben, dieses Haus so großartig zu verunstalten wie nur möglich – er ließ zwei Quadratmeilen Wand in einem Pseudo-Tudorstil mit Sperrholz panellieren –, doch das machte ihn keineswegs zum Bettler, was ihm recht geschehen wäre, denn er bezahlte mit dem Erlös aus der Versteigerung eines Teils der herrlichen Kostbarkeiten, die er in der Ruine entdeckte. Die ursprünglichen Baumeister hatten nicht nur ihre tüchtigen Arbeiter aus Italien mitgebracht, sondern auch ihren ›Gartenschmuck‹ – klassischen Marmor, alter Junge, den Sie heute in jedem zweiten europäischen Museum finden. Außer Terence hat niemand erkannt, wie wertvoll er ist. Ich habe das seinem Geist nie verziehen!« Toberman holte tief Atem, und seine dunklen Augen hatten für einen Sekundenbruchteil einen geradezu fanatischen Ausdruck. »Und warum hat er das hauptsächlich getan?« fuhr er fort. »Weil ihn ein dummes kleines Mädchen, das er ›aus reinem Großmut in sein Haus aufgenommen hatte, weil es billig war‹, in einen Skandal hineingezogen hatte, der vertuscht werden mußte. Er kaufte diesen völlig überflüssigen Prachtbau und verwandelte ihn in einen Palast, damit die Nachbarn ein anderes Gesprächsthema hatten.« Toberman lachte, und seine weltkluge Überlegenheit gewann wieder die Oberhand. »Sie denken wahrscheinlich, daß ich einen Komplex habe, nicht wahr? Nun, und damit haben Sie völlig recht, und lassen Sie sich von mir sagen, daß er mir, verdammt noch mal, zusteht!«

Campion hüstelte um Entschuldigung bittend. »Tut mir leid«, sagte er hastig. »Ich hatte keine Ahnung, daß Ihnen das so nahegeht. Da Sie so viel Zeit in Well House verbringen, dachte ich, daß Sie . . .«

»Ich mir einbildete, ich sei einer von ihnen?« beendete Toberman gereizt und beschämt den Satz. »Das tu ich wahrscheinlich auch, wenn ich nicht nachdenke. Ich mag den alten Eustace. Ich könnte kaum anders. Der Mann war, seit ich mich erinnern kann, wie ein reicher Onkel zu mir. Er und Alison behandeln mich, als sei ich ihr Neffe, und ich kann jederzeit im Stadthaus wohnen. Warum sollte ich nicht? Alle anderen tun es. Im Moment ist eine südafrikanische Verwandte da – eine humorlose Kusine und ihre Zofe. Man hat mich einvernahmt und gehätschelt wie alle übrigen, und zufällig paßt es mir ganz und gar nicht, andererseits aber bin ich zu verdammt bequem, um etwas dagegen zu tun. Dennoch ist das Ganze paradox, denn wenn jemand das Recht hat, die Kinnits zu beerben, dann bin ich das. Wenigstens bin ich nicht ›zugelaufen‹.« Wieder war die Bitterkeit hinter diesem widersprüchlichen Ausbruch bemerkenswert groß. Er merkte es selbst, denn er wurde rot und lächelte entwaffnend.

»Rede ich zuviel, weil ich zuviel trinke, oder ist es anders herum?« sagte er hastig. »Ich weiß es nie. Gleich machen wir uns auf die Suche nach Alkohol. Gewöhnlich findet man welchen irgendwo im Haus, wenn man methodisch sucht. Entschuldigen Sie, Campion, aber ich leide noch immer unter dem Schock einer Entdeckung, die ich schon vor zwanzig Jahren hätte machen sollen. Als mir vor ein paar Tagen ein Licht aufging, traf es mich wie ein Schlag, nicht weil es so bestürzend offensichtlich ist, sondern weil ausgerechnet ich der einzige Mensch bin, der davon wußte, aber die ganze Zeit nichts begriff. Verdammt noch mal, ich habe gesehen, wie es passiert ist!«

Es war für Campion und die noch immer in ihrem Versteck lauschende Julia offensichtlich, daß er dabei war, eine vertrauliche Mitteilung zu machen – und zwar eine, die ihm in jüngster Zeit schon zur Gewohnheit geworden war.

»Es war, als die ersten Gerüchte aufkamen, daß Timothy sich das Laurell-Mädchen an Land gezogen hatte«, erklärte er vernichtend. »Ich weiß nicht warum, aber das hat mich zutiefst erschüttert. Warum sollte es einem Mann, der das verdammte Glück hat, ein Vermögen zu erben, gelingen, noch ein zweites zu heiraten? Während ich darüber nachdachte, wie unfair das Ganze doch war, traf mich plötzlich die Wahrheit über den jungen Mann wie ein Fausthieb zwischen die Augen, so daß ich glaubte Sterne zu sehen. Sagen Sie, Campion, der Sie doch so viel wissen, wer, glauben Sie, ist Timothy?«

»Der Adoptivsohn von Eustace Kinnit«, antwortete Campion zurückhaltend, doch Julia merkte, daß er interessiert war.

»Das weiß alle Welt, aber Sie haben auch vermutet, daß er der uneheliche Sohn von Eustace ist, nicht wahr? Das war auch ein offenes Geheimnis.«

Campion schwieg.

»Nun, er ist es nicht«, sagte Toberman. »Eustace ließ nur alle Leute in dem Glauben, dieser romantische alte Halunke. Ganz London hat das gedacht und ganz bestimmt auch der Junge selbst. Mein Vater jedenfalls war davon überzeugt. Er hat es mir kurz vor seinem Tod anvertraut, als handle es sich um ein furchtbares Familiengeheimnis, und ich habe ihm geglaubt, das war das Ungeheuerliche daran. Ich habe ihm geglaubt, obwohl ich die Wahrheit kannte; aber damals war ich noch nicht alt genug, um sie auch zu verstehen.« Sein hochrotes Gesicht hatte einen erstaunten Ausdruck. »Das muß man sich einmal vorstellen«, sagte er.

Campions helle Augen hingegen waren irreführend ausdruckslos, als er sich Toberman zuwandte.

»Sie haben sich, als Sie von der bevorstehenden Verlobung hörten, an etwas erinnert, das mit Tim Kinnit zusammenhängt?« fragte er, Toberman unmerklich zum Wesentlichen zurückführend.

»Ja.« Die wundersame Erleuchtung im Augenblick der Erkenntnis glühte in Toberman noch nach. »Ich trank gerade eine Kleinigkeit mit einem Bekannten – mit Eckerman von der Brink-Galerie. Er erwähnte die Verlobung und die Adoption und fragte, zu welchem der Brüder Kinnit der Junge nun tatsächlich gehöre. Ich sagte: ›Oh, zu dem jüngeren, dem Timothy, der in Spanien ums Leben gekommen ist‹, und darauf meinte Eckerman: ›Dann muß der junge Timothy aber weit über zwanzig sein.‹ Das machte mich stutzig, denn ich weiß natürlich, daß er das nicht ist, und zum erstenmal fing ich an nachzurechnen, und mir wurde klar, daß Timothy zu Beginn des Zweiten Weltkriegs geboren sein muß, lange nach dem Spanischen Bürgerkrieg. Und dann war ich wirklich verblüfft, denn ich erinnere mich noch sehr gut an das Jahr vor Kriegsausbruch. Ich war zehn, und meine Leute hatten nach dem Fiasko in München ziemliches Fracksausen, und man schickte mich aus London weg, hierher aufs Land. Eustace war krank. Er lag sieben oder acht Monate im Krankenhaus und kam dann zur Genesung ebenfalls her. Ich erinnere mich an ihn und erinnere mich an die Kriegsvorbereitungen hier, die Feueralarmübungen und die Gasmasken und die Auffangstelle für Evakuierte aus dem Londoner East End. Alison steckte wie üblich mitten drin. Eustace, der noch Rekonvaleszent war, machte sich in der Bibliothek mit Papieren zu schaffen und stöhnte über den Zeitungen, während ich wie ein geduldetes Bastardhündchen um ihn herumsprang, ohne daß er mich beachtete. Als ich mich nun vor ein paar Tagen mit Eckerman unterhielt, fiel mir ein Ereignis ein, das als Kind für mich völlig bedeutungslos war, doch für mich, den Erwachsenen, sehr aufschlußreich ist. Ich wußte auf einmal, wie der junge Master Timothy, Herzensjunge aller Kinnits, Liebling von ganz Totham und Oxford, Mitgiftjäger und erfolgreicher Strahlemann, in die Familie kam. Er war von irgendeiner Schlampe aus den Slums hier ausgesetzt worden, Campion. Eustace hat ihn einfach in der typischen, arroganten Kinnitmanier aufgesammelt und ihm den Namen gegeben, der ihm am meisten bedeutete – Timothy Kinnit, nach seinem jüngeren Bruder, der im Spanischen Bürgerkrieg gefallen war. Es kostete ihn schließlich nichts, und da damals die ganze Welt in Flammen stand und die Überlebenschancen der Menschen keinen Pfifferling wert waren, schien er auch nicht besonders viel zu riskieren.« Eifersucht und Groll eines ganzen Lebens flackerte in den kleinen braunen Augen, als Toberman seinen Gast mit dieser Erklärung überfiel.

Campion lachte leicht, aber empört auf.

»Das haben Sie tatsächlich zu Eckerman gesagt?« fragte er.

»Das habe ich, und ohne Zweifel hat er es weitererzählt«, antwortete Toberman trotzig. »Ich habe es auch noch ein oder zwei anderen Leuten gesagt und sage es jetzt Ihnen. Wahrscheinlich ist es sehr unklug von mir, aber die Sache hat mich zutiefst erschüttert. Ich habe es gewußt, verstehen Sie, ich habe es unwissentlich mein Leben lang gewußt. Außerdem«, fügte er, sich praktischeren Überlegungen zuwendend, hinzu, »erwarte ich von keiner Seite eine Verleumdungsklage, oder? Es ist nämlich die Wahrheit.«

»Wäre es für Sie nicht sehr schwierig, den Beweis dafür zu erbringen?«

»Das glaube ich nicht«, blieb Toberman halsstarrig. »Was alle irregeführt hat – meinen Vater zum Beispiel –, war die Tatsache, daß die Lebensmittelmarken für den Jungen schon lange vor der Adoption auf den Namen ›Timothy Kinnit‹ ausgestellt waren. Auch seine Identitätskarte lautete auf diesen Namen. Ich erinnere mich, daß Vater sich mit Mama darüber unterhalten hat, und ich weiß noch, daß ich absolut nicht kapierte, worauf sie eigentlich hinaus wollten. Erst während meines Gesprächs mit Eckerman fiel mir der Zwischenfall ein, der das alles erklärt. Eines Tages, kurz nach Kriegsbeginn, lag ich in der Bibliothek hier gegenüber auf dem Boden und schaute mir ein paar alte Nummern der Zeitschrift *Sphere* an, die ich gefunden hatte. Eustace saß am Schreibtisch und füllte das berühmte ›Haushaltsformular‹ von 1939 aus. Es war der erste Zensus dieser Art, und an Hand der Informationen, die sie dadurch bekamen, gaben die Behörden Identitätskarten aus. Sobald man mit diesem Formular erfaßt war, war man berechtigt, in Britannien zu leben. Sie waren bestimmt beim Militär, ich nicht. Ich erinnere mich sehr gut.«

Campion nickte. Er schien zu befürchten, daß die Wortflut versiegen könnte, doch diese Gefahr bestand wohl kaum.

»Jeder Haushaltsvorstand im ganzen Land mußte den Namen jeder lebenden Seele eintragen, die in einer bestimmten Nacht unter seinem Dach schlief«, sagte Toberman. »Nur so konnte die Erhebung mit so unglaublicher Eile vor sich gehen. Eustace hatte eine Heidenarbeit, denn das Haus quoll über von Menschen – nicht nur die Angestellten aus dem Londoner Büro mit ihren Familien hatten hier Unterschlupf gefunden, sondern auch offiziell und inoffiziell Evakuierte aus dem East End, der Rest von drei- oder vierhundert Leuten, die in der ersten Panik Hals über Kopf aus London weggebracht worden waren. Später gingen fast alle wieder zurück, aber in jenen ersten Monaten wimmelte es auf dem Land von Städtern, die in fremden Häusern kampierten. Der alte Eustace machte ein Riesentheater mit dem Formular und bestand darauf, daß alle vor ihm erschienen. Sie mußten in Zwölfergruppen antreten, und er erklärte ihnen, wie wichtig alles war. Es dauerte den ganzen Tag. Die evakuierten Mütter mit Kindern kamen zuletzt, und als er dachte, er sei endlich fertig, trottete Margaret Broome mit einem Bündel herein und sagte: ›Vergessen Sie Baby nicht, Sir.‹ Eustace sah sie nicht an, fragte jedoch: ›Wie heißt es?‹ und sie antwortete: ›Das weiß ich nicht, Sir. Die junge Dame ist nach London gefahren, um ein paar von ihren Sachen zu holen. Ich passe inzwischen auf ihn auf. Und ich nenne ihn einfach Baby.‹«

Toberman unterbrach sich und lachte. »Daran erinnere ich mich besonders deutlich. Für mich wurde der Satz später zu einem Schlagwort. ›Ich nenne ihn einfach Baby.‹ Eustace wurde ziemlich wütend. Er wollte mit der Arbeit endlich fertig werden. Wenn das Kind die Nacht in seinem Haus verbringe, müsse es eingetragen werden, sagte er. ›Und wenn es bis morgen keinen Namen hat, Mrs. Broome, dann werden wir ihm einen geben müssen.‹« Tobermans Stimme verhallte in der seltsamen, zeitlosen Stille des Raumes, er wandte sich ab, und beobachtete die vor den Fenstern tanzenden Blätter.

»Das war es, verstehen Sie?« fuhr er kurz darauf fort. »Die Mutter ist nie wiedergekommen. Da das Kind Papiere brauchte, gab Eustace ihm einen Namen, unter dem es registriert werden konnte, und danach führte wahrscheinlich eins zum anderen. Meine Erinnerung an ihn setzt erst wieder bei der Adoption ein, bevor Timothy in eine private Vorbereitungsschule kam. Meinem Vater war die Ostküste nicht sicher genug, und er verfrachtete Mutter und mich nach Wales.«

Campion antwortete nicht sofort.

»Es war eine Zeit, in der alles übertrieben wurde«, sagte er endlich. »Auch eine wirre Zeit, besonders für ein Kind, aber Sie haben keine Beweise für ihre kleine phantastische Geschichte, wissen Sie? Es ist keine sehr – nun ja, keine sehr gute Geschichte, finden Sie nicht? Um sie weiterzuerzählen, meine ich.«

»Ich werde sie weitererzählen, wenn mir danach ist«, sagte Toberman mit derselben Halsstarrigkeit wie vorher. »Einen enormen Vorteil hat man, wenn man kein Kinnit ist, man braucht keine blütenweiße Weste zu haben. Man – ich muß mich nicht nach ihrem Kodex richten. Ich finde, Tim ist ein Langweiler und hat schon einen viel größeren Teil vom Kuchen abbekommen, als ihm zusteht. Warum also soll ich nicht über seine Herkunft sprechen, wenn es mich befriedigt? Alles ist ihm mühelos und goldverbrämt in den Schoß gefallen. Der Vater dieses Mädchens muß eine Million wert sein. Eine Million! Und sie ist das einzige Kind.«

»Aber Sie können Ihre Geschichte nicht beweisen.«

»Die Wahrheit kommt immer irgendwie ans Licht. Eustace wird wahrscheinlich nicht reden, und Alison wird ihm den Rücken stärken, aber Sie können darauf wetten, daß Margaret Broome schwatzen wird wie eine Elster, wenn ihr eine Zeitung genug Geld dafür anbietet. Sie muß ja Bescheid wissen. Es heißt, der Vater des Mädchens habe die Verlobung bereits unterbunden. Das bedeutet, daß es schon eine Pressestory gibt, und wenn ich meine kleine Anekdote weitererzähle, wird irgendein Klatschkolumnist ganz allein auf die großartige Idee kommen und mit einem Scheckbuch hier auftauchen. Dann kriegen wir die menschliche Perspektive. *Findling und Erbin. Wer hat Baby Tim im Stich gelassen?*« Er lachte über seinen eigenen Scherz.

»Sie werden mir gleich erklären, daß es in unserem aufgeklärten Zeitalter keinen Menschen interessiert, woher einer kommt und wer, zum Teufel, seine Eltern waren«, fuhr er fort. »Sie könnten recht haben, doch meiner Meinung nach wird diese Neuigkeit den Wunderknaben selbst ziemlich umwerfen, und das ist es eigentlich, was ich erreichen möchte.« Er begegnete Campions Blick und schüttelte den Kopf. »Er hat es viel zu leicht gehabt«, fügte er hinzu, als spreche er nur sehr widerwillig ein faires Urteil aus. »Alles in allem viel zu leicht.«

Margaret Broome platzte so rasant ins Zimmer, daß es keinerlei Zweifel geben konnte – sie hatte an der Tür gelauscht. Sie war kurz vor dem Explodieren. Ihre Wangen waren zornrot, und sie hatte nasse Augen. Sie ging sehr rasch, aber mit kurzen

Schritten, auf die beiden Männer zu und sah sich dabei so auffallend nach Julia um, daß auch die beiden Männer sich umschauten. Julia, die sie nicht sehen konnte, rührte sich nicht, und Margaret Broome wandte sich wütend an Toberman.

»Wollen Sie Tee – Sir?« fragte sie, ohne jemanden hinters Licht zu führen.

Toberman stand da und sah sie an. Er kicherte leise und setzte eine schuldbewußte Miene auf wie jemand, der auf frischer Tat ertappt worden war.

»Ich habe gesagt, Ihnen müßte man eine Menge Geld bieten, bevor Sie bereit wären zu reden, Broomie«, erklärte er lahm.

Margaret Broome begann zu weinen, und was Campion auch erwartet haben mochte, das war es nicht. Plötzlich fiel ihm alles wieder ein, was er je von seinen Geschlechtsgenossen über den Terror von Frauentränen gehört hatte, und er stellte fest, daß alles zutraf. Margaret Broome gehörte zu den Frauen, die wie ein Baby weinen – laut, naß und völlig hemmungslos. Die Geräusche, die sie dabei von sich gab, waren phantastisch.

»Seien Sie still!« sagte Toberman und wedelte idiotisch mit der Hand. »Seien Sie still! Seien Sie still!«

»Ich würde Timmy nie verkaufen!« Ihre rührende Erklärung war zum Glück völlig unverständlich. Das Taschentuch in ihrer Hand triefte schon vor Nässe. »Sie sollten solche Dinge nicht sagen, sollten nicht solche Lügen verbreiten. Sie sind doch nur auf ihn eifersüchtig, waren es von Anfang an. Er war hübsch, und Sie waren immer ein häßlicher kleiner Kerl. Außerdem hatten Sie diese unappetitliche Angewohnheit, und ich war froh und dankbar, als Sie nach Wales gingen.« Die unglaublichen Worte schäumten, mit Wassermassen und unendlichem Jammer vermischt, aus ihrem weit geöffneten, bebenden Mund. Toberman riß entsetzt die Arme in die Höhe.

»Halten Sie den Mund!« schrie er sie an. »Halten Sie den Mund! Es tut mir leid, ich hab's nicht so gemeint.«

Margaret Broome weinte weiter, aber nicht mehr ganz so laut. Sie bot einen entnervenden Anblick, das Gesicht und die in Tränen schwimmenden Augen rot wie Blut. Hilflos standen die beiden Männer vor ihr.

»Sie haben selbst gesagt, daß Mr. Eustace mich nicht angesehen hat.« Die Worte waren deutlich, aber dennoch nicht zu verstehen.

»Wovon, zum Teufel, reden Sie?« Toberman war fast in Panik, und seine Grobheit löste eine neue Tränenflut aus.

»Sie haben es selbst gesagt!« schrie Margaret Broome ihren Zorn und ihren Kummer heraus. »Natürlich habe ich vorhin gelauscht! Dazu habe ich das Recht, wenn Sie Lügengeschichten über mich erzählen. Sie haben es selbst gesagt. Ich habe es gehört. Mr. Eustace hat mich nicht angesehen.«

»Wann, in Gottes Namen?«

»Als ich Timmy zu ihm brachte und er nach seinem Namen fragte.«

Ungläubigkeit und Entzücken im Blick, starrte Toberman ihr in das fleckige Gesicht.

»Haben Sie das gehört, Campion?« rief er. »Haben Sie gehört, was sie sagt? Es war Timothy. Ich hab von Anfang an recht gehabt.« Er schien über sein Glück erstaunt. »Sie hat es zugegeben. Die Mutter ist abgehauen und hat ihn hiergelassen, und Eustace hat ihm den erstbesten Namen gegeben, der ihm eingefallen ist.«

»O nein, nein, nein! Das habe ich nicht gesagt. Sie legen mir Worte in den Mund. Mr. Eustace hat mich nicht *angesehen*. Daher habe ich es gewußt.« Das letzte Wort steigerte sich zu einem Jammerschrei, der nicht zu überhören war.

»Was haben Sie gewußt?« Campions autoritäre Stimme durchdrang den schützenden Wall aus Geräuschen, hinter den sie sich zurückgezogen hatte. Ihre Tränen versiegten ebenso schnell wie bei einem kleinen Kind, und sie wandte sich ihm zu fast schon so redselig wie immer.

»Ich wußte, daß Baby entweder der kleine Sohn von Mr. Eustace oder der seines armen, inzwischen verstorbenen Bruders war, den man mit den anderen Kleinkindern unauffällig ins

Haus geschmuggelt hatte«, verkündete sie und sah ihm mit einem so ernsten Blick schwärmerischer Romantik in die Augen, daß er ganz fassungslos war. »Es war eine furchtbare Zeit, Sir, und die Leute hatten Angst. Es war nur vernünftig und logisch, daß er auch an sein eigen Fleisch und Blut dachte, wenn er so vielen anderen Kindern Zuflucht vor den Bomben bot.« Sie seufzte, und ein leicht durchtriebener Ausdruck erschien auf ihrem vom Weinen fleckigen Gesicht. »Ich möchte aber behaupten, es hat ihm sehr gut in den Kram gepaßt. Er war vielleicht nicht sicher, wie seine Schwester sich zu einem Baby stellen würde. Eine unverheiratete Dame ist und bleibt eine unverheiratete Dame, nicht wahr, mehr oder weniger puritanisch. Sie sind nicht wie wir verheirateten Mädchen. Ich habe es natürlich sofort gewußt, weil er mich nicht ansah, als er mich fragte, wer Baby war. Die Menschen sehen einen nie an, wenn sie einem ein X für ein U vormachen wollen, nicht wahr?«

Sie stellte die letzte Bemerkung in den Raum, als wäre sie eine wissenschaftlich bewiesene Tatsache. Campion musterte sie nachdenklich. Sie glaubte fest daran, sah er, buchstäblich und eigensinnig – und hatte immer daran geglaubt. Da man sie nie dazu gebracht hätte, über irgend etwas absolutes Schweigen zu bewahren, mußte das die Theorie sein, mit der Timothy Kinnit großgezogen worden war. Er stellte fest, daß der junge Mann ihm allmählich sehr leid tat.

Toberman lachte. »Und als Sie Eustace am nächsten Tag erklärten, die Mutter des Kleinen sei nicht zurückgekommen, trug er den Namen in das Formular ein, und Timothy bekam seine Lebensmittelmarken und seine Identitätskarte. Das ist Ihre Geschichte, nicht wahr?«

»Nein, das ist sie ganz und gar nicht!« Margaret Broome begann wieder zu schreien. »Ich klatsche nicht, Mr. Basil. Ich bin diplomierte Kinderschwester, und Kinderschwestern müssen lernen, kleine Geheimnisse zu bewahren. Wo wären denn Sie, wenn es nicht so wäre? Sie würden sich zeitlebens schämen müssen. Sie denken, Sie haben mich dazu gebracht, etwas zu sagen, aber das stimmt nicht. Die Zeiten haben sich geändert, vergessen Sie das nicht. Solange ein Baby nur ein Zuhause hat, wird niemand danach fragen, in welcher Kirche seine Eltern geheiratet haben. Außerdem liegen Sie in einer Beziehung ganz falsch. Die Frau, die Timmy hergebracht hat, war nicht seine Mami.«

»Woran wollen Sie das denn erkannt haben?« fragte Toberman lässig. Er war in Hochstimmung, stellte Campion fest. Außer sich vor Genugtuung.

»Eine junge Frau mit einem Neugeborenen. Natürlich habe ich es sofort gewußt.« Zornige Röte färbte das tränennasse Gesicht noch dunkler, und Toberman hatte wenigstens den Anstand, so zu tun, als sei er bestürzt.

»Wie hat sie eigentlich geheißen?«

Margaret Broome rang die Hände, weil er so begriffsstutzig war. »Wenn sich daran jemand erinnert hätte, hätte uns das große Schwierigkeiten erspart, als wir die gesetzliche Adoption einleiteten, damit Timmy die Totham School besuchen konnte«, sagte sie mit einer Schärfe, die auf schwere Auseinandersetzungen in der Vergangenheit schließen ließ. »Niemand, der zu Anfang des Krieges nicht dort gewesen war, scheint sich zu erinnern, was es für eine Panik gab, bevor die Bombenangriffe einsetzten. Hunderte von Müttern mit Babys haben im ganzen Haus geweint. Sie sollten alle Namensschildchen tragen, aber die Hälfte hatte sie verloren, und an denen, die noch vorhanden waren, hatten die Babys gesaugt, bis die Schrift unleserlich geworden war. Neun von zehn Mädchen wollten uns ihre Namen nicht nennen, weil sie fürchteten, man könnte sie auffordern, etwas zu bezahlen, und außerdem waren wir alle vor Angst wie von Sinnen.« Sie unterbrach sich, und ihr umwerfend gesunder Menschenverstand blitzte auf wie ein Sonnenstrahl mitten in einem Gewitter. »Es ist wirklich ein Wunder, daß nicht Dutzende von Kleinkindern im Haus zurückgelassen wurden«, sagte sie. »Aber das war nicht der Fall. Mütter lieben ihre Babys nämlich, egal, wie Sie darüber denken, Mr. Basil, und Väter tun es auch. Mr. Eustace hat sehr genau gewußt, was er tat, doch ich nahm an, daß nicht darüber gesprochen werden sollte. Und es wurde auch nicht darüber gesprochen, bis Miss Alison entdeckte, daß das Baby, das ich bei mir zu Hause betreute, weder mit mir noch mit Mr. Broome verwandt war. Danach hat es in der Familie eine Menge Gerede gegeben.« Sie senkte bescheiden die Augen. »Es stand mir nicht zu, zu wissen, was vorging, aber ich glaube, Miss Alison ließ eine Menge Erkundigungen einziehen. Doch am Ende fand sie sich ab, und der kleine Timmy wuchs ihr richtig ans Herz. Es blieb ihr natürlich auch nichts anderes übrig«, fügte sie mit dem inzwischen vertrauten Stimmungsumschwung hinzu. »Die Angriffe hatten begonnen, und der ganze Bezirk London war ein Trümmerhaufen. Nur Staub und Abfall übrig, sagte man. Keine einzige Mauer stehe mehr. Wie viele ums Leben kamen, hat man nie erfahren.«

Toberman stürzte sich geradezu auf diese Erklärung. »Haben sie die Straße gefunden, aus der er kam?«

Margaret Broome sah ihn warnend an. »Sie haben den Bezirk gefunden, wo die Busse mit den Evakuierten angeblich losfahren sollten«, sagte sie steif, »aber wegen des Durcheinanders und der Aufregung damals sind ein paar schon früher direkt von ihren Depots aus gestartet und nie zum Treffpunkt gekommen. Sie haben die Mamis mit ihren Babys einfach unterwegs aufgelesen. Ich habe natürlich nie geglaubt, daß Timmy mit dem Bus gekommen ist. Er und seine Nanna sind meiner Meinung nach in einem Privatwagen vorgefahren und haben sich dann unter die anderen gemischt. So stelle ich es mir jedenfalls vor.«

»Aber ja, so muß es natürlich gewesen sein! Was für eine phantastische und komplett idiotische Idee! Wo lag denn dieser Bezirk? Irgendwo im East End?«

»Pst!« Margaret Broome sah sich unwillkürlich um, und Toberman begriff plötzlich.

»Was ist hier los? Wer ist hier?« Er trat in die Mitte des

Zimmers und sah sich nach einem Versteck um. »Kommen Sie schon«, sagte er laut. »Kommen Sie raus, wer Sie auch sein mögen!«

»Nein, nein! Seien Sie still, Mr. Basil. Kümmern Sie sich um Ihre eigenen Angelegenheiten. Kommen Sie, gehen wir in ein anderes Zimmers, dort erzähle ich Ihnen – dort erzähle ich Ihnen, was Sie wissen wollen.«

»Wer ist es? Das ist verdammt albern. Kommen Sie raus!« Toberman ging auf die langen Fenstervorhänge zu.

Margaret Broome, die dasselbe Versteck im Auge hatte, spielte ihre Trumpfkarte aus.

»Es war die Turk Street in Ebbfield – aber als sie hinkamen, um wegen Timmy Erkundigungen einzuziehen, haben sie nichts mehr gefunden.« Ihre Enthüllung kam zu spät. Er hörte ihr nicht mehr zu. Er schaute hinter einen Vorgang und ging zum nächsten weiter.

Am anderen Ende des Zimmers stand Julia leise auf und verließ den Alkoven hinter dem Kamin.

»Hier bin ich«, sagte sie. »Tut mir leid, aber ich wollte Ihnen aus dem Weg gehen. Ist das schlimm? Hallo, Mr. Campion.«

Toberman blieb wie festgewurzelt stehen. Sein Lächeln wurde breiter, und seine Augen begannen zu tanzen.

»Die junge Dame höchstpersönlich! Sie sehen genauso aus wie auf Ihren Fotografien, Miss Laurell. Wirklich faszinierend. Das wird ja eine noch viel bessere Pressestory, als ich dachte.«

4

»Oben an einem Fenster«

»Julia? Ich bin es.«

Am Telefon klang Timothys Stimme älter, männlicher und irgendwie rauher. Wenn er mit Julia zusammen war, kam sie ihr sanfter vor. »Du hast die Nachricht bekommen und bist allein?«

»Ja, ganz allein. Was gibt es? Was ist passiert?« Julia hatte Angst, und der Apparat half ihr nicht, diese Angst zu verbergen. »Du kannst alles sagen, was du willst. Nachdem du mit Mrs. Broome gesprochen hattest, hat sie das Telefon hier oben eingesteckt, und ich glaube, sie sitzt in der Halle auf der Treppe und hält Wache. Was gibt es, Tim? Willst du mir sagen, daß du heute abend nicht kommen kannst?«

Er schwieg einen Moment und fragte dann unvermittelt: »Wo genau bist du? Wohin hat sie dich verfrachtet? In welches Zimmer?«

»Oh, nicht in dieses weiße Schlafgemach.« Leises Lachen verdeckte kurz die Ängstlichkeit in ihrer Stimme. »Ich bin in dem Zimmer, das dein Onkel Eustace benutzt, wenn er geschäftlich herkommt. Es ist das kleine mit Blick nach Osten, der himmlischen Decke und der Bücherwand hinter der Couch mit Füßen wie Adlerklauen. Es ist absolut geheim. Wir können ungestört reden. Ich habe kein Licht gemacht, und das Mondlicht ergießt sich schimmernd wie ein neuer Penny über die Obstbäume. Ich sitze auf dem Kaminvorleger, dicht am Feuer, das Mrs. Broome eigens für uns angezündet hat. Das Holz ist noch grün, und das Feuer brennt blau.«

»Oh!« Sie glaubte, ihn lachen zu hören. »›Und wenn die

Asche grün, ist's ein Feuer für die Queen.‹ Ich nehme an, sie hat das ganze Gedicht aufgesagt.«

»›Asche, so stolz, der Braut gehört das Holz‹? Ja, das hat sie. Sie kennt keine Gnade, nicht wahr? Und sie ist sehr lieb. So wunderbar begeisterungsfähig. Ich denke, sie hat mir dieses Zimmer wegen der Nachtigallen gegeben. Kannst du sie hören? Sie schlagen. Hör zu. ›Ewig die Leidenschaft, ewig der Schmerz‹ ... O Liebling, Liebling, was ist passiert? Tim, du hast dir doch nicht von Vater etwas ausreden lassen? Erzähl! Erzähl ganz schnell, bevor mir schlecht wird!«

»Das versuche ich ja.« Er war unnatürlich ruhig und beherrscht. »Paß auf! Ich komme nicht hinunter. Hör mich an, Julia. Hör mich an, bevor du etwas sagst. Zuerst – aber das ist nicht das Wichtigste –, Fleet Street scheint hinter uns her zu sein. Nach dem Tee haben insgesamt drei Zeitungen angerufen. Eustace hat auch mehrere Anrufe bekommen, und ich habe eben von ihm erfahren, daß jemand in Well House aufgetaucht ist und Fragen gestellt hat. Sie wollen wissen, ob es stimmt, daß du in Angevin bist, und ob ich dir nachkommen will, und ob die Hochzeit stattfindet oder ob wir miteinander durchbrennen.«

»Wo bist du?«

»Im Haus deines Vaters, in seinem Arbeitszimmer eingesperrt. Der Schlüssel steckt natürlich auf meiner Seite der Tür.«

»Ich verstehe.«

»Das kannst du gar nicht. Es ist nicht annähernd so einfach.« Das klang grimmig, hilflos. »Die Presse ist nicht so wichtig. Solange wir getrennt sind, kann sie nicht viel schreiben. Ich weiß nicht, wer uns verraten hat, und ich begreife nicht, wieso man sich so für uns interessiert, außer daß alles Nachrichtenwert hat, was mit deinem Vater zusammenhängt. Aber das ist gar nicht das Entscheidende. Ich habe dir etwas Wichtigeres zu sagen, und deshalb rede ich so viel Krampf zusammen.«

»Du redest keinen Krampf.« Julia war den Tränen nahe. »Wenn du nicht angerufen hättest, wäre ich gestorben. Dieser widerwärtige kleine Basil Toberman hat uns verraten. Er war heute nachmittag hier und hat mich entdeckt. Er hat es mir praktisch auf den Kopf zugesagt, daß er alles hinausposaunen würde. Sein Begleiter, ein leicht zerstreuter, aber netter Mensch namens Campion, hat ihn schnell von hier weggebracht, aber ich nehme an, er ist ihm ausgerückt. Von ihm haben es die Zeitungen erfahren. Ich könnte ihn umbringen.«

»Basil? Der hat es nicht so gemeint. Er ist es außerdem nicht wert, daß man sich seinetwegen aufhängen läßt.« Timothy zweifelte zwar nicht an dem, was sie sagte, war jedoch desinteressiert. »Vielleicht hat er ein bißchen geschwatzt. Schade, daß er dich gesehen hat, doch für einen Denunzianten hat er nicht genug Mumm in den Knochen.«

»Aber Tim...« Die Stimme brach ihr. »Ich hatte solche Angst, daß so etwas passieren würde. Ich setze mich sofort in den Wagen und komme nach London. Wenn ich dich nicht bald sehe, ersticke ich. Wahrscheinlich freue ich mich so sehr auf dich.«

»Sei still, Liebling.«

»Warum, um Himmels willen? Das ist doch ganz normal. Es steht in allen Büchern.«

»Schätzchen! Sei still! Ich ertrage es nicht. Sei still, und hör mir zu. Ich muß dir etwas für mich sehr Wichtiges sagen. Heute habe ich etwas erfahren, das mich tief erschüttert hat. Wie ich dich kenne, wird es dir völlig gleichgültig sein, aber ich kann mich nicht darüber hinwegsetzen.«

Sie konnte nicht anders, sie mußte ihn unterbrechen. Das knisternde Feuer, das verträumte Licht, das durch das Fenster strömte, und der Jubelgesang der Vögel hatten eine geradezu überwältigende Stimmung geschaffen.

»Du solltest hier sein! Solltest hier mit mir sprechen!«

»Ich kann nicht. Das versuche ich dir zu erklären. Durch diese Sache ist alles anders geworden. Du mußt versuchen mich zu verstehen, Julia.«

»Sprichst du davon, daß du als Baby mit ein paar Evakuierten hergekommen bist?« Die Frage war gestellt, bevor ihr bewußt wurde, wie gefährlich sie war, und hastig fuhr sie fort, tolpatschig grausam in ihrer Hilflosigkeit: »Denn wenn es das ist, benimmst du dich idiotisch. Angenommen, es wäre wahr. Wem könnte es etwas ausmachen, für wen die geringste Bedeutung haben? Und wenn es das nicht ist...«

»Wie hast du es erfahren?«

Der völlig neue Ton in seiner Stimme jagte ihr panische Angst ein. Sie weinte, als sie gehorsam antwortete:

»Basil Toberman hat es Mr. Campion erzählt. Sie wußten nicht, daß ich zuhörte. Er scheint überall damit hausieren zu gehen, denn der Groschen scheint offenbar erst jetzt bei ihm gefallen zu sein. Er ist eifersüchtig auf dich, weil du ein Mädchen heiratest, das eines Tages vielleicht ein bißchen Geld erbt. Aber das darf dich nicht stören, du darfst dich durch nichts von dem abbringen lassen, was wirklich zählt. Du und ich, wir sind eins, Tim, heute und immer. Du und ich.«

»Der gute alte Basil! Also aus der Ecke weht der Wind! Dein Vater sagt, er hat es vor einer Woche in seinem Club gehört. Er schrieb an Alison, und sie hat ihm geantwortet. So ist es passiert.« Einen Augenblick hatte Timothy Julia vergessen. Der praktische Mechanismus dieses Verrats beanspruchte seine ganze Aufmerksamkeit, und wieder überkam ihn tiefe Betroffenheit. »Ich kann das von Basil einfach nicht glauben. Warum hat er es mir nicht schon vor vielen Jahren gesagt, wenn er alles wußte? Wir kennen uns, seit wir denken können.« Es folgte eine Pause, dann setzte er kurz hinzu: »Tut mir leid, daß du's von ihm hören mußtest.«

»Das habe ich, streng genommen, gar nicht. Die eigentliche Information hat Nanny Broome beigesteuert.«

»O Gott!« schrie er auf. »Dann stimmt es wirklich.«

»Das braucht dich doch nicht zu kümmern. Es ist mindestens zwanzig Jahre her.«

»Hat sie gesagt, daß es so war?«

»Nun ja, sie drückt sich nicht sehr deutlich aus. Das tut sie nie, nicht wahr? Aber es ist offensichtlich.« Julia unterbrach sich und fing wieder an zu denken, aber es war zu spät. Die chemische Reaktion, die Liebe in Bitterkeit verwandelt, wenn man sie zu lange warten läßt, hatte ihr die Zunge vergiftet und ihn erreicht. Sie hörte ihn seufzen.

»Für mich war es nie offensichtlich. Ich dachte immer, ich sei nur unehelich geboren.« Er sagte es leichthin, aber seine Stimme klang so spröde wie berstende Eiszapfen.

»O nein – nicht! Nicht! So hab ich's nicht gemeint! Wenn ich dich nur sehen und in die Arme nehmen könnte. So habe ich das Gefühl, ich müßte durch ein Fenster mit dir reden. Ich komme nach London. Sofort. Wo finde ich dich? Sag es mir, sag es mir schnell.«

Julia versuchte ihn wieder in Wärme einzuhüllen. Sie sprach in einem eintönigen Singsang, und Tränen brannten ihr in den Augen. »Wart auf mich!«

»Nein. Bleib, wo du bist.«

Trotz der entmutigenden Worte fühlte sie sich getröstet. Wenigstens hatten sie wieder Kontakt zueinander.

»Kommst du morgen herunter?«

»Nein.«

Schweigen. Dann sagte sie: »In Ordnung.«

»Hör zu, Liebling.« Sie merkte, daß er jetzt die Sprechmuschel ganz dicht an den Mund hielt. »Julia. Versteh mich doch, Liebling. Versuch es. Es ist nicht so, daß ich deinem Vater mein Wort gegeben oder zugelassen habe, daß er sich zwischen uns stellt oder so, aber ich habe einen höllischen Schock erlebt und kann um meiner selbst willen nichts tun – nichts Unwiderrufliches tun, bevor ich alles weiß. Es bricht mir das Herz, aber ich kann nicht anders. Du verstehst das doch, nicht wahr?«

»Was willst du wissen?« Sie war entsetzt, weil sie sich plötzlich so einsam und von allem abgeschnitten fühlte.

»Wer ich bin.« Er schien es nicht fassen zu können, daß sie so schwer von Begriff war. »Ist das nicht natürlich? Seit ich überhaupt denken kann, habe ich geglaubt, ich sei ein Kinnit, und jetzt entdecke ich auf einmal, daß das nicht stimmt. Es ist doch verständlich, daß ich wissen möchte, wer ich bin.«

»Ist das denn wichtig?« Zum Glück war sie zu geschockt, um das laut zu sagen. Als sie wieder sprechen konnte, erklärte sie: »Für mich bist du nur du.«

»Gott segne dich.« Sein Lachen klang nicht ganz fest. »Es wird, fürchte ich, eine Weile dauern, aber dein Vater und der liebe alte Eustace, der sich auf geradezu alttestamentarische Weise verflucht, haben sich zusammengetan und helfen mir, ein für allemal Klarheit zu schaffen. Wir sind alle drei völlig im Bilde, und beide sind auf unserer Seite. Sie wollen, daß wir glücklich werden.«

»Ach, wirklich?«

»Ich bin davon überzeugt.« Sie hörte ihm an, daß genau das eingetreten war, was sie unbewußt befürchtet hatte, und daß die Kraft und die Energie, die ihr versprochen worden waren und für die sie an diesem Abend lebte, von ihr ab- und auf eine neue Herausforderung gelenkt wurden.

»Und deshalb«, fuhr er rasch fort, »würde ich Basil Toberman vor den beiden nicht erwähnen, solange du nicht sicher bist, ob er es ernst gemeint hat.«

»Aber ich bin sicher. Ich habe ihn gehört. Er haßt dich. Er möchte dir schaden. Er verbreitet die Story und hofft, daß die Presse sie aufgreift.«

»Das kann einfach nicht wahr sein.«

»Er hat es gesagt. Ich habe es gehört.«

Nach einer langen Pause entgegnete Timothy: »Nun, ich möchte nicht, daß Eustace es schon jetzt erfährt. Er kann sich nicht vorstellen, wie oder warum die Geschichte auf einmal publik geworden ist. Er hat Basil gern und sieht nicht, was für ein Trunkenbold er ist. Wenn er erführe, daß Basil der Übeltäter ist, würde ihn das furchtbar verletzen. Er würde sich auch für ihn schämen. Überlaß Basil mir.«

»Nun gut«, sagte sie leise. »Timothy?«

»Ja?«

»Ich glaube, ich begreife allmählich, warum das für dich so wichtig ist. Was ich jedoch nicht verstehe, ist die Haltung meines Vaters. Schließlich kommt er, wie jeder weiß, auch aus einfachen Verhältnissen, und er hat nicht einmal versucht, es zu verbergen als Mutter noch lebte, die doch eine wirklich hochwohlgeborene Verwandtschaft hatte.«

»Es geht gar nicht um die einfachen Verhältnisse. Ich bin noch nie einem toleranteren Mann begegnet als ihm. Er ist ein großartiger Mann. Ich hoffe nur, er wird mein Schwiegervater ...«

»Aber daran gibt es nicht den geringsten Zweifel. Eines schönen Tages bin ich großjährig. Dann können wir auf jeden Fall heiraten.«

»Können wir das wirklich?«

»O Tim ...« Wieder wurde sie von Panik gepackt. »Aber wir lieben uns doch. Getrennt voneinander wären wir nicht mehr dieselben Menschen. Für mich bedeutet es mein Leben lang. Mein ganzes Leben lang.«

»Das weiß ich.« Es klang, als wisse er es wirklich. »Für mich bedeutet es das gleiche. Das ist gar keine Frage. Dein Vater weiß es genausogut wie wir, aber ich verstehe seinen Standpunkt. Solange er für dich verantwortlich ist, muß er über die grundlegenden Dinge Bescheid wissen und sie akzeptieren können. Und das gilt ebenso für mich. Er hat mir von seiner Schwester erzählt.«

»Tante Megs Ehemann war ein Spinner.«

»Er war Hysteriker. Das hat sich erst gezeigt, als er über dreißig war, doch schon sein Vater und sein Großvater wurden entmündigt. Und die arme Frau war bis an ihr Lebensende unglücklich.«

»Aber das ist bei dir doch ausgeschlossen.«

»Woher willst du das wissen?«

»Weil ich's eben weiß. Sei nicht lächerlich. Du glaubst es doch selbst keine Sekunde.«

»Natürlich nicht, aber bestimmt hat dein Onkel es auch

nicht geglaubt, als er in meinem Alter war. Und das ist ja nicht das einzige. Es gibt noch andere Krankheiten, die man von seinen Eltern geerbt haben kann. Schreckliche Sachen, die sich erst wieder bei den Kindern zeigen. Und auch noch anderes. Neigungen, Schwächen. Alle völlig unwichtig vielleicht, aber du lieber Himmel! Man möchte schließlich Bescheid wissen. Du gibst mir doch recht? Du siehst es ein, Liebling, oder?«

»Ich sehe nur, daß die beiden deine Gedanken durch schwere Zweifel vergiftet haben«, sagte sie bitter. »Und ich sehe ein, daß du jetzt weitermachen mußt. Das hat Basil Toberman dir angetan.«

»Das hat mir seiner Ansicht nach der arme alte Eustace aus purer Herzensgüte und einem Hang für Romantik angetan, und er wird noch verrückt deshalb. Du mußt uns helfen, Julia. Wir dürfen uns nicht mehr sehen, bis der Klatsch verstummt und die Zeitungen das Interesse verlieren. Dein Vater besteht darauf, und er hat recht. Ich sehe ein, daß er recht hat. Du doch auch, nicht wahr?«

Seine Worte verursachten ihr einen plötzlichen heftigen Schmerz in der Brust, und sie schluckte wie ein Kind, das im nächsten Moment in Tränen ausbrechen wird.

»Tim! Hör zu, Tim! Das mag dir vielleicht total verrückt vorkommen, aber es ist eine Idee, die Nanny Broome hatte, als – als sie dachte, wir würden die Nacht hier verbringen. Ich weiß, es ist lächerlich und naiv und auch sonst noch alles mögliche, aber es würde mich jetzt trösten und beruhigen. Ich hätte es gern. Sie hat vorgeschlagen, wir sollten zum alten Rev-Ben gehen und vor ihm ein Ehegelöbnis abgeben, denn dann wären wir irgendwie mehr als nur verlobt. Und es hätte keinerlei Bedeutung – außer für uns beide. Dann wüßte ich, daß wir eines Tages tatsächlich heiraten werden.«

»O Liebling!« Deutlicher als alle anderen Empfindungen, hörte sie jetzt Gereiztheit aus seinen Worten heraus. »Du hast kein Wort von dem verstanden, was ich gesagt habe. Darum geht es ja gerade. Es könnte irgend etwas herauskommen, das es mir verbietet, dich oder überhaupt jemand zu heiraten. Das ist zwar eine entfernte Möglichkeit, aber sie ist vorhanden, und ich muß ganz sicher sein.«

»Aber wenn ich dich noch immer will – ganz gleich, was du entdeckst?«

»Dann werde ich entscheiden, ob ich es verantworten kann, daß du das Risiko auf dich nimmst. Wir müssen warten, bis es soweit ist. Das sind wir allen Beteiligten schuldig.«

»Allen Beteiligten!« Ihre körperliche Enttäuschung war so heftig, daß ihre Stimme fast wild klang. »Du denkst an alle. An deinen albernen Onkel und an meinen Vater und sogar an Basil Toberman! Nur an mich denkst du nicht. Mich vergißt du einfach.«

»Lieber Gott, Mädchen, verstehst du nicht, daß ich genau das versuche!« Es war ein Urschrei. »Du magst enttäuscht sein, aber wie, zum Teufel, glaubst du, war mir zumute? Sei nicht albern, Liebling. Und verhalte dich um Himmels willen still und bleib weg, bis ich wieder ein Mensch bin.«

Julia legte ganz ungewollt auf. Die Bewegung war so spontan, als habe sie ihm nur den Rücken zugekehrt. Daß die Verbindung zwischen ihnen so plötzlich unterbrochen war, hatte eine so heftige Wirkung auf sie, daß sich das ganze Zimmer um sie herum zu drehen schien.

Sie nahm sofort wieder ab, aber in der Leitung rauschte es nur noch hohl und fast im Rhythmus eines Herzschlags.

5

Nicht fürs Protokoll

»Dieses Haus«, sagte Albert Campion, als er Julia über den herrlichen Marmorboden in den Speisesaal von Harper's Club in der Davies Street führte, »ist nur ein weiteres Beispiel für ein modernes Fossil. Es kommt mir vor wie ein schöner Umhang aus Inverness-Wolle, den man geerbt hat. Viel zu gut, um ihn zu verstecken, also trägt man ihn anstelle eines Mantels und tut so, als sei er eine amüsante neue Mode.« Er stieß die oft polierte schimmernde Mahagonitür auf, und sie betraten einen riesigen Raum im georgianischen Stil mit einem Deckensims, das wie der Zuckerguß auf einer Hochzeitstorte aussah. »Es war früher das Stadthaus des inzwischen verstorbenen Lord Boat«, fuhr er fort. »Er hatte einen Butler namens Harper, der vierzig Jahre bei ihm war. Als der alte Boat starb, erlosch der Titel, und der Restaurator Alf Pianissimo kaufte den Besitz auf und damit auch die Rechte an Harper. Er zahlte ihm eine Pension und beschäftigte den Alten sogar noch, bis er die Kellner die Wände hinauftrieb und Alf seinetwegen Schwierigkeiten mit der Gewerkschaft bekam. Im Moment ist es hier sehr angenehm und ruhig, und man ißt nicht schlechter als anderswo. Ich habe Sie heute hergeführt, weil es Charles Luke hier so gut gefällt und ich unbedingt wollte, daß er Sie kennenlernt und sich eventuell für unser Problem interessiert.«

Campions wohlklingende Stimme rauschte an ihrem Ohr vorbei, als er sie zu einer Nische am anderen Ende des Raums führte, in der ein runder Tisch für drei gedeckt war.

»Ein Superintendent des C.I.D. der Metropolitan Police kann, wenn er will, fast alles herausbekommen, was auf der

Welt passiert«, fuhr er fort, lächelte ihr zu und verstaute seine langen Beine unter dem Tisch. »Er muß sich jedoch an die Dienstvorschriften halten, und das hemmt ihn natürlich. Wenn wir uns offiziell an ihn wenden, muß er offiziell vorgehen, und das wollen wir doch nicht, oder? Deshalb habe ich mir gedacht, wir sollten diskret an seine Hintertür klopfen.«

Er beobachtete sie, während er sprach, und ihm ging der Gedanke durch den Kopf, daß sie wirklich schön war mit dem seidigen schwarzen Haar und den Augen wie blaues Glas; und daß sie, was noch seltener war, eine zwar noch kindliche, aber vielversprechende Eleganz und natürliche Anmut besaß. Sie war natürlich so jung, daß es ihn fast peinlich berührte; noch in dem sensibelsten aller Entwicklungsstadien, in dem Weltgewandtheit und Naivität sich abzuwechseln schienen, so daß man nie sagen konnte, womit man sie tödlich beleidigte und was sie, was noch viel schwieriger zu entscheiden war, schon gelassen hinnahm. Er betrachtete ihre hübschen blaugeaderten Hände. Die kurzen Nägel waren nicht lackiert, und am vierten Finger ihrer linken Hand trug sie einen Ring. Es war ein kleiner Siegelring, der Ring eines Schulmädchens. Sie preßte die Hände so fest zusammen, daß der Ring sich in einen Finger ihrer anderen Hand eindrückte, und die Hoffnung, die sich in dieser Geste verriet, rührte ihn und erinnerte ihn daran, daß er ihr aus irgendeinem Grund etwas über Luke erzählen wollte.

»Er ist übrigens seit kurzem Witwer«, sagte er. »Es war eine wirklich tragische Geschichte. Seine Frau erwartete ein Kind und hatte bei der Entbindung entsetzliche Schwierigkeiten. Sie rief aber niemanden zu Hilfe und starb. Das kleine Mädchen blieb am Leben und wird von seiner alten Mutter versorgt, die sich auch um ihn kümmert. Ich erwähne das nur, damit Sie Bescheid wissen und nicht ahnungslos eine unpassende Bemerkung machen.«

»Selbstverständlich.« Julia sah Campion entsetzt an. »Was für eine ungewöhnliche Frau. Sie war wahrscheinlich schon ziemlich alt.«

»Prunella? Aber durchaus nicht.« Campion runzelte die Stirn, als stelle er sich jemanden vor, der ihm Sorgen bereitet hatte. »Sie war noch in den Zwanzigern. Die letzte der Scroop-Dorys. Hatte die typische Familienähnlichkeit: hohe, runde Stirn und Brauen, die sich über ihren Augen wölbten wie gotische Spitzbogen. Ich verstehe nicht, wie sie so idiotisch und stoisch sein konnte. Ich nehme an, sie wollte niemandem lästig fallen, und es war keiner da, der ihr sagte, sie solle nicht so albern sein.«

In Julias Augen stand ein leicht belustigtes Lächeln, weil er so zornig war.

»Armes Mädchen«, sagte sie weich. »Für einen Polizisten nicht unbedingt die passende Ehefrau.«

»Das dachten wir alle.« Campion bemühte sich, ganz neutral zu bleiben, doch die Mißbilligung des engen Familienfreundes sprach deutlich aus ihm. »Aber Charles hat sie geliebt. Ihr Tod war ein furchtbarer Schlag für ihn.«

Es folgte ein kurzes Schweigen, dann zuckte Julia fröstelnd zusammen.

Campion war sofort zerknirscht und begann draufloszuschwatzen.

»Er wird Ihnen gefallen. Er redet wie ein Dynamo und nimmt auch die Hände dazu, um dem, was er sagt, mehr Nachdruck zu verleihen, aber er ist unglaublich vernünftig. Er hat auch ein einmalig sicheres und natürliches Urteil, was eine ganz einzigartige Gabe ist.«

»Oh, ich weiß«, warf Julia, dankbar, daß er das Thema gewechselt hatte, hastig ein. »Timothys Onkel Eustace ist genauso. Er ist Experte für die Kunst des 18. Jahrhunderts – für Bilder, Bücher und Silber –, scheint sich aber, wie Timothy sagt, auch in der modernen Kunst bestens auszukennen, die ihm angeblich überhaupt nicht liegt, so daß man annehmen könnte, daß er sie verabscheut. Kennen Sie ihn?«

»Nicht sehr gut. Wir sind uns selten begegnet.«

»Waren Sie schon einmal in Well House, wo sie alle leben?«

Ihre Stimme bekam Farbe, wenn sie über Timothy Kinnit sprach, auch wenn das, was sie sagte, nur ganz entfernt mit ihm zu tun hatte. »Es steht in Scribbenfields, etwas außerhalb der Stadt. Ich vermute, es war eine der ersten Vorstädte von London und ist schon uralt. Man würde nie erwarten, ein so bezauberndes altes Wohnhaus inmitten von unzähligen Lagerhäusern zu finden. Ich glaube, in einem der Keller ist früher eine Heilquelle entsprungen, die jetzt zugemauert ist.«

Campion schien gebührend beeindruckt, und sie fand ihn immer sympathischer. Sein blasses Gesicht mit den langen Clownsfalten war vertrauenerweckend und paßte irgendwie nicht in diese Zeit; man konnte ganz unbefangen mit ihm sprechen.

»Es war sehr freundlich von Ihnen, daß Sie bereit waren, mir zu helfen«, sagte sie unvermittelt.

»Mein liebes Mädchen, hoffen wir, daß ich es kann«, warf er hastig ein. »Scribbenfields? Das war tatsächlich früher ein bekannter Badeort. Zur Zeit Jakobs I. fuhr die Bevölkerung die zwei oder drei Meilen von Whitehall hinaus, um das Heilwasser zu trinken, und ich glaube, die Leute denken immer noch, es sei ein besonders gesunder Bezirk. Ich hatte einmal einen verrückten Klienten, der wirklich und wahrhaftig eine Anzahlung auf eine kleine Epsom-Salzmine leistete, die, wie er meinte, unter einer aufgelassenen Trambahn-Endstation in der Sheepen Road lag. Ein Irrtum, wie es sich herausstellte. Dadurch bekam ich damit zu tun. Übrigens – wen meinen Sie damit, wenn Sie sagen, sie leben alle dort? Alison Kinnit, ihren Bruder Eustace, Timothy und hin und wieder Basil Toberman? Gibt es Personal, das im Haus wohnt?«

»Nein. In der Regel nicht. Ein paar Leute kommen täglich, aber zur Zeit haben sie Nanny Broome vom Land holen müssen, damit sie sich um das Haus kümmert. Eine Nichte der Kinnits und ihre Zofe wohnen im Moment auch da. Die Nichte kommt aus Südafrika und ist sagenhaft reich. Eines ihrer Kinder ist krank, und sie sind nach London gekommen, um einige

Ärzte zu konsultieren. Sie erinnern sich doch an Mrs. Broome, nicht wahr?«

»Die weinende Frau? Wie könnte ich sie je vergessen? Es war das erstemal, daß mir ein Picassobild aus Fleisch und Blut vor Augen kam; sie wären mir fast herausgefallen. Mein Gott, war sie wütend auf Toberman!«

»Fast so wütend wie ich. Was für ein widerwärtiger, widerwärtiger Mensch!«

Die junge Stimme klang verzerrt vor Abscheu, und Charles Luke, der im selben Moment hinter sie trat, bekam die ganze Heftigkeit ihres Zorns zu spüren.

»Ich hoffe, damit bin nicht ich gemeint, sondern irgendein anderer bedauernswerter Zeitgenosse«, sagte er lachend, nachdem Campion ihn mit Julia bekannt gemacht hatte.

Julia musterte ihn mit lebhaftem Interesse. Sie hatte Größe und Kraft und eine gewisse männliche Ausstrahlung erwartet, aber Lukes ungewöhnliche Persönlichkeit, die etwas von einer Katze hatte, war eine Überraschung für sie. Trotz aller Kraft und Lebhaftigkeit wirkte er wie ein stolzes, einsames Tier.

Ein Kellner brachte seinen Aperitif, einen kleinen Scotch mit Soda, und er trank mit einem kleinen, dankbaren Seufzer.

»Zivilisiert«, sagte er zu Campion. »Man wird wieder Mensch.« Er hob die langen Hände zu einer weitausholenden Geste. »Zigarren und Sommertage und Frauen in großen Hüten und mit weichem Gesichtspuder, das ist es, woran es mich erinnert.« Er war völlig unbefangen, und sein dunkles Gesicht leuchtete vor Energie und Vergnügen über das Bild. Es war plötzlich begreiflich, wieso ein Mann mit einem so absonderlichen Beruf es sich in den Kopf gesetzt hatte, in den Clan der Scroop-Dorys – oder, wenn das Fieber ihn packte, in eine x-beliebige andere Familie – einzuheiraten.

»Ihre Kneipe gefällt mir. Würde gern alle zwei Jahre so etwa vierzehn Tage hier wohnen.« Obwohl er grinste, war das nicht nur scherzhaft gemeint, und seine engstehenden Augen mit den Brauen, die wie Spitzhütchen aussahen, waren ernst, als er zu Julia hinübersah. Etwas an ihr hatte ihn traurig gestimmt, wie sie überrascht feststellte.

»Und was gibt es Neues in der Welt der Teenager?« fragte er plötzlich und verriet damit, welche Richtung seine Gedanken nahmen. »Nur Träume und Tanzkleider, hoffe ich. So sollte es sein. Sie hat noch eine Zukunft, auch wenn sie nur Illusion ist. Die meine ist schlichter, enger.« Er sah Campion an. »Ein paar von den jungen Ganoven, die wir heutzutage festnehmen, denken sich Waffen aus, gräßlicher als die Folterwerkzeuge auf Abbildungen von Heiligen und Märtyrern.« Er wandte sich wieder an Julia. »Der widerwärtige Mann, von dem Sie gesprochen haben, als ich kam – ist das zufällig der gestrenge Vater, der Ihnen nicht erlaubt, Ihren Freund zu heiraten?«

»Selbstverständlich nicht!« Sie schien empört, und er lächelte ihr belustigt zu. »Wieviel hat Mr. Campion Ihnen am Telefon erzählt?« erkundigte sie sich.

»Fast alles, brillant und präzise«, antwortete Campion bescheiden. »Ausgelassen habe ich nur die Rolle, die Basil Toberman spielte, als er die Geschichte ausgerechnet zu diesem Zeitpunkt wieder aufs Tapet brachte.«

»Wissen Sie, daß er es absichtlich getan hat, um Timothy zu schaden? Er hat es zugegeben.« Julia sagte es so, als erwarte sie, daß Luke ihre Erklärung unglaublich finden werde, und er saß da und hörte ihr zu, den Kopf leicht zur Seite geneigt. »Ich habe es selbst gehört, als er das zu Mr. Campion sagte.«

»Wie merkwürdig!« Er verzog die Lippen, kaum merklich und eigentlich ganz gegen seinen Willen. »Aber ich bin froh, daß er der ›widerwärtige Mensch‹ ist. Ich bin ein bißchen empfindlich, wenn Töchter ihren Vater nicht ehren. Meine eigene hat nicht besonders viel Respekt vor mir, aber sie ist erst achtzehn Monate alt.« Er verlor allmählich sein Mißtrauen gegen Julia, wie Campion erleichtert feststellte, und sein Blick ruhte freundlich auf ihrem ernsten Gesicht. »Also«, sagte er, »was möchten Sie jetzt über die Herkunft von Timothy

Kinnit wissen? Woher seine Familie stammte, und was aus ihr geworden ist?«

»Oh, wir wissen, daß er aus der Turk Street in Ebbfield stammt, aber die gibt es nicht mehr, die Bomben haben sie dem Erdboden gleichgemacht.«

»Turk Street?« Luke schaute zu Campion hinüber. »Das haben Sie mir nicht gesagt.«

»Nein«, antwortete Campion zerknirscht. »Die Information kam aus einer – nun ja – nicht besonders zuverlässigen Quelle. Sie kennen Timothys frühere Kinderfrau Mrs. Broome nicht, Charles. Sie ist ein Schatz, aber als Zeugin mit besonderer Vorsicht zu behandeln. Die Busse mit den Evakuierten aus London sollen aus der Gegend um die Turk Street gekommen sein, aber es gibt nicht den geringsten Beweis dafür, daß auch der Junge daher kam. Die Turk Street galt früher als recht gemischte Gegend, und ich dachte, wir sollten Ihnen das am besten erst erzählen, wenn wir uns trafen.«

Julia sah zuerst Campion und dann Luke an.

»Ich wußte nicht, daß die Turk Street einen schlechten Ruf hatte«, sagte sie rasch. »Und Mrs. Broome auch nicht. Sie hatte sich nur den merkwürdigen Namen gemerkt. Was hat es dort gegeben? Laster? Verbrechen? Oder was?«

Luke beobachtete sie weiterhin sehr aufmerksam. Er war noch nicht rückhaltlos auf ihrer Seite.

»Nur niedriges Volk hauste dort«, sagte er, den altmodischen Ausdruck benutzend, um zu sehen, ob sie das irritierte. »Was wollen Sie über die Familie des jungen Mannes wissen?«

»Ich gar nichts. Mir ist es egal, ob es mit TB infizierte Orang-Utans waren. Timothy ist Timothy für mich und nichts und niemand sonst. Tim selbst scheint wegen der Sache völlig den Verstand verloren zu haben. Vater möchte gern etwas über seine Familie erfahren, aber Tim ist geradezu davon besessen.«

Luke schnaubte. »Warum überlassen Sie es dann nicht den beiden? Sie können weder etwas verhindern noch etwas ändern, und wenn es etwas gibt, werden sie es genauso schnell finden wie Sie.«

Sie hielt seinem eindringlichen Blick ruhig stand. »Das weiß ich, aber ich möchte vorbereitet und mit von der Partie sein.«

Der Superintendent schien zufrieden, denn er nickte.

»Das ist nur fair. Er ist ein bißchen kühler geworden, nicht wahr? Das kommt vor«, fügte er reuig hinzu, weil ihr das Blut in die Wangen geschossen war und die Augen verdächtig glänzten. »Er war fest entschlossen, mit Ihnen durchzubrennen, der arme Junge, und sah sich plötzlich auf ein ganz anderes Gleis abgeschoben.«

»Ich weiß.« Die Stimme brach ihr, doch sie wandte den Blick nicht ab. »Aber mir ist es genauso gegangen, und meine Gefühle haben sich nicht verändert.«

Campion, der Luke gegenübersaß und das Gespräch, nichts Gutes ahnend, verfolgte, war auf Lukes Reaktion nicht vorbereitet. Sein Gesicht verzerrte sich vor Schmerz, dann lächelte er leicht.

»*Touché*«, sagte er. »Tja, in diesem Fall müssen wir etwas tun.« Jetzt grinste er sie breit und entwaffnend an. »Und es würde keinem von uns weh tun, wenn wir endlich etwas täten, anstatt alberne Fragen zu stellen, oder?«

Von einem so pedantischen Mann wie Luke war das ein ungewöhnlich definitives Versprechen, daher lenkte Campion die Unterhaltung in andere Kanäle, und das Essen ging recht vergnüglich zu Ende.

Wie erstaunt war Campion jedoch, als Luke ihn drei oder vier Tage später anrief.

»In dieser zwanzig Jahre zurückliegenden Sache haben die Ermittlungen in der Turk Street nicht viel ergeben«, begann der Superintendent, und seine mächtige Stimme versetzte die Leitung in Schwingungen, die den Ton verwischten. »Aber dann fiel mir ein, daß es da kürzlich etwas gab, das sich irgendwie damit verknüpfen lassen könnte, und jetzt hatte ich endlich einen Moment Zeit, mir die Akte anzusehen. Sie lesen den *Ebbfield Observer* wohl nicht, wie ich vermute?«

»Diese Vermutung kann ich bestätigen, Freund.«

»Macht nichts. Lassen Sie sich deshalb keine grauen Haare wachsen. Vor ein paar Tagen hat er einen Artikel gebracht, der Sie vielleicht interessiert hätte, und da die Sache in der Zeitung gestanden hat, habe ich nicht das Gefühl, ein Amtsgeheimnis zu verraten, wenn ich Sie darauf aufmerksam mache. Die Schlagzeile lautete: *Modellhauswohnung verwüstet. Untermieter identifiziert. Mann angeblich schon außer Landes.* Haben Sie kapiert?«

»Ja.« Campion schien leicht verwirrt. »Modellhaus – damit ist wohl dieser Menschensilo gemeint, den sie dort hochgezogen haben, nicht wahr?«

»Ja. Es ist geplant, in der Gegend noch fünf weitere zu bauen. Vor ungefähr fünf Wochen hat es im obersten Stockwerk Schwierigkeiten gegeben. Die Wohnung eines alten Ehepaars wurde eines Abends aufgebrochen und total verwüstet, während es mit seinem Untermieter unten im Lokal saß. Als sie zurückkamen, warf der Untermieter nur einen Blick auf das Chaos und flüchtete, nachdem er telefonisch die Polizei verständigt hatte. Die arme alte Dame wurde vom Schlag getroffen und starb – was die Sache für uns natürlich wesentlich kompliziert hat.«

»Oh!« Campion schien interessiert. »Ein Fall von ›indirekter Verantwortlichkeit‹?«

»Nennt man das so?« Luke war nicht begeistert. »Ich weiß nur, daß die Gesetzeshüter neuerdings über jeden Fall in Aufregung geraten, bei dem das ursprüngliche Vergehen außer den beabsichtigten noch schwerwiegendere Folgen hat. In diesem Fall war die Rede von Mord oder Totschlag. Für mich bedeutet das nur noch mehr Hausaufgaben. Aber man setzt unseren Chefinspektor, einen Schotten namens Munday, ziemlich unter Druck, und außerdem hockt ihm ein lokaler Dämon im Nacken – in Gestalt eines Gemeinderats, der das Geld für das gesamte Bauvorhaben aufbringen soll. Der Junge wollte noch schneller als bald Ergebnisse sehen. Munday arbeitete wie ein Verrückter und entdeckte schließlich, daß der vermißte Untermieter einer der Stalkeys war.«

»Tatsächlich!« Campion war erfreulich beeindruckt. »Von der Detektivagentur? Lebt denn dieser gräßliche alte Gentleman J. B. Stalkey wirklich noch?«

»Stalkey, der Redner!« Luke brummte belustigt vor sich hin. »Nein. Er hat sich zu den Engeln gesellt – wo er bestimmt weiterhin seine dogmatischen Predigten hält. Joe, der mittlere Sohn, regiert an seiner Statt, und die anderen beiden, Ron und Reg, latschen für ihn herum. Reg war der geheimnisvolle Untermieter. Er scheint nur einen Blick auf die Zerstörung geworfen und sofort die Beine in die Hand genommen zu haben. Er muß tief erschüttert gewesen sein, weil er sofort das Land verlassen hat. Joe hat uns gesagt, daß er jetzt in Ontario nach Verwandten sucht.«

»Was wollte er in Ebbfield?«

»Das würde Munday auch gern wissen. Er wird ihn auf dem Flugplatz abfangen, sobald er zurückkommt. Wir wissen nur, daß er aus einem Pub ins andere gezogen ist und alles mögliche über die ehemalige Turk Street wissen wollte. Ganz besonders schien er sich für jede Familie zu interessieren, die während des Krieges aufs Land evakuiert wurde. Als ich das in seinem Bericht las, habe ich mich gefragt, ob er vielleicht hinter derselben Sache her sein könnte wie Sie.«

»Es riecht danach. Was sagt Bruder Joe?«

»Nichts. Joe redet nicht. Er ist der gleiche alte Querulant wie sein Vater selig und kennt seine Rechte. Wir haben nicht die Macht, ihn zu irgend etwas zu zwingen. Er ist ein ganz gewöhnlicher Bürger. Englische Privatschnüffler sind nicht lizensiert, wie Sie wissen. Er behauptet, er wisse nicht, was Reg getan hat. Damit will er natürlich seinen Klienten schützen.« Er machte eine kleine Pause. »Es gibt«, fuhr er dann fort, »nur noch einen einzigen anderen Punkt, der eventuell etwas einbringen könnte: Als der Gemeinderat erfuhr, daß das Verbrechen möglicherweise ein Protest gegen die Ermittlungen eines Privatdetektivs war, wurde er plötzlich stumm wie eine Auster und wollte nichts mehr von der Sache wissen. Das war, nachdem er Munday länger als eine halbe Stunde telefonisch zugesetzt hatte.«

»Merkwürdig«, sagte Campion nachdenklich. »Hat der Inspektor irgendeine Theorie – eine Erklärung dafür?«

»Nein. Aber der Gemeinderat hat ein Haus und eine Frau. Vielleicht möchte er nur nicht von derselben Bande heimgesucht werden. Doch ich wäre überrascht, wenn es das wäre. Er schien mir gar nicht der Typ zu sein. Hat auf mich eher den Eindruck eines Fanatikers gemacht. Ein Sozialarbeiter im Sinn von ›ich werde dir Gutes tun, und wenn es uns beide umbringt‹.« Er lachte. »Nun, das wär's auch schon«, sagte er. »Mehr kann ich im Moment leider nicht bieten. Das Mädchen hat mir gefallen. Wenn sie aufrichtig sind, haben sie großen Charme, nicht wahr?«

Ob er die Frauen im allgemeinen oder nur einen bestimmten Typ meinte, war nicht klar. Er legte auf, und nach einer Weile nahm Campion seinen Hut und begab sich in den East Central District, wo es in einer staubigen Sackgasse eine unauffällige Tür gab, an der ein kleines Schild bescheiden verkündete: *J. B. Stalkey und Söhne, Privatdetektei. Gegründet 1902.*

Im alten Sessel seines Vaters saß Joe Stalkey in einem Büro, das unverändert erhalten geblieben war, seit der Firmengründer die Idee gehabt hatte, eine Privatdetektei zu eröffnen, die so seriös war wie eine Anwaltskanzlei.

In dem kleinen Raum stand ein herrlicher Stil-Bücherschrank mit Glastüren oben und wunderschön panellierten Türen unten. Er nahm eine ganze Wand ein, und vor diesem edlen und eleganten Hintergrund hatte nahezu fünfzig Jahre lang Stalkey, der Redner, posiert und seine Klienten beeindruckt. Joe Stalkey hatte bei weitem nicht die starke Ausstrahlung seines Vaters. Der leicht gehetzte Gesichtsausdruck und das geringschätzige Lächeln, so typisch für das Kind eines allzu dominierenden Elternteils, hatten ihm alle Autorität genommen. Er war und blieb ein schlaksiger Mann mittleren Alters, dessen breite Züge irgendwie schief wirkten, als habe sie jemand mit einem Augenfehler entworfen.

Als Campion eintrat, blickte Stalkey erstaunt auf.

»Was für eine Ehre«, sagte er mit einem anzüglichen Grinsen. »Sie waren mindestens seit zwanzig Jahren nicht mehr hier, nicht wahr, Mr. Campion? Was können wir für Sie tun? Jeder kleine Auftrag – und wäre er noch so winzig – wäre uns willkommen, das versichere ich Ihnen. Solange etwas legal ist und wir damit rechnen können, unser Geld zu bekommen, sind wir nicht wählerisch. Wir können es uns nicht leisten. Setzen Sie sich bitte. Ich habe wenigstens zehn Minuten Zeit, bevor ein Klient ...«

»Der ungenannt bleiben muß und in einer Kutsche mit einer Krone am Schlag vorfährt«, murmelte Campion so ernst vor sich hin, daß man es fast für ein Kompliment halten konnte. »Sie sind sehr gütig. Ich glaube nicht, daß Ihr Vater so freundlich gewesen wäre. Ich hatte immer das Gefühl, daß er meinen Stil nicht schätzt.«

Der Mann hinter dem Schreibtisch musterte Campion mit Vorsicht und Zurückhaltung. Er verstand ihn nicht und hatte ihn nie verstanden. Er vermutete jedoch voller Erbitterung, daß Campions unbegreiflicher Erfolg auf etwas von Grund auf Unfairem beruhte, war aber dennoch – obwohl er das nur grollend zugab – sehr dankbar, ihn in seinem Büro zu sehen.

»Nehmen Sie Platz«, sagte er. »Verfügen Sie über mich.«

Campion setzte sich in den Klientensessel und kreuzte die langen Beine. Hut, Handschuhe und die zusammengefaltete *Times* behielt er auf den Knien. »Ich wollte Reginald sprechen«, sagte er, »aber wie ich höre, ist er in Kanada. Ich hätte von ihm gern etwas über die Turk Street vor zwanzig Jahren erfahren – sofern er etwas weiß, natürlich.«

Joe Stalkey hatte große, kalte Augen, die sich jetzt mit einem stechenden Blick auf den Besucher hefteten und dann zu Campions gefalteter Zeitung weiterschweiften, wo ihre unstete Wanderschaft offenbar ein Ziel gefunden hatte. Es war, als lese Stalkey die kleingedruckten Anzeigen auf der Außenseite.

»Nun?« Campions Frage klang nicht im geringsten ungeduldig, und er war erstaunt, als sich Stalkey mit der Zungenspitze über die trockenen Lippen fuhr. Er hatte auch die Farbe gewechselt, und seine ungewöhnlich grobknochige Faust, die auf dem Schreibtisch lag, zitterte leicht.

»Sie sind ja sehr schnell darauf gestoßen, das muß ich Ihnen lassen.« Er sprach, ohne Campion in die Augen zu sehen, und ließ die Worte mit einem bedauernden Unterton ausklingen. »Ron hat die Beherrschung verloren«, fügte er hinzu.

Campion hatte keine Ahnung, was er meinte, doch es klang vielversprechend.

»Tatsächlich?« murmelte er. »Das ist immer gefährlich.«

»Es ist ja nichts Schlimmes passiert«, sagte Stalkey gereizt, »aber Ron ist natürlich sehr groß. Er ist schwerer als ich und zehn Jahre jünger. Der Junge hat sich erstaunlich verbissen gewehrt, hatte aber nicht die Spur einer Chance und sitzt jetzt ganz schön in der Tinte, das gebe ich gern zu.« Plötzlich kniff er die Augen zusammen und fragte: »Mache ich mich hier vielleicht zum Affen?«

Campion grinste.

»Wir scheinen ein bißchen schneller gewesen zu sein als der Schall, wenn Sie das meinen«, gestand er. »Lassen Sie mich erklären. Ich interessiere mich für alles, was ich über eine Frau und ein sehr kleines Baby erfahren kann, die am Tag des Kriegsausbruchs 1939 aus der Turk Street nach Suffolk evakuiert wurden. Ich habe heute erfahren, daß Ihr Bruder kurz vor seiner Kanadareise in der gleichen Sache ermittelte. Da habe ich mich natürlich gefragt, ob wir alle mit demselben Problem beschäftigt sind und, wenn das zutrifft, unsere Erfahrungen nicht austauschen können. Gegen eine angemessene Entschädigung natürlich.«

»Verdammt!« Joe Stalkey ärgerte sich über sich. Er war rot geworden, und seine Hände zuckten nervös.

»Ihr Kerle umgebt euch mit einer so glaubwürdigen Legende, daß man tatsächlich darauf hereinfällt«, sagte er mit einem völlig unlogischen Vorwurf. »Ich konnte mir zwar nicht vorstellen, wie Sie hinter die Sache von heute morgen gekommen sein könnten, aber da ich sie ganz frisch im Kopf hatte, habe ich, als Sie die Turk Street erwähnten, sofort angenommen, daß Sie alles wissen. Ich vermute, Sie sind der Grund, warum Central Branch sich wieder dafür interessiert? Sie haben die Leute aufgescheucht, und die haben die Polizei dort unten auf Trab gebracht, und irgendein elender Kriminalbeamter hat bei dem Jungen etwas durchsickern lassen. Das wär's ungefähr. Sonst wäre das Ganze überhaupt nicht passiert, nicht wahr? Ein Zufall, der eigentlich keiner war. Sie kommen heute nachmittag her, kurz nachdem Ron von dem Jungen überfallen wurde. Kein Wunder, daß ich den Fehler gemacht habe.«

Der schlanke Mann mit der Hornbrille lehnte sich zurück.

»Ich will ein Geständnis ablegen«, sagte er. »Ich habe keine Ahnung, wovon Sie sprechen. Ron ist Ihr jüngerer Bruder, nicht wahr? Und er führt Regs Ermittlungen weiter, nehme ich an?«

»Den Teufel tut er!« Joe Stalkey ließ erkennen, daß auch er in Wut geraten konnte. »Das ist kein Fall für uns, Mr. Campion. Sie haben keine Ahnung, in welchem Zustand die Wohnung war, nachdem diese Vandalen dort gehaust hatten. Ich habe Reg gesehen, bevor er nach Kanada abgereist ist, und er war entsetzt, das kann ich Ihnen sagen. Sie hatten ›Geh nach Hause, Schnüffler‹ auf einen Spiegel geschmiert. Wie in einem amerikanischen Film. Ich weiß nicht, was aus der jungen Generation werden soll. Stalkey und Söhne ist keine solche Firma. Saubere Beweise, übersichtliche Berichte und wenn nötig ein diskretes und glaubwürdiges Auftreten vor Gericht, das sind die Leistungen, die wir zu bieten haben. Sobald wir merkten, wo wir da hineingeschlittert waren, sind wir ausgestiegen. Wollen nichts mehr damit zu tun haben. Unsere Klienten stammen nicht aus einer Klasse, in der es gewalttätig zugeht.« Aus den letzten Worten klang unaussprechlicher Ekel, und Campion stellte fest, daß hier ein alter Snobismus wieder auflebte, dem er bisher nicht begegnet war. Er hatte jedoch immer noch keinen festen Boden unter den Füßen und überlegte, wie er das ändern könnte, ohne allzu deutlich zu werden, doch da fuhr Joe Stalkey schon fort:

»Er sagt, daß er's nicht gewesen ist, und behauptet, er wisse auch nicht, wer es getan hat. Da steckt eine Bande dahinter, das ist ganz klar. Ich denke, diese Welt ist verdammt; die moderne Jugend ist ganz offen gegen Zivilisation. Höhere Bildung macht sie nur noch schlimmer.«

Campion zog eine Braue in die Höhe, enthielt sich jedoch jeden Kommentars. Statt dessen stellte er eine vorsichtige Frage:

»Wie ist Ron in die Sache hineingeraten, wenn Stalkey und Söhne sich aus dem Fall zurückgezogen haben und Reg in Kanada ist?«

Die Röte auf Joe Stalkeys asymmetrischem Gesicht vertiefte sich, und sein geringschätziges Lächeln blitzte wieder auf. »Der Idiot wollte Regs Schuhe abholen, können Sie sich das vorstellen? Sie werden das natürlich nicht wissen, aber die Schuster im East End verlangen nur ein Viertel von dem, was Sie sonstwo berappen müssen, und oft arbeiten sie auch noch viel besser. Als Reg dort war, ließ er mehrere Paare seiner Lieblingsschuhe in einer winzigen Ein-Mann-Werkstatt und bat Ron, sie abzuholen, sobald er Zeit hatte. Ron ist ein sehr ordentlicher Junge und vergißt so etwas nicht. Heute morgen hatte er in der Gegend zu tun, also rief er den Schuster an und fragte, ob die Schuhe fertig seien. Sie waren es, und Reg machte sich auf den Weg. Natürlich hatte jemand dem Jungen einen Wink gegeben, und er lauerte Ron auf.«

Campion holte tief Atem.

»Wen meinen Sie, wenn Sie ›der Junge‹ sagen?«

»Sie wissen sehr gut, wen ich meine«, antwortete Joe. »Den jungen Kinnit. Meiner Meinung nach hat es keinen Sinn, hier auf den Busch zu klopfen. Wir haben für seine gesetzlichen Vormünder gearbeitet. Die Tante und seinen Adoptivvater. Alison und Eustace Kinnit. Sie müssen wissen, daß wir schon vor fünfzehn oder sechzehn Jahren von der Familie den Auftrag hatten, etwas über die Identität des Jungen herauszufinden. Damals hat Vater den Fall bearbeitet, aber es war von Anfang an hoffnungslos. Es war kurz nach Kriegsende und die ganze Gegend ein einziger Trümmerhaufen. Pa hat das Gericht mit der Versicherung überzeugt, daß jeder Platz, jede Gasse ergebnislos abgesucht worden waren, und die Adoption oder Vormundschaft ging anstandslos über die Bühne. Damit hatte es sich.«

Campion zweifelte noch immer.

»Wollen Sie mir ernstlich einreden, daß der junge Kinnit für den Vandalismus in dieser Gemeindewohnung verantwortlich ist? Haben Sie dafür auch nur den geringsten Beweis?«

»Ich will keinen. Ich will damit nichts mehr zu tun haben, und vergessen Sie nicht – alles, was ich Ihnen jetzt erzähle, ist absolut inoffiziell und nicht fürs Protokoll.«

Joe Stalkeys Gesicht, von Haus aus wenig anziehend, sah mit einem Ausdruck eigensinniger Voreingenommenheit auch nicht besser aus. »Natürlich ist er dafür verantwortlich. Ron berichtet, daß Kinnit behauptet, zur fraglichen Zeit in seinem College in Oxford eingesperrt gewesen zu sein, doch das beweist nur, daß er ein paar ergebene Freunde oder genug Geld hat, um Hooligans anzuheuern. Was man vielleicht beweisen könnte, ist eins; etwas anderes das, von dem wir wissen, daß es die Wahrheit sein muß. Seien Sie kein Kind, Campion. Für wen arbeiten Sie? Für den Kleinen selbst?«

»Nein. Ich gehöre zur anderen Seite der Familie. Ich wahre die Interessen der Freundin.«

»Ach, wirklich? Was für eine Klientin!« Aus Joe Stalkeys

Stimme sprach blanker Neid. »Da sind Sie auf eine Goldmine gestoßen. Na ja, herzlichen Glückwunsch. Sie können von uns alles bekommen, was wir haben – für einen entsprechenden Preis natürlich. Ich bin glücklich, Ihnen einen Gefallen tun zu können. Doch in diesem besonderen Fall wollen wir nicht mit Ihnen zusammenarbeiten. Wir sind draußen und bleiben draußen, besonders nach dem, was heute morgen passiert ist. Der Junge ist dekadent und gefährlich. Es macht sich nie bezahlt, ein Kind aus seiner ursprünglichen Umgebung herauszureißen und in eine vornehmere zu verpflanzen.«

»Wissen wir denn, was seine ursprüngliche Umgebung war? Ich habe gedacht, das herauszufinden, sei der Zweck der Übung gewesen.«

»Wir wissen, daß er aus einem verbrecherischen Slum stammt.«

»Tatsächlich? Steht das fest?«

Joe Stalkey setzte ein mürrisches Gesicht auf. Er hatte bei weitem noch nicht das Format seines Vaters. Der Alte hatte seine Firma auf Fakten und Beweisen aufgebaut, nicht auf windigen Trugschlüssen.

»Er wurde mit einem Haufen anderer Leute aus der Turk Street im Bus nach Angevin transportiert und dort ausgesetzt – ein typischer Turk-Street-Trick. Auf jeden Fall ist er gewalttätig und brutal.«

Campion stand auf. »Ich begreife immer noch nicht, warum Sie ihn mit der verwüsteten Wohnung in Verbindung bringen«, sagte er sanftmütig.

»Weil Sie nicht denken«, belehrte ihn Joe Stalkey. »Weil Sie Ihren Verstand nicht benutzen. Tut mir leid, aber überlegen Sie doch einmal. Wer sonst hätte etwas zu gewinnen oder zu verlieren? Wen sonst könnte es interessieren, ob Reg etwas über den Findling in Erfahrung gebracht hat? Sobald ich von der auf den Spiegel geschmierten Botschaft hörte, war mir klar, daß es der Junge selbst gewesen sein mußte. Das war offensichtlich.«

»Ist das wirklich alles, worauf Sie sich stützen?« fragte Campion erleichtert.

»Für mich ist es genug.« Der Chef von Stalkey und Söhne blieb eisern. »Ich halte nichts von dem Wischiwaschi-Zeug, nach dem Sie sich richten, Campion. Ich sehe nur, was offensichtlich ist, wenn es eine Meile gegen den Wind riecht, und komme mit dieser Methode gut zurecht. Als der Flegel heute über Ron herfiel, hat sich mein Verdacht bestätigt, finde ich.«

»Ich verstehe.« Campion schien keinen anderen Kommentar zu haben. »Ihre Rechnung wird hoffentlich bescheiden ausfallen. Können wir uns auf einen Großhandelspreis einigen?«

Joe Stalkey lachte. »Also Sie haben was«, räumte er ein. »Hoheitsvolles Benehmen, nicht wahr? Aber hören Sie. Ich habe nachgedacht. Vielleicht könnten wir in dieser Sache eine Art Tauschgeschäft machen. Sie würden uns den Jungen jetzt wohl nicht abnehmen?«

Campion sah ihn starr an.

»Wo ist er?«

Joe Stalkey machte kein sehr glückliches Gesicht. »Unten im Waschraum. Nur keine Aufregung. Es fehlt ihm nichts, aber er mußte natürlich gesäubert werden, und wir konnten ihn nicht gut nach Hause schicken. Dort ist heute nachmittag eine Beerdigung.«

»Eine Beerdigung?«

Joe Stalkey zuckte mit den mageren Schultern.

»Es steht in Ihrer *Times*, bei den Todesanzeigen. Ich habe gedacht, Sie halten sie so, um mich daran zu erinnern. Es ist niemand von der Familie, aber er war der Meinung, er könnte mit zwei blaugeschlagenen Augen und einer gespaltenen Lippe nicht gut dort erscheinen. Es ist jemand, der dort gearbeitet hat. Ach ja, hier haben wir's: *Saxon ... während eines Besuchs mit ihrer trauernden Freundin und Arbeitgeberin Geraldine Telpher. Die Beerdigung findet heute auf dem Harold Dene Cemetery statt.* Eine Gouvernante hat der Junge gesagt, glaube ich.«

6

Ein junger Mann in seinem gerechten Zorn

Der Waschraum unter dem alten Gebäude, in dem Stalkey und Söhne ihr Büro hatten, war vermutlich ein ziemlich schlampig umgebauter Luftschutzraum; ursprünglich allerdings ein riesiger Weinkeller und ein Relikt aus üppigeren Zeiten. Die Decke war gewölbt, der Boden aus Steinplatten und die Belüftung ungenügend. Die Reihe der 1913 eingebauten Waschbecken wirkte in der grimmigen Umgebung auffallend modern.

An einem Ende des Gewölbes stand ein Feldbett, auf dem ein paar Wolldecken lagen. Darauf saß, als Campion eintrat, Timothy Kinnit, nur mit ärmellosem Unterhemd und Shorts bekleidet. Das blutdurchtränkte Hemd lag auf dem Fußboden, und als Campion näher kam, hob Timothy das zerschlagene Gesicht zu ihm auf, in dem nur noch die wütend blitzenden Augen schön waren.

»Hallo«, sagte er. »Ich kenne Sie. Sie sind Albert Campion. Bestimmt gehören Sie nicht zu dieser Bande von Irren? Wo steckt dieser verdammte Idiot mit meinen Kleidern?« Er konnte nur mühsam sprechen, weil seine Lippen verschwollen waren, doch er schonte sich nicht. Seine Stimmung schlug Campion wie eine Woge entgegen. Er war außer sich vor Zorn.

Campion warf einen Blick hinter sich. »Ich scheine allein zu sein«, sagte er freundlich. »Joseph Stalkey ist zurückgeblieben, um mit seinem Bruder zu sprechen, der sich im Anbau einer Reparatur unterzieht. Wenn es für Sie ein Trost ist – auch er hat ein paar hübsche Andenken an die Begegnung. Ich nehme an, er war bewaffnet? Darf ich mir Ihre Verletzungen ansehen?«

Timothy stand unsicher auf. »Mein Gesicht wird schon wieder«, sagte er und schwankte leicht, als er sich zum Spiegel vorbeugte. »Aber ich weiß nicht, ob ich nicht ein Loch im Kopf habe. Auf dem Hinterkopf, ziemlich tief unten. Sehen Sie's?«

»Ja. Du meine Güte! Warten Sie einen Moment. Drehen Sie sich zum Licht.«

Campion hatte die Untersuchung beinahe beendet, als Joe Stalkey hereinkam. Er war so nervös, daß seine rastlose Unbeholfenheit noch mehr auffiel. Fast stolperte er über seine großen Füße, und seine Hände und riesigen Handgelenke wirkten wie Schaufelbagger.

»Er ist in Ordnung«, sagte er in einem Ton, als müsse er sich selbst überzeugen. »Ihm fehlt nichts. Das sind nur ganz oberflächliche Verletzungen. Nichts Beunruhigendes. So etwas passiert eben.«

Campion hob die Brauen. »Das überrascht mich nicht, wenn Ihr Bruder seine Botengänge mit einem Schlagring an der Hand und einem Montierhebel bewaffnet erledigt«, stellte er fest.

»Es ist kein Montierhebel. Nur ein ganz gewöhnlicher, altmodischer Totschläger. Wir alle tragen einen.« Joe Stalkey sagte das so, als machten drei Totschläger die Sache respektabler. »Seien Sie vernünftig. Ein Mann muß die Möglichkeit haben, sich zu verteidigen. Ron hat heute morgen Schwierigkeiten erwartet, vergessen Sie das nicht. Er ging in die bewußte Gegend. Ihm war klar, daß die jungen Banditen, die auf so brutale Weise die Wohnung zweier alter Leute verwüsten konnten, um Reg abzuschrecken, nur darauf lauerten, daß jemand auftauchte, der die Ermittlungen fortsetzte. Deshalb war er auch bereit, als der Überfall erfolgte.«

»Aber es hat keinen Überfall gegeben!« Timothys Explosion war ebenso auf seinen Zorn über diese zum Himmel schreiende Dummheit, wie auf Schmerz und Entrüstung zurückzuführen. »Ich bin ganz einfach hinter dem Tresen hervorgekommen, wo ich mich mit dem Schuster unterhalten hatte, und fragte den Mann, ob er derjenige sei, der die Ermittlungen über die Verhältnisse in der Turk Street kurz vor dem Krieg anstellte, und wenn er es sei, für wen er arbeite. Er ging sofort wie ein Wahnsinniger mit einem Knüppel auf mich los, und selbstverständlich habe ich mich verteidigt.«

»Aber wie sind Sie hergekommen?« fragte Campion.

»Keine Ahnung. Ich ging aus wie ein Licht – nach diesem Schlag auf den Schädel, nehme ich an.«

»Ron hat ihn in seinem Wagen hergebracht«, sagte Joe Stalkey, Campions Blick ausweichend. »Er wollte ihn natürlich der Polizei übergeben, doch wie es sich herausstellte ...«

Campion hüstelte leicht. »... fiel ihm zufällig eine Brieftasche aus der Jacke, und ein alter Briefumschlag mit seinem Namen drauf rutschte heraus.«

Stalkeys große, verwaschene Augen sahen ihn vorwurfsvoll an.

»Na ja, so was passiert, das wissen Sie genausogut wie alle anderen«, sagte er gereizt. »Sie können es Ron jedenfalls nicht übelnehmen, daß er nervös war. Reg hat nur die verwüstete Wohnung gesehen, den Fall auf der Stelle hingeworfen und ist nach Kanada auf Urlaub gefahren, vergessen Sie das nicht. Deshalb war Ron heute morgen auf einen Überfall vorbereitet. Daraus können Sie ihm keinen Strick drehen.«

Campion schüttelte den Kopf. »Nein, das kann wahrscheinlich niemand«, gab er zu. »Was fehlt Ron eigentlich? Ist er blähsüchtig? Ach, egal. Wo sind die Sachen von Mr. Kinnit?«

»Nebenan. Er hatte ein bißchen Nasenbluten, und sie sind verschmutzt. Ron hat sie mitgenommen, um zu sehen, ob man sie wieder soweit hinkriegen könnte, daß Mr. Kinnit darin nach Hause gehen kann. Verstehen Sie?«

Campions Lippen zuckten. »Nur allzu gut. Der Irrtum wird immer begreiflicher. Ron hat mein aufrichtiges Mitgefühl.«

»Ich wünschte, Sie würden alle beide aufhören, blöd daherzureden, und mir einfach eine Hose bringen«, sagte Timothy müde. In seiner Bitte lag etwas von der hilflosen Würde eines kranken Kindes oder eines sehr alten Mannes. Sein Gesicht schimmerte grünlich, und er war noch immer unsicher auf den Beinen. Er musterte Joe einen Augenblick und überlegte, was er als nächstes sagen wollte.

»Ich habe nichts gegen Ihren Bruder«, meinte er endlich. »Und ich werde ihn nicht anzeigen. Aber ich möchte, daß Sie mir die Frage beantworten, die ich ihm gestellt habe: Wer ist Ihr Auftraggeber? Wer versucht etwas über mich in Erfahrung zu bringen?«

Campion nahm Timothy beim Arm, drückte ihn vorsichtig auf das Feldbett hinunter, und Joe Stalkey kam einen Schritt näher.

»Sie haben also gewußt, daß Sie aus der Turk Street stammen?«

»Nein. Ich wußte nur, daß ein paar Leute von dort nach Angevin evakuiert wurden. Keine Ahnung, ob ich dabei war. Wer hat Ihren Bruder beauftragt?«

Joe Stalkey zögerte, und Campion hatte den Eindruck, daß er dabei ein für ihn uncharakteristisches Taktgefühl bewies. »Ihnen ist doch klar, daß Sie von uns verlangen, den Namen eines Klienten preiszugeben«, sagte er endlich.

Timothy seufzte. »Dann gibt es also einen Klienten.« Es klang merkwürdig resigniert. »Ich habe mich in der Turk Street umgesehen, weil mein altes Kindermädchen die Straße in Gegenwart meiner Braut erwähnte, von der ich die Geschichte habe. Ich traf dort einen jungen Bobby, und wir haben ein bißchen zusammen gequatscht. Er hat mir erzählt, daß man einen Privatdetektiv aus dem Viertel verjagt hatte, weil er zu viele Fragen stellte. Der Bobby schickte mich zu einem alten Mann, bei dem der Privatdetektiv in Untermiete gewohnt hatte, und der wiederum schickte mich zu dem Flickschuster. Sie sagen, der Detektiv war Ihr Bruder, also können Sie mir auch meine Frage beantworten. Wer hat Ihre Familie angeheuert? Wer bezahlt Sie?«

Joe Stalkey fuhr sich mit der plumpen Hand über das Kinn.

»Tja, also wahrscheinlich richte ich keinen Schaden an, weil wir jetzt nicht mehr für sie arbeiten«, sagte er. »Wir lassen die Hände von der Sache. So was ist nicht unser Bier, besten Dank. Tatsache ist, daß mein Bruder Reg für Miss Alison und Mr. Eustace Kinnit gearbeitet hat. Sie haben sich kurz vor Weihnachten an uns gewandt.«

Timothys zerschundenes Gesicht färbte sich langsam dunkelrot und wurde dann ebenso langsam wieder blaß. Er beugte sich vor und blickte zu Joe Stalkey auf. Seine Augen wirkten fast schwarz.

»Sind Sie sicher, daß Eustace mit von der Partie war?«

»Aber natürlich. Ich habe ihn selbst gesehen. Es war meine Pflicht, sie darauf aufmerksam zu machen, daß wir kaum eine Erfolgschance hatten. Mein Vater hat die ersten Ermittlungen anno 1944 oder '45 durchgeführt, als es um Ihre Adoption ging. Er war genauso erfolglos wie ich heute. Ich glaube nicht, daß Sie sich große Sorgen machen müssen, junger Mann.«

Sein Hohn war an Timothy verschwendet, der völlig niedergeschmettert war.

»Zweimal!« sagte er. »Bringen Sie mir etwas zum Anziehen, um Himmels willen. Ich will hier raus!«

Er stand auf, taumelte jedoch noch stark. Campion hielt ihn fest.

»Ich glaube, es wäre wirklich am besten, wenn Sie mit mir kämen«, sagte er. »Meines Wissens gibt es nur einen Fachmann, der Sie innerhalb einer halbwegs vernünftigen Zeit so hinkriegt, daß Sie wieder unter die Leute gehen können. Ihre Sekretärin soll uns ein Taxi bestellen, Joe. Und leihen Sie uns einen Regenmantel.«

Sie fuhren in Campions alte Wohnung in der Bottle Street. Die Polizeistation im Nebenhaus gab es nicht mehr, und auch sonst hatten die Zeit und viele Neubauten die Gegend sehr verändert. Aber die gemütliche, ein wenig schäbige Vierzimmer-Zuflucht sah fast noch genauso aus wie früher.

Joe Stalkeys Regenmantel noch über seiner blutbefleckten

Kleidung, saß Timothy in einem ausgeblaßten Ohrensessel vor einem Gasfeuer und betrachtete stumpf die zahllosen Souvenirs an den Wänden. Obwohl die Wohnung ganz in der Nähe des Piccadilly lag, war sie erstaunlich ruhig, wirkte irgendwie entlegen und hatte sogar am Nachmittag etwas Konspiratives an sich.

Plötzlich drehte sich ein Schlüssel im Schloß der Wohnungstür, und mit dem Teekessel in der Hand streckte Campion den Kopf zur Küchentür hinaus.

»Lugg?«

»Hallo!« In der kleinen Diele gab es ein mittleres Erdbeben, und die getäfelte Wand zitterte. Der Neuankömmling war atemlos und sein Londoner Dialekt zum Schneiden dick.

»Wir haben einen Klienten.«

»Wierklich?« Die Wohnzimmertür wurde aufgerissen, und in ihrem Rahmen tauchte ein riesiger alter Mann auf. Eine überwältigend ungewöhnliche Persönlichkeit und so absonderlich angezogen, daß er sogar in einer Zeit auffallen mußte, die Individualität in der Kleidung zu einem Kult erhoben hatte. Er trug eine harte, runde Jagdkappe und dazu einen schwarzen Dufflecoat mit weißem Futter. Sein großes blasses Gesicht und sein gewaltiger Schnurrbart zitterten und zuckten vor Neugier. Er sah Timothy zweimal an. Einmal flüchtig, dann mit einem langen, festen Blick aus kleinen, unerwartet schlauen Augen.

»Zuerst hab ich gedacht, Sie ham sich geprügelt«, sagte er. »Aber das war'n Schlagring. Wo war'n Sie denn, Sohn?«

Campion kam herein und gab ihm eine kurze Erklärung.

»Stalkey?« sagte Lugg verächtlich. »Wie der bloß auf die Idee gekomm' is, daß er'n Detektiv machen kann! Größere Tolpatsche als diese Familie gibt's inner ganzen Bransche nich. Der Olle war nix als 'ne Quasselstrippe, und die Jungs sin alle mitnander nich ganz dicht nich.« Er wandte sich an Timothy. »Wie kann man nur'n Sprößling von nem Klienten so zurichten? Sie hätten tot sein könn, un was hättense dann gemacht?

Wärn mit der Rechnung in der Hand dagestanden un hätten nich gewußt, wohin damit.«

Seine Verachtung war prachtvoll gespielt, aber Timothy hatte keinen Sinn dafür und reagierte nicht. Er hockte da wie ein schlaffer Sack, die Augen noch immer fast schwarz vor Schreck. Campion, der ihn beobachtete, sagte sich, daß Verschrobenheit für ihn doch etwas Alltägliches sein mußte. Er war in ein überspanntes Zeitalter hineingeboren worden, und Absurdes war nicht erst seit gestern ein Mittel zur Wirklichkeitsflucht. Der Zustand des Jungen machte ihm Sorgen. Er war tiefer erschüttert, als seine körperlichen Verletzungen es rechtfertigten. Plötzlich sah Timothy zu ihm auf und sagte schroff, als beantworte er Campions unausgesprochene Frage:

»Und für wen arbeiten Sie? Tut mir leid«, entschuldigte er sich jedoch sofort. »Ich möchte Sie nicht beleidigen und bin Ihnen unendlich dankbar. Aber warum interessieren Sie sich für die alte schmutzige Geschichte meiner Abstammung?«

Die Bitterkeit in seiner Stimme war nicht zu überhören, und unwillkürlich versuchte Campion, ihn zu beschwichtigen.

»Mein lieber Junge«, protestierte er, »so dürfen Sie es nicht sehen! Sobald wir Sie ein bißchen zusammengeflickt haben, sollen Sie alles erfahren, was ich weiß – was wenig genug ist. Inzwischen erzählen Sie mir, was der alte Joe Stalkey gemeint hat, als er sagte, Sie müßten heute nachmittag an einer Beerdigung teilnehmen?«

Campion war überrascht, in dem zerschundenen Gesicht plötzlich Gereiztheit oder vielleicht sogar Unbehagen aufflakkern zu sehen; im nächsten Moment war es wieder völlig ausdruckslos.

»Ich muß da nicht hin«, antwortete Timothy. »Glaube nicht, daß jemand mit meinem Erscheinen rechnet. Ich habe nur gesagt, ich sei der Meinung, ich sollte so wie ich aussehe, weder vor noch nach der Trauerfeier ins Haus platzen, und Stalkey hat mir recht gegeben.«

»Das möcht ich ihm auch geraten ham!« Lugg, der den Mantel ausgezogen hatte, nahm jetzt die Kappe ab und warf sie seinem Patienten zu. »Sehnse das? Dazu bestimmt, Ihrn Kopp vorm Pferdehuf zu schützen. Wennse weiterhin Ihre Neese in jeden Zoff reinstecken wollen, dann solltense sich auch so'n Ding zulegen. Ich sag Ihnen, wo man's bekommt. Jetzt lassense sich mal'n bißchen näher ansehn. Haltense still!«

Er untersuchte Timothys Verletzungen lange und sehr sorgfältig und seufzte schließlich. »Tja nu«, sagte er. »Ron Stalkey kann seim Herrgott danken. Hat Glück, der Kerl, daß er dafür nich vorn Kadi kommt.«

»Wie schlimm ist es?« Campion ließ deutlich erkennen, daß er einen Fachmann befragte.

»Hab schon Schlimmers gesehn. Und das hier in diesem Zimmer. Er bleibt am Leben un kriegt wieder genug Schmakkes, um jemandem das Herz zu brechen. Kommen Sie mit ins Bad, Kumpel, un wir fangen mit der Schönheitsbehandlung an.«

Eine Stunde später redete er immer noch. Timothy, der wieder viel mehr Ähnlichkeit mit sich selbst hatte, war in einen Bademantel seines Gastgebers gehüllt, während Lugg die ruinierten Kleider begutachtete.

»Nee«, sagte er bedauernd, die zerrissene und blutdurchtränkte Flanellhose hin und her drehend. »Die taugt nix mehr. Nich für 'ne Beerdigung. Das wär 'ne Geschmacklosigkeit. Wer wird'n beerdigt? Jemand, den Sie kenn?«

»Ja – obwohl – ›kennen‹ wäre zuviel gesagt. Sie war eine Fremde. Nur eine ältere Frau, die vorübergehend im Haus gewohnt hat.«

Timothy schien sich zu verteidigen, und Lugg kniff die glänzenden Augen zusammen.

»Un wie hat sie geheißen?« drängte er.

»Miss Saxon. Ich habe sie wirklich kaum gekannt, aber die Todesanzeige hat heute in der *Times* gestanden. Joe Stalkey hat sie mir gezeigt. Eustace muß die Vorbereitungen getroffen und die Anzeige automatisch an die Zeitung gegeben haben. Er hat das bestimmt für richtig gehalten, obwohl sie hier kaum jemand gekannt haben dürfte. Sie ist mit unserer – oder vielmehr mit Eustaces Kusine, Mrs. Telpher, aus Südafrika herübergekommen. Hat ihr mit dem Kind geholfen, müssen Sie wissen.«

Lugg gab ihm, ohne beleidigend zu werden, zu verstehen, daß er gar nichts wisse, und sein Patient sah sich gezwungen, eine deutlichere Erklärung abzugeben.

»Mrs. Telpher hat ihr Kind nach England gebracht, um es hier behandeln zu lassen. Sie haben sich seit ungefähr sechs Wochen in Well House aufgehalten. Ich hatte keine Ahnung, daß die alte Dame herzkrank war.«

Den großen Kopf leicht zur Seite geneigt, stand Lugg vor ihm und sah ihn an.

»Sie is ganz plötzlich gestorben, nich?«

»Ja. Sonntagnacht im Schlaf. Ich war seither die meiste Zeit unten in Ebbfield.«

»Da hamse wohl in eigner Sache ermittelt, wie?«

»So könnte man es nennen, ja.«

Campion, der am anderen Ende des Zimmers vor einem Schreibschrank saß, hörte der fast gnadenlosen Befragung zu und bewunderte seinen alten Freund und Kampfgefährten. Er nahm kein Blatt vor den Mund, ihn hemmten gesellschaftliche Unterschiede nicht.

»Wie plötzlich war's denn?« fragte er mit entwaffnendem Interesse. »Gab's ne Leichenschau?«

»Nein. Sie war seit ihrer Ankunft in England in ärztlicher Behandlung. Eustace hat sofort den Arzt gerufen, und er hat anstandslos den Totenschein ausgestellt.«

»Irgend'n Grund, warum er das nich sollte, Sohn?«

»Nein, nein. Natürlich nicht. Kann ich mein Hemd haben?«

Campion hatte das Gefühl, es sei an der Zeit, sich einzumischen. Er drehte sich im Sessel herum, und seine hohe, angenehme Stimme unterbrach den Dialog.

»Ich hoffe, Sie nehmen es mir nicht übel«, sagte er, »aber ich habe vor einer halben Stunde Mrs. Broome in Well House angerufen und gebeten, Ihnen ein paar Sachen zum Anziehen zu bringen. Sie müßte jeden Moment hier sein.« Er war nicht auf die Wirkung vorbereitet, die seine Worte auf Timothy haben würden. Der zog die Brauen über der Nasenwurzel zusammen und wurde feuerrot. Campion musterte ihn erstaunt. »Ich habe gedacht, es sei so am einfachsten«, verteidigte er sich.

Timothy beherrschte sich mit sichtlicher Anstrengung. »Was ist eigentlich los? Was wissen Sie über Mrs. Broome? Sie sind sehr freundlich, aber wer hat Sie gebeten, sich einzumischen? Tante Alison, nehme ich an? Mein Gott! Wer hat denn noch mit der Sache zu tun?«

Campion lehnte sich zurück und schlug die Beine übereinander.

»Ich entschuldige mich«, sagte er. »Ich habe versprochen, Ihnen alles zu berichten, was ich weiß; hier ist es: Ich habe einen alten Freund, den Sie gut kennen. Anthony Laurell.«

»Julias Vater? Oh! Es tut mir leid. Er hat mir nichts gesagt. Und ich habe gedacht, er sei ganz offen und ehrlich zu mir.«

»Das war er auch, denke ich«, entgegnete Campion hastig, um weiteren Schaden zu verhindern. »Er hat schon vor sehr langer Zeit mit mir über Sie gesprochen – als Sie und Julia anfingen, miteinander auszugehen. Wir sind befreundet, seit wir beide in Cambridge waren, deshalb ist es für uns ganz natürlich, ein bißchen über persönliche Dinge zu schwatzen, wenn wir uns treffen. Er hat mich gefragt, ob ich ein gewisses bösartiges Gerücht schon gehört hätte, das die Runde mache, und ich sagte, nein, ich hätte keine Ahnung, was er meine. Ich war jedoch interessiert und habe daher angenommen, als ich nach Angevin eingeladen wurde, um mir die Porzellansammlung anzusehen. Dort habe ich auch Mrs. Broome kennengelernt.«

»Ich verstehe. Entschuldigen Sie. Aber woher wissen Sie, daß Nanny Broome zur Zeit in Well House ist?«

»Julia hat es mir erzählt.«

»Julia!« Timothys Stimme klang nicht ganz fest. »Mischt sie auch mit?«

»Sie können von dem armen Mädchen kaum erwarten, daß es sich gleichgültig heraushält«, entgegnete Campion streng. »Seien Sie kein Schafskopf. Sie liebt Sie und wurde gewissermaßen in den Startlöchern zurückgelassen. Sie ist natürlich verzweifelt.«

»Ja, glauben Sie denn, das weiß ich nicht? Und glauben Sie vielleicht, ich selbst bin nicht verzweifelt?« Timothy reagierte unerwartet heftig. Er besaß eine ungezähmte Kraft, die man unter normalen Umständen nie in ihm vermutet hätte, so tief war sie verborgen. Sie erschreckte Campion, da sie ganz uncharakteristisch war bei einem jungen Mann, den er für einen dieser für Oxford typischen Erfolgsmenschen gehalten hatte.

»Das Entscheidende, das Ihr alter Kommilitone Ihnen vorenthalten zu haben scheint«, sagte Timothy erbittert, »ist die Kleinigkeit, daß er mir das Versprechen abgenommen hat, bis zur endgültigen Klärung der Angelegenheit mit Julia weder zu sprechen noch sie zu sehen. Was noch wichtiger ist – er hat es auch ihr noch nicht gesagt. Wahrscheinlich weil er weiß, daß sie sich nicht daran halten würde.«

»Warum tun Sie's?«

»Mich daran halten?«

»Ja.«

Timothy blinzelte.

»Also, das weiß ich wirklich nicht«, sagte er endlich. »Ich habe mich das schon selbst gefragt. Vermutlich nur deshalb, weil ich im tiefsten Innern überzeugt bin, daß der alte Bussard recht hat. Bewußt habe ich bisher noch nie an die Vererbungstheorien geglaubt, und ich bin mir nicht klar darüber, ob ich's jetzt tue, aber ich möchte auf jeden Fall wissen, woher ich komme. Wahrscheinlich weil ich immer ganz besonders stolz auf das war, was ich für meine Wurzeln hielt. Jetzt hat sich – nun ja, nachdem alles so verändert ist, komme ich mir vor wie ein Ballon, dem man die Halteschnüre durchgeschnitten hat. Und das hat mir Nanny Broome eingebrockt.«

»Ah.« Campion begriff, was hinter Timothys Worten stand.

»Sie braucht nur den Koffer hereinzureichen«, sagte er. »Wenn Sie sie nicht sehen wollen, kann Lugg ihn ihr auf dem Flur abnehmen. Gerade kommt jemand herauf. Diese alten Häuser sind so hellhörig.«

»'ne Tatsache, die früher mal ganz nützlich sein konnte«, sagte Lugg, als er in den engen Flur hinauspolterte und die Tür hinter sich zuzog.

Wie in vielen alten Londoner Häusern waren die Treppenwände dünn und bestanden aus Kiefernholz, und nachdem die Wohnungstür geöffnet worden war, hörte man sehr deutlich protestierende Stimmen.

Timothy sprang hastig auf. »Das ist Julia!«

Er riß die Tür auf, und Lugg, zur Abwechslung einmal völlig außer Fassung, trat beiseite und ließ zwei Frauen ein.

Julia kam zuerst, lässig elegant wie immer, in einem losen grauen Wollmantel und einem bunten reinseidenen Kopftuch. Margaret Broome folgte ihr, adrett in Tweedkostüm, Barett und Knopfhandschuhen. Sie kamen hereingefegt, feminin, besitzergreifend und aufgeregt, und füllten das ganze Zimmer, so daß sich Lugg und Campion in Sekundenschnelle verdrängt sahen und Timothy, in den Bademantel gehüllt wie in eine Toga, der ganzen Wucht dieser Invasion allein ausgesetzt war.

»Oh, was haben sie nur mit dir gemacht?« Julia hätte ihm die Arme um den Hals geworfen, doch er wehrte sie sanft ab. Er war entspannt, aber sehr reserviert.

»Nichts Schlimmes. Es geht mir gut. Hab mich mit jemandem geprügelt, der größer war als ich.« Er wandte sich an Margaret Broome. »Haben Sie mir etwas zum Anziehen mitgebracht?« Er nannte sie nicht beim Namen, fügte aber gleich darauf »bitte« hinzu.

Margaret Broome sah ihn nicht an. Sie war doppelt so alt wie er, doch ihre Laune war nicht mißzuverstehen. Sie lagen mitten in einem ernsthaften Streit.

»Die Sachen sind im Koffer«, sagte sie, ohne aufzublicken. »Alles, was Sie sich nur wünschen können, von einer Minute zur anderen quer durch London transportiert – von mir und der süßesten, hübschesten Prinzessin, die man sich vorstellen kann und die viel zu gut für Sie ist, was ich ganz offen sage, egal, wer mir dabei zuhört.« Sie warf einen herausfordernden Blick auf den Zunächststehenden, der zufällig Lugg war. Er betrachtete sie mit gottesfürchtigem Entsetzen und wich unwillkürlich ein paar Schritte zurück. Der flehende Blick, den er seinem Chef zuwarf, ließ Campion aktiv werden.

»Das ist sehr liebenswürdig von Ihnen, Mrs. Broome«, sagte er energisch. »Darf ich Sie bitten, den Koffer im Schlafzimmer auszupacken?«

»In einer Minute, Sir.« Die ungeheure Autorität des Kinderzimmers prallte wie körperlicher Widerstand gegen ihn. »Ich habe vorher noch etwas zu sagen. Ich bin dafür verantwortlich, daß Miss Julia hier ist. Habe sie überredet mitzukommen. Bevor Sie anriefen, kam sie ins Well House. Sie suchte Mr. Timothy, weil sie ihm etwas zu sagen hatte. Sobald ich hörte, was es ist – sie wollte es mir nicht verraten, aber ich habe es aus ihr herausgelockt –, habe ich sofort gesagt, daß sie mit mir herkommen muß. Ein paar ernste Dinge. Ein paar Geschichten sind gefährlich und müssen unterbunden werden. ›Wir müssen das ein für allemal regeln‹, habe ich ihr erklärt. ›Dann wird er vielleicht endlich für sich selber einstehen und nicht jedes Ammenmärchen glauben, das man über ihn erzählt. Wenigstens wird er wissen, daß es nicht richtig ist.‹ Habe ich gesagt. Ich war dort, und er brauchte nur die Tür aufzumachen, und schon war's passiert...«

Die letzten Worte hatten für Campion und Lugg überhaupt keinen Sinn, aber ihre Wirkung auf Timothy war nicht zu übersehen.

Mit zornigem Gesicht fuhr er zu Margaret Broome herum. »Nan! Gehen Sie sofort nach Hause. Mit Ihnen spreche ich später. Machen Sie schnell!«

»Kommt nicht in Frage. Mr. Timmy, Mr. Timmy! Es ist w-i-ch-t-i-g!«

Bei dem letzten Wort schluckte sie verdächtig, und die drei Männer sahen zu ihrer größten Bestürzung die ersten Anzeichen eines Zusammenbruchs: die schwimmenden Augen, die sich rötende Nase, den halb offenen feuchten Mund. Mrs. Broome würde gleich weinen.

Campion und sein Gefolgsmann standen hilflos herum, aber Timothy hatte in solchen Notsituationen Erfahrung. Er machte einen Schritt auf den Koffer zu und fragte leise: »Haben Sie meine braunen Schuhe mitgebracht?«

Sie konnte ihn gerade noch hören, und die kleine Anstrengung, die sie machen mußte, um ihn auch zu verstehen, lenkte sie ausreichend ab. Es war, als sähen sie die Tränen buchstäblich zurückweichen.

»Braune Schuhe? Sie brauchen keine braunen Schuhe. Ich habe Ihren blauen Anzug mitgebracht. Schwarze Schuhe zu blauem Tuch, das wissen Sie genau.«

Er widersprach nicht, behielt jedoch seine enttäuschte Miene bei und bereinigte dadurch die Situation.

Margaret Broomes glückliches, selbstsicheres Lächeln ging wieder auf wie die Sonne. »Nur Ganoven tragen braune Schuhe zum blauen Straßenanzug, das hat man mir immer wieder eingeschärft«, sagte sie munter. »Vielleicht bin ich altmodisch, aber es ist sehr angenehm, wenigstens ein paar feste Regeln zu haben.« Und nachdem sie so eine Maxime des Snobismus ad absurdum geführt hatte, widmete sie sich vergnügt der Aufgabe, die sie hierhergeführt hatte.

»Also«, begann sie energisch, bevor Timothy sie zurückhalten konnte, »dieser Basil Toberman genießt Privilegien, weil er fast zur Familie gehört, aber das ist kein Freibrief für ihn, herumzulaufen und überall zu verbreiten, Sie hätten geholfen, eine arme, kleine alte Dame umzubringen.«

Wenn es ihr darum zu tun gewesen war, seine Aufmerksamkeit zu erregen, dann war es ihr gelungen. Er stand da, starrte sie an und schien sich noch tiefer in den Bademantel zu verkriechen. Sein Gesichtsausdruck verriet blankes Entsetzen.

»Was, zum Teufel, soll das heißen?« fragte er, sich Julia zuwendend.

Sie saß auf der Armlehne der Couch, die seidigen Beine elegant ausgestreckt. Jetzt hob sie, bald rot, bald blaß werdend, das Gesicht zu ihm auf.

»Das ist natürlich nicht ganz richtig«, erwiderte sie offen. »Ich bin in Wirklichkeit wahrscheinlich nur gekommen, weil ich einen Vorwand brauchte, dich wiederzusehen. Aber die Geschichte machte die Runde, und ich finde, man müßte sie stoppen. Ralph Quy hat mich heute morgen angerufen und mir berichtet, er habe gestern abend beim Dinner in Knightsbridge gehört, daß du mit einer alten Dame aus Südafrika Streit gehabt und sie so aufgeregt oder erschreckt hast oder sonst etwas, daß sie einen Herzanfall bekam und starb, und wie üblich hat Eustace Kinnit alles vertuscht.«

»›Wie üblich?‹ Was heißt das denn?«

»Ich weiß es nicht, Tim. Sei doch nicht bös mit *mir*. Ich dachte nur, dieser Geschichte müßte man so schnell wie möglich das Wasser abgraben.« Sie fuhr mühsam mit einer Erklärung fort, die sie widerlich, aber wichtig fand. »Es ist albern und nicht wahr, ich weiß, aber es wird mit der anderen Sache verknüpft. Damit soll bewiesen werden, daß bei dir die, durch deine Herkunft geprägte Veranlagung durchschlägt. Du weißt, wie bei einem Hund oder einem Tiger oder so, der als Jungtier ein freundlicher Spielgefährte ist, aber ausgewachsen zum Raubtier wird.«

»Und dann muß man das Tier in den Zoo bringen.« Timothy setzte sich schwerfällig und fuhr sich mit beiden Händen durch das Haar. »Das ist ein bißchen viel, nicht wahr? Hat Ralph tatsächlich gesagt, daß Basil für diese Schauergeschichte verantwortlich ist?«

»Ja, das hat er. Deswegen hat er mich eigentlich angerufen. Er hat mir gesagt, ich soll dich warnen, und wir sollten uns Basil Toberman vornehmen, damit er aufhört, sein Gift gegen dich zu verspritzen, denn das ist jetzt nicht mehr komisch.«

»Also komisch war es für mich noch nie.« Timothy war gereizt, aber nicht sonderlich verärgert, und Campion, der überaus interessiert zuhörte, musterte ihn neugierig. Seine nächste Bemerkung kam für alle völlig unerwartet. »Basil ist ein merkwürdiger Kerl«, sagte er. »Er meint die Dinge nie so, wie er sie von sich gibt, und redet nur, um sich selbst zu beruhigen. Er will uns nicht schaden.«

Das war ein irriger Standpunkt, wie Campion sehr gut wußte. Plötzlich begriff er, daß dies die Meinung der Kinnits von allen Tobermans war, die herablassende Haltung einer vornehmen Kaste gegen eine von ›niedrigerer Herkunft‹, und einen Moment lang konnte er Basil Tobermans aufrichtigen Groll nachfühlen. Inzwischen sprach Timothy völlig arglos und guten Glaubens weiter.

»Ich werde mir den alten Halunken vornehmen«, sagte er. »Sei nicht zu hart mit ihm, Julia. Es ist eine dieser ärgerlichen Geschichten. Man kann sie ihm nicht einmal besonders übelnehmen, weil in einem gewissen Sinn sogar wahr ist, was er sagt.«

»Was ist wahr?«

»Die Geschichte. Ich fürchte, die arme alte Miss Saxon wäre wirklich nicht gestorben, wenn ich nicht gewesen wäre.« Er stand abrupt auf und lächelte Campion zerknirscht an. »Ich gehe mich jetzt anziehen, entschuldigen Sie mich. Nanny Broome wird Ihnen alles erklären, wenn Sie es wissen wollen. Ich kann sie ohnehin nicht daran hindern, wie ich sehe.«

Julia sah Campion an. »Sie sind auch der Meinung, daß es wichtig ist, oder?« fragte sie ernst. »Sie haben gehört, wie Basil Toberman in Angevin über Tim gesprochen hat. Er hat nicht nur so dahergeredet. Es war ihm ernst damit. Tim will das einfach nicht glauben.«

»Versuchen Sie nicht, ihn zu überzeugen, Miss«, sagte Margaret Broome gelassen. Sie saß auf einem der wenigen harten Stühle, die es in der Wohnung gab, in einer, wie sie es nannte, ›vollendet damenhaften‹ Haltung, die Füße dicht beisammen und fest auf dem Boden, die in dicken Handschuhen steckenden Hände über ihrer guten Lederhandtasche gefaltet.

»Es würde Mr. Tim das Herz brechen, wenn er feststellen müßte, daß jemand, der ihm nahesteht, ihn nicht liebt«, fuhr sie vernichtend fort. »›Menschen, die dich wirklich kennen, werden dich lieben, wenn du liebenswert bist.‹ Das habe ich ihm schon beigebracht, als er noch ein ganz winziger Junge war, weil ich keine Menschen mag, die überall Schlangen im Gras sehen. Oder denken Sie da anders, Sir?« wandte sie sich mit einem strahlenden Lächeln an Campion; sie war überzeugt, daß sie wußte, wie seine Antwort ausfallen würde.

Campion lachte. »Ich fürchte mich ein bißchen vor Leuten, die nie eine sehen«, antwortete er freundlich.

»Ach wirklich?« Sie schien erstaunt. »Mir hat man immer versichert, daß das Kätzchen mich nicht kratzen würde, wenn ich es nicht am Schwanz zog. In diesem Satz steckt viel Wahrheit, egal, was die Leute sagen. Aber es gibt natürlich ein paar so gräßliche Leute wie Basil, und man müßte ihn wirklich stoppen, bevor er ernstlich Schaden anrichtet. Und deshalb sind wir hier, nicht wahr, Miss Julia?«

Julia öffnete den Mund, um etwas zu sagen, fing Campions Blick auf, und plötzlich war ihr Kummer nicht mehr ganz so groß. Sie drehte sich zu Margaret Broome um.

»Schildern Sie Mr. Campion haarklein, wie es war, als Miss – wie hieß sie doch gleich? – Miss Saxon stürzte. Sagen Sie ihm genau, was Sie mir gesagt haben.«

»Hat er sie vielleicht geschlagen?« Die Frage, von Lugg, den man ganz vergessen hatte, mit ernsthaftem Interesse gestellt, erschreckte alle, und Margaret Broome drehte sich empört zu ihm um.

»Selbstverständlich nicht! Das ist auch etwas, das ich Mr. Tim von klein auf eingetrichtert habe. Ein Mann darf nie, nie, nie eine Frau schlagen.«

»Na, dann is das Ganze bloß dummes Geschwätz«, sagte Lugg wegwerfend. »Machense sich deshalb keine Sorgen nich und wiederholen Sie's nich. Er hatse nich angefaßt, und damit hat sich's. Was is ihr wirklich passiert? Nur fürs Protokoll.«

Margaret Broome zögerte, und er stand da und beobachtete sie, den Kopf auf die Seite gelegt, aus kleinen, sehr intelligenten Augen.

»Fangense einfach damit an, wer sie war«, schlug er vor.

Margaret Broomes strahlendes Lächeln ging wieder auf. »Also, das festzustellen, war ziemlich schwierig, obwohl ich mir größte Mühe gegeben habe«, sagte sie offen. »Sie wollte nicht als Zofe bezeichnet werden, und eine Gouvernante war sie auch nicht, weil das Kind viel zu krank war und keine gebraucht hat. Als ich noch ein Kind war, wäre sie der Mutter als Haushaltshilfe zur Hand gegangen, doch dann wäre sie wohl sechzehn gewesen und nicht sechzig. ›Ich wundere mich, daß Mrs. Telpher die Verantwortung auf sich genommen hat, Sie nach England mitzunehmen‹, habe ich zu ihr gesagt. ›Ich meine, Sie könnten auf der Reise genauso leicht erkranken, wie das Kind.‹ Das hat ihr nicht gefallen, aber ich hatte recht, wie man sieht, nicht wahr?«

Lugg begann so hoch und gackernd zu lachen, wie er es nur tat, wenn er aufrichtig belustigt war.

»Und jetz is sie diejenige, die gestorben is«, sagte er. »Das nenn ich ausgleichende Gerechtigkeit. So is das Leben nun mal. Sie is aus Südafrika hergereist, nich?«

»Das hat sie gesagt, und Sie brauchen nicht zu denken, wir wären nicht gut miteinander ausgekommen. Sie hat sich stundenlang mit mir unterhalten. Hat mir alles über die Diamanten erzählt und so.«

»Diamanten? Jetz kommen wir endlich zu was Handfestem. Was ham sie damit zu tun?«

»Gar nichts. Ich habe sie nie gesehen.« Das klang bedauernd, und der kindliche Zug ihres Charakters war nie offensichtlicher gewesen. Ihr Gesicht wurde richtig traurig. »Aber sie sind in einem Safe deponiert«, fügte sie wieder fröhlicher hinzu. »Mrs. Telpher hat sie weggebracht, weil es, wie Sie Miss Saxon erklärte, nicht fair gegen Mr. Eustace gewesen wäre, sie im Haus zu behalten. Sie sind wunderbar. Riesengroß. Wenn man nicht wüßte, wie reich sie ist, hätte man nie geglaubt, daß sie echt sind. Miss Saxon hat mir anvertraut, daß sie nie an sie denken kann, ohne daß ihr das Wasser im Mund zusammenläuft.«

Julia beugte sich vor.

»Erzählen Sie jetzt von der Küchentür«, schlug sie vor.

»Ja, nun, das war's, was die kleine Frau mit dem schwarz gefärbten Haar und dem geschminkten Gesicht getötet hat.« Mrs. Broome ließ es zu, daß man sie daran erinnerte, nicht abzuschweifen. »Mr. Tim und ich waren in der Küche und stritten uns albernerweise wegen etwas, das schließlich schon mehr als zwanzig Jahre her ist. Plötzlich hörte er auf, mich anzuschreien, und sagte: ›Nan, da horcht jemand vor dieser verdammten Tür!‹ Es ist eine alte Küche mit Steinboden. Alles in diesem Haus ist antik. Mich wundert, daß Miss Alison überhaupt Haushaltshilfen bekommt... Jedenfalls sauste er über die Bodenmatten und riß die schwere Tür auf. Sie hatte sich draußen angelehnt, das arme, alte, dumme Ding, und stürzte jetzt über die beiden Stufen auf den Steinfußboden. Mr. Tim und ich hoben sie sofort auf, ganz vorsichtig, ganz behutsam, haben sie bestimmt nicht geschüttelt. Das hat sie hinterher nur Mrs. Telpher weisgemacht, damit niemand mehr daran dachte, daß sie an der Tür gehorcht hatte.«

»Dann war sie also nicht auf der Stelle tot?« Campion schien von der Geschichte fasziniert.

»O nein, Gott sei Dank. Das hätte Mr. Timmy und mich wirklich erschreckt. Sie wartete damit, bis sie im Bett lag, das arme, kleine Wesen. Dort erlitt sie dann einen Herzinfarkt und starb und wurde erst am Morgen gefunden. Der Doktor hat gesagt, so ein Sturz genüge, um bei einem so schwachen Herzen den Tod herbeizuführen. ›Sie hätte die Stellung nie annehmen dürfen‹, fügte er noch hinzu. ›Man hätte an das Kind denken müssen. Wie leicht hätte sie es fallen lassen oder erschrecken können, man weiß ja nie.‹«

»Wann hat sie Mrs. Telpher gesagt, Sie hätten sie geschüttelt?«

»Am Abend vorher. Sie ging früh zu Bett, während ich noch alles mögliche zu tun hatte. Mrs. Telpher machte sich natürlich Sorgen, weil sie in einem fremden Haus waren, und Krankheit und Unfälle immer irgendwie peinlich sind, auch wenn man sehr freundliche und höfliche Gastgeber hat. Es war schrecklich, als wir am Morgen erfuhren, daß sie tot war. Mr. Tim fühlte sich entsetzlich schuldig, weil er die Tür aufgerissen hatte. Außerdem hat ihn diese idiotische Evakuiertengeschichte von Mr. Basil furchtbar belastet, die wirklich das Dümmste ist, was mir je zu Ohren gekommen ist. Und nachdem ihm der Doktor versichert hatte, daß er keine Schuld hat, ist er weggegangen und hat sich seither kaum noch zu Hause sehen lassen. Er ist sehr sensibel, der Junge.«

Lugg hob die schwere Hand, als wolle er sie ihr auf die Schulter legen, überlegte es sich jedoch im letzten Moment und nahm die Hand hastig wieder herunter.

»Was is so dumm anner Effakuiergeschichte?« fragte er. »Warum soll der junge Kerl nich versuchen, was über seine Familje zu erfahren?«

»Weil er eine reizende Familie hat, die er liebt, über die er alles weiß und nach der er nach so langer Zeit auch schlägt«, fauchte Margaret Broome ihn plötzlich verärgert an. »Keine Ahnung, warum Miss Julias Vater alles wieder aufrührt. Und ganz nebenbei, nehmen wir einmal an, Tim findet eine Familie, aus der er möglicherweise stammt – ich glaube nicht, daß das möglich ist, aber angenommen, es passiert –, dann bringt das den armen Jungen doch nur noch mehr durcheinander.«

»Es bringt ihn durcheinander?« fragte Lugg verblüfft. »Wieso?«

»Das ist doch klar. Man weiß doch nichts über Menschen, wenn man sie nur sieht. Ich erinnere mich an eine Dame, die eines Tages St. Mary's Home inspizieren kam, wo ich aufgewachsen bin. Als sie uns in unseren hübschen elisabethanischen Uniformen sah, auf die wir so stolz waren, brach sie in Tränen aus, weil es ›unrecht sei, uns wie Wohlfahrtskinder zu kleiden‹. Wir hätten sie am liebsten verhauen, so beleidigt waren wir. Sie hat uns zwar gesehen, aber sie kannte uns nicht, oder?«

Lugg trat von ihr zurück und lachte wieder übertrieben hoch.

»Sie ham sich schon alles richtig zurechtgelegt, nich?« sagte er bewundernd. »›Mama weiß es am besten‹, so werd ich Ihnen nennen! Seine junge Lordschaft müßt inzwischen angezogen sein. Ich nehm an, Sie gehn jetzt alle mitnander nach Hause.« Er schlurfte aus dem Zimmer, und Julia stand hastig auf und sah Campion an.

»Ich will es nicht dabei belassen«, begann sie. »Basil Toberman schadet Tim wirklich. Man muß ihn stoppen. Wenn ich dächte ...«

Sie verstummte mitten im Satz, als Lugg mit einem Ausdruck maßlosen Staunens im Gesicht wieder auftauchte.

»Weg!« verkündete er dramatisch. »Is die Feuerleiter runtergeklettert, um uns nich zu stören. Fenster steht weit offen. Was hat der junge Kerl vor?«

Es folgte ein Augenblick absoluter Stille. Dann holte Julia so tief Atem, daß es wie ein Seufzen klang, und Margaret Broome wandte sich ihr sofort beschützend zu.

»Nehmen Sie es sich nicht zu Herzen. Das hat er nur getan, weil er Ihrem Vater fest versprochen hat, Sie nicht wiederzusehen.« Die Erklärung kam ihr so glatt über die Lippen, daß niemand sie glaubte. »Es war nicht sehr nett von dem alten Herrn, das von ihm zu verlangen, aber in der Liebe ist doch angeblich jedes Mittel recht, nicht wahr? Ihr beide müßt tun, was ihr für richtig haltet. Sie und er müssen zusammenkommen, junge Dame.«

Lugg und Campion warfen einen Blick zu Julia hinüber, weil sie neugierig waren, wie sie auf dieses übertriebene Bemuttern reagieren würde, und wurden beide überrascht. Sie verzog leicht einen Winkel ihres blaßroten Mundes, und die tränenfeuchten Augen blinzelten.

»Armer Tim«, sagte Julia.

7

Zwischenspiel in Ebbfield

Die Autobahn zur Ostküste, die durch den Stadtteil Ebbfield führte, war schon immer eine Hauptverkehrsstraße gewesen, und sogar heute noch fand man – trotz der riesigen Tankstellen, den Hochspannungsmasten und bunt bemalten gläsernen Fabrikgebäuden, die neben der Straße emporgeschossen waren – ab und zu Spuren früherer Kulturen.

Eine davon war ein Fragment von Reihenhäusern der Mittelklasse aus viktorianischer Zeit, die sich früher zu beiden Seiten der breiten Straße über zwei Meilen hingezogen hatten. Jetzt waren nur noch drei davon übrig, hoch und aus dunklem Ziegelstein mit Küchen im Halbsouterrain und früher herrlichen Steintreppen, die zu rechteckigen Veranden und schönen Haustüren führten. Das mittlere hatte eine schmiedeeiserne Gartentür, und dahinter lag ein kahler Fleck sauren Bodens. An der Gartentür angebracht war ein Schild mit der Nummer 172; der Name *Waterloo Lodge* war kunstvoll in das geschmiedete Gitterwerk eingeflochten.

Es regnete und war schon dunkel, als Timothy Kinnit die Adresse endlich fand. Er trug einen Hut und hatte den Kragen seines leichten Regenmantels aufgestellt. Er war in einem beneidenswerten Alter, und obwohl sein Selbstbewußtsein schon schwer erschüttert war, lief er schwungvoll die Steinstufen hinauf und zog an dem Klingelknopf aus Messing, den er neben der Haustür entdeckte.

Im Haus rührte sich etwas, und das Oberlicht über seinem Kopf wurde hell. Die Tür wurde aufgerissen, und eine weibliche Stimme sagte ein wenig schroff: »Mrs. Cornish.«

Timothy meldete sich schüchtern zu Wort.

»Es tut mir leid, Sie zu stören, und Sie kennen mich auch nicht, aber Tom Tray hat mir Ihre Adresse gegeben. Er hat eine Schuhreparaturwerkstatt in der Carroway Street, einer Seitengasse der Orient Road. Ich habe gehofft, daß Gemeinderat Cornish ein paar Minuten Zeit für mich hat.«

Seine Schüchternheit und seine angenehme Stimme schienen sie zu besänftigen, denn obwohl sie keinen Schritt zurückwich, schaltete sie das Verandalicht ein, und Timothy sah eine kleine, aber robuste Frau Ende der Vierzig vor sich, noch immer schick und gutaussehend, mit unerschrockenem Blick und modischer Frisur. Sie musterte ihn einen Moment überrascht, aber durchaus nicht mißbilligend.

»Mein Gott, man hat Ihrer Schönheit aber übel mitgespielt, nicht wahr?« sagte sie endlich. »Was haben Sie angestellt? Sich geschlagen? Ich warne Sie, wir haben für den Boxsport nichts übrig. Kommen Sie rein, und ich frage Mr. Cornish, ob er Zeit für Sie hat. Um was geht es denn? Um den Jugendclub?«

»Nein, leider nicht.« Er folgte ihr in die lange, schäbige Halle, die jedem x-beliebigen, ein bißchen nachlässigen oder überarbeiteten Geistesarbeiter in jeder x-beliebigen Periode der letzten hundert Jahre gehört haben konnte. Mrs. Cornish schien sich der Mängel bewußt zu werden, denn sie runzelte die Stirn und sagte vorwurfsvoll: »Wenn man sich so hart für das Wohl der Öffentlichkeit einsetzt wie wir, bleibt einem keine Zeit für Firlefanz. Was, haben Sie gesagt, war Ihr Anliegen an den Gemeinderat? Ich kann mir nicht vorstellen, daß Sie von einer Firma kommen, also nehme ich an, daß es sich um etwas Politisches handelt. Doch da vergeuden Sie nur Ihre Zeit, denn jede Stimme, die der Gemeinderat in einem Komitee abgibt, ist gründlich durchdacht und wurde vorher besprochen. Er hat sich daher schon eine Meinung gebildet, so oder so, und nichts, was Sie sagen oder tun, wird ihn dazu bringen, auch nur ein Jota davon abzugehen.«

Timothy fand ihre Masche, sich ihre Fragen selbst zu

beantworten, äußerst verwirrend, ließ sich jedoch nicht abschrecken.

»Es ist nichts dergleichen. Ich möchte ihm nur ein paar Fragen über die Turk Street vor langer Zeit stellen, und ...«

»Oh, Sie sind Reporter. Aber keiner von der Lokalzeitung, denn die kenne ich. Aber natürlich! Sie kommen von der B. B. C. Nun, wir werden versuchen, so interessant zu sein, wie wir nur können.«

»Ich komme nicht von der B. B. C.« Er gab sich große Mühe, sie nicht anzuschreien. »Ich bin in eigener Sache hier. Man hat mir gesagt, daß Ihr Mann mehr über Ebbfield weiß, als sonst jemand auf der Welt. Vor ein paar Wochen hat ein Detektiv...«

»Ein Detektiv!« Sie warf ihm einen langen, mißtrauischen Blick zu. »Sie sind also Detektiv! Ich sollte Sie auf der Stelle hinauswerfen, aber warten Sie hier. Wenn er mit Ihnen sprechen will, werde ich ihn nicht daran hindern.«

Sie schob Timothy in ein stickiges Eßzimmer, in dem seit langem niemand mehr gegessen hatte, und ließ ihn neben dem großen runden Tisch stehen, der mit einem verblaßten roten Sergetuch zugedeckt war.

Auf der Mahagonianrichte lagen mehrere uralte Zeitschriften, und an den Wänden hingen nur Bergbilder in schäbigen vergoldeten Rahmen. Es war ein bedrückender Raum, und er sah sich noch immer trübsinnig um, als die Tür aufgerissen wurde und, von seiner Frau gefolgt, der Gemeinderat hereinkam.

Timothy war über die Erscheinung des Mannes genauso bestürzt wie Superintendent Luke bei anderer Gelegenheit. Er erkannte den Typ sofort. In seiner Universität wimmelte es von ihnen – lauter leidenschaftlichen, ehrgeizigen, manchmal verdrehten Männern, die die verschiedensten Ideen ausbrüteten, von denen die wenigsten brauchbar waren. Das Feuer hinter seinen Augen, die langen knochigen Handgelenke und unduldsamen Gesten waren ihm seltsam vertraut, aber um so verblüffender, weil er nicht erwartet hatte, sie in der Ebbfield High Road zu finden. Ebenso überraschend war für Timothy die unverhohlene Abneigung des Gemeinderats gegen ihn, der ihm doch völlig fremd war. Timothy war noch jung genug, um sich dadurch verletzt zu fühlen.

»Ich habe heute morgen bereits einem Vertreter Ihrer Firma erklärt, daß der Fall abgeschlossen ist«, sagte er voller Verachtung. »Ich will nichts mehr davon hören. Ich kenne den Namen des Klienten, und mehr wollte ich nicht wissen, als ich ihn aufforderte, bei mir vorzusprechen.«

Timothy entspannte sich. »Tut mir leid, Sir«, sagte er vergnügt, »aber Sie irren sich.«

»Sie kommen doch von der Firma Stalkey und Söhne?«

»Nein, Sir. Ich habe Ihren Namen von dem Flickschuster in der Corroway Street.«

»Stehen Sie überhaupt mit den Stalkeys in Verbindung? Kennen Sie sie? Ist Ihnen der Name bekannt?« Die Fragen klangen bohrender, als es gerechtfertigt gewesen wäre, und Timothy zögerte.

»Ich wurde heute morgen von einem der Brüder zusammengeschlagen«, sagte er schließlich.

»Warum denn das?«

»Keine Ahnung. Er ist einfach über mich hergefallen.«

Cornish sah ihn überrascht an und sagte dann in milderem Ton als bisher: »Das ist eine sehr ernste Beschuldigung, und ich hoffe, Sie wissen ganz genau, was Sie da sagen, mein Junge.« Nachdem er seine Feindseligkeit abgelegt hatte, entpuppte er sich als recht angenehme Persönlichkeit, ein wenig übermenschlich vielleicht, aber durchaus nicht ohne Humor.

»Ich hätte nicht gedacht, daß der Mann, der bei mir war, sich lange genug hier aufhalten würde, um jemanden zusammenzuschlagen«, meinte er und schnaubte leicht. »Sein Bruder, der, wie er mir versicherte, hier an einem Fall arbeitete, hat fluchtartig den Schauplatz verlassen, als es Schwierigkeiten gab. So schnell habe ich noch nie jemanden flitzen sehen. Er muß

Düsenantrieb gehabt haben und ist in Kanada gelandet, glaube ich. Wie heißen Sie?«

»Timothy Kinnit, Sir.«

»*Kinnit!*« Das Wort klang wie eine Explosion, und Cornishs faltiges Gesicht wurde starr. »Was soll das denn? Wie?« Er drehte sich zu seiner Frau um. »Marion, laß mich bitte eine oder zwei Minuten mit dem jungen Mann allein, ja?«

Mrs. Cornish setzte sich widerspenstig auf den nächsten Stuhl.

»Ich warte«, sagte sie, aber als er sich ihr wieder zuwandte und sie ansah, stieg ihr ganz langsam das Blut ins Gesicht, sie stand mürrisch auf und ging zur Tür. »Ich bleibe in der Nähe«, sagte sie, und es war nicht ganz ersichtlich, ob das eine Drohung oder ein Versprechen war.

Cornish wartete, bis ihre Schritte leiser wurden, bevor er sich über den Tisch beugte und ganz offensichtlich bemüht war, um jeden Preis ruhig und vernünftig zu bleiben.

»Wer hat Sie geschickt?« fragte er.

Timothys Gereiztheit erwachte von neuem. »Der Schuhmacher in der Nähe der Orient Road hat mir Ihren Namen genannt.«

»Und Sie erwarten, daß ich Ihnen das glaube?«

»Ich kann mir wirklich nicht vorstellen, warum Sie das nicht sollten.«

Cornish ignorierte ihn.

»Ich denke, daß Miss Alison Kinnit Sie geschickt hat.«

Timothy sah ihn erstaunt an. »Alison? Warum sollte sie?«

»Sie kennen Sie also?«

»Selbstverständlich kenne ich sie. Sie und ihr Bruder haben mich aufgezogen. Ich wohne bei ihnen.«

»Oh!« Cornish schien erstaunt, sogar ein wenig verwirrt. »Dann kennen Sie vielleicht auch eine gewisse Flavia Aicheson?« Er sprach den Namen verächtlich und voller Abneigung aus, und Timothy runzelte die Stirn.

»Ja, auch sie kenne ich«, gab er zu. »Schon von klein auf. Sie ist mit Tante Alison eng befreundet und ein sehr nettes altes Ding. Hat sie Ihnen in einem Ihrer Komitees Schwierigkeiten gemacht?« Kaum hatte er die Worte ausgesprochen, merkte er, daß er ins Schwarze getroffen hatte. Der Gemeinderat stand dicht vor einem Wutanfall, und seine mageren Wangen wurden krebsrot.

»Sie sprechen sehr überzeugend, sehr glatt«, sagte er mit Absicht beleidigend. »Ich bin kein Narr, nicht wahr, und ich lebe schon eine Weile länger als Sie. Als ich erfuhr, daß ein Privatdetektiv in einer gewissen Angelegenheit hier herumschnüffelte, habe ich etwas in dieser Richtung vermutet und war angewidert, das sage ich Ihnen offen. Eine Weile wollte ich mit der Affäre nichts zu tun haben, doch dann habe ich es mir anders überlegt und forderte die Stalkeys auf, zu mir zu kommen und mich zu informieren. Ein Bruder war heute morgen hier, und er wollte auch reden, doch alles, was ich von ihm wissen wollte, war der Name seines Klienten. Als er ihn mir nannte, wußte ich, daß ich recht hatte. Alison Kinnit und Flavia Aicheson sind praktisch die gleiche Frau.«

»Aber das stimmt doch nicht!« Timothy war so aufgebracht, daß er zornig auflachte. »Sie haben die gleichen Interessen und sind eng befreundet, aber es sind zwei völlig verschiedene Persönlichkeiten, das kann ich Ihnen versichern.«

»Tatsächlich, sind sie das?« Cornish gab deutlich zu verstehen, daß er nicht überzeugt war. »Gehen Sie, und richten Sie ihnen etwas von mir aus. Sagen Sie ihnen, daß sie vielleicht das Gefühl haben, den schönen Künsten zu dienen, ich mich jedoch für humanitäre Dinge einsetze und nicht dulden werde, daß sie mir in mein Lebenswerk hineinpfuschen. Sagen Sie ihnen auch, daß sie ihre eigene Position sehr genau überdenken sollten, wenn sie hoffen, mit schmutzigen Waffen kämpfen zu können. Zumindest« – er zögerte –, »zumindest sagen Sie ihnen, sie sollen nicht so verdammt albern sein.«

»Sie machen einen großen Fehler.« Timothy wurde immer verlegener. Er hatte zu seiner Bestürzung festgestellt, daß der persönliche Aspekt seiner Nachforschungen mit jeder neuen Begegnung schmerzlicher wurde, und gleichzeitig regte ihn die vorwurfsvolle Haltung Cornishs geradezu lächerlich auf.

»Ich bin aus eigenem Antrieb hergekommen, weil ich wissen möchte, was Stalkey zu erfahren hoffte, und ich dachte, daß Sie mir helfen würden«, entgegnete er lahm.

»Was genau wollten Sie erfahren? Los, los, junger Mann, drücken Sie sich präziser aus. Um welche Dinge geht es Ihnen?« Cornish sprach heftig, bösartig beinahe, und Timothy wich vor ihm zurück.

»Gewisse – gewisse Aspekte der sozialen Zustände in der Turk Street vor dem zweiten Weltkrieg, Sir«, sagte er leise, und es klang sogar in seinen eigenen Ohren falsch.

»Soziale Zustände!« Die Wendung schien einen empfindlichen Nerv in Cornish getroffen zu haben, denn jetzt wurde er wild. »Reden Sie hier nicht so schwülstig daher, Junge! Die Turk Street war ein Londoner Slum. Ihre Generation hat keine Ahnung, was das bedeutet. Sie hätten in den dreißiger Jahren keine hundert Meter über die Turk Street Mile gehen können, ohne sich zu übergeben. Sogar mir wurde schlecht, und ich war nicht das verwöhnte Produkt einer Nobel-Universität.«

Er beugte sich noch weiter über den Tisch und zitterte vor Eifer, sich richtig verständlich zu machen.

»Kinder krochen in der Gosse wie kleine graue Würmer übereinander«, sagte er. »Das einzig Rote an ihnen waren ihre Hintern, und die waren wund. Ihre Gesichter sahen aus, als hätten Schnecken sie mit Schleim überzogen, und ihre Mütter glichen großen, kranken Kühen, deren Ställe noch nie ausgemistet worden waren. Der Gestank und der Lärm, die Kälte und der Haß steckten ihnen im Bauch, und wie ich es sehe, hat sich bis heute nichts daran geändert. Um Himmels willen, gehen Sie zu den beiden alten Jungfern, und trichtern Sie es ihren idiotischen Köpfen ein, daß ein Ameisenhaufen nicht so gefährlich ist wie eine Kloake.«

Timothy zögerte. Cornish machte einen ungewöhnlichen

Fehler, stellte er fest und erkannte, daß der Gemeinderat vermutlich in ganz London die beste Informationsquelle war, wenn jemand etwas über die Turk Street in der Vorkriegszeit erfahren wollte. Ihm war jedoch auch klar, daß er aus einem ihm selbst unerklärlichen Grund seine offene Feindseligkeit nicht länger ertragen konnte.

Cornish blickte auf. »Worauf warten Sie noch?«

»Auf nichts, Sir.« Timothy war sehr blaß, und die Verletzungen, die Ron Stalkey seinem Gesicht zugefügt hatte, stachen feuerrot von seiner Haut ab. »Auf Wiedersehen.« Er machte auf dem Absatz kehrt und verließ Zimmer und Haus, ohne einmal zurückzuschauen.

Mrs. Cornish, die sich im Flur aufgehalten hatte, sah ihn gehen und lief zu ihrem Mann.

»Warum in aller Welt hast du das getan?« wollte sie wissen. »Ich habe dich bis in die Küche gehört! Was hat der arme Junge gesagt, daß du so wild geworden bist?«

Jetzt, da sein Zorn verraucht war, machte Cornish ein leicht beschämtes Gesicht. »Ach, ich weiß nicht so recht«, sagte er, die Stirn runzelnd. »Diese pharisäerhafte Art, die immer zu sagen scheint ›sieh mich an, ich bin besser als du‹, macht mich bei einem so jungen Hüpfer einfach verrückt. Eine selbstzufriedene, überhebliche Haltung in Geschmacksfragen ärgert mich eben. Leute wie die Kinnits und die Aichesons tun alle das gleiche. Sie sehen sich etwas an, von dem sie keine Ahnung haben, und tun so, als beurteilen sie es nach der Wirkung, die es auf den ersten Blick auf sie ausübt.«

»Flavia Aicheson«, sagte Mrs. Cornish. »Das ist doch dieses alte Mannweib, das dem kleinen Verein vorsteht, der sich die Erhaltung der Londoner Skyline zum Ziel gesetzt hat, nicht wahr? Deshalb war er also hier. Ein recht netter Typ.«

»Ist mir nicht aufgefallen. Diese Leute haben etwas vor. Ich traue ihnen nicht über den Weg. Das sind halbgare Intellektuelle, die immer übers Ziel hinausschießen. Die neuen Wohnungen gefallen ihnen nicht. Die Silhouette des Gebäudes beleidigt ihre verdammten Augen, sagen sie. Nun, es gibt Dinge, die meine Augen mehr beleidigt haben ...«

»Ja, ja, mein Lieber, aber nicht schon wieder!« wehrte Mrs. Cornish sehr nachdrücklich ab. »Du bist an einem Winternachmittag vor langer, langer Zeit, frisch vom Land kommend, um bei meinem Vater als Lehrling einzutreten, zufällig in die Turk Street geraten, und das hat dir einen Schock versetzt, über den du bis heute nicht hinweg bist. Das wissen wir. Wir haben es oft genug gehört. Du warst nicht einmal eine halbe Stunde dort, aber die Schreckensbilder haben dein Leben geprägt. Doch vielleicht war die Straße gar nicht diese absolute Hölle, für die du sie gehalten hast. Und wenn schon, warum läßt du's ausgerechnet an dem ersten präsentablen Jungen aus, der seit einer Ewigkeit in unser Haus gekommen ist?«

»Hochnäsiger Kerl!« wiederholte Cornish. »Nannte mich dauernd ›Sir‹, als wäre ich Methusalem. Das war alles, was mir an ihm aufgefallen ist. Ein nutzloser, überheblicher, überempfindlicher Dummkopf.«

»Was für ein Quatsch«, sagte sie. »Woher willst du das wissen? Du hast ihn nicht einmal zu Wort kommen lassen. Weißt du, an wen er mich erinnert hat? An dich in diesem Alter. Niemand war überheblicher als du – ach ja, und empfindlicher auch nicht.«

Der Gemeinderat sah sie starr an. Einen Augenblick wirkte er alarmiert. Dann lachte er reuevoll, sogar ein bißchen geschmeichelt.

»Du sagst doch wirklich die albernsten Sachen, Marion«, stellte er fest.

8

Well House

»Schon mal gesehen, Sir?« fragte die behelmte Gestalt lebhaft, die so überraschend aus dem Halbdunkel neben Timothy auftauchte, daß er vor Schreck blinzelte. Er hatte ganz still dagestanden und über die breite Straße hinweg die Silhouette des Hauses betrachtet, das sein Londoner Zuhause gewesen war, solange er denken konnte, und das ihm jetzt so neu vorkam wie ein fremdes Land.

Er war von Ebbfield zu Fuß zurückgegangen. Seine Unterhaltung mit Gemeinderat Cornish hatte eine beachtliche Wirkung auf ihn gehabt, denn er benahm sich wie jemand, dem die Schuppen von den Augen gefallen waren. Kinder, die das erstemal aus dem Internat nach Hause kommen, erleben das gleiche Phänomen, sehr vertraute Dinge scheinen fremd geworden, nicht an sich, aber so, als sehe man sie zum erstenmal. Timothy wußte jedoch nicht, warum ihm das passierte. Oberflächlich betrachtet, hatte er nur ein Gespräch mit einem schwierigen alten Mann geführt, doch irgendwo im Unbewußten, in diesem riesigen, blinden Mörser, wo Gedanken und Gefühle sich vermischen und zermahlen werden, schien sich etwas sehr Seltsames ereignet zu haben.

Es war ein schwüler Londoner Abend, und die Straße, die bei Tag ein Inferno war, glich jetzt einem verlassenen Fluß, der stumpf in einer dunklen Schlucht schimmerte.

Der Polizist ging hier regelmäßig Streife und hatte Timothy erkannt. Der Dienst war langweilig, und der Mann zu einem kleinen Schwatz aufgelegt.

»Es ist ein Anachronismus«, sagte er unerwartet und wies

mit dem lederumgürteten Kinn auf das Handelshaus aus der Tudorzeit, das auf der gegenüberliegenden Straßenseite kopflastig, aber schnittig wie eine Galeone zwischen zwei viel höheren Lagerhäusern stand. Die vorspringenden vergitterten Fenster im ersten Stock waren erleuchtet, und durch rötliche Vorhänge schimmerte schwach warmes Licht. Die mit Eisen beschlagene Tür und die kleinen Fenster im Erdgeschoß lagen im Schatten. »Total fehl am Platz in einer modernen Welt, nicht wahr?« fuhr der Polizeibeamte fort. »Aber so hübsch anzusehen. Man hat mir gesagt, daß es sogar noch schöner ist als die Reihe oben in Holborn. Lebt es sich angenehm darin, Sir?«

»Nicht schlecht, jedenfalls. Die Installation wurde zu Anfang des Jahrhunderts recht intelligent eingebaut, aber die Küche ist noch immer ein bißchen archaisch.« Timothy sprach, als sei das neu für ihn, und der Polizist lachte.

»Trotzdem sind Sie wahrscheinlich stolz darauf, oder?« sagte er.

Timothy wandte sich ihm überrascht zu. »Ja, das war ich wohl«, antwortete er, aber der Polizist achtete nicht auf das, was er sagte. Das Licht einer der Straßenlaternen, altmodischen Armleuchtern, die an der Wand des Hauses hinter ihnen befestigt waren, fiel voll auf Timothys Gesicht, und der Polizeibeamte erschrak, als er die Verletzungen sah.

»Du grüne Neune, Sir! Was haben Sie mit sich angestellt? Hatten Sie einen Unfall?«

»Nein, das nicht. Ein Verrückter ist über mich hergefallen.« Die Worte kamen mit mehr Bitterkeit heraus als beabsichtigt, und Timothy lachte, um das zu bemänteln. »Vergessen Sie's. Jetzt ist alles in Ordnung. Gute Nacht.«

»Gute Nacht, Sir.« Der Mann ging, als habe man ihn entlassen, und Timothy überquerte die Straße und betrat Well House.

Hinter der Haustür war ein kleiner hölzerner Windfang mit einer Portiere zur Halle, und als er in den warmen, schwarz getäfelten Raum mit der reich verzierten Stuckdecke und der quadratischen Treppe kam, die in den ersten Stock führte, *hörte* er als erstes Basil Tobermans Stimme. Das erste, was er *sah*, war ein Grabgebinde, und in der warmen Luft hing der Duft von Lilien, erstickend und exotisch und völlig ungewohnt in diesem Haus. Das Gebinde war sehr groß, gut einszwanzig im Quadrat, ein herrliches Kissen aus weißen Treibhausblumen, mit Gold gesprenkelt. Durch die glänzende Cellophanhülle wirkte es noch pompöser und so, als sei es unter Glas. Es lag auf dem Eichentisch neben der Treppe, und Toberman beugte sich darüber und fummelte mit einer Karte herum, die halb verborgen zwischen den Blüten steckte. Margaret Broome stand neben ihm und protestierte energisch.

»O nein!« rief sie. »Nicht, Mr. Basil, das dürfen Sie nicht. Es gehört Ihnen nicht. Seien Sie nicht so neugierig.«

»Seien Sie still«, sagte er, ohne sich umzudrehen. »Ich werfe nur einen Blick darauf. Der Auftrag muß von einem Blumendienst aus Südafrika gekommen sein. Und das ist der Haken bei diesen Dingen. Man sieht nie, was man für sein Geld bekommt.«

»Was reden Sie da?« fragte sie. »Es ist wunderschön. Es muß eine Unmenge gekostet haben.«

»Ich weiß. Genau das meine ich ja. Da, wo es herkommt – wo immer das sein mag –, sind Blumen um diese Jahreszeit wahrscheinlich teuer. Hier bei uns kosten sie im Spätfrühling praktisch nichts. Ich glaube nicht, daß jemand – und mag er noch so stinkreich sein – die Absicht hatte, zur Beerdigung eines Dienstboten ein Trauergebinde zu schicken, wie Monarchen es bei einem Gefallenendenkmal niederlegen.«

Margaret Broome schnaubte verächtlich. »Kein Wunder, daß niemand etwas mit Ihnen anfangen konnte«, stellte sie ohne Feindseligkeit fest. »Sie sind von Natur aus boshaft. Miss Saxon war kein Dienstbote, und wäre sie einer gewesen, hätte sie erst recht einen schönen Kranz verdient, auch wenn er nicht mehr rechtzeitig zur Trauerfeier eingetroffen ist. Ich wünschte, ich hätte Sie als kleinen Jungen in die Hände gekriegt. Ich hätte Ihnen mit Furcht und Schrecken etwas von

Ihrer Bösartigkeit ausgetrieben, mein Junge. Miss Saxon war Gouvernante und eine hochintelligente, humorvolle Frau.«

»Woher wissen Sie das?«

Margaret Broome hieß ihn schweigen. »Na ja, sie hat immer über mich gelacht«, sagte sie und schien sich darüber so zu freuen, daß jeder Kommentar überflüssig war.

Toberman drehte sich um und sah Timothy an der Tür stehen. Einen Moment lang musterte er, Durchtriebenheit und Belustigung in den Augen, nachdenklich das zerschrammte Gesicht, enthielt sich jedoch jeder Bemerkung.

Statt dessen wandte er sich wieder den Blumen zu. »Wunderbar wohlhabende Gäste haben wir«, stellte er fest. »So wird das Personal verabschiedet. Wie gefällt das dem jungen Herrn?«

Es war ein beiläufiger Spott, gewissermaßen ein Spott an der langen Leine. Haß stand dahinter, ein stiller, chronischer Haß, nicht neu und nicht unangemessen virulent, und er war überrascht, als er das Aufflackern ungläubigen Staunens in Timothys entstelltem Gesicht sah. Toberman war verwirrt. »Was ist los?« fragte er gehässig.

»Nichts.« Timothys Blick irrte ab und begegnete dem von Margaret Broome. Sie beobachtete ihn wie eine Katzenmutter, sah die Anzeichen des Schocks, verstand sie jedoch nicht ganz. Sie machte den Mund auf, um etwas zu sagen, doch er schüttelte warnend den Kopf, und sie machte den Mund wieder zu.

»Du siehst wie eine verlorene Seele aus«, sagte Toberman. »Wo warst du?«

Tim wandte sich ab. »Ich bin zu Fuß nach Hause gegangen«, sagte er kurz. »Ich bin müde.«

Margaret Broome ertrug es nicht länger. »Kommen Sie mit mir in die Küche hinunter, Mr. Tim«, sagte sie, »ich muß mit Ihnen reden.« Und als er sie ansah, formte sie mit den Lippen lautlos das Wort Julia als Hinweis, wie sie es schon früher bei dem kleinen Jungen gemacht hatte, wenn sie ein Geheimnis mit ihm teilen wollte.

Ein Ausdruck von Hoffnungslosigkeit flog über sein Gesicht, und er wandte sich schroff ab.

»Nicht jetzt, Nan«, sagte er und sah zu Toberman hinüber, der zwischen den weißen Lilien endlich die Karte entdeckt hatte und sich jetzt die Einzelheiten notierte. Er tat es mit jener Unverschämtheit, die oft unbemerkt bleibt, weil die Menschen ganz einfach nicht glauben können, was sie sehen.

Als er auf dem oberen Treppenabsatz Schritte hörte, steckte er sein Notizbuch schnell ein und ließ die Karte zwischen den Blumen verschwinden.

»Wir haben das Gebinde eben bewundert«, sagte er schmeichelnd in Richtung der Treppe. Geraldine Telpher, die Nichte aus Südafrika, kam leise und unauffällig herunter. Die vornehm aussehende Frau Ende Dreißig mit dem angenehm blassen Gesicht, Haaren wie ausgebleichtes Altgold und hellblauen Augen tat alles leise und unauffällig und strahlte dennoch eine Autorität und einen Hauch jener besonderen Strenge aus, die so oft mit dem Besitz von Geld verbunden sind. Sie trug ein graues Jerseykostüm, das an ihr sehr elegant aussah; und der untadelige Schick, mit dem die Jacke an den Schultern saß und die stets makellos glatten Manschetten wiesen sie unverkennbar als Verwandte von Eustace und Alison aus, so daß die anderen sich in ihrer Gegenwart immer ein bißchen unbehaglich fühlten. Auch ihre Art, Toberman zu behandeln, war bestürzend vertraut. Sie lachte über seine Mätzchen mit einer Mischung aus Bedauern und Toleranz, als sei er ein etwas lästiges Haustier.

»Diese Lilien duften aber sehr stark«, sagte sie. »Oben ist der Geruch besonders intensiv. Könnte man das Gebinde nicht woanders hintun, Mrs. Broome? Jammerschade, daß es zu spät gekommen ist. Vielleicht kann man es morgen früh aufs Grab bringen lassen.«

»Das erledige ich selbst.« Fest entschlossen, sich nicht in den Hintergrund drängen zu lassen, sprach Margaret Broome aus einem momentanen Impuls heraus, und allen war klar, daß ihr die Idee eben erst gekommen war. »Mit einem Taxi«, fügte sie nach einer kaum merklichen Pause hinzu.

»Das wäre so vielleicht am besten«, pflichtete Mrs. Telpher bei. »Es ist möglich, daß man Sie damit gar nicht in den Bus hineinläßt, aber versuchen könnten Sie's. Auf jeden Fall ist es sehr lieb von Ihnen, und sie würde sich bestimmt freuen. Sie hat Sie sehr gern gehabt, nicht wahr?«

»Ich glaube, das hat sie. Auf jeden Fall hat sie sehr oft mit mir geredet.« Nanny Broome zahlte instinktiv, in einer Art Selbsterhaltungstrieb, der nichts mit Vernunft zu tun hatte, mit gleicher Münze heim. Der Kinnit-Trick, den Leuten, ohne es zu beabsichtigen, ja, ohne es überhaupt zu merken, ein Gefühl der Unterlegenheit einzuflößen, war nie deutlicher demonstriert worden.

Toberman schwatzte unterwürfig, aber entschlossen weiter. »Wir sind der Meinung, daß die Blumen irgendwo im Ausland telegrafisch bestellt worden sind«, sagte er mit einem kleinen fragenden Lachen. »Das ganze Gebinde ist sehr üppig – großartig geradezu. Auf der Karte steht nur: *Liebe letzte Grüße, Elsa*, aber es ist auch noch eine Nummer da – entweder ein Postschließfach in Südafrika oder das Geschäftszeichen eines Blumenhändlers.«

Geraldine Telpher warf ihm aus großen Augen einen Blick zu, der den Blicken von Alison Kinnit in nichts nachstand, und schüttelte lächelnd den Kopf.

»Vermutlich stammen die Blumen von den Leuten, bei denen sie war, bevor sie zu mir kam«, sagte sie und gab ihm deutlich zu verstehen, daß sie ihn nicht ganz ernst nahm. »Ich habe ihre Familie benachrichtigt, und die muß es weitergegeben haben. Es waren die Van der Graffs, soweit ich mich erinnere. Wie nett von ihnen. Es sind feine Menschen. Sie finden die Größe ein bißchen protzig, nicht wahr, Basil?«

»Machen Sie sich nicht über mich lustig«, protestierte er. »Ich bin nur beeindruckt, das ist alles. Ich liebe den Überfluß. Es gibt ihn so selten. Übrigens, dieser Name – van der Graff –, haben die etwas mit den Leuten zu tun, die Elfenbein verkaufen?«

»Ich fürchte, ich habe keine Ahnung.«

»Ah!« Er hob warnend die Hand. »Nur keinen übertriebenen Snobismus. Handel ist modern. Tatsächlich bin ich genau deshalb zu Ihnen gekommen.« Er drehte sich zu Margaret Broome um und legte ihr das Gebinde in die Arme, so daß sie fast dahinter verschwand.

»Und jetzt ab mit Ihnen in Ihre Spülküche, Broomie. Ich bleibe heute abend übrigens nicht, weil ich mein Flugzeug nach Nizza erreichen muß, aber morgen komme ich erst ziemlich spät zurück und würde dann gern hier übernachten. Mein Zimmer ist bereit, nehme ich an, also brauchen Sie sich meinetwegen nicht den Kopf zu zerbrechen.« Es war eine deutliche Entlassung, und Margaret Broome ging, aber ungeschlagen.

»Ich mir Ihretwegen den Kopf zerbrechen?« sagte sie von der Schwelle her. »Da müßten Weihnachten und Ostern wirklich auf denselben Tag fallen.«

Toberman wandte sich lachend wieder an Geraldine Telpher. »Früher hat man die Leute wegen einer solchen Bemerkung gefeuert«, sagte er. »Wahrscheinlich tut man es heute noch. Wie wundervoll. Hören Sie, Geraldine, meine Liebe, ich weiß nicht, ob Sie interessiert sind, aber ich habe gedacht, ich sollte es erwähnen. Ich fliege heute abend nach Nizza, um mir eine kleine Bronze aus dem 4. Jahrhundert anzusehen, die laut Lagusse echt ist. Ich habe eine Photographie gesehen, und die ist mehr als vielversprechend. Ich will mir die Bronze auch nur anschauen und komme sofort wieder zurück, denn wenn sie echt ist, gibt es nur einen einzigen Mann, der den Geschmack und das Geld hat, sie zu kaufen, und der ist in Südafrika. Philip Zwole soll wegen einer anderen Sache hinüberfliegen, und ich möchte, daß er ihn zugleich informiert. Er bleibt fast einen ganzen Monat drüben, unter anderem eine Woche in Johannesburg. Wenn Sie ihm also etwas mitgeben wollen – Pakete oder eine Nachricht –, steht er Ihnen zur Verfügung.«

Das war eine verkappte Bitte um Empfehlungen, und Timothy, der auf dem Weg zur Treppe war, drehte sich gereizt um.

»Ich bin überzeugt, Geraldine braucht deinen Boten nicht, Basil«, sagte er.

Das war ein Protest und klang auch so, und Toberman reagierte mit einem Blick vorwurfsvollen Erstaunens darauf, während Geraldine Telpher Timothy ansah und den Vorschlag mit einem höflichen Lachen von sich wies.

»Das ist sehr nett von ihm«, sagte sie. »Wenn mir etwas einfällt, komme ich bestimmt auf Ihr Angebot zurück.«

Toberman schnaubte wütend. Sein dunkles Gesicht war blutübergossen, und seine runden schwarzen Augen funkelten.

»Sei bloß nicht so verdammt albern!« explodierte er, zu Timothy gewandt. »Eben ist Geraldines Miss Saxon in einem fremden Land gestorben. Da gibt es bestimmt ein paar Sachen, die nach Südafrika gebracht werden sollten. Ich wollte nur gefällig sein. Was für einen Grund sollte ich denn sonst haben?«

»Keinen«, warf Geraldine Telpher mit der ganzen Kinnit-Toleranz in der Stimme ein. »Ich weiß es zu schätzen. Es ist wirklich sehr freundlich.«

Offenbar besänftigt, war Toberman sofort wieder obenauf.

»Nun«, sagte er, »dann ist es wohl in Ordnung, wenn ich morgen abend herkomme und alles abhole, was Sie mitschikken wollen. Zwole sehe ich am nächsten Morgen und kann ihm da die Sachen übergeben. Ich verstehe ja, daß du ein bißchen Angst vor der Familie der armen alten Miss Saxon hast, Timothy. Du hast sie doch buchstäblich umgerannt, nicht wahr?«

Geraldine Telpher mischte sich ein.

»Erzählen Sie mir etwas über die Bronze«, sagte sie.

»Warum? Sind Sie interessiert?« Sie mußte über seinen plötzlichen Eifer lächeln und neigte den anmutig langen Hals. »Vielleicht.«

Timothy ließ sie allein und ging hinauf in das Wohnzimmer, dessen erleuchtete Fenster er von der Straße aus gesehen hatte.

Es war ein gemütlicher, verwohnter Raum, zum Teil getäfelt, zum Teil mit unzähligen Bücherreihen die Wände entlang. Ein riesiger türkischer Teppich in der Farbe verblaßter Tomatensuppe verdeckte fast ganz den schwarzen Eichenfußboden, und eine erstaunliche Ansammlung von Polstermöbeln, die nur eines gemeinsam hatte – ihre Bequemlichkeit –, sorgte durch die einheitliche zum Teppich passende Farbe ihrer einfachen Bezüge, ein gelbliches Rosa, für Harmonie.

Die Ähnlichkeit zwischen Alison Kinnit und ihrer Nichte Geraldine Telpher war groß, doch die zwanzig Jahre Altersunterschied waren nicht ausschließlich verantwortlich für den wesentlichen Unterschied zwischen ihnen. Geraldine Telpher war eine blasse, anmutige Frau, Alison Kinnit hingegen bleich und überzart. Ihre Haut war fast durchsichtig, ohne kränklich zu wirken, und ihre Knochen waren so zerbrechlich wie die eines Vogels. Sie hatte immer ein interessantes Gesicht gehabt, war jedoch nie schön gewesen, und jetzt hatte die Intelligenz, die aus ihren grauen Augen sprach, etwas Erschreckendes an sich. Ihre Freundin Flavia Aicheson wiederum war ein ganz durchschnittlicher Typ; eine jener schweren, häßlichen Frauen mit freundlichem Gesicht und altmodisch höflichem Benehmen, die sich ständig zu entschuldigen scheinen und so aussehen, als wären sie die Töchter von John Bull, die ganz nach ihrem Vater geraten sind, die armen Dinger. Sie war älter als Alison, sechzig vielleicht, und glücklich auf die Art, in der ältere Männer glücklich sind, die alle schweren Prüfungen gemeistert haben, die ihnen das Leben auferlegt hat: in ihren Augen stand ein leichtes, amüsiertes Lächeln, und sie war nicht völlig intolerant.

Es war offensichtlich, daß sie über Timothy gesprochen hatten; nicht, weil sie schuldbewußt aussahen, als er hereinkam, sondern weil sie interessiert waren und ganz klar wußten, wer er war und was mit ihm passierte. Normalerweise hatten sie nur Augen und Gedanken für ihre eigenen Angelegenheiten, die literarisch, wohltätig oder politisch sein mochten – man wußte es nie so genau. Die Tatsache, daß Miss Flavia ihren romantischen Namen ihr Leben lang nicht abgelegt hatte, sagte viel über ihren Charakter aus. Jetzt drehte sie sich langsam auf dem Sessel um und betrachtete Timothy durch ihre Brille.

»Zwar kampferprobt, aber nicht jammervoll«, sagte sie; sie hatte eine wohlklingende Stimme, die im Ton einer Flöte glich. »Wie sieht der andere aus? Setz dich zu uns, und erzähl uns alles haarklein. Soll ich ihm etwas zu trinken holen, Alison?«

»Willst du etwas, mein Lieber?« Alison nickte ihm zu und verzog, als sie seine Verletzungen sah, schmerzlich das Gesicht. »Wir trinken nichts. Aber die Flasche steht dort drüben im Schrank. Mrs. Broome hat uns erzählt, daß du eine Schlacht geschlagen hast. Wo warst du? Du siehst schrecklich durcheinander aus.« Ihre Stimme klang akademisch knapp, war freund lich, aber ohne Wärme.

»Wieder unten in Ebbfield«, sagte er so beiläufig er konnte, als er sich auf dem Rand der riesigen, runden Ottomane niederließ, die zwischen Tür und Kamin stand. »Ich war bei einem Mann namens Cornish, er ist Gemeinderat. Er schien zu denken, daß du oder Aich mich geschickt habt.«

»Und haben wir?« Fragend sah Alison ihre Freundin an.

»Nicht, daß ich wüßte.« Miss Aichesons hübsche Augen musterten ihn unschuldsvoll. »Aber der Name kommt mir bekannt vor. Ist er Gemeinderat in Ebbfield?«

»Ich glaube schon. Er ist für den Bau eines Mietblocks verantwortlich.«

»Oh, natürlich! Das Skyline-Komitee, Alison. Das ist dieser arme unglückliche Mann mit dem gräßlichen Temperament. Ich erinnere mich an ihn.« Flavia Aicheson war entzückt. Noch nie war ihr wohltätiger Zug deutlicher hervorgetreten. »Ich kann mir vorstellen, daß er sich an mich erinnert, nicht vorstellen kann ich mir, warum er denken sollte, wir hätten dich zu ihm geschickt. Aber Leute mit Komplexen haben nun mal wilde Ideen. Und – hat er dir geholfen? Was hast du ihn gefragt?«

Timothy schien sich zu wundern, und Alison, die seine Reaktion falsch interpretierte, warf taktvoll ein: »Aich ist im siebten Himmel. Sie hat einen Brief vom Minister bekommen.«

Flavia Aichesons Gesicht rötete sich in schüchterner Freude. »Oh, es ist nichts Besonderes. Eigentlich nur eine Bestätigung. Aber er hat selbst unterschrieben und sogar eigenhändig ein kleines Postskriptum hinzugefügt, in dem er sich für meine ›klaren Ausführungen‹ bedankt. Ich fühle mich sehr geschmeichelt. Ich gebe es zu.«

Timothy runzelte die Stirn. Sein Körper wirkte angespannt, als er, die langen Beine gekreuzt, dasaß und mit nervösen Fingern auf seinem Knie herumtrommelte.

»Ist das der Wohnungsbauminister? Geht es um das Projekt in Ebbfield?«

Alisons Auflachen brachte ihn zum Schweigen.

»O nein, mein Lieber, dagegen ist Ebbfield ein Klacks. Es geht um den Plan für den Trafalgar Square.«

Flavia Aicheson gab eine Reihe glücklicher kleiner Gluckser von sich. »Das ist ein ganz anderer Kaffee«, erklärte sie zufrieden. »Ich nehme an, die bierernsten kleinen Männer in Ebbfield werden ihren Willen durchsetzen, und dagegen können wir nichts mehr unternehmen, weil dieser Teil von London schon ruiniert ist. In einem solchen Fall tut man, was man kann, aber es bricht einem auch nicht das Herz, wenn es schiefgeht.«

»Cornish hat mir nicht den Eindruck eines ›kleinen‹ Mannes gemacht.« Tim schien über seine eigene Heftigkeit erstaunt, und auch Alison wandte ihm überrascht die großen grauen Augen zu.

Flavia Aicheson fegte den Protest mit ihrer großen männlichen Hand einfach weg. »Wahrscheinlich nicht«, stimmte sie zu. »Ich kann mir ihn nicht einmal mehr vorstellen. Erinnere mich nur, daß er wütend und fast grob war, so daß der Rest der Konferenz vor Verlegenheit weder ein noch aus wußte. Er war übertrieben ernst, nicht wahr? Diese lieben Leutchen schleppen irgendein Bild aus ihrer Kindheit mit sich herum – eine kleine Ungerechtigkeit oder etwas Häßliches, das sie erlebt haben – und lassen es zu einer großen Eiterbeule werden, die viel, viel schmerzhafter ist als die ursprüngliche Wunde... Laß dich von ihnen nicht beeinflussen, mein lieber Junge.«

Sie und Alison wechselten bedeutsame Blicke und waren plötzlich selbst sehr verlegen.

Flavia Aicheson wagte den Sprung mit feuerrotem Gesicht und vor Nervosität zitternder Stimme.

»Diese Ermittlungen wegen deiner Herkunft sind eine schwere und unangenehme Erfahrung für dich, Timothy, und Alison und ich sind der Meinung (obwohl wir natürlich nicht über dich gesprochen haben, glaub das ja nicht!), daß die eigentliche Gefahr für dich darin liegt, daß du deinen Sinn für Proportionen verlieren und dich aus Trotz auf die eine oder die andere Seite schlagen könntest. Nach links oder rechts.«

Sie war verwirrt wie ein junges Mädchen, und da es sich um ein Gefühlsproblem handelte, genauso unerfahren. Timothy stand auf.

»Schon gut, Aich«, sagte er freundlich. »Ich werde weder ein Roter noch Faschist.«

Die beiden Damen seufzten erleichtert auf. »Natürlich nicht«, sagte Flavia Aicheson herzlich. »Dazu bist du viel zu sensibel. Und nun – was die Nachforschungen betrifft: Gibt es Fortschritte?« Sie zögerte, und ein kleines Lächeln, nicht weniger wehmütig und rührend als das von Nanny Broome, breitete sich auf ihrem schlichten Gesicht aus. »Vergiß nicht, daß es in gewisser Weise sehr romantisch und aufregend sein könnte, Timothy«, sagte sie leise. »Ich meine – man weiß ja nie.«

Alison fing an zu lachen. Ihre grauen Augen waren so hart, aber auch so ohne Arg wie Kiesel in einem Bach.

»Liebe Aich!« sagte sie. »Ist sie nicht wundervoll, Timothy? Sie denkt jetzt: Sogar der Minister muß 1939 jung gewesen sein.«

Flavia Aichesons Gesichtsfarbe geriet in gefährliche Bereiche, und sie schüttelte warnend den Kopf.

»Das ist nicht komisch, Alison. Vulgär und überhaupt nicht komisch.«

Sofort verlor Alison Kinnit ihre überlegene Haltung und ließ zerknirscht den Kopf hängen.

»Tut mir leid, Aich«, sagte sie wie ein Kind. »Tut mir ehrlich leid.«

Timothy verließ das Zimmer, ohne daß eine der beiden es merkte.

9

Der Fremde

Eustace Kinnit war der Autor zahlreicher Bücher und Aufsätze über die verschiedenen Aspekte der Kunst des Porzellansammelns und führte außerdem eine rege Korrespondenz über dieses Thema. Das kleine Arbeitszimmer, in das er sich endlose Stunden zurückzog und schrieb, lag ganz hinten am Ende der Galerie, die sich im selben Stockwerk, in dem das Wohnzimmer war, um den Treppenschacht herumzog. Licht schimmerte unter der Tür hervor, als Timothy sich ihr näherte, nachdem er Miss Alison und ihre Freundin verlassen hatte. Er blieb einen Augenblick vor der Tür stehen, zögernd, mit einem ängstlichen Ausdruck in den Augen, der neu war. Nervosität war seinem Wesen fremd und machte ihn unbeholfen. Dann strich er sich mit der Hand über das Haar, straffte die Schultern und trat forscher ein, als er es normalerweise getan hätte.

Eustace saß im hellen Lichtkreis einer Lampe am Schreibtisch, und seine Feder, mit der er eilig die Seite füllte, kratzte leise. Timothy, der ihn schon oft in der gleichen Haltung gesehen hatte und ihn so sehr liebte, daß es war, als habe er ihn überhaupt noch nie gesehen, betrachtete ihn zum erstenmal objektiv.

Er war ein magerer, adretter Mann um die Sechzig mit einem gepflegten weißen Bart und einem Schopf weißer Haare über der Stirn. Seine Augen glichen denen seiner Schwester, waren jedoch von einem tieferen Blau und unendlich freundlicher und gütiger. Die Fältchen in den äußeren Augenwinkeln bildeten einen Viertelkreis. Beim Schreiben wippte er ständig mit dem Knie. Es war ein unaufhörliches Zittern, das in dem sonst stillen, unbewegten Raum einen leichten Luftzug erzeugte. Eustace nahm keine Notiz von Timothy und sah erst auf, als er den Absatz zu Ende geschrieben und sorgfältig einen Punkt dahintergesetzt hatte. Dann legte er die Feder aus der Hand, hob den Kopf und nahm die Brille ab. Sie war aus Weißgold, auf seine strenge Persönlichkeit abgestimmt und eine seiner wenigen persönlichen Eitelkeiten. Als sie auf der beschriebenen Seite lag, war sie für ihn genauso typisch wie seine Unterschrift.

»Hallo«, sagte er fröhlich, »hier bist du ja. Es ist sehr gut gegangen. Nicht allzu barbarisch, sondern respektabel und ordentlich. Ich glaube, sie war zufrieden.«

»Die Beerdigung?«

»Eh? Ach, du meine Güte, ja! Was hast du denn geglaubt? Und ich habe Geraldine gemeint. Wie die andere arme Seele darüber dachte, können wir schließlich nicht wissen.« Sein Lachen hatte einen jungenhaften Charme. »Und wie steht's mit dir? Ich kann dich da drüben nicht richtig sehen. Dreh bitte das Licht an. Gütiger Himmel, Junge! Was hast du angestellt?«

Gehorsam hatte Timothy den Schalter neben der Tür betätigt, und als das Licht auf sein Gesicht fiel, reagierte Eustace so übertrieben entsetzt, daß der Jüngere irritiert war.

»Das ist doch nichts«, protestierte er zurückweichend. »Nur ein paar Kratzer.«

»Aber es war doch kein Verkehrsunfall?« Eustace sprach von etwas, vor dem er in ständiger Furcht lebte, und seine Stimme klang fast hysterisch.

»Nein, natürlich nicht. Ich habe nur von einem deiner verdammten Detektive Prügel bezogen. Warum, um Himmels willen, hast du gerade die ausgesucht? Oder war's Alison?«

»Die Stalkeys? Die Frauen haben mir schon so etwas erzählt.« Eustace riß weit die Augen auf. »Ich kann es nicht fassen.«

Er sprach ernst, meinte wortwörtlich, was er sagte, und brachte es fertig, so verletzt und so absolut ungläubig auszusehen, daß Timothy feuerrot wurde vor Zorn und einige seiner Verletzungen nicht mehr sichtbar waren. Eustace seufzte, als sei er irgendwie beschwichtigt worden. »So ist es viel besser«, sagte er jeder Logik zum Trotz. »Aber du solltest keine so leichtsinnigen Beschuldigungen aussprechen. Wenn du den Mann angegriffen hast, hat er sich wahrscheinlich nur verteidigt. Es handelt sich um eine alteingesessene Firma, und die Leute sind ausgezeichnet, sonst hätten wir sie nicht ein zweitesmal mit den Nachforschungen beauftragt. Dennoch weiß ich nicht mehr, ob es klug war. Wir versuchen doch nur, dir zu helfen, Tim, das weißt du hoffentlich?«

Es war eine durchsichtige Mischung aus Vorurteil, Halsstarrigkeit und aufrichtiger Bestürzung und sah ihm so ähnlich, daß Timothy hätte weinen können.

»Oh, vergiß es!« explodierte er und platzte plötzlich mit der einen Frage heraus, die nie direkt zu stellen er fest entschlossen gewesen war.

»Onkel, hatte *wirklich* niemand eine Ahnung, woher ich kam?«

Starr vor Erstaunen sah Eustace ihn an. Wenn er wie jetzt seine Weltgewandtheit vergaß, war seine Miene so arglos, daß sie fast infantil wirkte. Es war, als sei er von der Welt völlig unberührt geblieben.

»Aber ich habe es dir gesagt«, antwortete er ernst. »Ich habe es dir gesagt, Tim. Habe es gestanden.« Tim musterte ihn hilflos. Es gab keine Hoffnung, daß er log. Was er sagte, war die nackte Wahrheit und nichts als die Wahrheit. »Vielleicht war es absurd und unrealistisch von mir«, fuhr er fort und verriet, daß er noch immer nicht ganz davon überzeugt war. »Das sehe ich jetzt zum Teil sogar ein, aber damals ... Du meine Güte! Was für Zeiten waren das nur! Die ganze Welt fiel in Trümmer, verstehst du? Zivilisation, Gesetz und Ordnung, alles zerbrach wie die Säulen einer Stadt. Du warst nichts als ein kleines Bündel Hilflosigkeit, so unglaublich verletzlich und rührend. Was ich tat, schien völlig nebensächlich. Ich dachte, ich würde für dich sorgen, solange ich konnte, und diese merkwürdige kinderlose Frau war überglücklich, dich bemuttern zu können. Hinterher fühlte ich, daß ich das Richtige getan hatte, weil Alison und ich dich so liebten. Ich habe gesagt, es tut mir leid, Tim.«

»Nicht...« Timothy streckte die Hand aus. »Ich bin nicht undankbar, das weißt du. Es ist nur so – ich meine, du bist absolut sicher, daß ich kein Kinnit sein kann?«

Eustace schien diese entfernte Möglichkeit zum erstenmal in Betracht zu ziehen.

»Wie wäre das möglich?« fragte er.

Die Frage klang so durch und durch vernünftig, daß sie Timothy wie ein Schwall eisigen Wassers traf, der die letzten Fetzchen seiner romantischen Träume und Phantastereien wegspülte. Zitternd und bebend stand er da, zutiefst beschämt, daß er sich so an sie geklammert hatte. Es war ein ungeheuer gefährlicher Augenblick, den ein Mensch in Eustaces Position, der auch nur ein vernünftiges Maß an Vorstellungskraft oder Erfahrung besaß, sehr beängstigend finden mußte, doch sein Selbstschutz funktionierte störungsfrei. Er reagierte auf seine Weise und wechselte das Thema.

»Ich komme gut weiter«, sagte er und wies mit einem Nikken auf die beschriebene Seite. »Aber es ist nicht leicht. Es gibt über Chandlers erste Fabrik in Bristol nur wenige Daten. Nun ja, das muß vorläufig warten. Ich bin sehr froh, daß du zu mir gekommen bist, Tim. Ich wollte mit dir über den armen Basil sprechen. Er trinkt in letzter Zeit sehr viel, nicht wahr?«

Timothy sah ihn an. Seine Augen hatten den halb erschrokkenen und halb belustigten Ausdruck, mit dem so viele Menschen vor der Lösung eines lebenslangen Rätsels stehen. Eustace, die Vaterfigur, war zu Eustace, dem alten, egozentrischen Umstandskrämer geworden.

»Basil, ja, der schluckt ab und zu«, sagte Timothy. »Aber es ist nicht schlimm.«

»Ich habe gehört, daß es ihn geschwätzig macht.« Eustaces

Blick war sehr frostig geworden, und die ästhetischen Falten in seinem Gesicht waren stärker ausgeprägt als sonst. Er war auch leicht rot geworden, wie immer, wenn ihm etwas peinlich war. »Alison war vor einer Stunde bei mir«, fuhr er fort. »Sie hat mit Nanny Broome gesprochen – diese Frau ist nur für ein paar Tage hier, und wir erfahren Dinge übereinander, von denen wir glücklicherweise jahrelang nichts wußten. Ich nehme sie nicht allzu ernst, aber etwas, das sie angeblich gesagt und das man mir zugetragen hat, beunruhigt mich sehr.« Er senkte die Stimme. »Hast du die unglaubliche Geschichte gehört, die Basil herumerzählt? Natürlich nur, wenn er betrunken ist. Angeblich bist du zu der armen alten Frau grob gewesen, die hier gestorben ist.«

Timothy runzelte verärgert die Stirn. »Ja, das hab ich auch gehört.«

»Aber es ist doch nicht wahr, Tim?«

»Natürlich nicht. Sei nicht albern, Nunk.« Der alte Kosename aus der Kinderzeit rutschte ihm heraus, ohne daß er es merkte. »Wenn bisher auch noch niemand etwas über meine Herkunft weiß, kannst du doch nicht plötzlich so tun, als ob du mich überhaupt nicht kennst. Miss Saxon hatte an der Küchentür gelauscht, und als ich hinauswollte und die Tür aufmachte, fiel die alte Frau in die Küche und auf den Steinboden. Nan und ich hoben sie auf, staubten sie ab, und sie marschierte quietschvergnügt davon. Hinterher hat sie Geraldine erzählt, ich hätte sie geschüttelt.«

»Und das hast du nicht?« Die Ängstlichkeit in Eustaces Stimme war verletzend.

»Nein. Sie wollte wohl nur davon ablenken, daß sie beim Lauschen ertappt worden war. Denk nicht mehr dran, es ist so unwichtig.«

»Das glaube ich nicht.« Eustace stand auf und lief in dem kleinen Zimmer auf und ab. Etwas hatte ihn erschreckt.

Timothy stellte fest, daß er die Anzeichen zwar erkannte, sich aber nicht mehr vor ihnen fürchtete. Eustace war blaß und erregt, und die Knöchel seiner um die Jackettaufschläge verkrampften Finger traten weiß hervor.

»Basils Geschwätz könnte den größten Schaden anrichten. Wirklich den allergrößten! Es muß unterbunden werden, Tim. Es muß sofort unterbunden werden. Wo ist dieser blöde Kerl?«

»Er ist im Haus. Fliegt gegen Abend nach Nizza und kommt morgen abend wieder, um hier zu übernachten. Gib dich nicht mit ihm ab. Er ist geschwätzig, aber niemand nimmt ihn ernst. Es ist wirklich nicht wichtig.«

»Du irrst dich. Schließlich ist sie tot. Das machte die Sache sehr peinlich. Sehr gefährlich.« Eustace hielt in seinem Auf und Ab inne. Er dachte nach, kniff die Augen zusammen, bewegte die Lippen. »Ich werde mit ihm reden«, sagte er endlich. »Halte du dich heraus. Ich trage die Verantwortung. Überlaß es mir. Wenn er seine Zunge nicht beherrschen kann, muß er den Alkohol aufgeben.«

Timothy wandte sich müde ab. »Mir ist verdammt egal, was er redet.«

»Es hat nichts mit dir zu tun, mein Junge. Verstehst du denn nicht? Ich habe Dr. Gross mein Wort gegeben, daß eine Obduktion nicht nötig sein würde.«

»Da hast du aber ein bißchen lieber Gott gespielt, nicht wahr?«

»Das habe ich, o ja!« Eustace ließ sein eigenartig sanftes Lachen hören. »Zwar hat mich irgend etwas davor gewarnt, so anmaßend zu sein. Ich habe es trotzdem getan. Gross kam herüber, nachdem ich ihn angerufen hatte, und als er nur noch ihren Tod feststellen konnte, suchte er mich hier in meinem Zimmer auf und erklärte mir, daß er dem Coroner Bescheid sagen müsse. Nun ja, wie du weißt, kenne ich ihn seit Jahren, und es ist mir gelungen, ihn – ob zu Recht oder zu Unrecht, weiß ich nicht – davon abzubringen. Ich gab ihm zu bedenken, daß er sie doch behandelt hatte und es daher nicht falsch sein konnte, wenn er sofort den Totenschein ausstellte – falls er überzeugt war, daß es sich um eine natürliche Todesursache handelte. Ich garantierte ihm sogar, daß es so war. Nachdem er eine Weile vor sich hingesummt und ›hmhmhm‹ gemurmelt hatte, erklärte er sich einverstanden.«

»Warum hast du dir so viel Mühe gemacht? Weil Geraldine so reich ist?«

Eustace war verletzt. »Tim, was für ein Hohn!« Kopfschüttelnd fügte er mit entwaffnender Offenheit hinzu: »Ich begreife nicht, warum die Menschen alles mögliche tun, um dem Geld gefällig zu sein. Es ist schon seltsam, aber darin sind alle gleich. Doch darum ging es eigentlich gar nicht, weißt du. Ich wollte uns allen nur Peinlichkeiten ersparen. Geraldine hat mit diesem armen Kind im Krankenhaus genug Sorgen.«

Er unterbrach sich, und in seine gütigen Augen trat wieder ein bekümmerter Ausdruck.

»Basil muß einfach den Mund halten. Was für ein Dummkopf er doch ist! Es könnte besonders unangenehm sein, da es sich um eine Gouvernante handelt. Das ist mir sofort eingefallen.«

Tim sah ihn einen Moment verständnislos an und lachte dann.

»Nach dem Prinzip, daß die Familie Kinnit etwas gegen Gouvernanten hat?«

»Kein Grund, sich darüber lustig zu machen, mein Junge!« Eustace stampfte tatsächlich mit dem Fuß auf. »Benutz deine Phantasie. Nichts belebt einen neuen Skandal so wie eine alte Kriminalgeschichte. Vergangenes Jahrhundert waren die Kinnits in eine gerichtliche Untersuchung zur Klärung einer Todesursache verwickelt, und auch damals ging es um eine Gouvernante – Thyrza Caleb. Der Name ist auch heute nach hundert Jahren noch unvergessen. Es würde bestimmt einiges Aufsehen erregen, wenn wir wieder vor dem Coroner aussagen müßten, und es ginge wieder um eine Gouvernante. Das ist offensichtlich. Deshalb habe ich auch die Anzeige für die Zeitungen selbst geschrieben und dabei sorgfältig darauf geachtet, daß der Name Kinnit nirgends erscheint. ›Kinnit‹ und ›Gouvernante‹ sind keine gute Kombination. Wir leben in einem Zeitalter hemmungsloser Publicity. Es wäre dumm, diese Tatsache zu ignorieren. Basil muß aufhören zu trinken, und er muß den Mund halten. Dafür werde ich selbst sorgen.« Er setzte sich wieder an den Schreibtisch und nahm die Feder zur Hand. »Du, geh jetzt, und schlaf dich gründlich aus. Du bist heute abend gar nicht du selbst.«

Timothy wandte sich zur Tür. »Ich bin weder ich selbst noch sonst jemand, das ist der Jammer.«

»Was hast du gesagt?« Eustace schielte über seine Brille. »Schalte das Licht aus, wenn du gehst. Ich hab's gern, wenn nur die Schreibtischlampe brennt. Was hast du eben gesagt?«

»Nichts Interessantes. Gute Nacht.«

»Gute Nacht, Tim.« Er schrieb schon wieder. »Grüble nicht«, setzte er, ohne aufzublicken, hinzu. »Und denk dran, kein Wort zu Basil. Das übernehme ich.«

Timothy verließ das Zimmer und ging um den Treppenschacht herum auf die andere Seite des Hauses. Die Wohnzimmertür war geschlossen, doch er hörte, als er vorüberging, Basil Tobermans unverkennbares Lachen und Flavia Aichesons hohe, hohl klingende Stimme. Im übrigen Haus war es still, wie es nur in Londons zur Nachtzeit verlassenen Gegenden still sein kann. Von beiden Seiten hörte man zwar noch Verkehrslärm, doch war er jetzt weit entfernt, und in der Mitte herrschte Ruhe.

Zu seinem Zimmer gelangte er über eine eigene Treppe, die vom Ende des rechten Flügels, wo Eustace, Alison und alle anderen Übernachtungsgäste ihre Schlaf- und Badezimmer hatten, nach oben führte. Es war immer sein Zimmer gewesen, und als Kind war er sehr stolz auf diese Treppe, weil sie ihm ein Gefühl von Wichtigkeit und Sicherheit gab. Man betrat sie durch eine kleine Tür, bei der man sich selbst vorspiegeln konnte, es sei eine Geheimtür. Die Treppe schwang sich mit einer ganzen Drehung in das große, niedrige Zimmer mit dem holprigen Eichenfußboden, dem getäfelten Bett, der daran anschließenden Bücherwand und dem winzigen Bad mit Dusche, das in einen riesigen Schrank eingebaut war.

Tim hatte es so eilig, seinen Zufluchtsort zu erreichen, die Tür hinter sich zuzumachen und endlich klare Gedanken zu fassen, daß er Nanny Broome nicht bemerkte, die neben dem Flurfenster stand und deren dunkles Kleid sich von den schweren Vorhängen kaum abhob.

»Mr. Tim?« Die Stimme, ganz dicht an seinem Ohr, als er vorüberging, überraschte ihn, und er wich erschrocken zurück. »Mr. Tim, ich muß Ihnen etwas sagen.«

»Nicht jetzt, Nan, um Himmels willen!« Die Worte klangen heftiger als beabsichtigt, und sie reagierte auf die ihr eigene merkwürdige Art. Ihre Augen blitzten, und sie preßte die Lippen zusammen. »Na schön, dann müssen Sie es eben selbst rausfinden, und ich wasche meine Hände in Unschuld«, sagte sie schnippisch. »Tut mir leid, daß ich meine Zeit damit vergeudet habe, auf Sie zu warten.«

Sie war nicht wirklich beleidigt, das hörte er ihrer Stimme an. Es handelte sich nur um eine ihrer ein wenig dreisten weiblichen Launen, und sie war aufgeregt und aufsässig. Die Drohung konnte alles bedeuten; in seiner augenblicklichen Verlassenheit war es ihm gleichgültig.

Er ließ sie wortlos stehen, machte die Tür zur Treppe sorgfältig hinter sich zu, knipste den Schalter an, der oben im Zimmer das Licht einschaltete, lief hinauf, wollte hinein und blieb auf der Schwelle wie erstarrt stehen. Es war jemand da, lag auf dem Bett, das Gesicht im Schatten des hohen Fußbretts verborgen. Er wußte trotzdem, wer es war.

Julia lag auf dem Rücken, die Hände hinter dem Kopf, die Augen weit offen und sehr dunkel. Ihr Gesicht war völlig ausdruckslos, und es sah so aus, als atme sie nicht. Sie beobachtete ihn schweigend, nur ihre ernsten Augen, dunkel vor Erschöpfung nach dem seelischen Kampf, den sie verloren hatte, flakkerten leicht und zeigten, daß noch Leben in ihr war.

Timothy sah sie einen Moment an und tat dann, als ob er sich abwenden wolle. In seinem Gesicht arbeitete es, und sie hob die Arme und zog ihn zu sich hinunter.

Eine kleine Weile ließ er sich von der Erleichterung und dem Frieden tragen wie von einer Woge, als jedoch sein Blut schneller zu kreisen, sein Herz wild zu hämmern begann, riß er sich zusammen, schob sie von sich fort und bemühte sich, in die Höhe zu kommen.

»Nein! Hör auf damit!« flüsterte er wild. »Nicht hier, hab ich dir gesagt. Nicht so still und heimlich. Ich lasse es nicht zu. Du gehörst ebenso mir wie dir selbst. Wir haben etwas zu verlieren. Wir haben geschworen, einander zu ehren, vergiß das nicht. Du – du bist mir heilig.«

»Das ist mir egal!« Sie zitterte, und ihre Wange, die an der seinen lag, war naß. »Du hast es mir versprochen. Versprochen. Ich kann nicht mehr. Ich kann nicht mehr. Jetzt nicht mehr.«

»Sei still.« Er nahm sie bei den Schultern und zwang sie in die Kissen zurück. »Hör zu, und versuch zu verstehen, um Himmels willen. Ich habe eben so etwas wie eine – eine Geburt erlebt. Den ganzen Tag ist mir das passiert. Ich habe das Gefühl, bis heute in einem – einer Eierschale gesteckt zu haben. Aber heute habe ich mich den ganzen Tag lang von ihr befreit. Alles, was ich bisher für selbstverständlich gehalten hatte, ist mir in der Hand zerbrochen. Weißt du, daß ich sogar noch heute abend insgeheim geglaubt habe, es werde sich am Ende herausstellen, daß Alison wirklich meine Tante und Eustace mein richtiger Vater ist? Nun, dem ist nicht so. Mehr noch, es muß schon immer ganz klar gewesen sein, daß sie es nicht sind. Eustace ist ein Schatz, ein Charmeur, aber nie und nimmer ein Vater. Das habe ich ganz klar und fast beiläufig erkannt, als ich vorhin bei ihm war. Ich habe ihn mein Leben lang gekannt und noch nie begriffen, was jeder Erwachsene ihm gegenüber empfinden muß. Julia, siehst du denn nicht, was mir damit angetan wird? Ich verändere mich. Ich werde endlich mit beiden

Füßen auf dem Boden stehen. Aber ich weiß nicht, was aus mir wird.«

Sie war wie erstarrt, und Tränen traten ihr unter den geschlossenen Lidern hervor. »Und was ist mit mir? O Timothy, was ist mit mir?«

»Hab Verständnis!« Es war eine allerletzte Bitte, jung wie die Kindheit und alt wie die Welt. »Ich muß existieren. Ich kann mich nicht ohne Wurzeln sinnlos treiben lassen. Ich bin Bestandteil eines Ganzen. Ich bin – wie jeder andere – die Fortsetzung einer vorhandenen Geschichte. Ich habe geglaubt, diese meine Geschichte zu kennen, aber ich kenne sie nicht. Man hat mich sehr gründlich in die Irre geführt. Ich muß hingehen und versuchen herauszufinden, wer ich bin, sonst erkenne ich mich selbst nicht mehr.«

Julia schlug die Augen auf, und ihr Mund schmeckte salzig, als sie ihn an sich zog.

»Ich bin hier. Sperr mich nicht aus. Ich werde mich nicht ändern. Ich kann mich nicht ändern. Ich liebe dich. Ich bin nur noch Liebe.«

»Wie kann ich das wissen?« Er zog sich entsetzt von ihr zurück. Es war die letzte aller Fragen.

Nach einer langen Stille setzte sie sich auf; plötzlich war sie die stärkere von beiden. »Nun«, sagte sie mit dem Mut der Überzeugung, »wenn die übrige Welt sich für dich verändert hat – habe ich es auch getan? Schau mich an. Liebe ist nicht Liebe, wenn sie sich verändern kann. Daran erkennt man sie, hab ich immer gedacht.«

Es war eine merkwürdig großzügige Geste, kühl und tröstlich. Er setzte sich auf das Bett, hielt ihre Hände, sah sie an, und sie erwiderte seinen Blick. Gleich darauf fingen beide an zu lachen.

Sie waren so ineinander vertieft, daß sie das Zufallen der Treppentür und das Gepolter auf den Stufen nicht sofort hörten, und Basil Toberman stand schon auf der Schwelle, als sie merkten, daß außer ihnen noch jemand im Zimmer war.

Er blieb einen Moment bei der Tür stehen und starrte sie mit weit vortretenden Augen an wie ein entrüsteter Frosch. Sein übermäßig roter und wie immer feuchter Mund stand leicht offen.

»Weißt du, daß die Polizei unten ist?« fragte er und richtete seinen Basedow-Blick auf Timothy allein. »Du sollst sie aufs Holborn-Revier begleiten. Allem Anschein nach ist das Büro der Stalkey-Brüder in Flammen aufgegangen. Es muß das reinste Höllenfeuer gewesen sein. Vier Feuerbrigaden sind ausgerückt. Man weiß noch gar nicht, ob der Nachtwächter am Leben bleibt. Wenn du nicht willst, daß sie heraufgetrampelt kommen, solltest du machen, daß du runterkommst – aber ein bißchen pronto. Meiner Meinung nach, falls jemand etwas darauf gibt, sind sie überzeugt, daß es Brandstiftung war.

Dieser junge Idiot steckt in mächtigen Schwierigkeiten«, wandte er sich absichtlich beleidigend an Julia. »Ich an Ihrer Stelle würde mich heimlich durch die Hintertür hinausschleichen und machen, daß ich nach Hause komme. Ich muß schleunigst rennen, um mein Flugzeug zu erreichen, sonst würde ich Ihnen anbieten, Sie zu bringen. Ich halte jedenfalls den Mund, bis ich wieder da bin. Machen Sie also das Beste draus, meine Liebe. Und du komm runter und beschwichtige die Kerle, Tim. Und sag ja nie, ich hätte es nicht gut gemeint.«

10

Besprechung am Morgen

Superintendent Charles Luke beim häuslichen Frühstück war wirklich sehenswert, fand Albert Campion, als er ihm im Haus seiner Mutter in Linden Lea, einer der neuesten im Nordwesten gelegenen Vorstädte, in der Küche gegenübersaß. Es war ein sehr heller Raum, so makellos rein, als sei er aus hochglänzendem Porzellan, und das breite Fenster blickte auf einen ordentlichen, freundlichen Garten mit weißgekiesten Wegen, glatten Rasen und in Reih und Glied stehenden Geranien hinaus.

In dieser Umgebung wirkte Luke noch größer und geschmeidiger, noch dunkler und vitaler als sonst. Mit dem frisch rasierten Kinn, frisch gewaschenem und gebügeltem Hemd und blitzenden Zähnen, das widerspenstige Haar mit Öl gebändigt, schien er ein wesentlicher Teil dieser Umgebung. Er war das Lebenswerk der alten Mrs. Luke, eine Ehre für London, die Polizei und die Hände einer guten Frau.

Trotzdem behauptete er sich recht gut, stellte Campion fest, ertrug die Fürsorge lässig und mit Humor, und sogar jetzt, um Viertel nach sieben Uhr morgens, ließ seine Cockney-Frohnatur sich nicht unterdrücken.

»Ich bin froh, daß Sie vorbeigekommen sind«, sagte er, die Brauen noch höher ziehend als üblich. »Das Büro ist wie jede andere Dienststelle der Regierung kein idealer Ort, um dabei gesehen zu werden, daß man sich inoffiziell für die privaten Sorgen eines alten Freundes interessiert. Es geht nicht um die gelegentliche Schlange im Gras, verstehen Sie; so ist der Mensch nun einmal. Hier können wir reden, was wir wollen, und es schadet keinem. Nicht einmal meine Mutter ist in Hörweite.«

Campion warf einen Blick hinter sich. »Ich habe mich schon gefragt, wo sie ist«, sagte er besorgt. »Hoffentlich habe ich sie nicht vertrieben.«

»Nur keine Angst«, antwortete Luke belustigt. »Das würden Sie nicht schaffen, Freund. Nicht einmal der Papst könnte es. Zum Glück versorgt sie jetzt das Baby.« Er griff nach einer Toastscheibe und machte sich darüber her, wobei er seinen Gast mit einer Handbewegung aufforderte, sich auch eine zu nehmen. »Nachdem Sie angerufen hatten, habe ich mich mit Inspektor Hodge, diese Woche mein Stellvertreter im Nachtdienst, in Verbindung gesetzt. Ich glaube nicht, daß Sie ihn kennen.« Er blies die Backen auf, zeichnete sich mit drei Fingern einen Hängeschnurrbart ins Gesicht, sah Campion mit einem spöttisch verwegenen Grinsen an und schuf mit seiner Mimik gewissermaßen ein Blitzporträt eines Menschen, das erschreckend echt aussah. »Er ist ein guter Kerl«, sagte er. »Ein Cop alter Schule. Nichts als Bier, Verstand und das Herz eines Löwen. Sehr beruhigend, so jemanden hinter sich zu haben. Danke, daß Sie bis sechs Uhr morgens gewartet haben. Die junge Frau war zweifellos nicht so rücksichtsvoll.«

»Nein, sie hat mich um ein Uhr morgens angerufen.«

»Außer sich vor Angst, nehme ich an?«

»Aufgeregt.«

Luke legte den Kopf auf die Seite. »Glaubt sie, ihr Timothy könnte es getan haben?«

Campion seufzte, und seine Augen hinter der Brille blieben bewußt völlig ausdruckslos. »Ich weiß noch nicht genau, was passiert ist. Man hat mir nur gesagt, Timothy Kinnit sei aufs Thurstable-Inn-Revier gebracht worden, wo er angeblich der Polizei bei ihren Ermittlungen ›hilft‹.«

»O ja.« Luke war zufrieden. »Ich weiß ein bißchen mehr, und der Rest muß jeden Moment hereinkommen. Als ich anrief, hatte Hodge nur erste Informationen. Bisher der simpelste Fall von Brandstiftung, von dem ich je gehört habe. Ein Verbrechen ohne jede Raffinesse. Sie waren gestern dort, soviel ich weiß?« Er fragte mehr als üblich, die schmalen Augen blickten wachsam. »Wie ich höre, hat das Haus eine ganz gewöhnliche, altmodische Eingangstür mit einem Briefschlitz in der Mitte. Wie üblich rechteckig, mit einem Metallrahmen, aber ohne Briefkasten. Die Post fällt direkt auf den Teppich wie zu Großvaters Zeiten. Ist das richtig?«

»Könnte ich Ihnen nicht sagen. Die Tür steht während der Bürostunden offen, und ich denke, daß der Postbote direkt ins Haus geht.«

»Sehr wahrscheinlich.« Luke hakte den Punkt als unwichtig ab. »Auf jeden Fall ist es ein scheußlicher Hauseingang. Rohe Planken und abblätternde Farbe und direkt dahinter ein paar hölzerne Stufen, die zur Haupttreppe führen. Ein altes Haus, das im Lauf der Zeit mehrere Umbauten über sich ergehen lassen mußte. Ist das bisher richtig?«

»Ja, ich denke schon. Auf mich hat es immer irgendwie den Eindruck eines Gefängnisses gemacht. Finster und überall diese ewige gemaserte Täfelung. Schrecklich leicht brennbar, stelle ich mir vor. Wo ist der Brand ausgebrochen?«

»Direkt hinter der Haustür. Jemand hat drei oder vier Pakete der im Haushalt gebräuchlichen Feueranzünder aus gewöhnlichem Paraffinwachs aufgestellt und den letzten angesteckt.« Luke lachte ohne eine Spur von Belustigung. »Genial einfach und einfach genial. Die Treppe wurde durch den kleinen Luftzug, der sich unter der Haustür hereinstahl, zu einer Esse, und der Hausmeister, der sich im Souterrain vollaufen ließ, hatte fünf Stockwerke eines Höllenfeuers über sich, bevor er den Geruch bemerkte. Die Tür brannte schließlich, aber nicht sofort, und es gibt genug Beweise, die auf das Vorhandensein der Feueranzünder hindeuten. Im Hof wurde auch ein leerer Karton gefunden.«

»Wann war das?« fragte Campion, der voller Entsetzen zuhörte.

»Gestern abend. Alarm wurde um zwanzig Uhr vierunddreißig gegeben, und die Haustür wird gegen achtzehn Uhr zugesperrt. Ungefähr so weit waren sie, als Hodge anrief. Der Hausmeister ist zu schlecht dran, um sprechen zu können. Doch wenn er seine normale Routine abgespult hätte, hätte er seinen Rundgang durchs Haus gemacht und wäre erst kurz vor sieben ins Souterrain gekommen, wo man ihn halb erstickt aufgefunden hat. Es ist schwer zu sagen, wie lange ein Brand, der auf diese Weise gelegt wurde, braucht, um sich so verheerend auszubreiten, aber ich schätze, daß der junge Mann Ihrer Klientin die Nacht damit verbracht hat, den Jungs vom Thurstable-Inn-Revier haargenau zu erzählen, wo er zwischen sieben und halb neun Uhr abends war.«

Campion zögerte. »Er war mit uns in der Bottle Street«, sagte er bedächtig. »Bis gegen Viertel vor sieben, glaub ich.«

»Wenigstens etwas.« Luke warf einen Blick auf einen Zettel, der hinter seinem Teller an einer Cornflake-Packung lehnte. »Irgendein heller junger Polizist, der ihn kennt, hat uns informiert, daß er ihn gegen zwanzig Uhr zwanzig in ›benommenem Zustand‹ heimkommen sah – in das Haus der Kinnits in Scribbenfields. Er muß irgendwo gewesen sein.«

Campion antwortete nicht. Er saß da und starrte in seine Kaffeetasse, bis der Superintendent laut auflachte.

»Was sagt die Kristallkugel?«

»Nicht genug.« Campion setzte die Tasse ab und lächelte den alten Freund an. »Ich nehme an, für den prompten Polizeieinsatz dürfen wir uns bei den Gebrüdern Stalkey bedanken?« sagte er leise.

»Das überrascht mich nicht. Sie ja?« Luke lehnte sich zurück, rülpste diskret und holte eine Packung Zigaretten aus der Jackettasche. »Hören Sie«, sagte er, ohne aufzublicken, »ich vertraue Ihrem Urteil rückhaltlos, und ich mag das Mädchen, aber solange wir gewissermaßen in Klausur sind – sind Sie sicher, daß wir in dieser Sache auf das richtige Pferd setzen?«

Campions Lider flatterten, als er die hellen Augen weit

öffnete. »Also dieser Zweifel ist mir noch nicht gekommen«, sagte er. »Wieso?«

Lukes breite Schultern sanken nach vorn, und er schüttelte mit übertriebener Unsicherheit den Kopf.

»Es besteht eine fatale Ähnlichkeit zwischen der Brandstiftung und dem ersten Zwischenfall draußen in Ebbfield. Die beiden Straftaten haben einen erschreckenden Zug moderner Professionalität. Ich möchte, was ich meine, nicht vor einem Gericht erklären müssen.« Er hob zerstreut die lange, schlanke Hand und zeichnete flüchtig die Umrisse einer Allongeperücke in die Luft. »Es ist überhaupt kein Beweis, aber wenn Sie die verwüstete Wohnung gesehen hätten, wüßten Sie, was ich meine. In beiden Straftaten steckt etwas Junges, Elementares und verdammt Bösartiges.«

»Soviel ich weiß, hat Timothy Kinnit für die Ebbfield-Affäre ein sehr gutes Alibi«, wandte Campion milde ein.

»Das hat er«, bestätigte Luke. »Hieb- und stichfest, von der Polizei beglaubigt, wie man mir sagte. Diese modernen jungen Leute sind sehr clever. Sie wissen besser als wir früher, wie man zu mehreren jemanden fertigmacht.«

Campion runzelte die Stirn, aufrichtige Verblüffung im freundlichen Gesicht. »Offen gesagt, ich verstehe Ihren Einwand nicht«, sagte er. »Ich weiß von Julia, daß er um jeden Preis erfahren will, woher er kommt. Er ist richtig besessen, meint sie.«

»Ja, das sagt *er*«, widersprach Luke geduldig. »Das ist seine Geschichte. Aber sie ist ziemlich neu, nicht wahr? Er ist über zwanzig und hat bisher noch nie versucht, es herauszufinden, oder? Die bevorstehende Heirat hat diese Katze aus dem Sack gelassen, vergessen Sie das nicht. Kaum ist die Möglichkeit dieser Heirat am Horizont aufgetaucht – sogar noch bevor der Vater des Mädchens etwas gefragt hat, wohlgemerkt , werden die Kinnits fleißig, weil sie wissen, daß man ihnen die peinliche Frage stellen wird. Detektive werden angeheuert, die ganze Familie gerät in Aufregung, und plötzlich tut auch der Junge etwas. Tut heimlich etwas sehr Albernes, aber höchst Dramatisches, um die Ermittler zu entmutigen.«

Campion stieß einen Protestlaut aus.

»Wieso?« wollte er wissen. »Wieso nehmen Sie so etwas an? Ein intelligenter, gebildeter Junge von gutem Ruf, ein guter Sportler, mit ausgezeichneten Zukunftsaussichten. Warum sollte er sich plötzlich wie ein geisteskranker Verbrecher aufführen?«

Luke lehnte sich in seinem Sessel noch weiter zurück, und auf seinen dunklen Wangen erschien eine leichte Röte, die irgendwie entwaffnend wirkte. Er lachte ein wenig verlegen.

»Sie sind ein lieber Kerl, Campion«, sagte er. »Ich mag Sie, und mir gefällt Ihre Haltung. Sie gibt mir das Gefühl, in einem Rolls zu fahren. Manchmal frage ich mich jedoch, ob Sie nicht ein bißchen zu nett sind. Verstehen Sie, was ich meine? Sehen Sie es doch einmal von meinem Standpunkt. Hier haben wir einen Jungen – nicht von vornehmer Herkunft und nicht seit Generationen darauf konditioniert, ein bißchen Verhätschelei und Verpäppelei so unbeschadet zu überstehen wie ein preisgekrönter Hund, sondern einen ganz durchschnittlichen, robusten Jungen, wie ich einer war, einen Jungen voller Stolz und Leidenschaft, der fälschlicherweise in dem Glauben erzogen wird, daß ihm die ganze Welt gehört. Geld, ein Platz an der Sonne, Stand, Diener, Zukunftsaussichten. All das serviert man ihm auf einem silbernen Tablett, weil er wohlgeraten und er selbst ist. Er bemüht sich und hat auch Erfolg. Schließlich bekommt er auch noch das Mädchen, das er liebt. Sie ist eine reiche Erbin, eine Schönheit und gehört zur ersten Gesellschaft. Vierzehn Tage lang schwebt er so hoch, daß ihm schwindlig wird; er ist der Größte, der ›King‹, die saftigste Orange auf dem Schubkarren. Und dann, genau in diesem Moment – was geschieht? Ein widerlicher Zweifel taucht auf – ein Zweifel, so groß wie ein Haus. Alle Sicherheit löst sich in Luft auf, und zu seinen Füßen ist ein tiefes Loch. Die Leute, die er sein Leben lang kennt, die Säulen seiner Existenz, heuern plötzlich Detektive an. Detektive – halbgebildete ausgestopfte Uhus wie Joe Stakley –, die feststellen sollen, wer er ist. Er, der eine und einzige. Mensch Meier! Könnte er da nicht durchgedreht haben? Halten Sie das für völlig unmöglich?«

Luke beendete seine kleine Rede, indem er eine Hand ausstreckte wie ein Signal. Seine Brauen verschwanden fast unter seinem Haaransatz. Campion musterte ihn weiterhin neugierig.

»Ich verstehe, was Sie meinen, Charles«, sagte er endlich. »Ich verstehe es wirklich.«

»Aber der Gedanke ist Ihnen bisher nie gekommen?«

»Nein, nein, wirklich nicht. ›Durch Generationen konditioniert, Verhätschelei und Verpäppelei unbeschadet zu überstehen‹ ist ein neuer Begriff für mich.«

Luke lachte. »Ich könnte mich irren«, sagte er. »Der Junge könnte etwas Außergewöhnliches und robust genug sein, sich gegen diese Behandlung zur Wehr zu setzen. Genausogut könnte ich aber recht haben. Es ist ein Balanceakt. Man weiß nicht, wer man ist. Ich rate Ihnen, gehen Sie vorsichtig vor, und ich bin froh, daß wir hier darüber reden konnten.«

Auf dem Bord hinter ihm klingelte das Telefon und unterbrach seine mahnenden Worte. Hastig griff er nach dem Hörer. Die Stimme am anderen Ende grummelte monoton, und Campion wartete, zerstreut mit den Fingern auf das bunte Tischtuch trommelnd. Als Luke auflegte, hatte sich sein Gesicht verdüstert.

»Hodge hat sich kurz mit dem Chefinspektor unterhalten und war die ganze Nacht im Thurstable-Inn-Revier«, berichtete er. »Er sagt, daß der Junge auf stur geschaltet hat und nicht reden will, das ist nicht besonders vielversprechend. Er gibt zu, daß er in der fraglichen Zeit in Ebbfield war, aber er sagt nicht, wo und bei wem. Er beschreibt nur die Gegend, was verdammt albern ist, wenn man bedenkt, daß Ron Stalkey ihn schon am Morgen dort gesehen hat. Ich weiß nicht, worauf er hinaus will.«

»Vielleicht wird er nur langsam sehr, sehr wütend«, meinte Campion zögernd.

»Auf jeden Fall wird er sich in große Schwierigkeiten bringen«, antwortete Luke trocken. »Er beschwört sie förmlich herauf, und die Kinnits führen sich auf wie die Irren. Das hat man immer wieder bei diesen reichen Intellektuellen. Sie scheinen sich vor dem normalen Leben mit Weltraumhelmen zu schützen. In dem Moment, in dem das Leben ihre Haut berührt, geraten sie in Panik und fangen an, jede einflußreiche Persönlichkeit zu löchern, die sie kennen, damit sie ›alle Hebel in Bewegung setzt‹.« Er schob krachend den Stuhl zurück und stand auf, ein Meter siebenundneunzigeinhalb Zentimeter selbstgerechter Empörung. »Hodge sagt, daß Eustace Kinnit unter anderem den Präsidenten der London and Home Counties National Bank und den Direktor des Spight Museum of Classic Antiquities angerufen hat in dem verzweifelten Bemühen, jemanden zu finden, der genug Einfluß hat und ihm hilft, den Jungen herauszuholen. Beide können ihm ungefähr so nützlich sein wie mein armes altes Tantchen Glad. Fahren Sie hinaus, Campion, und bringen Sie den Leuten vorsichtig bei, sie sollen aufhören, sich so idiotisch zu benehmen und sich mit der Polizei anzulegen. Es ist das Beste, was Sie für sie tun können.« Er hielt plötzlich inne. »Oh, jetzt ist mir übrigens mittendrin ein Gedanke gekommen. Woher hat sie es gewußt?«

»Wer?«

»Das Mädchen. Die Polizei hat ihn erst kurz vor Mitternacht von Well House abgeholt, und man hat ihm bestimmt nicht erlaubt zu telefonieren. Aber um eins hat sie sich schon mit Ihnen in Verbindung gesetzt. Wie kommt das? Ich dachte, es besteht auf Befehl des Vaters keine Verbindung zwischen den beiden.«

Campion schien interessiert. »Seltsam«, sagte er. »Aber natürlich, das Kindermädchen. Vergessen wir nicht das Kindermädchen, die allgegenwärtige Margaret Broome.«

»Ja, das ist sehr wahrscheinlich.« Luke war zufrieden. »Sie taucht ständig irgendwo auf, diese Frau.«

»Das ist so ihre Art.« Campion stand auf, während er sprach, und lächelte flüchtig. »Ich muß mich für meine dubiosen Freunde entschuldigen. Danke für das Frühstück, Charles, und für die vielen guten Ratschläge.«

Er unterbrach sich. Die Tür hatte sich geöffnet, und die alte Mrs. Luke, eine überaus eigenständige Persönlichkeit, kam schnaufend herein. Sie trug ein ungefähr anderthalbjähriges Baby, das die Ärmchen fest um ihren Hals geschlungen hatte, so daß sie Campion über die Schulter des Kindes ansah. Sie war sehr klein und untersetzt, hatte Lukes engstehende schwarze Augen und eine lächerliche Frisur, straff nach oben gekämmt und auf dem Kopf zu einem Knoten geschlungen.

»Ich habe mich schon gefragt, wann Sie sie endlich besuchen kommen, Mr. Campion«, sagte sie vorwurfsvoll. »Männer fürchten sich vor Babys, das weiß ich, aber über dieses Stadium bist du längst hinaus, nicht wahr, Schätzchen?«

Das Kind, das langgliedrig und blond war, wandte plötzlich den Kopf und sah ihn direkt an. Sein Herz machte einen Sprung, und Betroffenheit überfiel ihn. Da war es wieder, dieses Gesicht, genau wie er es befürchtet hatte. Prunella Scroop-Dory, Lukes verstorbene Frau, hatte die gleichen hochgewölbten Brauen, die gleiche klassisch runde Stirn gehabt.

Campion hatte Prunella nicht gemocht – nicht als Mensch, sondern um Lukes willen –, und jetzt riß er sich hastig zusammen und sagte mit der größten Liebenswürdigkeit der Welt alles, was man von ihm erwartete.

»Wie heißt sie?«

Luke lachte. »Hattie«, antwortete er. »Ihre Mami, Gott hab sie selig, wollte sie Atalante nennen, was zwar reizend, aber für meine Tochter völlig ungeeignet ist. Atalante war eine amazonenhafte Jägerin aus der griechischen Mythologie.«

Die alte Mrs. Luke sah den Gast mit funkelnden Augen an. »Eine bezauberndere Frau als meine Schwiegertochter war, kann es kaum geben«, warf sie ein. »Aber sie war zu gut erzogen und zu diszipliniert, um genug an sich zu denken. Das wird dir nicht passieren, Schätzchen, nicht wahr?«

Das Baby, angesprochen, lachte begeistert, und Campion sah sich bestürzt Prunellas aristokratischem Gesicht gegenüber, aus dem Lukes Cockney-Intelligenz wie die Morgensonne strahlte. Er ging nachdenklich und nicht ohne heimliche Befürchtungen. In vierzehn oder fünfzehn Jahren würde man es in Linden Lea möglicherweise mit einer bemerkenswert starken Persönlichkeit zu tun bekommen. Er verdrängte den Gedanken. Im Augenblick mußte er sich mit naheliegenderen Schwierigkeiten beschäftigen. Als Linden Lea ein gutes Stück hinter ihm lag, hielt er bei einem Kiosk und rief Julia an.

Sie meldete sich sofort, was ihm verriet, daß sie neben dem Telefon gewartet hatte, und sie reagierte schnell und praktisch auf seine vorsichtige Schilderung der derzeitigen Situation.

»Ich denke, wir sollten sofort mit der Familie reden«, sagte sie. »Wir treffen uns in zwanzig Minuten in Scribbenfields.«

»Sehr gut. Aber wird es Ihnen nicht peinlich sein? Ich dachte, man habe Sie ziemlich unter Druck gesetzt, um Sie beide auseinanderzuhalten.«

»Oh, darüber bin ich hinaus.« Die müde junge Stimme machte ihn wach und erinnerte ihn an die helle, kompromißlose Welt seiner Jugend, in der alle Farben greller und Schmerz immer gegenwärtig gewesen waren.

»Natürlich«, sagte er. »Tut mir leid. Ich komme.«

Mit Hilfe einiger kleiner Manöver schafften sie es, sich vor dem Haus zu treffen, vor dem es jetzt, mitten am Vormittag, von Passanten wimmelte, rastlosen Geschäftsleuten, die, in Abgase und Staub gehüllt, vorbeieilten. Campions heimliche Befürchtung, sie könnten unwillkommen sein, wurde von Eustace, der ihnen selbst öffnete, sofort zerstreut. Nachdem er sie einen Moment angesehen hatte, als erkenne er sie nicht, leuchtete sein Gesicht geradezu kindlich strahlend auf.

»Großartig!« rief er unerwartet. »Hurra! Genau die beiden

Leute, die wir brauchen. Das ist wunderbar. Wir sitzen alle oben im Wohnzimmer und stecken die Köpfe zusammen. Stecken die Köpfe zusammen.« Es wäre nicht wahr und sehr unfreundlich gewesen zu behaupten, er genieße die Krise, doch sie weckte zweifellos Empfindungen in ihm, die er sonst nicht kannte und die ihm sogar eine leichte Röte ins Gesicht getrieben hatten. Er führte sie in das große Zimmer mit den rosafarbenen Polstermöbeln und der Kakteensammlung auf dem Kamin. Alison und Mrs. Telpher, deren Ähnlichkeit bei weitem nicht so groß war, wenn man sie zusammen sah, sprachen mit einem rundlichen Mann mittleren Alters in adretter und gepflegter Kleidung, dem die natürliche leichte Skepsis seines Anwaltberufs aus den Augen sah.

Er drehte sich um, als sie eintraten, und während Eustace sie miteinander bekannt machte, musterte er Julia und Campion zweifelnd.

»Und das ist Mr. Woodfall«, sagte Eustace. »Er vertritt uns seit vielen Jahren in Rechtsangelegenheiten, mußte aber noch nie auf diesem Gebiet für uns tätig sein. Wir haben eine kleine Schwierigkeit, Campion. Tim will keinen Anwalt, und Woodfall kann sich, wie er mir sagt, der Polizei nicht aufdrängen.« Seine Worte enthielten den Hauch einer Frage, und mitfühlend suchte Campion den Blick des Anwalts. Woodfall wich seinen Augen hastig aus.

Inzwischen wandte Alison sich von dem offenen Schreibschrank ab, vor dem sie in ihrer rastlosen Wanderung innegehalten hatte. Ihr war auf einer halb beschriebenen Seite ein Fehler aufgefallen, und sie hatte sich gebückt, um ihn zu korrigieren – etwa so, wie eine häuslichere Frau in einer angespannten Situation stehengeblieben wäre, und ein Bild geradegerückt hätte. »Ich weiß nicht, was mit dem Jungen los ist«, sagte sie, die Feder sorgfältig in die Federschale zurücklegend. »Es sieht ihm so gar nicht ähnlich, schwierig zu sein. Sie haben ihn doch nie schwierig gefunden, nicht wahr, Julia?«

Die Frage machte Julia zum Mittelpunkt der Aufmerksamkeit, und im selben Moment merkten alle, wie zornig sie war. Ihr Gesicht war blaß und angespannt, die Augen dunkel vor Jammer. »Er ist wahrscheinlich furchtbar aufgeregt«, sagte sie heiser. »Schließlich hat er eine Menge durchgemacht.«

»Das hat er, ja«, sagte Geraldine Telpher, die in einer Ecke der langen Couch saß. Sie glich einer Oase der Ruhe, zurückhaltend und von makelloser Eleganz. »Ich kenne ihn ja nicht, und er ist natürlich nicht so wie die übrige Familie. In manchen Dingen viel dominanter.« Sie lächelte Julia freundlich an. »Ein Mann der Tat. Das sieht man ihm an, wissen Sie. Aber ich glaube nicht, daß er launisch handeln würde. Er muß das Gefühl haben, daß er es allein schafft. Hab ich recht?« Sie sah Eustace an, und er nickte.

»Ja«, sagte er. »Sehr gut, Geraldine. Dominant, das ist das richtige Wort. Ein sehr gutes Wort. Ich verstehe nicht, warum sie ihn dortbehalten. Ich verstehe es wirklich nicht.«

Campion ging langsam auf Woodfall zu, der zurückwich.

»Die Brüder Stalkey sind sehr gründlich, nehme ich an?« sagte Campion leise, doch Alison hörte ihn trotzdem, und ihre grauen Augen sahen ihn über die ganze Breite des Zimmers hinweg durchdringend an.

»Ich habe Mr. Woodfall überredet, daß wir uns wieder an die Stalkeys wenden sollten«, warf sie ein. »Ich habe die ganze unglückselige Geschichte aufgerührt. Eustace hat gemeint, wir sollten schlafende Hunde nicht wecken, aber ich dachte, Julias Vater würde uns Fragen stellen, und fand, wir sollten darauf vorbereitet sein, um uns Peinlichkeiten zu ersparen. Ich hatte ja keine Ahnung, daß der alte Mr. Stalkey gestorben war und die Söhne sich als so unfähig erweisen würden. Soweit ich mich erinnerte, war der alte Herr recht nett und nicht allzu unintelligent.«

»Ich versichere Ihnen, es sind sehr zuverlässige Leute.« Hätte Woodfall ihr klar und unmißverständlich gesagt, sie solle nicht so schwatzhaft sein, hätte er sich nicht deutlicher ausdrücken können. Er nahm eine schöne antike Uhr aus seiner Westentasche, warf einen Blick darauf und wandte sich mit einem kurzen Lächeln an alle Anwesenden. »Ich muß gehen«, sagte er. »Sollte der junge Herr es sich anders überlegen und die völlig korrekten Fragen der Polizei beantworten, zögern Sie nicht, mich anzurufen. Ich werde dann tun, was ich kann.«

»Sie benehmen sich so, als dächten Sie, daß er es getan hat!« Julias Jugend ging mit ihr durch, und Woodfall scheute vor ihrem Ausbruch zurück wie ein erschrockenes Pony. Er wurde sehr streng.

»Das denke ich keineswegs, junge Dame«, sagte er. »Ich hoffe, Sie auch nicht.«

»Nein, ich weiß, daß er es nicht war.«

»Ah! War er vielleicht bei Ihnen?« Er stürzte sich hoffnungsvoll auf die Idee, und als sie den Kopf schüttelte, verdüsterte sich seine Miene wieder.

»Ich weiß einfach, daß er etwas so Idiotisches nie tun würde.«

»Sie dürfen sich glücklich schätzen, daß Sie sich mit einer solchen Überzeugung für einen Mann einsetzen können.« Er sagte es lachend, nicht unfreundlich, jedoch mit jener Spur von Überheblichkeit, die das einzige Privileg des Zynismus ist. Dann wandte er sich wieder an Alison. »Ich muß gehen.«

»Ach wirklich? Ich dachte, Sie bleiben zum Lunch?« Dennoch begleitete sie ihn zur Tür, und dann hörte man aus dem Flur nur noch seinen lachend vorgebrachten Protest, daß er vorher in seinem Büro noch zwei Termine wahrnehmen müsse und selbst hinausfinde.

»Mir ist etwas eingefallen, Eustace«, sagte sie, als sie zurückkam, und nahm aus einer Schublade des Schreibschranks eine große, altmodische Gasthaus-Speisekarte. Sie hatte Eselsohren, war abgegriffen, und die freien Stellen auf dem Vordruck waren mit einer unbeholfenen Handschrift in lila Tinte ausgefüllt. »Ich vergesse es immer wieder«, fuhr sie fort, »und sie wollen es doch schon ziemlich früh wissen. Laß mich sehen. Hier – Ochsenschwanz. Hättest du das gern?«

Eustace sah lächelnd die Gäste an.

»Wir haben uns wegen der Mahlzeiten immer entsetzlich gestritten«, sagte er mit dem schüchternen Charme, der seine anziehendste Eigenschaft war. »Da es kaum noch Dienstboten gibt, bin ich der Meinung, daß selbst zubereitete häusliche Mahlzeiten der Vergangenheit angehören – zumindest für Leute wie mich, einen reinen Geistesarbeiter. Aber ich hätte meine wundervolle Schwester kennen müssen. Jetzt ruft sie einfach im ›Star and Garter‹ ein Stückchen weiter unten an der Straße an, und im Handumdrehen steht, ganz wie früher, unser Lunch zu Hause auf dem Tisch.« Er unterbrach sich und verzog die Lippen, die in seinem Bart so rot aussahen, zu einem schiefen Lächeln. »Es kostet natürlich eine Menge, aber dagegen kann man nichts machen.«

Alison lachte. Sie war vor Freude über sein Lob rot geworden wie ein junges Mädchen. »Ist eigentlich das Essen so teuer oder das Porzellan?« fragte sie. »Ich werde es nie wissen. Diese sehr plumpen, schmierigen Teller mit dem schmutzigblauen Rand stören mich sehr, aber man kann einfach nicht alles auf Wedgewood umschichten, das wäre zu unappetitlich.«

»Und kalt wäre es auch«, sagte Eustace. »Und jemand müßte das doppelte Geschirr spülen. O nein, ich finde, wir fahren sehr gut damit. Ja, ich will den Ochsenschwanz, aber keine Erbsen. Ich mag ihre Plastikerbsen nicht. Ich bleibe bei Zwiebeln. Die machen sie sehr gut.«

»Eustace ißt tagtäglich Zwiebeln, sein Leben lang und zu allem.« Alison war noch immer fröhlich.

»Vorsicht ist die Mutter der Weisheit«, sagte Eustace so stolzgeschwellt, als habe er diesen Satz eben erst erfunden. »Nun, und wer ißt mit uns? Du, Geraldine, das weiß ich, aber wie steht es mit Julia und Campion?«

»Und Aich.« Alison machte sich Notizen auf dem Telefonblock. »Wir beide nehmen den Goldbutt, nehme ich an,

Geraldine, und Aich den Braten, egal welchen. Sie ist eine große Fleischesserin, unsere Aich.«

»Danke.« Geraldine zog die elegant beschuhten Füße auf das Sofa, während sie sprach. Ihre italienischen Schuhe verraten deutlicher ihren Reichtum als sonst etwas, das ich bisher an ihr gesehen habe, dachte Campion. »Was ist mit Mrs. Broome?« fragte sie. »Muß sie nicht auch essen?«

»Nanny Broome versorgt sich selbst. Sie ist ja nicht immer hier, nicht wahr? Sie rührt auch nichts an, was nicht selbstgekocht ist.« Es war offensichtlich, daß Alison in dieser Feststellung keine Ungereimtheit sah. »Ich gebe ihr zusätzlich Geld, und davon verköstigt sie sich.«

»Interessant«, sagte Eustace ernst. »Ich kann mir auch nicht vorstellen, daß sie Vegetarierin ist. Und nun, Julia, meine Liebe, kann ich Sie zu einer Portion Ochsenschwanz überreden?«

Julia sah ihn ungläubig an.

»Nein«, antwortete sie fest. »Vielen Dank, aber werden wir denn nichts für Tim unternehmen?«

»Ich bin Ihrer Meinung.« Alison notierte die Lunchbestellung, während sie sprach. »Nur gibt es selbstverständlich zwei auseinandergehende Meinungen darüber, ob man sich einmischen sollte, selbst wenn man wüßte, wie. Eustace hat die Polizei sehr unkooperativ gefunden, als er gestern abend auf dem Revier war. Und dann weiß man auch nicht, wie Tim sich verhält. Im Moment verlassen wir uns auf Flavia Aicheson. Sie ist gerade in Ebbfield bei einem Gemeinderat.«

Campion hörte es mit Bestürzung. »Ich glaube nicht, daß die Polizei sehr freundlich reagiert, wenn von oben Druck auf sie ausgeübt wird«, sagte er zögernd.

»Ich weiß. Und dieser Druck ist auch nicht so leicht zu erreichen.« Alisons graue Augen suchten die seinen. »Die Leute wollen einem helfen, haben aber das Gefühl, sie sollten es lieber nicht tun. Der Gemeinderat, ein Mensch namens Cornish, war heute morgen sehr grob, als die arme Aich ihn anrief. Sie sind alte Feinde, und es war ein Risiko für Aich, sich an ihn zu wenden, aber sie sieht in Tim so etwas wie einen Neffen, und ihm zuliebe hat sie ihren Stolz unterdrückt und hat es gewagt. Als Mr. Cornish sagte, er habe nicht die Absicht, aufs Polizeirevier zu gehen, um für den Jungen zu sprechen, hat sie einfach aufgelegt und ist losmarschiert, um ihn zu holen.«

»Aber warum?« explodierte Julia. »Warum die Polizei verärgern, indem man jemanden dort anschleppt, der nicht einmal etwas mit ihr zu tun haben will?«

Alisons Stimmung blieb ungetrübt.

»Natürlich«, sagte sie. »Das wissen Sie nicht. Tim war gestern in Ebbfield und hat diesen Mann aufgesucht. Er hat es zufällig erwähnt, als er nach Hause kam. Natürlich hoffen wir, daß er zur fraglichen Zeit bei ihm war. Das einzig Unangenehme ist, daß Tim Mr. Cornish nicht deutlich genug gesagt hat, warum er gekommen war, so daß der Mann natürlich sofort vermutete, mit dem Besuch habe Tim sich nur ein Alibi verschaffen wollen. Cornish scheint ein sehr schwieriger und mißtrauischer Mensch zu sein.«

»Warte!« sagte Eustace vom Fenster her, von dem aus er die Straße überblickte. »Da steigt Aich eben aus einem Taxi. Ah, ja, sie hat einen Mann bei sich. Das muß er sein. Seht doch! O ja, bei Zeus! Das ist wundervoll. Tim ist auch dabei. Sie haben ihn herausgeholt. Einen Moment, Mrs. Broome ist vielleicht noch mit ihrem riesigen Grabgebinde unterwegs. Ich gehe selbst aufmachen.«

11

Der Gemeinderat

Flavia Aicheson betrat als erste das Zimmer. Sie marschierte über die schwarzpolierten Dielenbretter, die mit feinen alten Brücken belegt waren, und das uralte Holz zitterte unter ihren Schritten, während die Staubpartikelchen im Sonnenlicht, das durch die rautenförmigen Scheiben fiel, wild zu tanzen begannen, als sie sich näherte. Sie sah müde, aber triumphierend aus und wandte sich Alison zu, von der sie offensichtlich ein begeistertes Lob erwartete.

»Geschafft!« verkündete sie. »Tim ist noch auf der Treppe. Gemeinderat Cornish ist auch da, und ganz nebenbei, meine Liebe, ihm allein gebührt alles Lob.«

»Phantastisch! Wirklich, wirklich wundervoll, Aich!« Alison Kinnits Begeisterung war beinahe rückhaltlos, aber ihr Blick schweifte sofort zu der Speisekarte in ihrer Hand, und fast hätte sie sie erwähnt, überlegte es sich jedoch noch rechtzeitig, als der Gemeinderat, den zappeligen Eustace hinter sich, in der Tür erschien.

Auch hier in Well House trat Gemeinderat Cornish als eine energiestrotzende Persönlichkeit auf, doch wirkte er an diesem Vormittag ungewohnt wachsam, und in den lebhaften Augen unter dem grauen Haarschopf war ein vorsichtiger Ausdruck. Sein Erstaunen, als er Alison zum erstenmal sah, war fast ein bißchen komisch. Ihre wollweiche Art schien ihn zu verwirren, und wenn er tatsächlich erwartet hatte, eine zweite Flavia Aicheson zu sehen, hätte er sich das nicht deutlicher anmerken lassen können.

Diese Reaktion war für Alison nicht neu, und sie benahm

sich nur noch weiblicher, zwitscherte mit hoher Stimme und lächelte.

»Danke, danke, wir sind alle unendlich erleichtert.« Ihre intelligenten Augen suchten voller Dankbarkeit die seinen. »Ich bestelle gerade unseren Lunch. Sie bleiben doch, nicht wahr?«

»Ich? Nein, wirklich nicht!« Das klang entsetzt. »Herzlichen Dank, natürlich, aber ich möchte nur ein paar Worte mit dem jungen Mann sprechen.« Er wollte mit seiner Erklärung fortfahren, wurde jedoch unterbrochen. Tim war gekommen. Er sah sich im Zimmer um, entdeckte Julia und ging mit stürmischer Miene auf sie zu.

»Liebling!« rief er. »Ich habe so sehr darum gebetet, daß du vernünftig genug wärst, dich aus der Sache herauszuhalten. Warum hast du nicht getan, was ich dir gesagt habe?« Er war nervös und sein Vorwurf ungewöhnlich heftig.

Die Farbe schoß Julia ins Gesicht, Eustace gluckste beschwichtigend, und alle waren über Cornish verblüfft, der sich gegen Timothy wandte.

»Schließen Sie sie nicht aus, wenn sie zu Ihnen hält!« sagte er zornig. Dann wurde ihm klar, daß seine Einmischung mehr als unangebracht war und versuchte abzulenken. Er lächelte Julia an, rieb sich das Ohrläppchen und warf Timothy von der Seite her einen einfältigen Blick zu.

»Es tut mir leid«, sagte er. »Darf ich die junge Dame kennenlernen?«

Das war eine offene Entschuldigung, und Tim entspannte sich.

»Ich bitte um Verzeihung«, sagte er schnell. »Ja, selbstverständlich. Ich war wohl so überrascht, sie hier zu sehen ... Julia, das ist Gemeinderat Cornish, ohne den ich jetzt wahrscheinlich noch im Kittchen sitzen würde.«

»Würden Sie? Darüber wollte ich mit Ihnen reden. Könnten wir uns hier irgendwo ungestört unterhalten?«

»Aber natürlich.« Timothy schien zwar verblüfft, aber fügsam, und es war Eustace, von dem ein unerwarteter Einwand kam.

Er ging lächelnd auf die beiden zu, so verbindlich auf seine altmodische Weise, daß Cornish und Tim neben ihm plump wirkten.

»Sie beide dürfen uns aber auch nicht ausschließen«, sagte er freundlich. »Wir wollen alles wissen. Wir haben hier völlig im dunkeln getappt, und jetzt plagt uns eine ganz natürliche Neugier. Ich weiß ein bißchen was über den Brand, weil ich den Bericht im *Telegraph* gelesen habe, aber das ist alles. Warum warst du so fest entschlossen, nichts zu sagen, mein Junge? Unser Anwalt wäre nur allzugern bei jeder Vernehmung dabeigewesen, um dich zu unterstützen. Warum dieser Eigensinn?«

Timothy zuckte mit den Schultern. Er wirkte sehr groß und derbknochig, als er so dastand. Die Gesichtsverletzungen waren noch nicht abgeheilt, er war blaß und ganz steif vor Müdigkeit. Er sah Eustace an und lachte. »Wahrscheinlich weil ich sauer war.«

»Aber war das klug?« Eustace war ganz sanft und fragte ganz arglos, ohne einen Hauch von Bosheit.

»Nein, es war dumm. Aber sie haben mich entsetzlich wütend gemacht.«

»Meinst du die Polizei?«

»Ja.«

Eustace riß das Kinn in die Höhe, und sein gepflegter Bart schien sich zu sträuben.

»Sie hat einen sehr guten Ruf«, sagte er ernst, aber sein Blick war eher vorwurfsvoll als streng.

»Mich hat sie auf die Palme gebracht«, erwiderte Timothy. »Wahrscheinlich war ich im Unrecht, aber mich mitten in der Nacht hier wegzuholen und in einem stinkenden Büro festzuhalten, während zwei hochrangige Kerle mir erklärten, ich müsse wissen, was ich angerichtet hätte, und ich solle ›mein Gewissen erleichtern‹, stundenlang immer dasselbe, endlos.«

»Aber du hättest ihnen doch sagen können, wo du warst.«

»Wenn sie höflich gewesen wären, hätte ich das auch getan, aber sie waren außer sich, weil es ein so fürchterliches Feuer war. Sie wußten, daß Ron Stalkey die Wahrheit gesagt hatte, als er behauptete, er habe mich verprügelt, mein Gesicht war schließlich Beweis genug, daher nahmen sie an, daß auch alles andere der Wahrheit entsprach, was er über mich gesagt hatte – daß ich das Feuer gelegt hätte, zum Beispiel. Diese ganze Sache war so beleidigend, so idiotisch, daß ich einfach nicht mitspielen wollte.«

Eustace war verletzt und erstaunt.

»Aber, Tim«, sagte er, »du bist ein kultivierter, intelligenter junger Mann. Die Polizei kann sich nicht so benommen haben, wie du sagst. Nicht die britische Polizei ...«

Timothy öffnete den Mund und schloß ihn mürrisch wieder, und ein Schatten legte sich über seine Augen. Zur gleichen Zeit hörten sie aus der Richtung, in der Cornish stand, ein unterdrücktes Geräusch, und als sich alle zu ihm umdrehten, stellten sie fest, daß er lachte.

Eustace bekam eiskalte Augen.

»Sie sind anderer Meinung als ich?« fragte er mit so viel Charme und entwaffnender Schüchternheit, daß sich ein schlechter Beobachter hätte täuschen lassen.

»Natürlich bin ich das! Ich meine, leider bin ich es«, korrigierte sich Cornish. »Ich bin überzeugt, daß der junge Mann die Situation sehr genau wiedergegeben hat. Schließlich sind die Polizeibeamten Männer. Nur eine Nation, die allen Ernstes glauben kann, es genüge, einem Jungen einen Helm aufzusetzen, um ihn über Nacht in ein Mittelding zwischen Schutzengel und Bernhardiner zu verwandeln, hat die britische Polizei zu dem gemacht, was sie heute ist – die am schlimmsten mißbrauchte, am schlechtesten bezahlte und am meisten mit Gefühlsduselei überhäufte Truppe, die es gibt.«

Eustace betrachtete ihn mit unverhohlenem Staunen.

»Gütiger Gott!« sagte er. »Sie finden, man müßte eine Anfrage stellen, nicht wahr?«

Eustaces Reaktion schien in Cornish ähnliche Empfindungen hervorzurufen wie bei Timothy; auch er sah plötzlich mürrisch aus.

»Dafür bin ich nicht zu haben«, antwortete er zurückhaltend. »Aber ich denke, es könnte helfen, wenn dieses Land es sich ab und zu verkneifen könnte, die Polizei entweder durch eine rosige oder durch die Brille des Autofahrers zu sehen. Neunzig Prozent dieser Burschen haben ohnehin eine Meise. Weil ich nicht will, daß sich solche Leute mit meinen Angelegenheiten befassen, halte ich mich von der Polizei so fern wie möglich.« Er unterbrach sich und lachte wieder. »Ist man gezwungen, mit ihr zu reden, dann nur mit den höchsten Stellen. Die Burschen, die bei der Polizei ganz oben sitzen, sind nämlich bemerkenswerte Persönlichkeiten. Das müssen sie auch sein. Es sind die Leute, die alles überstanden haben, ohne einen Knacks zu kriegen.«

»Sie sehen mich erstaunt.« Eustace gab deutlich zu verstehen, daß er kein Wort glaubte. »Dennoch begreife ich nicht, warum Timothy seine Hilfe verweigert hat. Das ist der Punkt, der mich verwirrt. Ich war immer fest überzeugt, Timothy sei der höflichste und entgegenkommendste junge Mann der Welt. Warum, Tim? Warum hast du ihnen nicht gesagt, wo du warst?«

Für Albert Campion, der still am Fenster stand und sich wie üblich unauffällig im Hintergrund hielt, wurde die Unterhaltung allmählich quälend. Diese ausschließlich verstandesmäßige Betrachtung eines – zumindest für Timothy – rein emotionalen Problems ging ihm unter die Haut, und er wandte sich an Geraldine Telpher, die, mit geneigtem Kopf, den Blick auf ihre gefalteten Hände gerichtet, dasaß und zuhörte.

»Darf man fragen, wie es dem Kind geht?« sagte er leise.

Ihre Reaktion erschreckte ihn. Er hatte sie überrumpelt, und die grauen Kinnit-Augen waren weit aufgerissen, als sie zu ihm aufsah.

»Tut mir unendlich leid«, sagte er verlegen. »Ich hätte Sie nicht so unvermittelt fragen sollen.«

»Aber das macht nichts.« Im nächsten Moment war sie wieder sie selbst, ruhig und überlegen. »Es ist sehr freundlich von Ihnen. Manchmal merke ich nur, daß ich doch nicht so tapfer bin, wie ich glaube. Dann gerate ich in Panik. Ihr Zustand ist unverändert. Sie ist noch immer bewußtlos. Jetzt schon das zweite Jahr.«

Campion war entsetzt. »Ich hatte ja keine Ahnung! Wie alt ist sie?«

»Neun. Es ist tragisch, nicht wahr?« Sie sprach mit Absicht völlig ausdruckslos, und er fühlte sich verpflichtet, das Gespräch fortzusetzen, bis sie sich gefaßt hatte.

»Wo ist sie? Im Krankenhaus?«

»Ja. Im St. Joseph von Arimathaea. In einem Krankensaal dritter Klasse.« Sie lächelte schief. »Das ist die reinste Ironie, aber sie weiß ja nichts, und es geht nicht anders. Man hat mir gesagt, ihre einzige Hoffnung wäre, sie nach London zu Sir Peter Phyffe zu bringen. Seine Hingabe an seinen Beruf ist so groß, daß er keine Privatpatienten nimmt, also liegt sie eben in einem großen Saal, mein armes Baby.« Sie seufzte und wandte den Blick ab. »Es war ein Autounfall. Ihre Gouvernante saß am Steuer.«

Campion murmelte etwas Mitfühlendes. »Sie wohnen hier sehr günstig, haben es nicht weit zum St. Joseph«, sagte er tröstend.

»Ich weiß. Ist das nicht wundervoll? Es liegt fast direkt hinter dem Haus. Deshalb bin ich Eustace und Alison so dankbar, daß sie mich eingeladen haben. Sie sind wirklich phantastisch, nicht wahr?«

Campion war der Meinung, daß er sich in diesem Punkt kein Urteil erlauben konnte. Alison stand noch immer mit ihrer erschreckend aussehenden Speisekarte in Lauerstellung, während Eustace hartnäckig versuchte, Timothy eine plausible Erklärung für sein Verhalten zu entlocken.

»Sie scheinen den Jungen besser zu verstehen als ich, zumindest in dieser Sache«, wandte er sich an Gemeinderat Cornish, und zum erstenmal war in seinem Ton eine Spur von Schärfe. »Ich bin sehr froh, daß es so ist, und wir sind Ihnen alle ewig dankbar, daß Sie bereit waren – ich will nicht sagen, seine Aussage zu bestätigen –, aber ihm immerhin ein komplettes Alibi zu geben.«

Cornish sah ihn an, ohne den Kopf zu bewegen. Da er zu Boden geblickt hatte, war es ein durchdringender Blick von unten nach oben an den dichten Brauen vorbei, sehr charakteristisch und sehr wirkungsvoll. Rot geworden, unterbrach sich Eustace abrupt.

»Ich nehme doch an, daß Sie das getan haben?« fragte er.

»Das wüßte ich selbst gern«, antwortete Cornish ehrlich. »Deshalb bin ich hergekommen, ich wollte mit dem jungen Mann selbst sprechen. Die Polizei hat ihn zwar im Moment gehen lassen, das heißt aber wohl kaum, daß sie das Interesse an ihm verloren hat. Ich habe nur gesagt, daß er um die Zeit, um die das Verbrechen mit an Sicherheit grenzender Wahrscheinlichkeit begangen wurde, bei mir in Ebbfield war. ›Mit an Sicherheit grenzender Wahrscheinlichkeit‹ ist aber nicht ›hundertprozentig erwiesen‹, und Brandstiftung ist bekanntermaßen ein Verbrechen, das sich nur sehr schwer einem bestimmten Täter zuordnen läßt. Verstehen Sie, was ich meine?«

»Nein«, entgegnete Eustace gereizt. »Sie sagen uns nur, daß es eine Frage der Zeit ist.«

»Nein, ich sage, es ist eine Frage der Beweise. Die Polizei möchte natürlich einen Fall haben. Aber wenn der Verdächtige beweisen kann, wo er während der fraglichen Zeit war, müssen die Herren Gesetzeshüter sich etwas Neues einfallen lassen, nicht wahr? Sie müssen entweder die fragliche Zeit erweitern oder einen anderen Verdächtigen finden.«

Eustace seufzte. »Ich kann nicht glauben, daß die Polizei – unsere Polizei so arbeitet. Darf ich erfahren, was Sie Tim fragen wollen?«

»Sie wollen wissen, ob ich's getan habe, nicht wahr, Sir?«

Timothy, der hinter Julias Stuhl stand, fragte es voller Überdruß. Er sah sehr müde aus, und die dunklen Ringe unter seinen Augen ließen sie noch blauer erscheinen. »Nun, ich war es nicht.« Er rieb sich den Hinterkopf mit der Hand, zog an seinem Ohrläppchen und lachte. »Es war verdammt idiotisch, so etwas zu tun.«

»Eine heimtückische Tat«, warf Eustace rasch ein. Er gab die Stichworte ganz offen, als wolle er bei einer geschäftlichen Konferenz einen nicht allzu intelligenten Opponenten reizen.

»Aber auch idiotisch«, sagte Tim plötzlich mit einer Lebhaftigkeit und Wärme, die neben Eustaces Kälte um so deutlicher auffiel. »Erstens sind sie gesetzlich verpflichtet, sich ausreichend versichern zu lassen, und das Gebäude hatte umfassende Reparaturen dringend nötig, das war nur allzu offensichtlich. Vielleicht hat ihnen der Brand das Leben gerettet. Nein, hätte ich es den Gebrüdern Stalkey unbedingt heimzahlen wollen, aber offen gesagt, ist mir nicht einmal der Gedanke gekommen, hätte ich meine Geschichte nur weitererzählen müssen. ›Durch und durch verkalkte Detektivfirma schlägt im Übereifer ihren eigenen Klienten zusammen.‹ Das hätte ihnen bestimmt nicht gutgetan, aber sie hätten mich auch nicht wegen Verleumdung verklagen können.«

»In Ordnung.« Gemeinderat Cornish mußte sich buchstäblich die Augen trocknen. Er schien den Scherz einfach umwerfend komisch zu finden. »Hab schon kapiert. Ich bin zufrieden. Und jetzt möchte ich ganz genau wissen, warum Sie gestern bei mir waren.«

»Das habe ich Ihnen doch schon gesagt. Der Flickschuster in der Orient Road hat mir Ihren Namen genannt. Das war, bevor Stalkey hereinkam und wir unsere Auseinandersetzung hatten. Ich habe dort gewartet und mich ungefähr eine Stunde lang mit ihm unterhalten. Er ist Veteran aus dem Krieg von 1914 – ein netter kleiner Kerl, dem sie beide Beine abgeschossen haben, und er redet und redet – mit dem Mund voller Schusternägel. Kennen Sie ihn? Ich nehme an, die meisten Leute in Ebbfield haben schon von ihm gehört.«

»Ja, ich kenne ihn. Er heißt Tom Tray. Haben Sie seine Schwester Dora kennengelernt?«

»Bevor Ronald Stalkey kam, habe ich dort keine Menschenseele gesehen. Nachdem wir angefangen hatten, uns zu prügeln, waren natürlich auf einmal viele Leute da. Ich bin am Abend noch einmal hingegangen, um zu fragen, ob wir im Laden irgendeinen Schaden angerichtet hatten, doch Tray meinte, es sei nicht der Rede wert, und erinnerte mich daran, daß er mir gesagt hatte, ich sollte Sie aufsuchen. Also bin ich zu Ihnen gegangen.«

»Aber das bedeutet doch, daß du noch früher in Ebbfield warst, als Mr. Cornish bezeugen kann«, sagte Eustace.

»Ja, ich weiß. Ich habe schon wiederholt erklärt, daß ich das Büro der Stalkeys nicht angesteckt habe.«

»Dennoch«, blieb Eustace hartnäckig, als Gemeinderat Cornish ihn in seinem eigenen Haus unterbrach.

»Das ist mir klar«, sagte er zu Tim. »Ich möchte aber wissen, warum Sie bei mir waren. Wie, dachten Sie, könnte ich Ihnen helfen?«

Jetzt konnte sich Flavia Aicheson nicht mehr zurückhalten. »Aber das habe ich Ihnen doch auseinandergesetzt, als ich Sie überredete, mich zur Thurstable-Inn-Polizeistation zu begleiten. Sonst wären Sie gar nicht mitgekommen, oder?« Sie sprach über die ganze Breite des Raumes hinweg, und ihre Stimme klang flötenähnlicher denn je. Cornish wurde rot.

»Ich möchte es aber von dem jungen Mann selbst hören«, protestierte er. »Warum wollten Sie mit mir sprechen, Tim?«

Daß er Timothy beim Vornamen nannte, mißfiel der Familie. Timothy antwortete auch nicht sofort. Es war ein stummes Ringen zwischen den beiden. Jeder, der sich im Raum aufhielt, merkte es.

»Nun?«

Timothy zuckte hilflos mit den Schultern.

»Muß ich es denn wirklich wiederholen, nachdem Sie schon mit Miss Aicheson darüber gesprochen haben?«

»Über diese verspätete Suche nach Ihrer wahren Identität?«

»Ja.«

»Ich verstehe. Seit Sie gesehen haben, aus was für armseligen Verhältnissen Sie tatsächlich stammen, schämen Sie sich dafür. Ist das richtig?«

Cornish wollte kränken, und es gelang ihm auch. Eustace wurde zornig, und Alison protestierte leise.

Timothy lachte. Machte sich unbarmherzig über die bombastisch vorgetragene Unterstellung lustig. Er kniff die Augen zusammen, zog die Mundwinkel nach oben, und für Sekundenbruchteile blitzte in seinem Gesicht eine für ihn ganz ungewöhnliche Heiterkeit auf.

»Mein Herz ist nicht gerade in Jubel ausgebrochen, als ich das Gaswerk sah, Sir. Aber da Sie mich so direkt gefragt haben, lautet meine Antwort: Nein.«

Seine Reaktion war für die meisten Anwesenden eine Erleichterung, hatte aber auf Cornish eine verheerende Wirkung. Er schien zu Eis zu erstarren, stand einen Augenblick reglos da.

»Ich kann Ihnen leider nicht helfen«, sagte er steif. »Ende 1938 war ich bei der R. A. F. Alle Lehrlinge gehörten zur Reserve. Ebbfield habe ich erst nach dem Krieg richtig kennengelernt. Wurden denn alle offiziellen Dokumente vernichtet? Einige müssen doch gerettet worden sein.«

»Leider nein«, sagte Eustace. »Darum haben wir uns natürlich sofort gekümmert.«

Immer unglücklich und unsicher, wenn Gefühle im Spiel waren, klammerte er sich dankbar an die rein sachlichen Aspekte.

»Es war eine unglaubliche Geschichte. Ich war fasziniert, als ich mich in sie vertiefte. Als wir während des Krieges zum erstenmal Erkundigungen einzogen, hatte man alles – Hauptbücher, Register, was immer es war – ausgelagert, und deshalb konnten sie nicht eingesehen werden. Als wir später wieder nachfragten, erfuhren wir, daß sie am Morgen vor dem ersten großen Luftangriff, der den halben Bezirk zerstörte, zurückgebracht und restlos vernichtet worden waren.«

»Ja, natürlich. Ja, jetzt erinnere ich mich. Ich habe in einem anderen Zusammenhang davon gehört.« Cornish war noch immer bedrückt. »Es tut mir leid«, wandte er sich wieder an Timothy, »aber ich kann nicht helfen. Was werden Sie tun? Wollen Sie im Bezirk umherwandern und nach Hinweisen suchen? Ist es das, was wir von Ihnen zu erwarten haben?«

»Das glaube ich kaum«, antwortete Eustace, noch bevor Timothy etwas sagen konnte. Er lächelte auf seine unaufdringlich überlegene Art und schien geneigt, alles philosophisch zu nehmen. »Aber Sie verstehen doch Timothys Interesse, oder?« fuhr er fort. »Als Kind schnappt man dieses und jenes auf, ausgeschmückte Kleinigkeiten, die Kindermädchen und so weiter erzählen, und phantasiert sich eine romantische Geschichte zusammen, bis die Zeit kommt, in der die kühle Vernunft Tatsachen verlangt, die langweilig und sogar ein bißchen trist sind im Vergleich zu der phantasievollen Mär aus Mondschein und Romantik.«

Cornish sah ihn an. »Romantik!« explodierte er. »Mein Gott, wenn Sie Romantik wollen, dann müssen Sie die Realität suchen. Was sie sich einfallen läßt, nimmt jeder alten erfundenen Geschichte den Glanz. Tut mir leid, daß ich Ihnen nicht helfen kann. Sollte die Polizei mich noch einmal brauchen, wird sie sich vermutlich mit mir in Verbindung setzen, und selbstverständlich stehe ich Ihrem Anwalt zur Verfügung. Das ist wirklich alles, was ich im Augenblick tun kann. Auf Wiedersehen.«

Hätte Eustace nicht die Hand ausgestreckt, hätte er sich mit dieser allgemeinen Floskel verabschiedet, und Timothy hätte ihn an die Haustür gebracht, doch es geschah etwas Unerwartetes.

Julia stand auf und ging auf ihn zu. Sie lächelte freundlich. »Gemeinderat Cornish, ich habe den gleichen Weg und muß jetzt aufbrechen. Wenn Sie nichts dagegen haben, schließe ich mich Ihnen an.«

Timothy sah sie erstaunt an, Cornish zögerte einen Moment, und sie stand gelassen vor ihm und forderte ihn im stillen auf, es sich zweimal zu überlegen, ehe er ihr schroff eine abschlägige Antwort gab.

»Warum nicht?« sagte er schließlich. »Kommen Sie.«

Von Timothy gefolgt, verließen sie das Zimmer.

Eustace lächelte zuerst seiner Schwester und dann den anderen zu.

»Ein komischer Kerl«, sagte er milde. »In mancher Beziehung ein ungewöhnlicher Kerl. Habt ihr bemerkt, wie aufgeregt und emotional er an einem Punkt reagiert hat? Fast wäre er in Tränen ausgebrochen. Und was für ein Charakter diese Julia ist! Sie hat ihn hinausgelotst, damit er Tim nicht noch mehr aufregen konnte. Ich habe sie gern, sie ist ganz besonders couragiert. Und das ist heutzutage eine Rarität.«

Alison warf einen Blick auf die Speisekarte in ihrer Hand.

»Jetzt muß ich aber wirklich meine Liste machen«, sagte sie, »sonst sind die besten Sachen gestrichen. Ich frage mich, was Tim gern hätte?«

12

Der Laden den Flickschusters

Gemeinderat Cornish blieb an einer Bushaltestelle stehen und blickte zweifelnd auf seine Begleiterin hinunter.

Er war barhäuptig, und der anthrazitfarbene Regenmantel, der seine knochige Gestalt umflatterte, entsprach in Farbe und Beschaffenheit seinen widerspenstigen Haaren und Brauen, so daß er aussah wie ein irischer Wolfshund, der schweigend neben einem eleganten Kind einherging, vor dem er sich insgeheim fürchtete.

Er räusperte sich. »Von hier nehme ich den Bus nach Ebbfield«, sagte er.

»Ich auch.« Julia sah ihn nicht an. Sie strahlte rücksichtslose Halsstarrigkeit aus, die er zu ignorieren versuchte, so sehr erschreckte sie ihn.

»Was haben Sie in Ebbfield vor?« Er stotterte die Worte förmlich, und sie ging einen Schritt näher an die Bordsteinkante, weil das rote Ungeheuer heranrumpelte, und dann scheuchte sie ihn mit einer Geste als ersten in den Bus.

»Ich habe etwas zu erledigen«, sagte sie und folgte ihm auf das halbleere untere Deck.

Als sie durch die Beschleunigung auf eine der vorderen Bänke gepreßt wurden, sagte er grollend:

»Ich habe gehört, Ihr Vater strotzt nur so vor Energie. Ich nehme an, Sie sind nach ihm geraten.«

»Ich glaube schon«, antwortete sie. »Ich möchte mit Ihnen über Tim reden.«

»Ich habe alles gesagt, was ich weiß. Habe bei der Polizei ausgesagt. Er war von ungefähr halb acht bis acht Uhr bei mir.

Ich habe getan, was ich konnte.« Er sprach mit gedämpfter Stimme, denn ein Londoner Bus ist nicht der richtige Ort, um zu schreien, und sah sie unentwegt mit einem Ausdruck des Widerwillens an. Sie hatte ihn in die Falle gelockt; nicht einmal in einer Teestube hätte er sich mehr beherrschen müssen. Er konnte nicht aus einem Fahrzeug stürmen, das mit einer Geschwindigkeit von vierzig Meilen über die uralten Kopfsteinpflaster von Scribbenfield schwankte und holperte.

Julia sah ihn vorwurfsvoll an.

»Das ist es nicht. Sie glauben zu wissen, wer seine Familie ist, nicht wahr?«

»Aber ganz bestimmt nicht! Sie sind ja verrückt, junge Frau ...«

Er beendete den Satz nicht; die Notwendigkeit, sich verhältnismäßig ruhig zu verhalten, behinderte ihn, aber auch so war seine Reaktion unglaubwürdig, sogar für ihn selbst. Er schwieg einen Augenblick, und sie sah ihn weiterhin unverwandt an.

»Sie wissen es, nicht wahr?«

»Wieso vermuten Sie das?«

»Weil es Ihre Familie ist.«

Sie sprach hastig, lehnte sich plötzlich auf ihrem Sitz zurück, strich sich mit der Hand über den Hinterkopf und zupfte sich dann am Ohrläppchen. Es war eine merkwürdige Geste, aber sehr charakteristisch und vertraut.

»Ich kann es nicht sehr gut«, sagte sie. »Aber Sie und Tim tun es ständig, wenn Sie verlegen sind. So wie jetzt, zum Beispiel.«

»Sie sind verrückt.« Er nahm die Hand vom Ohr und starrte sie mit offenem Mund an. »Das ist die absurdeste und gefährlichste Unterstellung, die ich je zu hören bekommen habe. Ich rate Ihnen ...«

Julia sah ihn stirnrunzelnd an. »Ich begreife nicht, warum Sie sich so aufregen«, sagte sie, und ihre offensichtliche Ahnungslosigkeit ließ den Boden unter seinen Füßen beben.

»Sie haben doch bestimmt Verwandte? Tim ist ein sehr netter Mensch. Sie würden sich vielleicht freuen, ihn kennenzulernen.«

»Dazu kann ich nichts sagen.«

»Selbstverständlich nicht«, antwortete sie ganz unglaublich vernünftig. »Deshalb wollte ich ja allein mit Ihnen sprechen. Haben Sie denn keine Brüder oder Schwestern oder Vetter? Ich weiß nicht, ob Ihnen das bekannt ist, aber Familienähnlichkeiten, Gesten vor allem, tauchen ganz willkürlich immer wieder auf. Mein Vater hatte einen kanadischen Vetter, der im Krieg mit der Armee herüberkam. Sie waren sich vorher nie begegnet, und ihre Eltern hatten sich nicht mehr gesehen, seit sie Babys waren, und wissen Sie, was dieser Mann zu allererst tat, als er zu uns ins Haus kam? Er schob die Haare, die ziemlich kurz waren, mit beiden Händen hinter die Ohren zurück. Nur Daddy hatte das bisher getan, und es war eine absolut sinnlose Bewegung, weil keiner von beiden die Haare je lang getragen hatte, und ...«

»Sind Sie sicher, daß Timothy sich immer am Ohr zupft?« unterbrach er sie erstaunlich sanft.

»O ja!« In ihrer Überzeugung nicht zu erschüttern, lächelte sie ihn an. »Ich beobachte Tim sehr genau. Ich habe ihn schon unzählige Male dabei ertappt, und als ich Sie dann die gleiche Bewegung machen sah, habe ich natürlich auch Sie beobachtet. Außerdem lächeln Sie genauso – was Sie wahrscheinlich nicht wissen – und haben den gleichen Gesichtsschnitt wie er. Es wäre nicht ungewöhnlich, wenn Sie entfernte Verwandte wären, nicht wahr? Anscheinend stammen Sie beide aus demselben Ort.«

»Nein, ich bin nicht aus Ebbfield«, sagte er steif. »Ich bin in Norfolk geboren und erst als Lehrling nach London gekommen. In dieser Beziehung kann ich Ihnen also überhaupt nicht helfen. Wenn die Polizei sich ihn noch einmal vornimmt, kann er mich anrufen. Weiter kann ich nicht gehen.«

»Ich verstehe«, sagte sie unglücklich und verstummte dann

für einige Zeit. »Es ist sehr freundlich von Ihnen«, fügte sie schließlich hinzu. »Glauben Sie bitte nicht, wir seien Ihnen nicht dankbar.«

Er brummte etwas und blickte über ihren dunklen Kopf auf eine der häßlichsten Hauptstraßen der Welt; sie erstreckte sich meilenweit, ein breites Band, von schäbigen einstöckigen Läden und verkommenen unbebauten Plätzen gesäumt.

»Waren Sie schon früher einmal verliebt?« fragte er so widerwillig, daß es verärgert klang.

»Nein. Nicht richtig.« Sie errötete und lächelte um Entschuldigung bittend zu ihm auf. »Nicht in einen lebenden Menschen.«

»Ich verstehe.« Unwillkürlich lächelte auch er. »Und seit wann lieben Sie Timothy?«

»Oh, es war Liebe auf den ersten Blick. Es ist ›für immer und ewig‹, ich glaube, das weiß man. Finden Sie nicht?«

Er zog die Brauen zusammen und formulierte eine Frage, die, als er sie stellte, völlig unerwartet kam.

»Sie sagen, Sie beobachten ihn ständig«, sagte er endlich. »Haben Sie ihn zufällig auch angesehen, als er diese alberne Bemerkung über die Gaswerke gemacht hat? Ich hatte ihn auf den Arm genommen, und er hielt mit einer Schnoddrigkeit und einem ganz bestimmten merkwürdigen Lachen um die Lippen dagegen ...«

»Ich weiß, wie eine lachende Katze.« Er merkte erleichtert, daß ihr die Frage durchaus nicht ungewöhnlich vorkam. »Das tut er nicht oft. Nur wenn jemand so pomp- ich meine ein bißchen erhaben tut, wissen Sie? So etwas gibt es bei Ihrer Familie gewiß nicht, oder?«

Er lachte kurz auf. »Nein, weder bei meiner Familie noch bei mir. O nein, ganz und gar nicht.« Wieder schaute er auf die armselige Straße hinaus, und plötzlich standen seine leidenschaftlichen Augen voller Wasser. »O nein, ganz und gar nicht«, wiederholte er.

Julia hörte nicht zu. »Was mir Sorgen macht, ist, daß es ja

jemand sein muß. Jemand muß diese Verbrechen begehen.«

»Bürogebäude anstecken?«

»Oder die Wohnungen alter Leute verwüsten. Wissen Sie, daß man Tim gefragt hat, wo er war, als die Wohnung hier unten in East End in einen Trümmerhaufen verwandelt wurde? Wir haben das damals nicht begriffen. Die Polizei war wahnsinnig höflich und vorsichtig, und da Tim nicht wußte, daß die Kinnits die Stalkeys beauftragt hatten, in und um Ebbfield herum Ermittlungen anzustellen, kamen uns die Fragen total verrückt vor. Wir hatten noch nie etwas von Ebbfield gehört. Tim hat dem Kriminalbeamten gesagt, daß er in dieser Woche die ganze Zeit in Oxford war, und der Mann ging.« Sie unterbrach sich und sah ihn mit großen Augen an. »Es muß sich um die verwüstete Wohnung gehandelt haben, denn es war ungefähr um diese Zeit, und der Stalkey, der für die Kinnits ermittelte, wohnte als Untermieter dort, nicht wahr? Ich habe das erst gestern abend von Tims früherem Kindermädchen, Mrs. Broome, erfahren.«

»Und woher hat sie es gewußt?«

»Keine Ahnung. Von Alison Kinnit vielleicht. Tim hat es ebenfalls gestern gehört – von dem Stalkey-Bruder, der ihn zusammenschlug. Ich glaube, deshalb war er so schwierig, als die Polizei ihn wieder verhörte. Zu Unrecht eines Verbrechens verdächtigt zu werden, über das man nicht das geringste weiß – nun ja, das kann einmal passieren. Etwas anderes ist es, wenn es zum zweitenmal geschieht. Es ist so beängstigend. Angenommen, sie hängen ihm etwas an?«

»Obwohl er unschuldig ist?«

»Selbstverständlich. Das versuche ich Ihnen doch klarzumachen. Irgend jemand tut diese schrecklichen Dinge. Aber wer?«

»Woher soll ich das wissen?«

»Wissen Sie es tatsächlich nicht?« Ihre sanfte Hartnäckigkeit entsetzte ihn. »Können Sie nicht ein bißchen überlegen, wer es sein könnte? Können Sie es nicht erraten?«

»Wieso sollte ich, was reden Sie da?« rief er in Panik, und der alte Arbeiter, der auf der anderen Seite des Mittelgangs saß, machte ein Auge auf und musterte ihn neugierig.

Julia seufzte. »Ich weiß es nicht. Aber viel mehr ertrage ich einfach nicht, denke ich. Als ich in diesem rosafarbenen Zimmer saß mit all den Leuten um mich herum, dachte ich: Sie meinen es ja unendlich gut, aber sie sind völlig nutzlos. Und ich fragte mich, ob jemand da sei, der uns helfen könnte. Dann schaute ich mir Sie näher an und fand, daß Sie genauso aussehen, wie ich mir einen älteren Tim vorstelle. Da Sie ohnehin durch einen Akt göttlicher Vorsehung in die Sache hineingezogen wurden, hatte ich plötzlich das Gefühl, daß ich Sie dazu bringen könnte, sich etwas einfallen zu lassen, das uns einen Hinweis gibt.«

»Wissen Sie, was Sie da sagen?« Er sah sie völlig verstört an. »Können Sie sich selbst hören?«

Tränen schossen ihr in die Augen. »O bitte nicht«, sagte sie. »Drangsalieren Sie mich nicht. Versuchen Sie ganz einfach zu helfen.«

Er begriff, daß sie keiner Vernunft mehr zugänglich war, über diesen Punkt war sie hinaus. Sie richtete sich nur noch nach dem willkürlichen Kompaß ihrer Intuition. Er blieb stumm, beobachtete sie wachsam, und sie erwiderte seinen Blick ganz ohne Arg. Endlich war er überzeugt, daß sie wirklich nur eine vage, aber leidenschaftlich empfundene Bitte aussprach, und sagte zurückhaltend:

»Sie denken, weil ich hier unten wohne und die Leute kenne, könnte ich etwas in Erfahrung bringen? Ist das richtig?«

»Sie haben Autorität.«

»Angenommen, ich finde einen Verdächtigen, kann ihm aber nichts beweisen? Was erwarten Sie dann von mir?«

Er hatte wieder zu atmen angefangen und benahm sich wieder normal, vielleicht eine Spur aggressiver und unsicherer als sonst.

»Das wissen Sie selbst am besten«, protestierte sie lebhaft.

»Das haben Sie uns allen doch vor weniger als einer Stunde erklärt. Sie sagten, man müsse die gewöhnliche Polizei übergehen und sich direkt an die höchsten Beamten wenden. Ich habe Sie nur begleitet, um Sie zu bitten, daß Sie genau das tun sollen. Ich kenne einen, einen gewissen Mr. Charles Luke, ein richtig hohes Tier von New Scotland Yard. Ihm könnte man wirklich alles anvertrauen, da haben Sie recht. Er ist legendär, aber...«

»Ich kenne Luke.«

»Ach, wirklich?« Sie lächelte strahlend vor Erleichterung. »Das ist ein Wunder. Das meinen die Leute, wenn sie sagen, etwas sei vorbestimmt. Fangen Sie an darüber nachzudenken, wer es sein könnte, und sobald Sie es wissen – ich habe so eine Ahnung, daß es Ihnen einfallen wird, gehen Sie schnurstracks zu ihm. Das werden Sie doch, nicht wahr?«

Er stand auf, um ihr zu entkommen. Er brauchte frische Luft. Schweiß stand auf seiner Stirn, und einen Augenblick hielt er sich schwankend am Geländer fest, bevor er sich bückte und ihre Hand nahm.

»Ich steige hier aus«, sagte er. »Es ist eine Bedarfshaltestelle. Auf Wiedersehen.«

Sie hielt seine Hand fest. »Sie werden es versuchen?«

»Das werde ich, Gott helfe mir«, sagte er, stieg hastig aus und ließ sie bis Ebbfield Market Cross allein weiterfahren.

Es war die nächste Haltestelle; sie verließ den Bus, blieb einen Moment stehen und sah sich um. Old Cross war früher eine Music Hall gewesen, war jetzt eine Kartonagenfabrik und lag so schäbig und heruntergekommen vor ihr wie ein Spielzeug in einer Abfalltonne. Sie war noch immer in jener seltsamen Stimmung, in der Überempfindlichkeit fast zu Hellsichtigkeit wird, eine direkte Folge emotionaler Erschöpfung bei sonst gesunden Menschen. Sie wickelte sich enger in ihren weiten blauen Mantel, und ließ die Augen – die von gleicher Farbe waren – über ihre unmittelbare Umgebung wandern, fühlte sich eingeengt vom Schmutz und der Verkommenheit dieses Ortes.

Sie stand auf einer riesigen düsteren Kreuzung, an der fünf Hauptstraßen zusammenliefen und wo die Schwerlaster über ein Flickwerk aus allen erdenklichen Straßenbelägen donnerten. Die schmutzigen Gehsteige waren nicht sehr belebt und viele Läden geschlossen, aber die Passanten hatten alle ein Ziel, waren gut genährt und bunt gekleidet, doch offensichtlich müde, mit vom Staub geröteten Augen und fahler Haut. Es war Lunchzeit, und die dampfbeschlagenen Fenster der Speisehäuser, Pubs und Kaffeebars glichen blinden Augen. Londons East End war eine einzigartig unwirtliche Gegend, weder freundlich noch besonders laut, aber voller Hast, schmutzig und abweisend.

Das Straßenschild mit der Aufschrift ›Carroway Street‹ über dem Gasthaus an der nächsten Ecke erregte Julias Aufmerksamkeit, und sie bog in die Straße ein. Sie suchte nach der Flickschusterei, ohne eigentlich so recht zu wissen, warum sie sie sehen wollte. Was sie nach Ebbfield geführt hatte, hatte sie unterwegs erledigt.

Die Straße war sehr lang und in mehrere Abschnitte unterteilt, keiner davon besonders attraktiv, und nachdem sie, wie ihr schien, eine halbe Meile an einem ungefähr sechs Meter hohen Bretterzaun entlanggegangen war, verlor sie fast den Mut; doch gleich darauf bekam die Straße, wie das in London so oft passiert, ein ganz anderes Gesicht, wurde auf einer Länge von etwa hundert Metern zu einer dörflichen Hauptstraße, die zwar verfallen, aber immer noch sehenswert war.

Alle vertrauten Läden waren noch da, der bunte Gemüsehändler, die Kohlenhandlung, der ziemlich gräßliche Metzger und ein vereinsamter Waschsalon, der wie eine unaussprechlich billige Peepshow wirkte. Und dann, total zu den anderen passend, der Laden, den sie suchte.

Mr. T. K. Trays Unternehmen erwies sich als unerwartet lebendig. Es war ein Laden mit zwei Schaufenstern; in dem einen waren die reparierten Schuhe und Stiefel ausgestellt, in dem anderen Zeitungen, Illustrierte, billiges Briefpapier, Tabak und

Süßigkeiten. Neben der Tür hing eine Tafel mit Kleinanzeigen und eine Notiz, auf der eine Unterkunft angeboten wurde.

Im Augenblick war der Laden belagert. Eine sich schnell bewegende Warteschlange schwatzender Frauen, von denen die meisten sich zu kennen schienen, drängte sich durch den dunklen Eingang, und im selben Rhythmus quetschte sich eine Frau nach der anderen in Gegenrichtung heraus und surrte, mit einer schreiend bunt aufgemachten Zeitschrift in der Hand, davon wie eine Biene aus dem Stock.

Der Anfang der Schlange war ein Menschenknäuel auf dem Gehsteig, und Julia, die dort nicht stehenbleiben konnte, ohne dazwischenzugeraten, wurde eingesogen in die wogende Strömung. Sie erfuhr, daß der Grund der Zusammenrottung kleine Plastiksäckchen mit Waschpulver waren, die man kostenlos zu einer bestimmten Frauenzeitschrift bekam. Sie waren kaum mehr wert als einen Penny, aber jede Frau war wild entschlossen, eins zu ergattern, bevor der Vorrat zu Ende ging. Als Julia merkte, daß sie nicht fliehen konnte, ehe sie die ganze Runde gemacht hatte, hatte sie das Gefühl zu ersticken. Viele der Frauen waren Fabrikarbeiterinnen, und ihre Overalls und Kopftücher schufen zwischen ihnen jene selbstverständliche Kameraderie wie die Papierhütchen einer Gesellschaft auf einem Busausflug. Sie hatten es alle eilig, waren in übermütig guter Laune, alle schwitzten, lachten laut. Der brutale Lärm, bedeutungslos wie ein Vogelruf, erreichte eine Lautstärke, die Julia benommen machte, sie wurde verschluckt von einem Strudel ohrenbetäubender Geräusche, und die wenigen verständlichen Sätze, die sie heraushörte, waren häßlich. Die uniformierten Fabrikarbeiterinnen ahmten ihre Männer nach und fluchten, wie sie es nie taten, wenn jede für sich war. Die schmutzigen Phantasien, die das Gekichere übertönten, erschreckten Julia, die Ähnliches noch nie gehört hatte, und sie hatte das Gefühl, daß die Frauen keine Einzelwesen waren, sondern eine zu einer einzigen unbarmherzigen Masse zusammengeschmolzene Mikrobe.

Als die Schlange sie in den dunklen Laden drängte, prallte ihr der dumpfe, schweißdurchtränkte Geruch von Leder und Druckerschwärze entgegen, und als ihre Augen sich an den Schatten gewöhnt hatten, sah sie den Tresen, eingebettet in einen Berg von Zeitschriften. Sie hatte den Eindruck, daß in der finsteren Höhle dahinter zwei Gestalten standen. Eine telefonierte an einem Wandapparat, der inmitten der vollgestopften Regale hing, während die andere, von der man nicht viel mehr sah als ein hin und her schwankendes riesiges, pralles Mieder, mit der Geschwindigkeit einer Maschine Päckchen und Zeitungen verteilte. Als Julia näher rückte, erblickte sie zum erstenmal ungefähr ein halbes Dutzend Exemplare einer Illustrierten, die auf dem Tresen auslagen.

Oracle, hieß es da. *Oracle, Oracle, Oracle.*

Und noch während sie das Wort mit abergläubischem Erstaunen betrachtete, hörte sie aus dem lärmenden Durcheinander einen einzigen verständlichen Namen heraus.

»Basil Kinnit!«

Hörte die Worte so deutlich, als seien sie die einzigen, die inmitten einer fremdsprachigen Wortflut in ihrer Muttersprache ausgesprochen worden waren.

»*Basil Kinnit*!«

Unmöglich, festzustellen, wer gesprochen hatte. Einer von den beiden hinter dem Tresen konnte es ebensogut gewesen sein wie eines von den marktschreierischen Weibern um sie herum.

»*Basil Kinnit*«, sagte das Orakel.

Sie warf ein Sixpencestück auf den Tresen, bekam ihre Zeitschrift und beeilte sich, an die frische Luft zu kommen. Als sie draußen war, fiel der Alptraum von ihr ab, den sie eben erlebt hatte, und die Wirklichkeit brach über sie herein wie der Morgen.

»Aber es gibt keinen Basil Kinnit«, sagte sie laut. »Es gibt niemanden, der so heißt.«

13

»Die Spitzen der Polizei«

Daß Gemeinderat Cornish um eine sofortige Unterredung bat, kam so unerwartet, daß Superintendent Luke eine Ausnahme machte und der Bitte tatsächlich nachkam. Er empfing Cornish in einem Verhörzimmer, einem quadratischen, kargen Raum mit einem sehr breiten und sehr festen Schreibtisch. Zu breit, um sich darüberzubeugen, zu fest, um ihn umzukippen. Der Ausblick über den grauen Fluß machte diese Umgebung ein wenig erträglicher.

Sie sprachen schon eine ganze Weile miteinander, und Luke zerstach das vor ihm liegende Löschblatt mit einer leidgeprüften Feder. Er war fasziniert, hatte den kurzgeschorenen Kopf zur Seite gedreht, seine schwarzen Augen hatten einen starren Blick, und seine Schultern, so breit im Verhältnis zu den schmalen Hüften, waren vornübergebeugt, während er gedankenlos auf dem Aktenordner herumkritzelte.

Cornish saß ihm gegenüber, die Füße nebeneinander, die Hände auf den Knien gefaltet, den Kopf resigniert gesenkt. Es war keine bewußte Pose. Luke hatte ihn beobachtet wie eine Katze und war zu dem Schluß gekommen, daß der Mann aufrichtig war. Er handelte unter einem starken Zwang, den ihm ein tief verwurzeltes Pflichtgefühl auferlegte, und der Ursprung seines Fanatismus lag offen zutage. Sein Schuldgefühl war vorübergehend beschwichtigt, sein trotziger Zorn verschwunden. Er brachte sein Opfer ganz im Frieden mit sich selbst.

»Wir müssen jeden einzelnen Punkt überprüfen«, sagte Luke. »Das wissen Sie doch, oder?«

»Ich nehme es an.« Da war kein heimliches Entgegenkommen. Luke achtete darauf. Der sich selbst bemitleidende Märtyrer, wie er diesen Typ nannte, war ihm verhaßt. Erleichtert stellte er fest, daß Cornish nur voller Reue war.

»Gehen Sie mit uns allen so rücksichtsvoll wie möglich um«, war seine einzige Bitte.

Luke bot ihm eine Zigarette an. »Nur keine Sorge, Sir. Wir sind nicht mehr so tolpatschig wie früher – bemühen uns wenigstens, es nicht zu sein. Nun, Sie haben drei Stunden mit dem Jungen verbracht und denken, es könnte Ihr Sohn sein. Ist das Ihr erster Punkt?«

»Nicht ganz. Ich würde gern glauben, daß er es ist. Das ist die Gefahr. Aber ob er es ist oder nicht, ist nicht der Grund meines Besuchs bei Ihnen.«

Luke nickte. »Das kann ich verstehen. Sie vermuten es auf Grund seiner Vorgeschichte, plus einer gewissen Ähnlichkeit.«

»Ja.«

»Und Sie haben diese Vorgeschichte erst heute von Miss Flavia Aicheson erfahren, als sie Sie überredete, zu seinen Gunsten auszusagen? Und Ihrer Meinung nach war ihr nicht bewußt, daß diese Vorgeschichte eine besondere Bedeutung für Sie haben könnte?«

»O nein. Ich sollte der Polizei nur sagen, daß Timothy gestern abend bei mir war.«

»Und war er das tatsächlich?«

»Ja.«

»Wissen Sie, warum?«

»Als er da war, wußte ich es noch nicht, und als er es mir heute nachmittag erklärte, habe ich ihm nicht geglaubt, doch nun, da mir ein bestimmter Gedanke gekommen ist, bin ich geneigt, es ihm abzunehmen. Er hat mir erzählt, der Flickschuster aus der Carroway Street habe ihn zu mir geschickt.«

»Und seit Sie diese Ähnlichkeit zwischen sich und ihm

entdeckt haben, halten Sie es für möglich, daß der Flickschuster es tatsächlich getan hat?«

Cornish lächelte. »Sie sind sehr klug, Superintendent«, sagte er und entspannte sich. »Tommy Tray hat schon in diesem Laden Schuhe repariert, als ich nach Ebbfield kam. Er hat im ersten Weltkrieg an der Somme beide Beine verloren, und als ich ihn kennenlernte, war er ungefähr in dem Alter, in dem Timothy heute ist. Meine erste Frau und ich benutzten das Zeitungsgeschäft, das eine Hälfte seines Ladens einnimmt und von seiner Schwester geführt wird, als Zwischenadresse für unsere Post. Tatsächlich wohnte meine Frau in der Turk Street bei einer Tante, die weder lesen noch schreiben konnte, einer mißtrauischen alten Frau, bei der wir nie sicher waren, daß sie uns nicht verraten würde, daher benutzten wir den Laden häufig und waren auch oft dort. Ich vermute, daß dem alten Tray an Timothy etwas aufgefallen ist, als er vor kurzem zu ihm kam und Fragen stellte. Deshalb hat er ihn zu mir geschickt. So etwas sähe ihm ähnlich.«

»Ihre erste Frau?« fragte Luke leise, und seine Feder schwebte über den Notizen, die er sich machte. »Entschuldigen Sie, Sir. Waren Sie tatsächlich mit ihr verheiratet?«

»Ja.«

»Dafür gibt es Beweise, nicht wahr? Verzeihen Sie, aber wir müssen alles völlig klarstellen.«

»Ich weiß. Und ich weiß auch, daß in Ebbfield alle Urkunden aus dieser Zeit vernichtet wurden, doch obwohl die Einzelheiten vielleicht nicht einmal in Somerset House vorliegen, habe ich, denke ich, allen Grund zu vermuten, daß wenigstens noch eine Heiratsurkunde existiert.«

Ein merkwürdiger Satz, den Cornish da gedrechselt hatte, und Lukes Blick flog nach oben, als sei plötzlich eine flüchtige Beute aufgetaucht, auf die er aus gewesen war.

»Gut«, sagte er unverbindlich. »Das habe ich jetzt wohl alles richtig? Ein Jahr vor Ausbruch des Zweiten Weltkriegs, um die Zeit der berühmten Münchner Krise, bei der es fast schon zum

Krieg gekommen wäre, haben Sie in Ebbfield in der kleinen Werkzeugfabrik Boxer & Coombe Ltd., die Ihnen heute gehört, Ihre Lehre beendet.«

»Sie gehört meiner jetzigen Frau und mir zu gleichen Teilen. Ihr Mädchenname war Boxer, der ihrer Mutter Coombe.«

»Ach ja, ich verstehe.« Lukes Feder bekam wieder zu tun. »Im Herbst 1938 – das war um die Zeit des Münchner Abkommens – waren Sie Freiwilliger und Reservist bei der Royal Air Force, wurden eingezogen und kamen in ein Ausbildungslager nach Yorkshire. Haben Sie damals Ihre erste Frau geheiratet?«

»Nein. Wir heirateten schon in der ersten Juliwoche dieses Jahres.« Cornish lächelte bei dieser Erinnerung, als habe er seit damals nie wieder an die Zeremonie gedacht. Er war sichtlich entspannt, und die leidenschaftliche Energie, die ihn zu einem etwas schwierigen Zeitgenossen machte, war verschwunden. »Wir wurden«, sagte er mit einem leichten Lachen, »in einer staubigen Kirche auf dem Saracen's Square ›zusammengegeben‹. Ich glaube nicht, daß Sie je von diesem Platz gehört haben. Es gibt ihn nicht mehr. Wir sind eines Freitags sehr früh am Morgen, kurz vor meinem Sommerurlaub, in die Kirche gegangen und haben uns unsere Trauzeugen von der Straße geholt – einen Straßenfeger und einen Milchmann.

Der Pfarrer – er sprach, als habe er kein Gaumendach, der arme Kerl – hatte drei Wochen lang an jedem Sonntag das Aufgebot verlesen, doch da er keine Gemeinde hatte, hörte ihn keiner, der uns kannte, und wir schafften es tatsächlich, zu heiraten, ohne daß jemand davon wußte.« Seine grauen Augen tanzten, und Timothy, zweiundzwanzig und voller Übermut, sah Luke aus diesen Augen an, was er natürlich nicht wußte. »Und dann ab nach Southend-on-the-Mud«, fuhr Cornish fort. »Zwei Kinder, so glücklich wie Knospen im Mai.«

»Warum mußten Sie es geheimhalten?« Luke musterte ihn mit einem halben Lächeln.

»Wegen der Bedingungen meines Lehrvertrags!« Sogar heute noch schien er sie für lebenswichtig zu halten. »Der alte

Fred Boxer, der Boss – er war der Vater meiner jetzigen Frau –, war ganz wild auf so etwas. Er stammte aus demselben Dorf in Norfolk wie ich, und nach dem Tod meines Vaters schickte meine Mutter mich nach London zum alten Fred in die Lehre. Ich war an Händen und Füßen gebunden, ein solches Dokument haben Sie noch nie gesehen!«

»Ich weiß. Diese Lehrverträge sind hart. Haben Sie sich, als Sie sich zur R. A. F. meldeten, als unverheiratet ausgegeben?«

Cornish nickte. »Mußte ich ja. Der alte Fred hat meine Papiere unterschrieben. Außerdem schien damals so etwas nicht besonders wichtig, wenn Sie sich erinnern. Die Zukunft war viel zu unsicher.«

»Wie recht Sie haben!« Lukes Augen flackerten in der Erinnerung leicht überrascht. »Zukunft zweifelhaft. Das traf für 1938–39 durchaus zu. Komisch, wie man das vergißt. Sie kamen also nach Yorkshire, waren wahrscheinlich einer der ersten, die eingezogen wurden, und galten als unverheiratet.«

Cornish lächelte immer noch. »Sie folgte mir, wann immer es ihr möglich war. Sie war zwar jünger an Jahren, aber reifer und lebenserfahrener als ich. Stadtmädchen und der Junge vom Land, genau das waren wir. Sie hat für uns beide gedacht, und mir war es recht.«

»Wovon hat sie gelebt? Vermutlich hat sie sich Jobs gesucht?«

»Ja. Als Bedienung, Kindermädchen, egal was. So eine Frau war sie – unabhängig, tüchtig und unglaublich fröhlich.« Cornish blickte auf und machte eine resignierte Geste, die entwaffnend war. »Das ist der Schlüssel zu der ganzen Geschichte. So ist es passiert, und deshalb hat mich dieser Junge, dieser Timothy, einfach umgeschmissen. Die Leute sagen dauernd, daß er *mir* ähnlich sei. Mein Gott! Er sieht nicht nur aus wie sie, er *ist* wie sie. Er behandelt sein armes kleines Mädchen, wie sie mich behandelt hat. Hält sich aus allem heraus und leidet allein. Ich habe das Gebot ›du sollst Vater und Mutter ehren, auf daß es dir wohl ergehe auf Erden‹ bis heute nie verstanden.

Doch wenn man die Fehler seiner Eltern respektiert, braucht man wenigstens seine Zeit nicht damit zu verschwenden, sie noch einmal zu machen. Sehen Sie, ich habe es nicht gewußt. Der Gedanke ist mir nie gekommen.«

»Sie meinen, Sie haben nicht gewußt, daß sie ein Kind erwartete?« Luke, dem die eigenen Erfahrungen noch sehr nahe waren, war sehr interessiert und mitfühlend.

»Der Gedanke ist mir nie gekommen«, wiederholte Cornish. »Ich war ein dummer, unwissender, idealistischer junger Idiot. Vielleicht habe ich nie geglaubt, daß es klappen könnte oder so. Ach, ich weiß nicht. Ich habe alles ihr überlassen. Die Zeit verging, und sie schrieb mir nur noch, anstatt zu mir zu kommen, doch da ich inzwischen nach Schottland versetzt worden war, wunderte ich mich nicht einmal darüber. Ich erinnere mich, daß sie immer wieder schrieb, sie wolle mich im Oktober besuchen. Ich bekam einen Brief nach dem anderen, sie schrieb über alles mögliche, nur über das Wichtigste verlor sie kein Wort.«

Lukes Lippen zuckten. »Und dann ging es los, nicht wahr?«

»Am zweiten September. Wir wurden nach Übersee versetzt. Ich schickte ihr ein Telegramm an die Adresse ihrer Tante in der Turk Street Mile und bekam eins zurück mit der Nachricht, daß sie im St. Saviour's Hospital in Ebbfield liege. Es wurde kurz vor Kriegsende voll von einer v 2 getroffen, falls Sie sich erinnern.«

Er rutschte unbehaglich im Sessel herum, strich sich mit der Hand über den Hinterkopf und zupfte sich am Ohrläppchen – es war jene Geste, die Julia erkannt hatte. »Ich erinnere mich, daß ich eine Stunde Zeit hatte, wußte nicht, was tun, und geriet in Panik. Ich weiß noch, daß ein väterlicher alter Sergeant mir erklärte, ich sei jetzt im aktiven Dienst, und wenn ich desertierte, würde ich erschossen. Schließlich telefonierte ich. Man half mir von allen Seiten – ich war so ein Typ, immer half mir jemand. Ich bekam eine Leitung, und als sich das Krankenhaus meldete, wußte ich nicht, ob sie als Miss oder Mrs. hineingegangen war, und dort herrschte ein schreckliches Durcheinander, und sie konnten sie nicht finden. Endlich sagte man mir Entbindungsabteilung, aber ich verstand auch da noch nicht. Es hatte keine Bedeutung für mich. Ich dachte immer noch an einen Verkehrsunfall. Nur damit brachte ich damals Krankenhäuser in Verbindung.«

Luke begriff, daß Cornish diese Geschichte noch nie erzählt hatte, daß er, während er sprach, von neuem von der Wirklichkeit eingeholt wurde.

»Es folgte eine unendlich lange Pause«, fuhr er leise fort. »In der Leitung redeten Stimmen durcheinander, und es war, als höre man der ganzen Welt zu, und dann fragte man mich, ob ich der Ehemann sei, und als ich ja sagte, hieß es, man habe leider eine schlimme Nachricht für mich. Im selben Moment starteten die Laster, und der Sergeant zupfte mich am Ärmel. ›Wie schlimm?‹ fragte ich. ›Es tut mir sehr leid‹, sagte die Stimme freundlich – fast widerlich freundlich, wenn Sie verstehen, was ich meine. ›Sie ist vor zehn Minuten friedlich gestorben.‹ Ich habe einfach aufgelegt.«

Der Blick, mit dem er Luke ansah, war noch immer erstaunt. »Ich habe einfach aufgelegt«, wiederholte er. »Ich ging mit dem Sergeant hinaus, und wir rannten hinter den Lastern her. Der Gedanke, daß sie ein Kind bekommen haben könnte, kam mir erst Tage später, als wir schon in Frankreich waren.«

Luke sagte nicht sofort etwas, und der Raum, in dem täglich über menschliche Unzulänglichkeiten gesprochen wurde, war still und friedlich.

»Was haben Sie von Ihrer Tante gehört?« fragte er endlich.

»Nichts. Ich schrieb ihr, bekam aber nie eine Antwort, und als ich lange, lange danach zurückkam, war von ihrem Haus nichts mehr übrig. Man sah nicht einmal, wo es gestanden hatte. Ich stellte fest, daß die ganze Straße kurz nach Ausbruch der Feindseligkeiten evakuiert worden war. Die Behörden hatten Angst, daß diese Bezirke brennen würden wie

Zunder, und sie ließen die Bewohner so bald wie möglich wegbringen. Aber da es vorerst keine Luftangriffe gab, hatten sich, als die Bomben fielen, die Leute nach und nach wieder in ihren Bruchbuden eingenistet, und es ist gut möglich, daß die alte Frau mit ihrem Haus starb. Sie liebte es. Es war nicht so schlimm wie die meisten anderen in der Turk Street.« Cornish zuckte mit den Schultern. »Ich bekam jedenfalls nie eine Antwort, und im Krankenhaus sagte man mir, die Tante sei als nächste Verwandte angegeben. Dieses Krankenhaus war bei Ausbruch des Krieges zum Lazarett erklärt worden, und obwohl man mir bestätigte, daß meine Frau im Kindbett gestorben war, stand auf dem Formular nichts über das Kind.« Er zögerte verlegen. »Ich habe auch nicht besonders hartnäckig nachgefragt, wissen Sie«, sagte er, noch immer überrascht über seine Unzulänglichkeit. »Ich nahm es als gegeben hin, daß beide gestorben waren, und verdrängte es wie – wie etwas, das ich in der Schlacht gesehen hatte. Damals passierte eine Menge in meinem Leben, und ich vermute, ich wollte auch nichts davon wissen. Wir wurden nach Kanada geschickt, und ich kam als Navigator zurück. Mein Krieg war absolut nicht glorreich. Nachdem sich mein Land meine Ausbildung eine Menge hatte kosten lassen, flog ich meinen ersten Angriff, wurde verwundet und landete im Bett. Ich brauchte zwei Jahre, um wieder rauszukommen.« Er lachte kurz auf und schüttelte den Kopf. »Diese alte Jungfer Eustace Kinnit hat mich heute vormittag irritiert. Er hat irgend etwas von einer romantischen Geschichte gesagt, die ein Kindermädchen dem Jungen erzählt haben soll. Mein Gott! Kein Kindermädchen kann eine Geschichte erfinden, die der Wahrheit das Wasser reichen kann. Nun, das war's in Kürze. Sie können sich vorstellen, was passierte, als ich endlich zurückkam. Als Kriegsgefangener hatte ich mir Rheuma geholt, und mein Herz war auch nicht in Ordnung.«

»Ihr ehemaliger Boss leistete kriegswichtige Arbeit und konnte Sie brauchen.« Es war eher eine Feststellung als eine

Frage. Es war eine natürliche Entwicklung, die Geschichte Tausender junger Männer, die zu Beginn eines Krieges verwundet wurden, in dem alles in Bewegung geriet und sich veränderte. »Wo waren die Werkstätten von Boxer & Coombe damals?«

»Draußen in Epsom. Wir sind erst wieder 1948, nach dem Tod des alten Fred, hierher zurückgekommen. Ich hatte eben seine einzige Tochter Marion geheiratet, ein nettes Mädchen. Ich hatte sie immer gern gehabt. Sie weiß übrigens nichts von dieser Sache.«

Luke blickte nachdenklich vor sich hin, vermied es taktvoll, Cornish zu beobachten.

»Und das«, sagte er nach einer Weile, »ist noch nicht alles, nehme ich an? Jetzt nähern wir uns dem Punkt, der Sie zu mir geführt hat.«

Seine Augen waren freundlich, aber sehr erfahren und weiteten sich vor Überraschung über Cornishs heftige Reaktion.

»Es handelt sich weder um Erpressung noch um Bigamie, Superintendent«, sagte der Gemeinderat empört. »Ich glaube, sie wären mir weniger peinlich gewesen. Meine Schwierigkeit ist, daß ich den Sohn aus dieser Ehe mit gültiger Geburtsurkunde habe, und er ist ein sehr schwieriger Junge. Aber er ist, wie ich einräumen muß, nicht allein schuld an dem, was er ist – und tut.«

»Was meinen Sie, wenn Sie sagen ›Sie haben ihn‹?« Luke war jetzt sehr zurückhaltend.

»Ich kenne ihn. Ich unterstütze ihn. Sein Name ist Barry Cornish.«

Luke erkannte, was Cornish bewegte. Er war in einem Seelenzustand, in dem er zu jedem Geständnis bereit war – ein Phänomen menschlichen Verhaltens, das ihn immer nervös machte.

»Die Adresse?« fragte er.

»Ist mir im Moment unbekannt, aber ich könnte ihn finden. Ende des Monats taucht er auf jeden Fall auf.«

»Ach ja?« Luke zog seinen Notizblock wieder näher und wartete. Er würde alles erfahren. Er fühlte, daß Cornish nur überlegte, wo er am besten anfangen sollte.

»Das erstemal habe ich 1947 von Barry gehört, als die Trays in ihren Laden zurückkehrten. Sie waren während des ganzen Krieges im Westen gewesen.« Cornish sprach, als ob er diktierte, und Luke hüstelte.

»Ich mache mir im Moment keine Notizen, Sir«, sagte er leise. »Erzählen Sie ganz einfach so, wie es Ihnen in den Sinn kommt. Ins einzelne gehen können wir später. Wo waren Sie damals?«

»Noch in Epsom. Mein Schwiegervater war krank, und bald darauf erbten Marion und ich die Fabrik und das Haus, in dem wir jetzt wohnen. Unsere Werkstätten waren vom Krieg verschont geblieben, und wir verlegten die Firma wieder hierher. Ich kandidierte für den Gemeinderat. Ich hatte für Sozialarbeit schon immer etwas übrig, und das Viertel war in einem Zustand, daß ich es nicht erwarten konnte, die Ärmel aufzukrempeln und für die Menschen bessere Lebensbedingungen zu schaffen.« Er mußte nach Luft schnappen, wurde rot und sah Luke zornig an. »Ich versuche nicht, mich für das, was ich getan habe, zu rechtfertigen, ich erkläre es nur.«

Luke nickte ernst. »Ich verstehe, Sir.«

»Dann tauchte der Junge auf«, fuhr Cornish fort. »Man machte mich durch die Trays ausfindig, nachdem sie den Laden wieder eröffnet hatten. Das einzige, was zu mir führte, war der Umschlag eines Briefes, den ich seiner Mutter an die Adresse der Trays geschrieben hatte. Er steckte ganz hinten in einer kleinen Schreibmappe, die sie ins Krankenhaus mitgenommen hatte. Er enthielt die Geburtsurkunde, unseren Trauschein und einen halben an mich gerichteten Brief.« Seine Stimme verriet ihn, und er riß sich energisch zusammen. »Noch immer kein Wort von dem Kind, obwohl sie im Sterben lag, das dumme Mädchen. Sie schrieb nur von Liebe und wie sehr sie sich wünschte, ich wäre bei ihr, und – und wie es *mir* gehe. Lieber Gott, wer möchte denn jung sein, eh?«

Luke zog die Brauen zusammen.

»Das habe ich noch nicht verstanden«, sagte er. »Das Kind ist doch nicht allein gekommen?«

»O nein, natürlich nicht. Nonnen haben ihn gebracht.« Cornish sah ihn unter seinen finsteren Brauen hervor ernst an. »Wären sie nicht gewesen, hätte ich ganz anders gehandelt. Das müssen Sie mir glauben. Ich muß mir für vieles im Leben Vorwürfe machen, aber wenn sie sich nicht um ihn gekümmert hätten, dann hätte ich mich, das müssen Sie mir glauben, nicht darauf beschränkt, für ihn zu bezahlen. Ich hätte es Marion gesagt ...«

Er unterbrach sich, und Luke beugte sich über den Schreibtisch, ein Mann in seinem Alter, der seine Ansichten teilte. »Hören Sie, Sir«, sagte er, »machen Sie sich keine Sorgen. Ich glaube Ihnen jedes Wort. An der Wahrheit ist nur etwas wirklich schwierig – die Art und Weise, wie man sie anderen glaubhaft machen soll. Nonnen haben Ihnen das Kind gebracht, sagten Sie? Was für Nonnen – Barmherzige Schwestern?«

»Nonnen vom Orden des Guten Hirten. Sie haben ein ziemlich armseliges, aber gutes Haus in der Crusader's Row, fast schon draußen in Islington. Kennen Sie es?«

Luke winkte ihm, fortzufahren. »Wunderbare Frauen«, sagte er. »Wie lange war er bei ihnen? Erzählen Sie einfach alles der Reihe nach – fangen Sie bei der ersten Unterredung an. Wo hat sie stattgefunden?«

»Im Laden von Tray. Doris Tray schickte mir eine Nachricht in die Firma, daß ich bei ihnen vorbeikommen solle. Als ich kam, erzählte sie mir, ein paar Nonnen seien bei ihr gewesen und hätten sie gefragt, ob sie mich kenne. Wir verabredeten ein Treffen, und zwei Klosterfrauen kamen und zeigten mir einen kleinen Koffer aus Pappe. Er enthielt die Schreibmappe, einen zerbrochenen Kamm und einen Riemen. Das war alles. Die Schwestern waren sehr freundlich. Bestimmt sei in dem Koffer noch mehr gewesen, sagten sie. Aber wenn Menschen arm sind und in Versuchung geraten, nehmen sie sich, was sie brauchen. So haben sie es ausgedrückt. Obwohl sie inmitten von Sünde, Schmutz und Trümmern lebten, waren sie voller Unschuld und nicht von dieser Welt.«

»Sie leben unter einem dreifachen Glassturz«, stellte Luke fest, »und solange sie sich an die Vorschriften halten, sind sie geschützt – das hat man mir zumindest beigebracht, als ich ein Dreikäsehoch war. Hatten sie das Kind bei sich?«

»Nein, ich habe ihn erst später zu sehen bekommen.«

Seine Stimme klang irgendwie bedrückt, so daß Luke hastig zu ihm aufblickte, doch Cornish fuhr ohne Zögern fort: »Die Geschichte, die sie mir erzählten, war so verdammt albern, daß sie wahr sein mußte. Sie traf mich ganz furchtbar – ungefähr so, wie wenn man als Kind zum erstenmal mit den sogenannten Tatsachen des Lebens konfrontiert wird. Unglaublich und lächerlich, aber unentrinnbar und entsetzlich wahr. Es gab da eine Frau, die ein bißchen ›zurückgeblieben‹ war. Sie sagten das nicht so direkt, gaben es mir aber unmißverständlich zu verstehen. Sie hatte bei Kriegsausbruch aushilfsweise als Stationsmädchen im St. Saviour in Ebbfield gearbeitet. Das ganze Krankenhaus war in Panik gewesen, um alles rechtzeitig für die Opfer des Angriffs herzurichten, die man demnächst erwartete, und das ganze Gerede erschreckte sie. Sie hatte gehört, daß die Mütter Neugeborener rosa Tickets bekommen hatten und mit einem Bus rechtzeitig in Sicherheit gebracht werden sollten. Weil sie vor Angst außer sich war, stahl sie den Koffer einer Patientin, die nach der Geburt ihres Kindes gestorben war, ging hinunter in die Säuglingsabteilung – oder wie das heißt –, präsentierte dort die Papiere der anderen Frau und bekam das Baby. Dann ging sie zu diesem Bus. Das war am 3. September, an einem Sonntagmorgen.«

Luke lehnte sich im Sessel zurück. »Das haut mich um!« sagte er nicht eben vornehm.

Cornish suchte seinen Blick. »Ich kenne diesen Typ Frau, Sie nicht?«

»O Gott, ja! Geistig zurückgeblieben. Produkte unserer Städte. Zuwenig zu essen, zuwenig frische Luft, zuviel von allem anderen, Lärm eingeschlossen. Das Krankenhaus muß ihre Geschichte, daß sie die nächste Verwandte war, ohne Rückfrage akzeptiert haben und ziemlich erleichtert gewesen sein, weil die Stationen für Verwundete geräumt wurden, und somit wieder ein Platz mehr zur Verfügung stand. Sie ging also mit Koffer und Kind zum Bus?«

»Nein. Nicht mit dem Koffer. Der kleine Pappkoffer, den ich zu sehen bekam, war in einem größeren mit Kleidung gewesen. Der war ihr zu schwer, da sie ja auch noch das Kind tragen mußte, deshalb ließ sie ihn zurück und bat den Pförtner, ihn ihr an ihre Adresse nachzuschicken, irgendeine schäbige Unterkunft in Bethnal Green. Können Sie mir folgen?«

»Kein Problem.« Luke schrieb nicht mehr mit. Jetzt hatte er bei der Geschichte wieder festen Boden unter den Füßen. »Es ist schon seltsam, daß dieser besondere Typ immer nach dem gleichen Schema vorgeht«, erklärte er. »Wissen Sie, daß ihr Verhalten berechenbarer ist als das einer ›normalen‹ Person? Sie gehen immer geradeaus, nehmen jedesmal den leichtesten Weg. Deshalb scheinen sie mit so vielen Dingen ungeschoren davonzukommen. Die Wege öffnen sich für sie, während sie sorglos dahinbalancieren wie Kinder auf einem niedrigen Geländer. Ich nehme an, die Hauswirtin hat den Koffer gut aufbewahrt?«

»Das hat sie«, sagte Cornish. »Das ist meiner Meinung nach ein zweiter erstaunlicher Aspekt dieser Geschichte. Sie stellte ihn in eine Kammer und vergaß ihn, bis sie das Mädchen fünf Jahre später an einer Bushaltestelle wiedersah. Sie war die ganze Zeit in London gewesen. Das Haus hatte alle Angriffe heil überstanden. Dutzende von Leuten waren ein und aus gegangen, es fehlte praktisch an allem, aber der Koffer war noch da, ungeöffnet unter einem Haufen Trödel, haargenau an derselben Stelle, an die sie ihn gestellt hatte, nachdem der Krankenhauspförtner ihn aus reiner Herzensgüte herübergeschickt hatte. Die Nonnen vom Guten Hirten machten mir Vorwürfe, weil ich das ungewöhnlich fand. Es war Gottes Wille, daß die Papiere erhalten bleiben sollten, sagten sie.«

Luke dachte nach, die Brauen runzelnd, tiefe Querfalten auf der Stirn.

»Dieser Bus mit den Evakuierten«, begann er vorsichtig, »wohin ist er gefahren?« Gemeinderat Cornish unterbrach ihn. »Mein lieber Mann, glauben Sie ja nicht, ich hätte mir diese Möglichkeit nicht überlegt! Seit mir Flavia Aicheson – ein Typ, den ich aus Prinzip verabscheue – heute morgen Timothys Geschichte erzählt hat, habe ich versucht mir auszureden, es sei eine Offenbarung.«

»Warum?« fragte Luke erstaunt. »Warum es sich ausreden? Es könnte sehr leicht die andere Hälfte Ihrer Geschichte sein. Die Sache ist es doch gewiß wert, daß man sie sich näher ansieht.«

»Nein!« rief Cornish vehement, und Luke spitzte sofort die Ohren, und sein Blick wurde wachsam, denn aus Erfahrung wußte er, daß sie jetzt einen Punkt erreicht hatten, an dem ihre Ansichten zwangsläufig auseinandergingen.

»Man könnte es unbewußt so drehen, daß es zutrifft«, sagte Cornish. »Man könnte sich so sehr wünschen, daß es zutrifft, daß man sich und alle anderen täuschen könnte. Jeder hätte lieber einen hervorragenden, intelligenten, anständigen, gutaussehenden, aufrichtigen Jungen als – als das, was ich habe.«

Der Mann geißelte sich selbst mit einer Bitterkeit, die Luke zwar gerade noch verstand, die heilen zu können er sich jedoch nicht anmaßte.

»Ich habe Ihnen noch nichts über Barry erzählt«, fuhr Cornish fort. »Und um mit Ihnen über ihn zu sprechen, bin ich eigentlich hergekommen und habe es dennoch bisher nicht fertiggebracht. Er ist nicht normal, Superintendent. Das zeigte sich schon im Kindesalter. Das war auch der Grund, warum ich

Marion nicht bitten konnte, ihn bei uns aufzunehmen, der Grund, warum ich ihn in der Obhut der Nonnen ließ.«

Luke war sehr ernst. Wie ein Arzt die Symptome einer bekannten Krankheit diagnostizieren kann, erkannten seine erfahrenen Augen jetzt die Umrisse des gesamten Bildes.

»Ist er mongoloid, Sir?« fragte er leise, den Blick auf seine Notizen gerichtet.

»Nicht ganz. Aber richtig ist er nicht. Und auch kein Idiot. Ich wünschte, er wäre es. In gewisser Weise ist er verdammenswert intelligent. Entsetzlich intelligent.«

Luke rieb sich das Kinn. Er glaubte die Fallgrube zu sehen, die sich vor ihm öffnete, und scheute aus Erfahrung davor zurück, auch wenn seine Menschenkenntnis ihm sagte, daß sie gar nicht existierte und dieser Mann, wie irregeleitet auch immer, zumindest aufrichtig war.

»Söhne kommen oft nach ihrer Mutter«, sagte er.

»Das Stationsmädchen? Agnes Leach? Daran habe ich natürlich auch gedacht.« Cornish fegte den Einwurf mit einer Geste beiseite. »Auch die Nonnen haben das getan. Sie haben mich verdächtigt und darauf bestanden, mich der Frau gegenüberzustellen, um zu sehen, ob sie mich erkannte. Ich hätte ja lügen können. Die ganze Geschichte von meiner ersten Frau hätte eine Fiktion sein können, das gebe ich zu.«

»Nein, nein, Sir.« Luke lachte leise. »Das war es nicht, was ich gemeint habe. Ich habe eher an den heutzutage kaum mehr gebräuchlichen, aber gelegentlich noch recht nützlichen alten Ausdruck ›Wechselbalg‹ gedacht. Es ist bekannt, daß Mütter schon früher Kinder vertauscht haben.«

»Nein.« Cornish schüttelte mit der Halsstarrigkeit eines Märtyrers den Kopf. »Auch das habe ich gedacht. Sehnsüchtig. Es wäre ein hübscher, leichter Ausweg, nicht wahr? Aber so ist das Leben nicht – wenigstens habe ich es nicht so gefunden.«

Luke lehnte sich zurück. Er wußte, daß er seine Zeit vergeudete, doch er konnte nicht anders, er mußte einen Versuch wagen.

»Mein Berufsleben war bei weitem nicht das, was Sie vielleicht ›gesichert‹ nennen würden«, sagte er, »aber ich habe es nie auch nur annähernd so konsistent gefunden wie die Zyniker behaupten. ›Überraschung! Überraschung!‹ Das ist meiner Meinung nach die Botschaft des Lebens an uns. Hören Sie, Sir, wieso denken Sie, Ihre erste Frau und Sie könnten kein Kind gehabt haben wie das von Ihnen beschriebene? Nein. Antworten Sie noch nicht. Sagen Sie mir, was für ein Kind Ihrer Meinung nach diese schwachsinnige Agnes Leach gehabt hätte.«

Cornish schüttelte den Kopf. »Sie meinen es sehr gut, Superintendent«, entgegnete er. »Ich würde Ihnen gern glauben, aber übersehen Sie nicht etwas? Was für eine Chance hat ein Kind, dessen Mutter, meine erste Frau, aus dem fürchterlichsten Elendsviertel stammte? Und glauben Sie mir, in ganz England gibt es heute nichts, das man auch nur annähernd mit der Turk Street meiner Jugend vergleichen könnte. Ein Kind, das praktisch schon einen Tag nach seiner Geburt einem schwachsinnigen, hysterischen Mädchen in die Hände fiel und von ihm in panischer Angst durch das halbe Land geschleppt wurde? Wäre das keine Erklärung für das, was aus ihm geworden ist?«

»Nein«, antwortete Luke energisch. »Nicht, wenn er so ist, wie Sie ihn schildern.«

»Davon sind Sie überzeugt?« In Cornishs Gesicht war ein Ausdruck männlicher Naivität und die ganze leidenschaftliche Ignoranz eines nicht wissenschaftlich geschulten Geistes, der sich plötzlich mit einem stark emotionalen Thema auseinandersetzen mußte.

»Ja, Sir.« Luke war auch Vater, aber ebenso ein praktischer Mensch. »Solange er richtig ernährt wurde – und das muß der Fall gewesen sein, sonst hätte er nicht überlebt –, nirgends mit dem Kopf aufschlug und man ihn einigermaßen warmhielt, kann es ihm nicht geschadet haben.«

»Ich denke, Sie irren sich«, sagte Cornish einfach und zeigte seine Schwäche wie ein Mann, der eine Wunde entblößt. »Es war meine Schuld. Ich hätte wissen müssen, daß sie ein Kind erwartete, und ich hätte dort sein müssen, um mich des Kindes anzunehmen, als meine Frau starb. Es wäre meine Pflicht gewesen, aber ich habe versagt. Die R. A. F. war in diesen Dingen großzügig, und man hätte gewiß Verständnis gehabt. Meinen Sie nicht auch?«

»Nein, Sir.« Luke beharrte auf seiner Meinung.

Cornish lächelte und verzog den Mund.

»Sie denken, ich klammere mich an einen Schwindel«, sagte er.

Luke grinste plötzlich entwaffnend.

»Tja, also wenn Sie ihn selbst inszeniert haben, werden Sie sich nicht lange daran klammern können, Sir, das haben mich wenigstens die Heiligen Schwestern gelehrt, aber ich setze voraus, daß wir kein solches Gespräch führen. Was genau wollen Sie mir eigentlich über Ihren Jungen sagen, Mr. Cornish? Sie denken an den Brand und an die verwüstete Wohnung, nicht wahr?«

Cornish sah auf und seufzte.

»Ich weiß nichts, das müssen Sie mir glauben. Doch ich habe sofort an meinen Sohn Barry gedacht, als mir klar wurde, daß die Wohnung wahrscheinlich verwüstet worden war, um einen Privatdetektiv abzuschrecken, der in der Vergangenheit herumschnüffelte und etwas über den Verbleib eines Babys erfahren wollte, das am Tag des Kriegsausbruchs aus der Turk Street evakuiert worden war. Das ist die Art von Einmischung, über die er außer sich geraten kann. Agnes Leach ist über den Ebbfield-Klatsch immer auf dem laufenden. Er hat es bestimmt von ihr erfahren.«

Lukes Miene verdüsterte sich noch mehr.

»Wer hatte Ihrer Meinung nach den Detektiv beauftragt?«

»Das wußte ich. Von der Polizei. Alison Kimit. Ich brachte sie mit Miss Aicheson in Verbindung und dachte, sie habe es getan, um etwas über mich herauszufinden, womit sie mir am Zeug flicken könnte.«

»Tatsächlich?« fragte Luke erstaunt, und die mageren Wangen des Gemeinderats färbten sich dunkler.

»Nun, da ich sie privat kennengelernt habe, sehe ich natürlich ein, daß so etwas kaum denkbar ist«, gab er zu. »Aber Sie haben keine Ahnung, wie sie im Komitee ist. Man hat den Eindruck, daß sie ohne Rücksicht auf Verluste kämpfen würde.«

Luke lächelte unwillkürlich, sagte aber nichts dazu.

»Glauben Sie, dieser Junge – Barry – wäre auch zu gefährlichen, kriminellen Handlungen fähig, wenn er sich aufregt?« fragte er.

Cornish nickte. Das war ein Geständnis, auf das er sich eigens vorbereitet hatte, das ihm aber immer noch schwerfiel. »Sein Leben lang war er eine erschreckende Belastung. Die Nonnen vom Guten Hirten haben ihn an die Schwestern des Ordens St. Vincent de Paul weitergegeben, die auf die Betreuung derartiger Fälle spezialisiert sind. Er wurde auch ihnen zu schwierig und kam zu irgendwelchen Brüdern, die ihn überhaupt nicht behielten.«

Luke begann sehr klar zu sehen. »Hat er ein Strafregister?«

»Ja.«

»Nun, Sir«, es klang, als sei der Superintendent erleichtert, »quälen Sie sich nicht. Ich lasse mir seine Akten bringen. Vermutlich wissen wir mehr über ihn als Sie. Lebt er normalerweise allein?«

»Nein. Dann hätte ich ein noch schlechteres Gewissen, aber diese Mrs. Leach ...«

»Das Stationsmädchen?«

»Das Stationsmädchen Agnes Leach hält ihm geradezu rührend die Treue. Hat ihn durch alle Wechselfälle des Lebens begleitet. Ich schicke jetzt auch das Geld an sie, damit er es wenigstens ein, zwei Tage behält.«

»Und Sie denken wirklich ...« Luke verbiß sich den Rest des Satzes. »Sie ist auf jeden Fall gut zu ihm«, sagte er statt dessen und machte sich eine Notiz.

Gemeinderat Cornish war inzwischen aufgestanden, und

sah mit einem Ausdruck würdevoller Strenge, der jedoch zuwenig eindrucksvoll war, um lächerlich zu wirken, auf ihn herunter.

»Sie wissen, was Sie vergessen haben, Luke«, sagte er und sprach den Superintendent zum erstenmal mit seinem Namen an, als wären sie befreundet. »Sie übersehen die Tatsachen, Mann. Der Junge ist mein Sohn. Dafür gibt es Beweise. Er hat alle Papiere.«

Luke war bestürzt. Diesen rein rechtlichen Aspekt hatte er tatsächlich übersehen, über dem emotionalen Problem vergessen.

»Wer kann schon das Alter eines jungen Menschen schätzen?« fragte Cornish. »Ist ein schielendes, zurückgebliebenes Kleinkind drei oder vier Jahre alt? Ein schlaksiger Teenager zwanzig oder neunzehn?« Er streckte die Hand aus. »Ich werde für ihn alles tun, was ich kann – wie bisher. Damit müssen Sie rechnen, aber dieser schrecklichen Zerstörungswut muß Einhalt geboten werden. Das verstehe ich. Sehen Sie in Ihren Akten nach, und ich fürchte, Sie finden ihn da unter ›Cornish alias Leach‹. Wenn er in Schwierigkeiten ist, benutzt er immer seinen richtigen Namen. Er hat seine Papiere, nicht wahr?«

Sobald Luke wieder in seinem Büro war, wies er einen Angestellten an, Albert Campion zu finden. »Egal, wo er ist, holen Sie ihn ans Telefon. Dringend. Inzwischen suchen Sie mir bitte alles heraus, was wir über einen Jugendlichen namens Barry Cornish haben. Es gibt zumindest eine Jugend-Akte, wenn nicht schon anderes.«

Zehn Minuten später war er telefonisch mit seinem alten Freund verbunden.

»Ich muß Sie sofort sprechen, Campion. Schneller als bald. Ich habe eine irre Geschichte im Fall Kinnit, und eine verrückte Entwicklung zeichnet sich ab. Ich glaube, wir haben unseren Täter. Er hat eine Strafakte, die sich wie ein Horror-Comicstrip liest.«

»Warten Sie einen Moment.« Campions Stimme, noch immer von jener für ihn charakteristischen Ausdruckslosigkeit, drang leise durch den Draht. »Ich bin in Well House. Im Haus der Kinnits. Hier ist alles in heller Aufregung. Die Kinderschwester, von der ich Ihnen erzählt habe, Mrs. Broome, ist eben mit der Geschichte nach Hause gekommen, daß sie die Frau wiedergesehen hat, die Timothy vor so vielen Jahren mit den anderen evakuierten Kindern nach Angevin brachte. O ja. Sie hat sie sofort erkannt. Sie war auf dem Friedhof und hat sich beim Grab der alten Gouvernante herumgedrückt.«

14

Küchenangelegenheiten

»Kommen Sie, Miss Julia! Sie machen es sich hier in dem alten Korbsessel bequem, während Mr. Tim und ich uns um das Abendessen kümmern. Soll ich Ihnen ein kleines Feuerchen im Kamin machen, damit Sie so tun können, als wären Sie Aschenputtel?«

Mrs. Broomes ewig junge Stimme zwitscherte fröhlich durch die Küche von Well House, eine Höhle mit niedriger Decke. Man mußte sie hören, um glauben zu können, daß heute ein Mensch noch so sprach, und Timothy und Julia tauschten heimliche Blicke. Julia war noch immer ein bißchen überdreht, und sie bekam feuchte Augen, als sie lachte und sich dem sorgfältig restaurierten offenen Kamin zuwandte, der mit eisernen Löffeln und Tiegeln behängt war.

»Sie sind wundervoll, Nanny Broome«, sagte sie. »Aber ich glaube nicht, daß in dem Ding noch Feuer gemacht werden sollte, oder? Eustace wäre entsetzt.«

»Wahrscheinlich, aber er würde darüber hinwegkommen. Wenn wir uns mit diesem ganzen Antiquitätenzeug abfinden, muß er uns auch manchmal freie Hand lassen.«

Mrs. Broome gab eher Geräusche als zusammenhängende Sätze von sich, und ließ die Blicke über den Kamin schweifen, als wäge sie die Schwierigkeiten des Projekts ab.

»Ich liebe offenes Feuer«, sagte sie. »Und es sind noch ein paar Weinkisten da, die wir zerbrechen könnten, aber durch alle diese Rohre ist es leider warm genug. Ich möchte nur, daß Sie sich wohl fühlen, Miss Julia. Als Sie so aufgeregt anriefen, habe ich zu Mr. Tim gesagt, daß Sie sich bei dieser ganzen Verlobungsgeschichte wie ein braves kleines Mädchen benommen haben und wir Sie jetzt um so mehr verwöhnen müßten, damit er Sie nicht verliert.«

»Nan! Das reicht!« Timothy war verlegen, und Mrs. Broome war tief beleidigt, wie bei jedem Vorwurf von ihm.

»Man sieht Ihnen noch immer an, daß Sie sich geprügelt haben, junger Mann«, sagte sie boshaft. »Besonders wenn Sie rot werden. Los, machen Sie schon, wir müssen den Küchentisch für vier decken – für uns drei und für Mrs. Telpher. Das arme Ding wird nicht allein essen wollen, obwohl sie so reich ist. Es war ein großer Schock für sie, Miss Saxon zu verlieren, und sie hatte schließlich schon vorher genug Sorgen mit ihrem Kindchen und so weit weg von daheim.«

Julia rührte sich in dem knarrenden Sessel. Sie lachte, genoß es aber dennoch, so bemuttert zu werden. Es war tröstlich, wenn auch ein bißchen komisch.

»Ich hoffe, Sie haben recht, und Miss Alison hat wirklich nichts dagegen, wenn ich bleibe«, sagte sie. »Ich habe mich davor gefürchtet, abends allein zu Hause zu sein, aber es scheint mir eine ziemliche Unverschämtheit, mich einfach hier einzunisten, da ich doch nicht besonders weit von hier wohne.«

»Ach, Unsinn! Miss Alison überläßt solche Dinge immer mir, wenn ich hier bin. Wenn Mr. Tim zu einem Match oder einem Bootsrennen einen Schulfreund mitbringen wollte, brauchte er nur mich zu fragen. Ich habe schließlich die Extra-Arbeit.«

Mrs. Broome marschierte mit kleinen Schritten durch die Küche, schwenkte ihr Hinterteil und strahlte eine ekstatische Glückseligkeit aus, die allein ihr Verhalten entschuldigte. »Eines schönen Tages werden Sie hier die Herrin und wir die armen alten Dinger sein, die alle sehr froh sind, daß Sie uns Dank schulden.«

Tim legte den Arm um sie und hob sie liebevoll hoch. »Halt den Mund!« sagte er.

Mrs. Broome quietschte vor Entzücken wie eine Operettensoubrette. »Ich verrate wohl ein paar Geheimnisse, wie?« sagte sie zufrieden. »Das tu ich doch immer. Machen Sie sich nichts draus. Wir müssen ein Tablett für die Herren vorbereiten. Ich bringe es ihnen ins Arbeitszimmer. Dann werden sie uns hier unten nicht stören.«

Tim stand einen Moment da und streichelte geistesabwesend sein Ohrläppchen.

»Armer Campion«, sagte er. »Eustace hat sich an ihn geklammert, als sei er der einzige Balken in stürmischer See. Ich bewundere deinen Vater unglaublich, Liebling. Dieses energische Einschalten eines Fachmanns, anstatt in der Sache selbst herumzupfuschen, war ein meisterhafter Zug.«

Julia sah rasch auf. »Ich kann Mr. Campion sehr gut leiden, du nicht?«

»Na, und ob! Ich weiß zwar nicht, warum. Er ist jedenfalls auf unserer Seite, vielleicht ist er mir deshalb so sympathisch. Wahrscheinlich hat er einen deprimierenden Tag. Der Lunch, den Alison ihm gegeben hat, war gräßlich, und jetzt wird er wahrscheinlich eingeladen, sich mit Eustace an heißer Milch und Zwieback zu delektieren.«

»Auf keinen Fall!« Mrs. Broome war außer sich vor hausfraulicher Begeisterung. »Ich mache ihm ein kleines Omelett, das kann er dann zu einem Glas Wein und Butterbrötchen essen. Es wird ihm bestimmt schmecken. Sein Tablett bekommt ein besonders schönes Deckchen, und ich habe irgendwo auch noch ein Stückchen Käse für ihn. Sie sind ganz eifrig dabei, etwas zu diskutieren, was ich Ihnen berichten konnte, Miss Julia.« Sie platzte fast vor Aufregung und beachtete Timothys warnende Blicke nicht. »Zufällig mußte ich heute ausgehen, und da habe ich ...«

»Was ist mit Alison und Aich?« fiel Timothy ihr rücksichtslos ins Wort. »Was bekommen sie zu essen?«

»Oh, sie gehen in den Kunstliebhaber-Club«, ließ Mrs. Broome sich ablenken. »Sie müssen zu diesem Konzert in der Wigmore Street, weil sie den Gentleman kennen, der es gibt. Er spielt Cembalo, und das sehr gut. Aber hinterher essen sie im Club gegenüber noch schnell ein heißes Sandwich und kommen dann sofort nach Hause, weil sie an dem, was hier vorgeht, genauso interessiert sind wie wir alle. Decken Sie den Tisch fertig, Tim, während ich in die Eßzimmerpantry hinauflaufe, das Tablett vorbereite und den Wein hole.« Sie polterte hinaus, steckte aber gleich darauf den Kopf zur Tür herein.

»Er soll Ihnen erzählen, was ich auf dem Friedhof gefunden habe, Miss«, sagte sie und floh, bevor sie seine Reaktion sah.

Ausnahmsweise einmal hatte Mrs. Broome die Situation falsch eingeschätzt, denn kaum waren sie allein, lagen sie sich in den Armen, zu erschöpft und zu frustriert, um sich über ein anderes Mysterium als das der Liebe den Kopf zu zerbrechen. Julia lehnte sich in dem ächzenden Korbsessel weit zurück und hielt ihren Liebsten an den Ohren von sich weg.

»O Gott, ist das schrecklich!« sagte sie. »Als wollte man einen Brand mit einem Spritzer Wasser löschen, kurze Ruhe und dann doppelter Schmerz. Hör zu, Liebling, bevor sie zurückkommt, muß ich dir unbedingt etwas sagen. Ich habe heute in Ebbfield im Laden des Flickschusters etwas ganz Merkwürdiges erlebt.«

»O sei still!« Er verschloß ihr die Lippen mit dem Mund und drückte sie mit seinem Gewicht noch tiefer in die harte, klumpige Polsterung des Korbsessels. Sie fand die unbequeme Lage herrlich, und die lächerlichen Geräusche des Sessels schienen die Freude an dieser Folter noch zu vertiefen. Doch sie wand und schlängelte sich unter Timothy heraus und konnte endlich weiterberichten.

»Ich habe gehört, wie jemand den Namen *Basil* Kinnit gerufen hat. Glaubst du ...«

»Basil Kinnit? Einen Basil Kinnit gibt es nicht.« Sein Interesse war nur für kurze Zeit geweckt.

»Ich weiß. Das dachte ich eben auch. Aber es kann kein Zufall gewesen sein, denn Kinnit ist ein ungewöhnlicher Name, und Basil hat auf jeden Fall mit der Sache zu tun, oder?«

»Basil Toberman?«

»Selbstverständlich.« Sie flüsterten, ohne zu wissen, warum. Zwei Verschwörer, die Köpfe dicht beieinander. »Er hat die ganze Sache angefangen, nicht wahr? Er haßt dich – er haßt uns beide.«

Er wollte protestieren, überlegte es sich jedoch anders, begann sie wieder zu küssen und preßte ihre Stirn fest an seine Brust.

»Es ist lächerlich«, sagte er plötzlich und riß ruckartig den Kopf zurück. »Wir wollen so wenig, nur ein bißchen Frieden und Alleinsein – nur eine ganz kleine Weile ... Es ist wie Sterben, da braucht man auch nur sehr wenig Erde. Pst ...«

Er unterbrach sich, und sie lauschten. Jemand kam die Holztreppe herunter, die vom Erdgeschoß ins Halbsouterrain führte, in dem die Küche lag.

Timothy stand auf; Geraldine Telpher trat leise ein und nickte ihnen zu. Sie fühlte, daß sie störte, und bedauerte es ein wenig, in typischer Kinnit-Manier.

»Mrs. Broome hat mir verraten, daß wir hier unten essen«, sagte sie und sah sich mit jenem unpersönlichen Interesse um, das für die ganze Familie so charakteristisch war. »Sie ist noch immer schrecklich aufgeregt wegen dieses Zusammentreffens. Ist es nicht ein ganz unglaublicher Zufall, daß sie diese Frau wiedergesehen hat – ausgerechnet dort? Oh – hast du es Julia vielleicht noch gar nicht erzählt, Timothy?«

Langsam stieg ihm dunkle Röte ins Gesicht.

»Julia ist eben erst gekommen«, sagte er.

»Oh, ich verstehe.« Sie blickte mit jenem gelassen fragenden Ausdruck, der für Alison so typisch war, von einem zum anderen und lachte dann mit einem Unterton von Härte, den Alisons Lachen nicht hatte. »Ich denke, ich würde es ihr an deiner Stelle schon erzählen«, sagte sie. »Es ist ja eigentlich ihre Angelegenheit.«

Da war er wieder, dieser Anflug von Überheblichkeit, unbemerkt und unbewußt, der den anderen wie beiläufig und unbeabsichtigt herabsetzte. Obwohl Timothy diese Art sein Leben lang kannte, konnte er sich noch immer darüber aufregen.

Er drehte sich schwungvoll um und sagte zu Julia, die noch in ihrem Sessel saß:

»Nan hat heute das Grabgebinde, das nicht mehr rechtzeitig zur Beerdigung eingetroffen war, auf den Harold-Dene-Friedhof gebracht. Dort hat sie eine Frau getroffen, die sie von irgendwoher zu kennen glaubte. Später ist sie dann zu dem Schluß gekommen, daß es die Frau war, die mich als Baby nach Angevin gebracht hat. Natürlich sind deshalb alle total aus dem Häuschen, weil das möglicherweise meine Mutter ist.« Er zögerte. »Nan will aber davon nichts wissen, weil die Frau ihr unsympathisch war. Klingt, als wäre sie so etwas wie eine Problem-Mami.«

Julia empfing die ganze Botschaft, die er ihr übermittelte, und machte keinen falschen Zug.

»Das könnte sehr nützlich und interessant sein«, sagte sie bedächtig. »Sofern man einen Menschen nach zwanzig Jahren noch erkennt. Aber ich nehme an, das gibt es, oder?«

Geraldine Telpher lachte leise. »Daran sieht man, wie jung Sie sind«, sagte sie. »Hat die andere Frau Mrs. Broome auch erkannt? Ich glaube, die hat sich seit ihrer Geburt nicht verändert.«

Timothy machte ein verblüfftes Gesicht. »Daran scheint noch niemand gedacht zu haben. Ich werde Nan fragen. Sie muß es schließlich wissen.«

Geraldine Telpher nahm an dem halb gedeckten Tisch Platz und brachte es fertig, sogar vor dem Hintergrund aus weißen Küchenmöbeln bemerkenswert elegant auszusehen.

»Vielleicht hat sie alles nur erfunden«, erklärte sie gelassen. »Nicht aus bösem Willen, Timothy, das wissen wir. Aber als eine Art Gutenachtgeschichte. Hier kommt sie. Ich würde das Ganze gern von ihr selbst hören.«

»Alle wollen es von mir hören.« Nanny Broome hatte das Ende des Satzes aufgeschnappt und antwortete vergnügt, als sie leise eintrat. »Ich glaube, daß ich es Mr. Campion – der nicht annähernd so doof ist, wie er aussieht, das kann ich Ihnen sagen – mindestens ein dutzendmal erzählen mußte. Wo genau liegt das Grab? Wo war ich? Wo war die Wasserleitung? Wo der Wärter?«

»Der Wärter?« fragte Julia.

»Nun ja, der Mann mit der Schildmütze, der dort rumwanderte.« Margaret Broome ging in Verteidigungsstellung. »Es ist sehr modern dort. Eine Grundidee wie im Zoo. Gräber nicht gleich Gräber und Käfige nicht gleich Käfige, nur hübsche Wege und Gärten. Auf jeden Fall habe ich ihn angesprochen und nach dem Weg gefragt, weil er so aussah, als müßte er es wissen. Und er wußte es tatsächlich. Da war es, mit unseren wunderschönen Blumen bedeckt, und die Rosen von Mr. Eustace haben besonders hübsch ausgesehen. Natürlich war ich sehr überrascht, eine Dame am Grab knien zu sehen, weil es niemand von uns war.«

»Eine Dame hat am Grab gekniet?« Geraldine Telphers Erstaunen wirkte wie eine kalte Dusche auf die schwatzende Nanny Broome.

»Nun, eine Person eben«, korrigierte sich Nanny Broome und wurde rot. »Und eigentlich hat sie auch nicht gekniet, sie hat sich gebückt.«

Geraldine Telphers kluge Augen begannen zu tanzen, und Nanny Broomes Verlegenheit wurde zu beleidigtem Schmollen. »Ich habe ›knien‹ gesagt, weil es an einem Grab war«, erklärte sie unnötigerweise. »Ich ging ganz leise näher, wollte sie nicht stören, falls es doch jemand war, den wir kannten, lehnte das neue Gebinde an einen Grabstein hinter ihr und ging ein bißchen Wasser holen. Schließlich mußte eine Wasserleitung in der Nähe sein, und die armen, müden Blumen auf dem Grab mußten dringend gegossen werden.«

»Hat sie Sie gesehen?« erkundigte sich Timothy.

»Ich glaube nicht. Da noch nicht. Aber als ich mit einem kleinen Marmeladenglas voll Wasser wiederkam – ich hatte es hinter der Wasserleitung versteckt gefunden –, hockte sie auf den Fersen und besah sich das Etikett auf dem Gebinde, das ich eben gebracht hatte.«

»Sie meinen die Karte«, sagte Julia zerstreut.

»Nein, ich meine das Etikett.« Die Kinderzimmer-Autorität wurde sehr deutlich – und eine katzenhafte Bosheit, die sich gegen Geraldine Telpher richtete. »Ich hatte das Gebinde nicht aus der Verpackung genommen, vor allem, weil ich ja mit dem Bus fahren mußte, daher war das Etikett noch da. ›Zu Händen von Kinnit‹ stand darauf und unsere Adresse hier und außerdem die Adresse der Leute, die es geschickt hatten – von irgendwo in Afrika. Nun, diese Dame – ich sage das immer, weil es höflicher ist – hockte da und las es. Ganz schön unverschämt, dachte ich, sagte: ›Entschuldigen Sie bitte‹, und nahm das Gebinde an mich.«

»Und da haben Sie sie erkannt?« Geraldine Telphers Gesicht verriet noch immer leicht Belustigung.

»Nein. Ich hätte sie nicht von Adam und Eva unterscheiden können, weil ich die Augen gesenkt hielt, müssen Sie wissen. Ich hatte mich über sie geärgert, und das sollte sie merken.« Nanny Broome schilderte die Szene absolut wahrheitsgemäß. Man sah sie vor sich, verärgert und gouvernantenhaft, mit dem Hinterteil wackelnd, winzige Schrittchen machend und mit gesenktem Blick, so daß die schwarzen Wimpern auf den roten Wangen lagen.

»Ich packte den Kranz aus und faltete das Cellophan ordentlich zusammen, denn man will ja keinen Müll hinterlassen«, erklärte sie tugendhaft. »Dann plazierte ich den Kranz so dekorativ wie möglich und sagte zu ihm: ›Jetzt bleib schön da liegen und schau hübsch aus‹.«

»Das haben Sie wirklich laut gesagt?« Wieder war es Geraldine Telpher, die sie unterbrach. Sie schien fasziniert.

»Ja, das habe ich. Ich spreche immer laut mit den Dingen. Man kann sich besser konzentrieren. Es tut ja keinem weh, Madam, oder?«

Sie nahm sich fast zuviel heraus, übertrieb ihre Rolle gefährlich. Timothy mischte sich hastig ein.

»Was haben Sie sonst noch gesagt?« erkundigte er sich. »Haben Sie auch mit dem Etikett gesprochen? Haben Sie das getan, Nan?«

»Wieso sollte ich?« Sie wurde so feuerrot, daß seine Frage beantwortet war.

»Weil ich Sie kenne. Was haben Sie gesagt?«

»Ich habe nur mit ihm gesprochen, als ich es samt dem Cellophan in den Abfallkorb warf. Ich sagte: ›Also ich weiß wirklich nicht, alle Welt scheint sich für dich zu interessieren. Zuerst Mr. Basil und dann eine völlig Fremde.‹ Hinterher hab ich mir die Frau angeschaut und gedacht: du meine Güte! Dich habe ich schon einmal gesehen. Aber wo das war, ist mir erst eingefallen, als ich fast schon wieder zu Hause war.«

»Wie hat sie Ihre taktvolle Kritik aufgenommen?« fragte Timothy.

»Lachen Sie mich bloß nicht aus, junger Mann! Ich könnte es Ihnen auch nicht sagen. Ich habe nicht mit ihr gesprochen, sondern bin gegangen. Eine solche Person möchte ich nicht kennenlernen. Die Jahre haben sie verändert. Damals war sie ein albernes junges Ding – es würde mich nicht wundern, wenn sie Polypen gehabt hätte –, aber sie war nicht schlicht und einfach widerwärtig, so wie heute.«

»Ich habe irgendwie den Faden verloren.« Geraldine Telpher war verärgert. »Was haben Sie gemeint, als Sie sagten, Mr. Toberman habe sich für das Etikett mit der Adresse interessiert?«

»Nun ja, weil er sich eben dafür interessiert hat. Er hat sich die Adresse doch sogar in sein Notizbüchlein geschrieben. Ich dachte, Sie hätten es gesehen, weil Sie währenddessen oben auf der Treppe standen.«

»Ach, wirklich? War das gestern abend, nachdem das Gebinde gebracht worden war?« Geraldine Telpher schien erstaunt. »Wie merkwürdig von ihm, so etwas zu tun. Ich fürchte, ich finde die ganze Story erstaunlich. Sind Sie sicher, daß Sie die Frau am Grab der armen Miss Saxon erkannt haben?«

»Absolut. Ihr Gesicht hat ganz deutlich vor mir gestanden. Ich habe es Ihnen doch gesagt. Auf dem ganzen Heimweg habe ich gegrübelt und gegrübelt, und als ich beinah schon hier war, sagte ich auf einmal: ›Du meine Güte! Die war es also!‹ «

»Hat sie Sie auch erkannt?«

Nanny Broome schien die Frage genauso überraschend zu finden wie alle anderen. Sie überlegte und machte endlich die Notwendigkeit zur Tugend – wie üblich.

»Man hat mich gelehrt, es sei unrecht, ständig darüber nachzudenken, wie man auf andere Menschen wirkt, daher tu ich es nie. Falls sie mich erkannt hat, hat sie es nicht gesagt, aber sie hatte so ein gewisses albern-durchtriebenes Lächeln im Gesicht, wie ich mich jetzt erinnere, da Sie das erwähnt haben. Es wäre schon komisch, wenn sie mich nicht erkannt hätte, nicht wahr? Ich bin keinen Tag älter geworden seither, das sagen alle.« Sie wandte sich ab. »Jetzt muß ich mich beeilen und dafür sorgen, daß Sie etwas zu essen bekommen. Ich muß nämlich zur Polizei, Mr. Tim. Zuerst Sie und jetzt ich.«

Sie schleuderte die kleine Granate leichthin mitten ins Gespräch und machte sich dann am Ausguß zu schaffen. »Mr. Campion hat es mir gesagt«, sagte sie über die Schulter zurück. »Er und Mr. Eustace waren ganz aufgeregt deswegen, als ich das Tablett aus der Pantry hinaufbrachte. Sobald ich Sie alle hier versorgt habe, soll ich einen dunklen Mantel anziehen und Mr. Campion zu einem gewissen Superintendent Luke begleiten.«

»Offiziell?« fragte Julia, noch bevor Timothy etwas sagen konnte. Nanny Broome drehte sich um und sah sie vorwurfsvoll an.

»Nicht ganz«, gab sie bedauernd zu. »Ich gehe nicht in seine Dienststelle und habe gesagt, daß ich in kein Gasthaus will, also werde ich ihn irgendwo draußen treffen.«

»Warum kommt der Superintendent nicht her?« fragte Timothy, dem seine eigenen Erfahrungen noch in den Knochen steckten, aufrichtig besorgt.

»Weil er nicht will.« Nanny Broome kehrte ihm immer noch beim Sprechen den Rücken. »Ich habe Mr. Campion gefragt, und er hat mir erklärt, das sei eine Frage der Etikette. Das habe ich natürlich sofort verstanden.«

Geschäftig eilte sie durch die Tür am anderen Ende der Küche, und Timothy sah Julia unter hochgezogenen Brauen hervor an.

»Worauf will dein Freund hinaus, weißt du das?«

»Woher sollte ich.« Sie war auf der Hut. »Superintendent Luke ist in Ordnung, nur eben ein sehr hohes Tier. Ich bin jedoch überrascht, ich hätte nicht gedacht, daß er sich einmischen würde, es sei denn ...«

»Es sei denn – was?«

»Es sei denn, Gemeinderat Cornish hat mit ihm gesprochen. Er gab mir zu verstehen, daß er es vielleicht tun würde, aber so bald habe ich nicht damit gerechnet.«

»Der Gemeinderat?« fragte Tim erstaunt, sprach jedoch nicht weiter, da Geraldine Telpher ihn und Julia mit höflichem Interesse beobachtete. Endlich, als das Schweigen zu lange dauerte, wandte sie sich an Julia:

»Wollten Sie mit ihm sprechen, oder lag Ihnen nur daran, ihn aus dem Haus zu kriegen, bevor er Eustace um den Verstand brachte? Noch nie habe ich einen Mann so erstaunt gesehen wie Cornish in dem Augenblick, in dem Sie ihn kurzerhand hinausbugsierten.«

Julia sah sie ernst an.

»Er war mir sympathisch«, sagte sie. »Er weiß sehr viel über Ebbfield. Hast du ihn gemocht, Tim?«

»Eigentlich ja.« Das Geständnis schien ihn selbst zu überraschen. »Er ist entweder sehr menschlich oder einfach nur ein Typ, den ich zufällig kenne und verstehe. Ich habe mich über ihn geärgert, hatte aber nie das Gefühl, nicht zu wissen, was er meinte, was merkwürdig ist, weil ich normalerweise gegen Fremde sehr zurückhaltend bin.«

Julia zögerte unentschlossen. »Ich habe mich gefragt«, begann sie schließlich zögernd und wurde durch einen Aufschrei von Nanny Broome, die sich irgendwo hinten im Haus befand, gerettet – oder vielleicht auch nur unterbrochen.

»Was ist hier passiert? Schaut euch das an!«

Die beiden jungen Leute liefen ihr hinterher, kamen zuerst in einen weißgetünchten Gang, wie es sie in alten Londoner Häusern noch häufig gibt, und dann in einen quadratischen Raum, der früher zu einem Nebengebäude gehört haben mußte, bevor die Stadt nicht nur darum herum, sondern buchstäblich darübergewachsen war. Er wurde von einer einzigen Birne erleuchtet, die von der rissigen Decke hing, und der Fußboden bestand noch aus Steinplatten. Nanny Broome schaute zur äußeren Wand hinauf. Direkt unter der Decke waren drei Lünettefenster, schwer vergittert und geschwärzt vom Schmutz der Jahrhunderte. Ihre Unterkante lag mit dem Gehsteig draußen auf gleicher Höhe, einem schmalen Weg, der knapp einen Meter tiefer lag als die Straße hinter dem Haus.

Im Augenblick jedoch strömte durch das mittlere Fenster kalte, rußige Luft herein.

»Seht ihr das?« fragte Margaret Broome. »Das Glas ist nicht mehr da. Es ist einfach weg, falls es nicht jemand herausgeschnitten hat. Bleiben Sie weg davon, Mr. Tim, sonst machen Sie sich schmutzig.«

Timothy hatte sich an zwei Gitterstäben hochgezogen, ließ sich jetzt gehorsam wieder fallen und klopfte sich den Staub von den Händen.

»Nirgends eine Spur von dem Glas, und das Maschendrahtgitter ist auch weg«, sagte er. »Aber sie fegen hier draußen regelmäßig. Der Weg dient als Fluchtweg, falls es in der Fabrik hinter dem Lagerhaus nebenan einmal brennen sollte, und muß daher saubergehalten werden. Ich nehme an, der Maschendraht ist mit der Zeit verrottet, das Glas rausgefallen und zerbrochen, und dann haben die Straßenreiniger das Ganze auf ihren Karren geladen.«

»Wenn das der Fall ist, haben sie aber eine sehr merkwürdige Arbeitszeit«, sagte Margaret Broome gereizt. »Zur Lunchzeit war hier nämlich noch alles in Ordnung. Vormittags gehe ich hier ein und aus, aber als ich vorhin aus der Küche kam, habe ich die Zugluft gespürt.«

»Was für ein ungewöhnlicher Raum.« Geraldine Telpher kam so vorsichtig herein, als betrete sie eine Höhle, und Margaret Broome runzelte die Stirn.

»Er ist antik, Madam«, sagte sie scharf. »Hier war der berühmte Brunnen. Er ist noch immer da, unter dem Fußboden, wo dieser Ring ist, voll mit medizinischem Wasser. Deshalb können wir mit dem Raum nichts Nützliches anfangen, zum Beispiel eine Waschküche daraus machen. Jemand hat das Fenster zerbrochen, wollte wahrscheinlich ins Haus eindringen.«

»Unsinn, Nan«, sagte Tim beschwichtigend. »Niemand könnte durch diese Gitterstäbe kriechen. Sie sind nicht einmal fünfzehn Zentimeter auseinander.«

»Eine Ratte könnte herein«, sagte Margaret Broome. »Kommt sofort raus, und dann schließen wir ab.«

Julia war nicht recht wohl zumute. »Sollten wir es nicht der Polizei melden?«

»Ich werde es erwähnen«, sagte Margaret Broome würdevoll. »Doch wie Mr. Tim schon sagte – wenn diese Gitterstäbe kein Schutz sind, ist ein bißchen schmutziges Glas erst recht keiner. Falls jemand gehofft haben sollte, daß er eindringen kann, weiß er es jetzt besser. Und nun zu Tisch bitte, ich darf die Herren nicht länger warten lassen.«

Alles in allem genommen, war es eine Erleichterung, als sie sich eine Weile später überreden ließ, endlich zu gehen. Sie stolperte leicht auf der Treppe, in ihren langen purpurfarbenen Mantel gewickelt, die Augen glänzend, als schleiche sie sich zu einem heimlichen Rendezvous. Tim seufzte auf, als sie endlich die Haustür zufallen hörten.

»Jetzt können wir noch einmal anfangen«, sagte er. »Geraldine, wie wäre es mit einer neuen Büchse dieser hübschen rosafarbenen Suppe?«

»Ihr seid noch beim Essen? Wunderbar! Wir haben gehofft, daß ihr noch nicht fertig seid.« Miss Aicheson tauchte auf einmal in der Tür auf. Sie war müde und auf Altherrenart ein bißchen umständlich.

»Der Club hatte geschlossen«, sagte sie. »Man hatte es mir sogar gesagt. Alison hatte ganz recht. Ich habe es völlig vergessen. Also sind wir nach Hause gegangen, und was passiert? Wir treffen Mrs. Broome vor der Haustür, entführt von diesem netten Albert Campion.« Sie lächelte entwaffnend. »Aber ich bin überzeugt, daß ich es fertigbringe, eine Büchse zu öffnen. Du mußt mir nur sagen, wie, Tim. Alison hat bestimmt nichts dagegen. Sie ißt eigentlich alles, wenn nur keine Zwiebeln und roten Paprika drin sind.«

Die beiden jungen Leute zeigten sich der Situation gewachsen. Julia räumte den Tisch ab und Timothy seinen Platz.

»Nur keine Sorge, Aich«, sagte er. »Wie war's im Konzert?«

»Oh, sehr schön, wirklich. Ich bin froh, daß wir hingegangen sind, so waren wenigstens zwei Leute mehr da. Der arme Henry Ambush hat nicht viele Freunde, und er ist so begabt. Es ist ein sehr anstrengendes Instrument, das Cembalo – anstrengend für die Ohren, meine ich.«

»Tatsächlich?« sagte Geraldine Telpher mechanisch. Sie hatte sich in sich selbst zurückgezogen, saß entspannt und geistesabwesend da, als stehe sie außerhalb und gehöre nicht zu den anderen.

»Also hier seid ihr alle!« Mit Eustace im Schlepptau kam Alison hereingerauscht. Die Familienähnlichkeit zwischen Bruder und Schwester und Geraldine Telpher war nie deutlicher hervorgetreten. Alle drei waren reife Menschen, über das Alter hinaus, in dem sich diese Ähnlichkeit eindeutig im Knochenbau zeigt, und Julia kamen sie vor wie drei kleine Gußformen der gleichen Fertigungsreihe, die sich nur oberflächlich da unterschieden, wo ein himmlischer Farbpinsel am Werk gewesen war.

»Macht unseretwegen nur keine Umstände«, sagte Alison, setzte sich neben Flavia Aicheson auf Julias Stuhl und lächelte allen zu. »Eustace hat sein Sandwich gegessen, und ich mag fast überhaupt nichts. Was habt ihr gehabt? Suppe und Käse? Na fein. Was willst du eigentlich hier unten, Eustace?«

»Den Kamin ansehen«, antwortete er, hinter Geraldine Telphers Stuhl kniend. »Ich komme so selten herunter, daß ich immer wieder überrascht bin. Er ist perfekt und noch genauso wie wir ihn freigelegt haben. Jeder Stein ist vollkommen. Eine einfache Ellipse. Reines 14. Jahrhundert, viel älter als das Haus. Er muß früher einen großen viereckigen Schornstein gehabt haben, der natürlich längst verfallen ist.« Er stand auf und klopfte sich den Staub von den Knien. »Eines Tages wird Nanny Broome oder ein anderes dummes Frauenzimmer versuchen, Feuer darin zu machen und uns alle ausräuchern. Aber es ist unglaublich interessant. Was jetzt Halbsouterrain ist, muß ursprünglich Straßenniveau gewesen sein, zweieinhalb oder mehr Meter tiefer als die heutige Straße. Der Kamin stammt aus derselben Zeit wie der Brunnen. Hat man ihn dir schon gezeigt, Geraldine?«

»Ich habe vorhin die Steinplatte gesehen, mit der er abgedeckt ist. Ein Fenster ist dort drin zerbrochen. Julia meint, wir sollten es der Polizei melden.«

»Was? Ein Fenster? Wirklich? Das hast du mir ja noch gar nicht gesagt, Tim. Man hätte mich sofort informieren müssen.« Eustace war schon unterwegs, um sich den Schaden anzusehen. Timothy ging mit ihm.

»Mein lieber Junge«, hörten die Zurückgebliebenen ihn sagen, »wir dürfen keine unnötigen Risiken eingehen. Es sind schlechte Zeiten. Viele Menschen ohne jede Moral sind unter uns, und wir haben Schätze im Haus.«

Alison sah Geraldine Telphers Erstaunen und erklärte hastig, was Eustace meinte:

»Er spricht von unersetzlichen Antiquitäten. Wir bewahren weder Geld noch Juwelen hier auf. Deshalb haben wir dir geschrieben, du sollst deine Wertsachen in einen Banksafe tun. Wir halten es für unrecht, Menschen in Versuchung zu führen. Hier muß jeder Einbrecher genau wissen, worauf er aus ist, sonst erlebt er eine herbe Enttäuschung.«

»Ich verstehe.« Geraldine Telpher nickte ernst, und alle waren leicht verärgert, als habe sie sich über das Inventar des Hauses geringschätzig geäußert.

»Ich glaube, du hast recht.« Eustace kam in die Küche zurück, wischte sich die Hände an einem Taschentuch ab und sprach dabei mit Timothy, der hinter ihm ging. »Die Gitterstäbe sind ein mehr als ausreichender Schutz, aber morgen früh melden wir es trotzdem, und das Fenster muß auch sofort repariert werden. Ich kann mir nicht vorstellen, daß es Absicht war, aber...« Ein Ausdruck tiefster Bestürzung breitete sich auf seinem sanften Gesicht aus, als ein lautes Poltern und ein dumpfer Schlag direkt vor der Küchentür das ganze Kellergeschoß erschütterte.

In die Stille, die dem Lärm folgte, schrie draußen jemand ein sehr häßliches unanständiges Wort.

Timothy öffnete die Tür und streckte den Kopf hinaus.

»Ach, du bist es«, sagte er. »Was ist passiert?« Er warf einen Blick zurück in den Raum und bemühte sich, nicht allzu offen zu feixen. »Es ist Basil. Er ist die Treppe heruntergefallen. Steh auf, du Idiot! Ist dir was passiert?«

»Verdammte Kinnits!« Das war unverkennbar die Stimme eines Betrunkenen – und sie klang weinerlich. »Das ist genau die Begrüßung, die ich erwarten kann. Man hat mich heute schon einmal Basil genannt – direkt vor diesem ungastlichen Haus. Ein Mensch, den ich noch nie gesehen habe, hat mich gefragt: ›Sind Sie Basil Kinnit?‹ Und wie lautet die Antwort? *Das ist hier die Frage*. Die Antwort lautet – nein.«

»Schon gut«, sagte Timothy gequält. »Zerbrich dir nicht den Kopf darüber, alter Junge, steh einfach auf.«

»Aber ich will mir den Kopf darüber zerbrechen.« Jetzt war er den Tränen noch näher. »Ich hasse die verdammten Kinnits und alle ihre verdammten Gouvernanten, und laß dir etwas sagen, Wunderknabe, ich bin in der Lage, ihnen etwas zu erzählen, von dem sie überhaupt keine Ahnung haben.«

»Aber klar, Junge, aber klar«, sagte Timothy, während er sich angestrengt bemühte, Basil Toberman auf die Beine zu stellen. »Steh nur auf, und dann kannst du uns alles erzählen, was du willst.«

15

Die Schwätzerin

»Was heißt hier Gasthaus! Das ist ein Hotel.«

Nie hatte Charles Luke mehr einem schönen Tier geglichen, das unter härtesten Bedingungen leben mußte. Sein Anzug hätte fest über einen Holzklotz geknöpft sein können, so steif saß er in dem im ersten Stock gelegenen, jetzt leeren Speiseraum der ›Eagle Tavern‹ in der Scribe Street, E. C. 3 in einem Plüschsessel und musterte Margaret Broome mit düsterer Miene, als sei sie ein Teller mit Cornflakes und er ein gieriges Kind auf einem Werbeplakat. Albert Campion, der zwischen den beiden saß, amüsierte sich, obwohl er Angst hatte.

»Zur Lunchzeit ist hier alles überfüllt«, sagte Luke zu Margaret Broome, »lauter Geschäftsleute, die am Abend mit dem Zug nach Hause fahren, und daher können wir uns hier ruhig und in aller Gemütlichkeit unterhalten, verstehen Sie? Man wird Sie wie eine königliche Hoheit behandeln. Ich habe den Raum eigens für uns aufschließen und Licht machen lassen.«

»Sehr hell ist es nicht.« Margaret Broome, geschniegelt und gebügelt in ihrem purpurfarbenen Mantel, warf einen Blick auf die Messingwandleuchten über dem Tisch. Sie verbreiteten ein etwas geisterhaftes Licht in dem mit dicken Teppichen ausgelegten Raum. »Ich weiß, daß hier zur Lunchzeit Betrieb war, ich rieche Alkohol und Zigarren. Aber wenn Mr. Campion sagt, es ist in Ordnung, dann bleibe ich eben.«

»Das ist sehr entgegenkommend von Ihnen, Ma'am.« Luke war leicht aus der Fassung geraten, und musterte sie forschend. »Ich habe Sie hergebeten, weil ich Ihnen ein oder zwei ganz simple Fragen stellen möchte. Vielleicht können Sie

sie nicht beantworten, aber es besteht die Möglichkeit, daß Sie mir bei einer Ermittlung helfen könnten, die niemanden betrifft, den Sie kennen.«

»Ich verstehe.«

»Ach, wirklich?« Er schien überrascht. »Das ist gut. Ich könnte Sie aufs Polizeirevier mitnehmen, und die Beamten dort würden eine lange, ausführliche Aussage von ihnen aufnehmen, aber dieser Anstrengung möchte ich Sie nicht aussetzen.«

»Warum nicht?« Sie schien aufrichtig neugierig, und er hielt den Atem an und stieß ihn als kurzes, bellendes Auflachen wieder aus.

»Weil Sie zu Hause gebraucht werden, um das Geschirr zu spülen«, sagte er und warf Campion einen Seitenblick zu. »Hätten Sie gern ein Stück Kuchen zum Kaffee, Mrs. Broome? Nein? Ich möchte ein Schinkensandwich«, sagte er zur Geschäftsführerin des Restaurants, die sie persönlich bediente. »Auch für die Dame und den Herrn. Und zwar die sehr teuren.«

»In Ordnung, Mr. Luke.« Die Frau, die trotz ihrer hohen Bleistiftabsätze und des Diamantrings mütterlich wirkte, setzte das Kaffeetablett ab und stöckelte durch das Halbdunkel davon.

Der Superintendent wandte sich wieder an Margaret Broome.

»Ich möchte, daß Sie sich bei der Sache Zeit lassen, und fange deshalb mit etwas an, das nicht sehr viel mit dem eigentlichen Problem zu tun hat«, begann er, nicht ganz der Wahrheit entsprechend. »Mr. Campion hat mir erzählt, daß Sie glauben, die Frau wiedergesehen zu haben, die Timothy Kinnit als Baby nach Angevin gebracht hat. Ihrer Meinung nach war diese Frau heute nachmittag auf dem Harold-Dene-Friedhof. Ist das richtig?«

Margaret Broome lächelte ihm zu, warf gleich darauf den Kopf zurück und lachte wie ein junges Mädchen.

»Ich bin nicht so grün wie ich aussehe«, sagte sie. »Stellen Sie mir direkte Fragen, dann bekommen Sie von mir direkte Antworten. Sie möchten wissen, ob Mr. Tims Mami plötzlich gewissermaßen vom Himmel gefallen ist, nicht wahr?«

Luke blinzelte, übertrieb seine Reaktion und lehnte sich im Sessel zurück.

»Davon habe ich kein Wort gesagt.«

»Das weiß ich, aber gedacht haben Sie es.«

»Ach wirklich? Dann können Sie wohl Gedanken lesen?«

»Das würde ich nie behaupten«, antwortete sie anmaßend und tadelnd zugleich. »Aber im allgemeinen kann ich eine Frage durchschauen, die man mir stellt. Es gibt nun mal Leute, die das können.«

Der Superintendent seufzte, und die Falten auf seiner Stirn vertieften sich, als er die Brauen hob.

»Ja«, sagte er, »es gibt sie, diese Leute – und sie sind verdammt gefährlich. Nun gut, angenommen, das ist es, was ich wissen will? Aufgepaßt! Ich sage nicht, daß es so ist, ich sage nur – angenommen, es ist so.«

Margaret Broome berührte seinen Mantelärmel knapp über seinem Handgelenk.

»Sie vergeuden nur Ihre Zeit«, sagte sie. »Sie ist es nicht. Das habe ich schon Mr. Toberman gesagt – Mr. Campion war dabei und hat zugehört, was er übrigens dauernd tut, wie mir scheint. Das Mädchen, das Timothy damals nach Angevin brachte, war weder seine Mutter noch die eines anderen Kindes.«

Luke beugte sich über den Tisch, in vertraulicher Mann-zu-Frau-Pose.

»Man irrt sich leicht in einer solchen Sache. Ich selbst habe mich immer wieder täuschen lassen. Mit der Mutterschaft ist es wie mit allen natürlichen Dingen – es gibt Hunderte von Variationen.«

Margaret Broome schüttelte den Kopf. Sie saß sehr aufrecht und mit geröteten Wangen da.

»Ich bezweifle nicht, daß Sie ein sehr kluger Mann sind und

als Polizeibeamter vieles wissen müssen, was einen Mann sonst nichts angeht, aber Sie haben nie ein Baby bekommen, nicht wahr? Nicht Sie selbst, meine ich.«

Luke kratzte sich am Kinn, doch noch bevor er etwas sagen konnte, fuhr sie fort:

»Nun, ich schon. Und was mehr ist, ich war damals eben erst aus dem Krankenhaus zurückgekommen, nachdem ich mein Baby verloren hatte, als dieses Mädchen mit Tim auftauchte – einem Neugeborenen, das praktisch noch an der Nabelschnur hing. Das kann man nicht manipulieren. Und obwohl ich meine Füße fast nicht mehr spürte, weil ich so viele Mamis zu versorgen hatte, galt ihr mein Hauptinteresse, weil das Baby noch so klein war. Ich legte sie in mein eigenes kleines Zimmer, und wir schliefen in einem Bett, und ich freute mich den ganzen Tag darauf, mit ihr über die Niederkunft zu reden.«

»Ah!« Lukes ausdrucksvolles Gesicht verriet, daß er begriffen hatte. »Sie hat nicht die richtigen Antworten gegeben?«

»Sie hatte keine Ahnung.« Margaret Broomes Enttäuschung und Verachtung waren noch so frisch, als habe sie sie erst kürzlich erlebt. »Die ganze Nacht habe ich versucht, ein paar vernünftige Worte aus ihr herauszubringen und sehr bald gemerkt, daß sie nicht nur eine Lügnerin, sondern auch ein absolut unwissender junger Affe war. Stellen Sie sich vor, eine andere Frau im Bus mußte ihr ein Fläschchen leihen, sonst wäre er verhungert, ehe ich ihn retten konnte. Sie war ein sehr, sehr schlechtes Mädchen.«

»Und hat sie behauptet, sie sei die Mutter?«

»Nicht mir gegenüber, nein. Sie sah bald ein, wie lächerlich das gewesen wäre. Wegen des rosa Tickets hatte sie sagen müssen, daß sie es war. Man mußte ein rosa Ticket haben, um mit diesem Bus fahren zu dürfen. Nein. Das Mädchen hatte einfach Angst vor den Bomben. Nur um die sorgte sie sich, die dumme kleine Katze. An das arme Baby hat sie keinen Gedanken verschwendet. Ich hatte ihr Bomben gegeben!«

»Und nachdem sie mit Ihnen gesprochen hatte, ist sie weggelaufen?« nahm Luke das Ende der Geschichte vorweg.

Margaret Broome hob den Kopf und sah ihn aufsässig an.

»Ja, dann ist sie weggelaufen. Ich wußte, ich hatte sie erschreckt, aber das hätte ich nicht erwartet. Am nächsten Morgen verschwand sie. Ich dachte, sie hat sich versteckt, deshalb sagte ich nichts und kümmerte mich um das Baby. Ich war so beschäftigt und so glücklich mit ihm und schob es immer wieder hinaus zu sagen, daß sie nicht mehr da war. Und dann, als Mr. Eustace ihn praktisch übernahm und ihm diesen Namen gab, zerbrach ich mir nicht weiter den Kopf. Ich sagte mir, daß sie bestimmt nur ein Dienstmädchen war, das den Auftrag hatte, ihn zu uns zu bringen.« Sie unterbrach sich und schöpfte trotzig Atem. »Wenn Sie mir nicht glauben, kann ich auch nichts machen. Aber ich lüge nicht.«

»Nein«, sagte Luke grinsend, »dazu sind Sie nicht dumm genug. Ich glaube Ihnen. Was war mit den Sachen des Kindes? Ich denke nicht, daß sie besonders schön waren, aber haben Sie nichts davon aufgehoben? Ein Schuhchen oder eine Stickerei – irgend etwas?«

Sie schüttelte den Kopf. »Das einzige, das ich aufgehoben habe, war etwas für ein Baby höchst Unpassendes. Ein baumwollenes Kopftuch. Von einem hübschen Hellblau. Blau für einen Jungen. Es hatte ein Muster aus hüpfenden kleinen Lämmern und eine Aufschrift aus einem verschnörkelten Gänseblümchenmuster: ›Glücklich und vergnügt‹. Das wiederholte sich auf dem ganzen Tuch. Es war ganz nach meinem Geschmack, und ich hab's noch irgendwo. Ich werde es Ihnen zeigen, aber es war nichts Besonderes. Damals gab's bei Woolie Hunderte von diesen Tüchern.«

»Wenn Sie das genau wissen, brauchen Sie sich nicht zu bemühen.« Bedauernd schüttelte er den Kopf. »Wie steht es mit Ihrer Beobachtungsgabe?« Er hatte seine abgewetzte, zum Platzen gefüllte schwarze Brieftasche herausgezogen und suchte etwas darin. »Das ist eine Kuriosität für sich«, wandte er sich an Campion. »Ich durfte mir zwar nicht die Akte ausleihen, aber die Photoabteilung schickte mir innerhalb von vierzehn Minuten diese Bilder herauf.« Er nahm zwei Photos einer Frau heraus, eins *en face*, das andere vom Profil aufgenommen, und reichte sie Margaret Broome, die mit erwartungsvoller Miene dasaß wie ein Quizkandidat, der danach fieberte, endlich an die Reihe zu kommen.

Nach einem einzigen Blick auf die Bilder jedoch las man nur noch Bestürzung in ihren Zügen.

»Oh, sieht sie nicht entsetzlich aus?« rief sie entgeistert. »So schlimm ist es nicht mit ihr, nicht einmal jetzt. Wofür sind diese Aufnahmen? Für ihren Paß?«

»Man könnte es so nennen«, antwortete Luke trocken. »Ist sie es?«

»O ja, und ob sie es ist.«

»Wissen Sie noch, welchen Namen sie Ihnen genannt hat?«

»Sie hat mir überhaupt keinen Namen gesagt. Hätte sie es getan, hätte ich mich daran erinnert und uns allen eine Menge Scherereien erspart.«

»Hat er denn nicht auf dem rosa Ticket gestanden?«

»Ich hatte keine Zeit, mir Tickets anzusehen. Sie haben ja keine Ahnung, wie das war. Wir hatten Hunderte von Mamis und Kinderlein im Haus. Hunderte! Alle wollten – du meine Güte! – dauernd alles Mögliche.«

»Wie haben Sie sie genannt?«

»Ich?«

»Ja, als Sie sich über die intimen Einzelheiten einer Niederkunft unterhielten. ›Schätzchen‹?«

»Nein, so etwas wäre mir nie über die Lippen gekommen. Ich bin sehr eigen mit meiner Sprache.« Sie dachte nach, versuchte sich zu erinnern. »Ich glaube, ich nannte sie ›Agnes‹. Sie muß mir gesagt haben, daß sie so heißt, weil ich den Namen eigentlich nicht mag.«

»Das ist schon in Ordnung, nur keine Sorge. Haben Sie je den Namen Mrs. Leach gehört?«

»Nein. Sagt sie, daß sie so heißt?«

Der Superintendent ignorierte die Frage. Er las ein paar Notizen auf einem Blatt, das aus einem Telefonblock herausgerissen worden war.

»Ich sehe hier«, sagte er endlich, »daß Sie Mr. Campion erzählt haben, Sie hätten sich auf dem Friedhof nicht mit ihr unterhalten. Es war ein zufälliges Zusammentreffen, und obwohl Sie glaubten, die Frau zu kennen, ist Ihnen erst auf der Heimfahrt im Bus eingefallen, wer sie war. Haben Sie kein einziges Wort gewechselt?«

»Keins.« Ihr fiel ein, wie Geraldine Telpher reagiert hatte, als sie hörte, daß es ihre Gewohnheit war, mit leblosen Dingen zu sprechen, und deshalb beantwortete sie aus Vorsicht Lukes Frage buchstabengetreu. »Vielleicht habe ich ›verzeihen Sie‹ gesagt, als ich an ihr vorbei mußte, um das Gebinde aufs Grab zu legen. Aber das war auch alles.«

Er nickte. »Sie habe gekniet, sagen Sie?«

»Da habe ich mich vielleicht geirrt. Vielleicht hat sie sich nur gebückt, um die Blumen aus der Nähe zu sehen.«

Luke kratzte sein schwarzes Kraushaar. »Haben Sie eine Ahnung, was sie überhaupt dort wollte? Ist sie einfach zwischen den Gräbern umhergewandert, hat sie Blumen stibitzt, oder was? Ich meine, war dieses Zusammentreffen Ihrer Meinung nach wirklich ein reiner Zufall, oder interessierte sie sich nur für dieses eine Grab?«

»Oh, es war natürlich Miss Saxons Grab, das sie sich angesehen hat!« Sie schien erstaunt über die Idee, es könnte eine andere Erklärung geben. »Ich hab noch gedacht: ›Ah, da ist jemand, der das dumme Geschwätz gehört hat.‹ «

Albert Campion hob warnend die Hand, doch es war zu spät. Luke hatte mitbekommen, was sie gesagt hatte.

»Was für ein dummes Geschwätz?« fragte er, mißtrauisch von einem zum anderen blickend.

»Miss Saxon war kurz vor ihrem tödlichen Herzanfall in der Küche gestürzt«, erklärte Campion mit großer Zurückhaltung. »Sie scheint an der Tür gelauscht zu haben, als Timothy Kinnit sie plötzlich aufriß. Miss Saxon verlor das Gleichgewicht und fiel. Basil Toberman hat aus dem Zwischenfall eine große Sache gemacht. Er ist krankhaft eifersüchtig auf Timothy.«

»Es ist wirklich nicht wahr, was er erzählt hat«, sagte die unbezähmbare Margaret Broome. »Ich war dabei und habe gesehen, wie's passiert ist, da gibt es gar keine Frage. Mr. Eustace hat es nur verheimlicht, weil sie Gouvernante war – nicht wegen Mr. Tim.«

»Er hat es verheimlicht?«

»Heruntergespielt«, sagte Albert Campion so energisch, wie man es ihm bei seiner Lässigkeit nie zugetraut hätte.

»Nun gut«, räumte Luke ein, war aber noch immer interessiert. »Warum diese Geheimnistuerei mit Gouvernanten?«

»Weil die Familie eine hatte, die einen Mord beging.« Margaret Broome genoß ihren Auftritt. Als Luke es merkte, wurde er wesentlich ruhiger.

»Vor hundertzwanzig Jahren«, sagte Campion unwirsch. »Miss Thyrza Caleb und ihren Todessessel.«

»Oh?« Der Superintendent war entzückt. »*Die* Familie Kinnit ist das, ja? Als ich ein Kind war, hatten wir ein Buch über berühmte Kriminalfälle zu Hause, mit gräßlichen alten Holzschnitten illustriert. Ich erinnere mich genau an Thyrza mit dem weißen Gesicht und den lang wallenden Haaren. Etwas war merkwürdig an der Geschichte. Hat es nicht noch ein Nachspiel gegeben?«

»Nie davon gehört«, sagte Campion. »Dieses Verbrechen ist mir überhaupt entgangen. Als Toberman mir vor ein paar Tagen davon erzählte, war es absolut neu für mich.«

»Aber es ist auf seine Weise berühmt.« Luke kramte noch immer in seinem Gedächtnis. »Ich glaube, sie hat Selbstmord begangen.« Er schüttelte den Kopf, weil einige Einzelheiten hartnäckig im Schatten blieben, und wandte sich an die breit lächelnde Margaret Broome. »Na ja, auf jeden Fall haben Sie sich eingemischt und den armen Kerl erschreckt«, sagte er. »Sie sind die alte Schwatzliese höchstpersönlich, nicht wahr?«

Margaret Broome fand das gar nicht lustig. Wie immer, wenn ein Scherz auf ihre Kosten ging, bemühte sie sich, ihn heimzuzahlen.

»Ich habe nichts zu verbergen«, sagte sie, den Kopf zurückwerfend. »Mir geht's nicht so wie ein paar anderen Leuten.«

Lukes Interesse war wider besseres Wissen geweckt. »Heraus damit!« kommandierte er. »Über wen wollen Sie uns diesmal etwas erzählen?«

»Über niemanden. Ich habe nichts zu erzählen, aber die alte Miss Saxon hätte einiges zu sagen gehabt. Hat sich das Gesicht bemalt, die Haare gefärbt und an Türen gelauscht – und das mit über sechzig Jahren, wenn's reicht. Was war denn das für eine Gouvernante!«

»Besser als keine«, sagte Luke kurz angebunden. »Mit solchem Klatsch holen Sie mich nicht hinterm Ofen hervor.«

»Aber sie hatte ein Geheimnis. Hat immer dicht davorgestanden, sich mir anzuvertrauen. Sie steuerte so oft darauf zu, wurde dann irgendwie aus dem Konzept gebracht, oder Mrs. Telpher rief nach ihr.« Margaret Broome dosierte ihre Pointen ein bißchen. Ihr Verlangen nach Dramatik war irgendwie rührend. »Sie hat mir noch am Tag vor ihrem Tod selbst gesagt: ›Mich belastet etwas ganz furchtbar.‹«

Campion nahm es auf sich, dafür zu sorgen, daß nicht noch größerer Schaden angerichtet wurde.

»Miss Saxon hat den Wagen gefahren, als es zu dem tragischen Unfall kam, bei dem das Kind, das hier im Krankenhaus liegt, so schwer verletzt wurde«, sagte er. »Das kleine Mädchen ist seit zwei Jahren bewußtlos.«

»O Gott!« Lukes mitfühlender Gesichtsausdruck ging unter in Margaret Broomes erstauntem Ausruf:

»Das war es also! Tja. Kein Wunder, daß sie dieses Schuldgefühl mit jemandem teilen wollte und sich mehr über das arme Kind aufregte als die bemitleidenswerte Mutter.« Sie unterbrach sich und fügte dann triumphierend hinzu: »Und deshalb hat sie sich die Haare gefärbt.«

»Weshalb denn?« fragte Luke mit funkelnden Augen. »Reden Sie weiter! Aber Sie trauen sich bestimmt nicht!«

»Weil sie wußte, daß sie zu alt war, um einen Wagen zu steuern, natürlich.« Margaret Broome sammelte Handschuhe und Handtasche ein. »Und wenn Sie mich jetzt nicht mehr brauchen, Sir, muß ich wieder nach Hause. Es wird einiges aufzuräumen sein, und Miss Julia übernachtet bei uns und braucht eine schöne, heiße Wärmflasche ins Bett. Einfach um sie ein bißchen zu trösten. Sie ist so jung und hat keine Mami.«

Luke stand auf. »Nun gut, gehen Sie«, sagte er. »Danke für Ihre Hilfe. Ich glaube nicht, daß ich Sie noch einmal behelligen muß.«

»Oh, darüber bin ich aber sehr froh.« Ihr ganzer Körper drückte jedoch Enttäuschung aus, und ihre Wimpern lagen halbkreisförmig auf ihren Wangen. »Ich hätte nur ungern vor Gericht ausgesagt.«

»Das möge Gott verhüten«, sagte Luke und legte das Kinn auf die Brust. »Laufen Sie, irgendwann einmal schicke ich Ihnen einen Kasten Pralinen.«

Sie warf ihm ein Lächeln zu – so übermütig und herausfordernd wie das einer Siebzehnjährigen. »Ich esse keine Pralinen«, verkündete sie triumphierend. »Ich mache eine Schlankheitskur.«

Das Letzte, das sie von ihr sahen, war ihr Hinterteil, das so selig wackelte, als trage sie einen prächtigen Schwanz, dann tauchte sie in den Schatten ein.

Luke lachte leise. »Es ist wirklich eine Schande, daß man es nie riskieren dürfte, sie in den Zeugenstand zu holen«, stellte er fest. »Sie weiß auf alles eine Antwort. Es muß großen Spaß machen, von einer solchen Frau erzogen zu werden. Man wüßte noch vor seinem siebten Geburtstag alles Wichtige über das ganze weibliche Geschlecht.«

Campion streckte die Hand nach den beiden Photographien

aus und betrachtete sie neugierig. Sie zeigten ein heruntergekommenes Gespenst von einer Frau mit schlaffem Mund und riesigen, leeren Augen, die trotzdem irgendwie hinterhältig wirkten. Sie war unglaublich schlampig und ungepflegt, was, wie er vermutete, Margaret Broome so geschockt hatte.

»Wie steht es mit Agnes Leachs Strafregister?« fragte er.

Luke zuckte mit den Schultern. »Die übliche lange Liste. Ladendiebstahl, Prostitution, kleinere Vergehen. Unsere Wohlfahrtsleute haben die größte Mühe mit ihr. Sie besorgen ihr einen Job nach dem anderen, und jedesmal bessert sie sich für ein paar Wochen, bis irgend etwas anderes ihre Aufmerksamkeit erregt, und – wumm! – liegt sie wieder flach auf der Schnauze.«

»Ich nehme an, daß Mrs. Broome sie auf den Photos erkannt hat?«

»Das würde ich noch auf dem Totenbett auf meinen Eid nehmen«, sagte Luke mit der Überzeugung langer Erfahrung. »Sie hat sie auf dem Friedhof erkannt, und die Bilder haben das bestätigt.«

Campion gab sie zurück. »Was wollte Agnes Leach dort? Hat sie eine Adresse gesucht?«

»Ich glaube ja. Sich die Blumen auf dem Grab ansehen, heißt für mich, nach Firmenetiketten von Blumenhändlern suchen. Irgendwie – fast sicher von Miss Tray aus der Schusterwerkstatt – hatte sie erfahren, daß der junge Mann, der in Ebbfield so peinliche Fragen stellte, bei der Beerdigung von jemand namens Saxon anwesend sein würde, und es stehe eine Todesanzeige in *The Times*. Zwar war in der Zeitung keine Adresse, aber der Friedhof angegeben, also ist sie hingegangen.« Er schüttelte den dunklen Kopf. »Meiner Meinung nach darf man auf keinen Fall unterschätzen, was Agnes und ihre Komplizen wahrscheinlich sicher wissen. Sie schnappen zusammenhanglose Bruchstücke von Informationen auf und reimen sich eine Geschichte zusammen. Sie kannten den Namen Stalkey, daher der Vandalismus in der Wohnung und das Feuer im

Büro, doch allem Anschein nach war ihnen der Name Kinnit unbekannt. Die Chance, daß Agnes sich daran erinnert, falls sie ihn während ihres kurzen Aufenthalts in Angevin überhaupt gehört hatte, ist sehr gering. Sie ist einfältig und geistig zurückgeblieben. Bei ihm ist es natürlich etwas anderes.«

»Aha!« sagte Campion, hinter der Brille blinzelnd. »Endlich kommen wir zu der dunklen Gestalt im Holzstoß, dem Brandstifter und dem Wohnungszerstörer.«

»Aufschlitzer von Postsäcken und Kleidern im Kino und Verbrenner von Bussitzen. Außerdem ist er mindestens auf drei Mädchen, die's hätten besser wissen müssen, als sich mit ihm zu treffen, mit einem Messer losgegangen.« Luke sprach ohne Gehässigkeit. »Er ist ein Problemkind«, fügte er unnötigerweise hinzu.

»Der Sohn von Agnes?«

Der Superintendent lehnte sich zurück und kippte den Sessel auf die Hinterbeine. »Sie sagt nein. Um das zu beweisen, hat er einen Geburtsschein und den Trauschein seiner Eltern. Ein fast unglaubliches Phänomen in diesem Viertel. Laut Agnes heißt der Junge Barry Cornish. Sein hochangesehener Vater hat für ihn getan, was er konnte.«

»Also ich denk, ich spinne!« stieß Campion hervor, der, wenn er geschockt war, vor Kraftausdrücken nicht zurückschrak. »Das also steckt dahinter!« Er schwieg einen Moment und überdachte die Folgen dieser neuen Situation. »Sagen Sie«, meinte er endlich, »hatte Cornish selbst eine Ahnung von der wahren Geschichte?«

»Nicht die geringste. Er hat Barry recht halbherzig anerkannt. Er erfuhr sie erst heute morgen, als Miss Aicheson ihn weckte, um ihm die Geschichte von Timothys Ankunft in Angevin zu erzählen – ganz offensichtlich die andere Hälfte jener, die er schon von Agnes' Freunden über den anderen Jungen zu hören bekommen hatte. Agnes erfindet nie mehr als unbedingt nötig. Das ist das Gefährlichste an ihr.«

»Ja, das stimmt. Wie hat Cornish die Entdeckung aufgenommen, daß er all die Jahre von der Frau betrogen, ja, buchstäblich erpreßt wurde, die die Papiere seines Sohnes geklaut hatte?«

»Gar nicht«, sagte Luke bedächtig. »Er ist ein ehrlicher Kerl. Ihm war klar, daß wahrscheinlich Barry hinter den Gewalttaten steckte, und er kam zu mir, weil sein Gewissen ihn dazu zwang. Ich hatte den Eindruck, daß er mit Timothy, der ihm sehr ähnlich zu sein scheint, überglücklich wäre. Aber wissen Sie, ich glaube nicht, daß er je versuchen wird, ihn an sich zu binden und den andern zu verstoßen.«

Campion seufzte. »Armer Mann«, sagte er. »Er sieht sein großes Opfer von den Göttern verschmäht, und so sind ohne Zweifel alle Rachegöttinnen wieder losgelassen, um ihn zu peinigen.«

Luke sah seinen Freund neugierig an.

»Was für ein merkwürdiger Kerl Sie sind, Campion«, sagte er. »Ich habe ihm gesagt, daß er sich an ein falsches Kreuz klammert. Aber außerdem ist er natürlich ein verdammter Kommunalpolitiker. Er schafft es einfach nicht, sich selbst davon zu überzeugen, daß eine amtliche Urkunde kein Heiligtum ist.«

»Also damit das einmal ganz klar gesagt wird – fürs Protokoll.« Campion gab sich schüchtern wie immer. »Sie sind der Ansicht, daß Agnes Leach Timothy bei Mrs. Broome zurückgelassen, aber seine Papiere behalten hat?«

»Nur durch Zufall.«

»Oh, ich verstehe. Sie hat die Sachen der Mutter irgendwo untergestellt?«

»Ja. Sie ließ den ganzen Koffer bei einer kreuzehrlichen Hauswirtin, die ihn aufhob, bis Agnes vier Jahre später wieder auftauchte. Inzwischen hatte Agnes selbst ein Baby bekommen – Barry, der inzwischen drei Jahre alt war. Ich vermute, sie hat ihn mit allem herausgeputzt, was sie im Koffer der anderen Frau fand, und gedacht, daß ihm die Papiere von Nutzen sein könnten, wenn sie behauptete, er sei nicht drei, sondern vier Jahre alt. Er war zurückgeblieben, nicht wahr? Also egal, ob ein bißchen weniger oder mehr. Das bereitete Agnes keine Kopfschmerzen.« Seine Augen begannen zu funkeln. »Ich wette, es waren unsere lieben guten Nonnen, die in aller Unschuld den Vater für sie ausfindig machten, nachdem sie ihnen die Heiratsurkunde vorgelegt und ihnen erzählt hatte, sie habe das Baby vor den Bomben gerettet. So etwas liegt ganz auf ihrer Linie.«

Albert Campion seufzte. »Ich glaube Ihnen alles«, sagte er bedrückt. »Was ist jetzt mit Agnes und Barry? Hat man sie verhaftet?«

Luke warf einen Blick auf seine Uhr. »Ich habe Munday Bescheid sagen lassen, dem Chefinspektor in Ebbfield, der den Jungen inzwischen wohl festgesetzt haben wird. Seine letzte Adresse war irgendwo in Wandsworth. Manchmal dauert es ein paar Stunden, einen kleinen Ganoven aufzuspüren, doch bei der Festnahme gibt es kaum Schwierigkeiten.«

»Das nehme ich auch an. Sie haben an der Brandstelle ein paar Fingerabdrücke sichern können, nicht wahr?«

»Keine sehr guten. Als ich ging, hat man sie sich gerade im Labor vorgenommen. Ich wollte, daß Mrs. Broome Agnes inoffiziell identifiziert, für den Fall, daß sie in eine kriminelle Sache verwickelt war und einer privaten Ermittlung entzogen werden würde.« Luke schämte sich ganz offensichtlich für seine Vermutung und glaubte sich entschuldigen zu müssen. »Ich finde immer, es hat nicht viel Sinn, unnötigerweise Menschen hineinzuziehen, die ein bißchen den Schein wahren müssen«, fuhr er fort. »Daß Mrs. Broome so überzeugend sein würde, konnte ich ja nicht ahnen. Ich dachte, sie müßte Agnes vielleicht noch einmal sehen, um ganz sicher zu sein. Wie die Dinge liegen, haben wir freie Bahn. Sie sollten imstande sein, dem Papa von Miss Julia beizubringen, daß es in Timothys richtiger Familie nichts Schlimmeres gibt als den Hang, sich dickköpfig selbst zu opfern. Der bedauernswerte alte Gemeinderat kann sich sein Nagelbett schließlich selbst aussuchen. Finden Sie das nicht zufriedenstellend?«

»Nein.« Campion runzelte die Stirn. »Mich beunruhigt die Frage, warum sie ihr nicht gefolgt ist.«

»Warum Agnes Mrs. Broome nicht gefolgt ist?«

»Genau. Dafür gibt es nur eine Erklärung – sie hatte den Namen Kinnit und die Adresse schon gefunden, wahrscheinlich auf einem Kranz. Sie muß Mrs. Broome auch erkannt haben. Die Begegnung fand irgendwann am frühen Nachmittag statt, und Agnes blieb eine Menge Zeit, die Neuigkeit telefonisch in alle Richtungen hinauszutrompeten. Sie könnte, zum Beispiel, im Schuhmacherladen angerufen haben.«

Luke hörte zweifelnd zu.

»Möglich«, sagte er. »Von den beiden verfügt nur Barry über eine gewisse Intelligenz. Er hat einen scharfen, aber bösartigen Verstand. Befürchten Sie, daß er Timothys wegen das Haus angreifen könnte?«

»Nein, das nicht«, antwortete Campion mit dem für ihn typischen sanften Eigensinn. »Ich denke, er hat genug Grips, um zu wissen, wie viele Bohnen zusammen fünf machen. Nanny Broome ist doch wohl die einzige, die bezeugen kann, daß Timothy das Baby war, das Agnes Leach bei Kriegsausbruch nach Angevin gebracht hat?«

Hastig fuhr Luke in die Höhe. »Mann!« rief er. »Und wir haben sie allein nach Hause gehen lassen. Schnell, ich muß telefonieren ...«

16

Die Anklage

Als er endlich am Küchentisch saß, Alison und Flavia Aicheson ihm gegenüber, Geraldine Telpher zu seiner Linken, Eustace rechts und Julia und Timothy im Korbsessel, verfiel Basil Toberman in eine Pose mürrischer Arroganz.

Mit dem feuerroten Gesicht und dem feucht glänzenden, vollen Mund sah er aus wie ein Diktator – untersetzt, kurzsichtig und unnatürlich ernst.

»Die Bronze ist frag- frag- fraglos echt«, verkündete er und fügte unnötigerweise hinzu: »Ich habe es gesagt.«

»Wir hören es.« Flavia Aicheson war fast so rot wie er und hatte noch nie männlicher ausgesehen. »Glauben Sie nicht, daß all dies möglicherweise warten könnte?«

»Ruhe!«

Toberman hatte offensichtlich beschlossen, sie wie ein öffentliches Publikum zu behandeln. »Ich bin eben mit einem der größten Experten, die die Welt je gekannt hat, durch halb Europa geflogen. Ich spreche von Leofric Paulfrey vom Museum.«

»Professor Paulfrey!« Eustace war begeistert, sein Gesicht leuchtete vor Freude auf. »Das ist großartig! Sein Urteil ist von unschätzbarem Wert. Sagt er, daß sie aus dem vierten Jahrhundert stammt?«

»*Ich* sage, daß sie echt ist.« Toberman runzelte unwillig die Stirn, weil es ihm so schwerfiel zu artikulieren. »Sie ist ein Gegenstück zu der Bronze ›Knabe auf einem Pferd‹ aus der Ruine des Artemistempels, aber besser erhalten. Ich bin bereit zu garantieren, daß sie von demselben Künstler stammt.«

»Bist du denn noch bei Trost?« sagte Eustace, und Alison und Geraldine Telpher lächelten und blinzelten sich mit gutmütigem Spott zu.

»Lacht! Los, lacht nur weiter!« Tobermans dicke Hand schoß mit einer Geste vor, die sogar für einen Bajazzo ein bißchen zu dramatisch gewesen wäre. »Lacht euch nur kaputt. Heute könnt ihr's noch, aber es wird das letztemal sein, weil ich inzwischen die Wahrheit über euch weiß und nie den Mund halte, nicht wahr?«

»Mein lieber Freund, wenn du nur die Wahrheit über die Bronze erfahren hast, dann reicht das für einen Abend«, drehte Eustace den Spieß um und warf Julia einen um Entschuldigung bittenden Blick zu. Er tat es sehr diskret, aber Toberman, der, wie das bei toxischen Zuständen häufig vorkommt, hellsichtiger und hellhöriger zu sein schien als sonst, stürzte sich, ihre Anwesenheit offenbar erst jetzt wahrnehmend – bildlich gesprochen –, mit Vehemenz auf sie.

»Das paßt«, erklärte er übertrieben theatralisch. »Das ist groß. Das ist Gerechtigkeit. Die Braut des Wunderknaben stößt auf das Familienskelett im Schrank.«

»Also ich an deiner Stelle würde mich nicht so bezeichnen, Toby.« Timothy hatte seinen Spaß an der Situation. »Wie wär's, wenn du dich ein bißchen aufs Ohr legtest? Gehen wir rauf und zu Bett?«

»Nein. Ganz bestimmt und sicherlich nicht. So blau bin ich auch wieder nicht.« Toberman mußte jetzt selbst ein bißchen lachen. »Ich habe dir etwas zu sagen, Tim, und hinterher wirst du wissen, daß ich recht habe, so wie ich wußte, daß der alte Paulfrey recht hatte, als er es mir sagte. Der Mann hatte Angst vorm Fliegen, Timothy. Ich hab's ihm angesehen. Hab's in seinen Augen gesehen, und weil ich selber ein bißchen zittrig war wie immer, wenn ich in der Luft bin, habe ich ihm vorgeschlagen, wir sollten uns wie richtige Männer benehmen und die Angst mit Alkohol verdünnen. So kam's, daß er es mir erzählt hat. Andernfalls hätte er es wahrscheinlich nicht über sich gebracht, überhaupt mit mir zu reden. Er fürchtete sich. Er war feige. Er schwitzte. Ich hab's gesehen. Um sein Gesicht zu wahren, mußte er quatschen, und weil mein Name ihn an die Kinnits erinnerte, plapperte er die ganze herrliche Geschichte heraus.«

»Und zwar, daß die Bronze echt ist«, sagte Geraldine Telpher energisch.

»Gott!« Toberman musterte sie übertrieben verächtlich. »Sie sind eine Kinnit, und das ist typisch. Das ist das erste, letzte und einzige, woran Sie denken. Nur keine Sorge, Geraldine, Sie kommen auch dran. Professor Paulfrey war sehr interessiert, als er hörte, daß Sie bei ihren Verwandten wohnen. Er sagte, er kenne den Ruf Ihres verstorbenen Mannes, und er kennt auch die Van Graffs sehr gut. Er war Hausgast bei ihnen. Doch es war Ihre Gouvernante, die ihn interessierte und mich, bei Gott, genauso, als er es mir erzählte.« Er drehte sich schwankend um und schielte zum Korbsessel hinüber. »Timothy? Weißt du, was das wirklich Interessante an der ursprünglichen Kinnit-Gouvernante ist?«

»Basil, du wirst allmählich entsetzlich lästig!« Eustaces Stimme klang ungewöhnlich scharf, und alle hörten es, nur Toberman hatte offenbar kein Ohr dafür.

Er schwankte zwar hin und wieder, redete aber immer noch recht flüssig und zusammenhängend.

»Glaub das ja nicht, du alberner alter Kinnit«, erklärte er. »Hör mir nur zu, mein kleiner Mann. Ich habe Neuigkeiten für dich. Das Familiengeheimnis ist keins mehr. Miss Thyrza ist entlastet. Sie war unschuldig, Timothy. Sie hat ihren Freund nicht ermordet. Es war ihr Zögling, die verdrehte fünfzehnjährige Miss Haidée Kinnit, deren kindische Annäherungsversuche er abgewiesen hatte. Sie hat den Sessel präpariert. Sie hat den Mord begangen und ihn hinterhältig, wie die Kinnits nun einmal sind, ihrer erfolgreichen Rivalin, der unwichtigen und wehrlosen Gouvernante, in die Schuhe geschoben. Es besteht sogar der starke Verdacht, daß die ganze Familie es wußte.«

»Basil! Sei still! Jemand soll ihm den Mund verbieten! Eustace, bring ihn zum Schweigen!« Der unerwartet heftige Protest von Alison löschte jeden Zweifel an der Wahrheit der Geschichte aus.

Offensichtlich wurde die uralte Geschichte von den modernen Kinnits sehr ernst genommen. Eustace bebte vor Zorn, seine Liebenswürdigkeit war spurlos verschwunden. Alison weinte fast, und sogar Geraldine Telpher schien aus ihrer natürlichen Ruhe gerissen. Ihr Gesicht war grau und starr.

Toberman genoß die Situation.

»Jetzt verstehe ich auch, warum der alte Terence Kinnit sich solche Mühe gemacht hat, das Verbrechen zu vertuschen«, sagte er glücklich. »Warum er die Staffordshire-Gußformen aufgekauft hat, in ein anderes Haus umgezogen ist – und so weiter. Wenn seine Tochter die Mörderin war, kriegt das Ganze einen Sinn und ist wasserdicht. Sie haben alle miteinander die arme Gouvernante in den Selbstmord getrieben. Ich glaube nicht, daß auch nur einer von ihnen deshalb Kopfschmerzen bekommen hat. Sie hatten ihr schließlich einen Gefallen getan und sie ohne Referenzen eingestellt, nicht wahr? Da war es doch ihre Pflicht, sich dafür erkenntlich zu zeigen und sogar ihr Leben zu opfern, wenn nötig. So denken sie nun einmal, die lieben Kinnits.«

»Halten Sie jetzt endlich den Mund, Sir?« Wenn Eustace zornig war, konnte er furchterregend wirken, und das schien jetzt sogar Toberman zu merken. Er begann sich zu beklagen.

»Ich verstehe nicht, warum ihr mich für die Wahrheit bestrafen wollt«, murrte er. »Das steht alles in einem Buch; Paulfrey hat es mir erzählt. Um die Jahrhundertwende ist ein Buch erschienen, in dem der ganze Schwindel aufflog. Er hat mir auch den Titel gesagt. Im Moment fällt er mir nicht ein, aber ich erinnere mich bestimmt an ihn. *Zehn Prozesse aus vergangenen Jahren* hat er, glaube ich, gesagt. Irgendsowas Kitschiges. Du weißt es bestimmt, Eustace.«

»Toberman, Sie sind betrunken. Tun Sie mir den Gefallen, und gehen Sie sofort ins Bett!«

»Wag es ja nicht, so mit mir zu sprechen, kleiner alter Mann. Dein Urgroßvater hat dem meinen einen Gefallen getan, aber ihr habt uns nicht mit Leib und Seele gekauft. Wir sind keine Lakaien.«

»Du lieber Himmel, Junge! Was für ein Unsinn. Du mußt nicht ganz bei Trost sein. Reiß dich zusammen!«

»Ich bin total nüchtern, und ich spreche mit Timothy. Professor Paulfrey hat mir gesagt, daß das Buch von einem Geistlichen geschrieben wurde, der Miss Haidée als alte Frau gekannt hat. Als sie starb, hinterließ sie ihm einen Brief, in dem sie den Mord gestand. Er hat ihn nicht weitergegeben, sondern nur in sein Buch aufgenommen, als er selbst schon ziemlich alt war. Er schrieb verdammt langweilig, und niemand interessierte sich damals für Miss Thyrza, aber jemand hat die meisten Exemplare der einzigen Auflage gekauft. Ich wüßte gern, wer das war. Dein Vater, Eustace?«

»Also jetzt reicht's!«

»Auf jeden Fall scheint kein Mensch das Buch gelesen zu haben, außer ein paar Halbwüchsigen, zu denen Paulfrey gehörte, und die Publikation blieb auch bei der Presse unbeachtet.« Toberman lehnte sich auf dem Stuhl zurück und begann zu lachen.

»Die Geschichte ist wahr, das steht wohl außer Frage, nicht wahr?« höhnte er, zu Miss Aicheson und den beiden jungen Leuten gewandt. »Schaut sie euch nur an. Die Kinnits, die wir geliebt haben. Wir sitzen alle in demselben Boot, ihr und ich. Wir sind lahme Enten, von den Kinnits aufgenommen und versklavt, weil wir billig zu haben waren. Und wir alle lungern herum, jederzeit bereit, den Schwarzen Peter anzunehmen, wenn man uns ihn zuschiebt.«

Flavia Aicheson legte ihre große Hand auf Alisons schmales Handgelenk. »Ich geh jetzt hinauf, Liebes«, sagte sie leise. »Mehr von diesem Unsinn ertrage ich einfach nicht.«

Im selben Moment wandte Eustace sich Tim zu. Der alte Mann war sehr blaß und wirkte auf geradezu peinliche Weise hilflos. »Es ist nicht wahr«, sagte er ohne Überzeugung.

»Natürlich nicht!« Tims wütende Antwort rückte den Vorwurf in die richtige Perspektive. »Es ist halb Wahrheit und halb Lüge, wie immer bei Basil. Er ist ein alberner, geistesschwacher Idiot und voll wie eine Strandhaubitze. Komm, Basil. Komm ins Bett, du Affe. Wir haben genug von deinem blühenden Blödsinn. Steh auf und komm!«

Er rutschte von der Armlehne des Korbsessels, der knarrend protestierte, durchquerte den Raum und zog Toberman mit einem Polizeigriff in die Höhe. Die frische Kraft seines Körpers erwies sich als unerwarteter Retter, und Toberman versuchte nicht einmal, sich zu widersetzen. Während Timothy ihn hinausschleppte, erhaschten sie einen Blick auf sein verquollenes Gesicht und die runden, leeren Augen, ernst und eulenhaft, wobei sein Kopf verkehrt herum auf Timothys Rücken baumelte.

Der plötzliche Aufbruch hinterließ eine zittrige Stille. Flavia Aicheson setzte sich wieder, hielt aber Alisons Arm noch immer fest. »Ich warte noch ein paar Minuten, bis er ihn untergebracht hat«, sagte sie leise.

»Sehr vernünftig, Aich.« Eustace lächelte ihr vage zu, holte sein Taschentuch heraus und fuhr sich damit über die Stirn.

»Was für ein alberner Mensch«, sagte er. »Wie lästig. Eine solche Eselei zu begehen.« Er sah zu seiner Schwester hinüber, die auf ihren Teller hinunterschaute, das schmale Gesicht bleich und ausdruckslos. Geraldine Telpher ihm gegenüber war in einer ähnlichen Stimmung. Sie hatte sich in sich selbst zurückgezogen und wirkte geistesabwesend. Das Licht schmeichelte ihr nicht besonders. Plötzlich sah er hinter ihr Julia still im Korbsessel sitzen und runzelte die Stirn.

»Mein liebes Kind«, sagte er, »ich hatte ganz vergessen,

daß Sie auch hier sind. Es tut mir so leid, daß Sie sich diesen unerfreulichen Unsinn anhören mußten. Tim kommt gleich wieder herunter und bringt Sie dann nach Hause.«

Julia war noch jung genug, um feuerrot zu werden. »Ich bleibe hier, denke ich.«

»Ach, wirklich?« Eustace war der letzte, der mit Absicht unhöflich war, doch jetzt war er irritiert und überrascht. »Alison? Ich dachte, wir hätten versprochen – ich meine, ich habe gedacht, wir wären mit Julias Vater übereingekommen, daß die jungen Leute sich vorläufig nicht sehen sollen?«

Alison hob den Kopf und sah ihn verständnislos an. Er hatte sie aus tiefen Gedanken aufgeschreckt, und sie brauchte Zeit, um sich zurechtzufinden. »Durchaus möglich«, sagte sie unbestimmt. »Mach kein Getue, Eustace.« Sie wandte sich an Julia. »Wissen Sie, wo Ihr Zimmer ist?«

»Nein, leider nicht.« Julia fühlte sich unbehaglich, doch das Erscheinen von Nanny Broome, rotwangig, selbstzufrieden, noch immer in den purpurfarbenen Mantel gewickelt, rettete sie. Sie tänzelte förmlich herein, lächelte und redete ohne Punkt und Komma, wie gewöhnlich.

»Das Telefon hat geklingelt, als ich eben durch die Tür kam«, verkündete sie der Allgemeinheit. »Es war mein reizender Polizist, der fragte, ob ich gut nach Hause gekommen bin. Ich denke, ihn hat ein bißchen das Gewissen geplagt, weil er seine guten Manieren vergessen und mir keine Begleitung mitgegeben hatte, wenn er mich schon nicht selbst nach Hause bringen konnte. Oh, sie hatten ganz schrecklich viel zu tun, diese beiden. Haben unheimlich viel geredet, als ich ging. Nun, habt ihr alle anständig gegessen? Wo ist Mr. Timmy?« Während sie sprach, streifte sie die Lederhandschuhe ab und strich sie sorgfältig glatt, bevor sie sie im Seitenfach ihrer guten Handtasche verstaute.

Eustace sah sie finster an.

»Miss Alison hat mir gesagt, daß Miss Laurell die Absicht hat, hier zu übernachten –«, begann er, als Nanny Broome sich in die Bresche warf wie eine Henne, die ihr Küken verteidigt.

»Miss Julia wurde aufgefordert zu bleiben, Sir«, sagte sie mit Nachdruck. »Ihr Vater ist verreist, und es ist ein großes Haus am anderen Ende von London, daher haben Miss Alison und ich die Köpfe zusammengesteckt – nicht wahr, Madam?« Der Einschub war eine Mahnung. »Und wir sind zu dem Schluß gekommen, daß es das beste wäre, wenn wir ihr das kleine Zimmer neben dem von Miss Aicheson geben. Es ist gelüftet und bereit, und wenn ich ihr noch eine Wärmflasche ins Bett lege, wird sie gar nicht merken, daß sie nicht zu Hause ist.«

»Aber ich dachte, wir hätten Anthony Laurell versprochen ...«

»Also davon weiß ich bestimmt nichts«, unterbrach Nanny Broome ihn schamlos. »Ich weiß nur eins – wenn Sir Anthony ein guter Vater ist, und davon bin ich überzeugt, sonst würde ihm nicht so viel an ihr liegen, hätte er es bestimmt nicht so gern, wenn seine Tochter nachts durch ein solches Viertel nach Hause geht. Ich bin eine alte Frau, und es ist wirklich nicht mehr viel an mir dran« – sie schien ein bißchen gekränkt, weil niemand lauthals protestierte, und ihr Ton bekam eine leichte Schärfe – »aber sogar ich mußte heut abend draußen die Beine in die Hand nehmen. Da waren 'ne ganze Menge schwarzer Schatten, und aus dunklen Winkeln, wo keine Straßenlaternen sind, kamen Leute, stießen einen an und flüsterten alle möglichen Sachen.«

»Was für Sachen? Wovon reden Sie denn, Sie albernes Frauenzimmer?« Eustace war unwirsch und gereizt. »Das ist doch wieder einmal der pure Unsinn.«

»Dafür mach ich's Ihnen allen jetzt besonders gemütlich. Heut abend ist es sehr frisch draußen. Wie wär's mit einem feinen heißen Grog?«

»Kommt nicht in Frage. Für einen Abend hatten wir hier bereits genug Alkohol.«

»Ach, wirklich? Dachte ich mir doch, daß ich etwas gerochen habe. Mr. Basil, nehme ich an?« Margaret Broome stieß mit Lichtgeschwindigkeit zum Kern der Sache vor. »Mr. Tim bringt ihn bestimmt ins Bett. Das viele Trinken ist sehr schlecht für ihn. Er wird sich eines Tages zu Tode trinken, wie sein Vater. Nun, dann trinken wir eben alle ein Glas Malzmilch. Wäre Ihnen das recht, Madam?« Sie wandte sich an Alison, die stumm den Kopf schüttelte, aber Geraldine Telpher blickte auf.

»Ich hätte gern einen Scotch mit Soda«, sagte sie. »Darf ich mir einen aus dem Speisezimmer holen, wenn ich hinaufgehe, Eustace?«

»Mein liebes Mädchen, ich begleite dich und mache dir den Drink zurecht. Du gehörst schon so zu uns, daß ich immer wieder vergesse, wie wenig du über unsere kleinen Schwierigkeiten und Probleme weißt. Basil muß für dich ein großes Ärgernis gewesen sein.« Eustace war noch immer ganz durcheinander, und Geraldine Telpher winkte ihm, sich wieder zu setzen.

»Ich schaffe es schon allein«, sagte sie mit ihrem leicht mitleidigen Lächeln. »Basil war für mich überhaupt kein Ärgernis. Die Prüfungen, die mir das Leben auferlegt hat, waren wesentlich härter, und er geht mich nichts an. Armer Mann, wenn er es geerbt hat, sollten wir ihn eigentlich bedauern. Gute Nacht, alle miteinander.«

»Gute Nacht, Geraldine.« Eustace wartete, bis sich die Tür hinter ihr geschlossen hatte, und wandte sich dann an Margaret Broome.

»Sie sollten wirklich nicht so reden«, begann er verärgert. »Der arme alte Ben Toberman mag sich am Ende seines Lebens ab und zu ein Glas genehmigt haben, aber zu seiner Zeit war er ein überaus intelligenter, sensibler, vielleicht sogar übersensibler Mann.«

Margaret Broome benahm sich wie immer, wenn jemand ihr Vorwürfe machte, der ihr übergeordnet war. Sie riß die Augen weit auf und spielte die erstaunte Unschuld.

»Das habe ich nicht gewußt«, sagte sie ernst. »Ich hatte immer den Eindruck, daß er wie ein Fischlein trank. Delirium tremens und alles, was dazu gehört, und alle Welt redete darüber. Sie hatten es ja nicht so gern, daß er aufs Land hinauskam, nicht wahr?«

Alison riß sich zusammen. »Das reicht, Mrs. Broome. Bringen Sie Miss Laurell bitte in ihr Zimmer. Wir werden Sie bei Tim entschuldigen, sobald er herunterkommt, Julia. Aber das kann noch ziemlich lange dauern. Es ist manchmal sehr schwierig, Basil zur Ruhe zu bringen. Er gehört zu den leicht erregbaren Alkoholikern. Wehrt sich dagegen, ins Bett zu gehen und zu schlafen. Ein lästiger Mensch und so ermüdend!«

Es war die unhöflichste Verabschiedung, die man einem Gast zuteil werden lassen konnte. Flavia Aicheson bemühte sich, ihr mit einem Lächeln die Schärfe zu nehmen, aber das Lächeln wollte nicht kommen, und Eustace streckte mit einer Geste die Hände aus, die mehr ein Hilferuf war als eine Beteuerung guten Willens.

Nanny Broome legte Julia den Arm um die Taille und zog sie energisch und schnell hinaus, so daß sie noch dabei war, »gute Nacht« zu sagen, als die Tür schon hinter ihr zufiel.

»Sie regen sich immer furchtbar auf, wenn Mr. Basil so was macht«, sagte Margaret Broome vertraulich zu ihr, als sie die breite Treppe zur Halle hinaufgingen. »Er ist so grob und so offen, und damit werden sie nicht fertig. Sie sind sehr kultivierte und sehr verschlossene Menschen.«

Diese Erklärung zu beantworten, war bestimmt nicht einfach, und Julia versuchte es erst gar nicht. Ihre eigene Höflichkeit war von jener duldsamen Art, die zumindest zum Teil die Quelle der Heiterkeit ist. Statt dessen sagte sie: »Ich glaube nicht, daß ich eine Wärmflasche brauche. Es ist sehr lieb von Ihnen, daß Sie daran gedacht haben, aber zu Hause nehme ich auch keine.«

»Na schön, dann werfen Sie sie hinaus. Aber wollen Sie

jetzt wirklich schon ins Bett gehen?« Nanny Broome blieb am Fuß der Haupttreppe stehen und sah Julia erstaunt an. »Der arme Mr. Tim hat Sie bisher kaum zu sehen bekommen. Mit Mrs. Telpher und den Damen kann der arme Junge Sie ja kaum eine Sekunde für sich allein gehabt haben.«

Julia lachte. »Woran haben Sie gedacht?« fragte sie.

»Wie? Oh, zerbrechen Sie sich nur nicht den Kopf wegen der Altchen.« Margaret Broome betrachtete sich selbst offensichtlich als Immergrün. »Wir müssen sie bei Laune halten, denn wenn sie sich aufregen, werden sie müde, und wenn sie müde sind, fühlen sie sich schlecht, und dann sind sie böse. Ich sage Ihnen also, was wir tun werden.« Sie unterbrach sich abrupt und trat beiseite, um Mrs. Telpher vorbeizulassen, die aus dem Speisezimmer gekommen war. Sie hatte ein Glas in der Hand und lächelte ihnen zu, bevor sie auf die ihr eigene gemächliche Art die Treppe hinaufstieg.

»Ich bringe Ihnen ein Glas Milch«, sagte Nanny Broome laut zu ihrem Schützling und fügte leiser hinzu: »Das trinken Sie in aller Ruhe, während Sie sich das Haar bürsten, und nachdem alle zu Bett gegangen sind, was nicht mehr lange dauern wird, können Sie und Mr. Tim eine halbe Stunde in der warmen Küche beieinandersitzen.«

»Wenn Sie glauben, daß das in Ordnung ist«, begann Julia, aber Margaret Broome hörte ihr nicht zu. Mit nachdenklicher Miene blickte sie die Treppe hinauf.

»Das war aber ein sehr dunkler Whisky, nicht wahr?« sagte sie. »Haben Sie ihn gesehen? Er kann doch nicht pur gewesen sein – mehr als ein halbes Glas voll. Da fragt man sich ...« Dann schüttelte sie den Kopf und antwortete sich selbst. »Nein, das glaube ich nicht. Ich bin der Meinung, daß sie viel zu sehr eine von ihnen ist, um so etwas zu tun. Vielleicht schenkt sie sich in der Regel nicht selbst ein und hat sich in der Menge vertan. Kommen Sie jetzt, Miss. Ich geh voraus.«

Zum erstenmal wandte sie Julia den Rücken zu und streckte die Hand nach dem Treppengeländer aus. Die Falten ihres purpurfarbenen Mantels fielen auseinander, und mit verblüfftem Gesicht griff Julia unwillkürlich danach.

»Sie haben sich den Mantel zerrissen.«

»Das ist nicht möglich, er ist ganz neu. Wo ist das Loch?« Margaret Broome wandte den Kopf und reckte den Hals, um sich selbst über die Schulter zu blicken und den Schaden zu entdecken.

»Es ist nicht so«, sagte Julia erschrocken. »Ziehen Sie den Mantel aus.«

Sie half Margaret Broome aus dem weichen wollenen Kleidungsstück und hielt es ihr vor die Augen. Der federleichte Velours, der in dem schwachen künstlichen Licht braun aussah, war eingeschnitten wie die Kruste eines Schweinebratens. Es waren fünf fünf Zentimeter breite Schlitze, die, zwischen den Schulterblättern beginnend, bis zu den Hüften reichten. Der Stoff hing in Streifen hinunter, und darunter war das seidige Futter zu sehen.

Margaret Broome besah sich den Schaden und fand, vielleicht zum allerersten mal, keine Worte. Ihr Gesicht, normalerweise immer bewegt, schien zu einer verwitterten Maske erstarrt, und die diskret aufgetragene Puderschicht war gesprungen und deutlich zu sehen. Die Stille im Haus wirkte plötzlich bedrückend, und die warme Familienatmosphäre hatte sich auffallend abgekühlt.

»Sie haben gesagt, daß jemand Sie auf dem Heimweg gestoßen hat. Haben Sie diesen Stoß im Rücken gespürt?« Julia hatte ängstliche Augen, konnte aber noch praktisch denken. »Sie haben auch gesagt, jemand hätte etwas geflüstert. Was war das? Haben Sie es verstanden?«

»Nicht richtig. Ich dachte, es sei ein Fluch, und habe nicht zugehört. Es war so ein Zischen. O Miss! Sie werden sich alle furchtbar aufregen. Da kriegen wir sie heut abend bestimmt nicht ins Bett.«

»Trotzdem sollten wir die Polizei verständigen.«

»Nicht heut abend. Mich bringen heute keine zehn Pferde

mehr auf die Straße, nicht für viel Geld ginge ich noch einmal hinaus. Und ich will auch nicht, daß jemand anders geht. Mein armer bester Mantel. Ich habe ihn in Ipswich gekauft. Was wird nur Mr. Broome dazu sagen?«

Julia blieb hartnäckig. »Es ist nicht nötig, daß wir zur Polizei gehen. Wir telefonieren.«

»Nicht heut abend.« Margaret Broomes Stimme hatte einen Unterton, den Julia erkannte. Die Frau war zutiefst verängstigt und nicht nur durch den Angriff, dem sie ausgesetzt gewesen war. Sie hatte begriffen, daß die wirkliche Gefahr von etwas noch viel Ernsterem ausging, einem unreinen Schatten, der ihre helle Kinderzimmerwelt verdüsterte und befleckte.

»Ich rufe morgen an, wenn es hell ist«, sagte sie. »Heute abend wollen wir nur noch beten und schlafen gehen. Wenn wir jetzt die Polizei verständigen, trampeln die Männer nur herum und bringen das ganze Haus durcheinander, und wegen dieses Trunkenbolds Mr. Basil sind ohnehin alle schon mehr als nervös. Er sagt noch immer schreckliche Sachen über Mr. Tim, nehme ich an.« Sie sah sich in der Halle mit den dunklen Deckenbalken um und senkte vertraulich die Stimme. »Tim hat Miss Saxon wirklich nicht angerührt, Miss. Ich war dabei. Sie muß an einem Krampf gestorben sein. Ich habe sie hinterher gesehen und dachte: Du siehst aus, als wärst du erstickt, altes Mädchen. Das Blut ist ihr in den Kopf geschossen und hat ihr die Luft abgeschnürt. Das befürchte ich auch immer bei Mr. Eustace. Heut abend hat er schrecklich ausgesehen. Man müßte Mr. Basil einen Maulkorb anlegen.«

»Ich könnte Mr. Campion anrufen.«

»Warten Sie bis morgen. Er würde es nur meinem netten Superintendent erzählen, und dann würde der das Haus auf den Kopf stellen. Ich kenne diese Sorte. Es gibt keine bessere, wenn man munter ist, aber wenn man ins Bett will, ist sie sehr ermüdend. O du meine Güte! Was denn nun?«

Sie zuckten beide heftig zusammen, als oben auf der Treppe ein Tumult ausbrach.

Basil Toberman, barfuß und im Pyjama, war auf dem Flur aufgetaucht und hinter ihm Timothy, grau im Gesicht und wütend.

»Ich hol mir jetzt ein Glas. Aus dem Weg, Wunderknabe! Ich will einen Drink. Drücke ich mich nicht deutlich genug aus?« Unter dem gekünstelt autoritären Ton hörte man die schrillen Töne des Deliriums, die für jedes menschliche Ohr ein Gefahrensignal sind. Tim packte ihn und begann ihn ins Zimmer zurückzuzerren.

»Du trinkst heut abend keinen Tropfen mehr!« Seine Stimme, außer Atem vor Anstrengung und gedämpft, weil er sich bemühte, nicht das ganze Haus aufzuscheuchen, erreichte Julia und Margaret Broome in der Halle. »Oh, um Moses' willen, Mann, komm wieder ins Bett zurück wie ein braver kleiner Junge. Du wirst, wenn du nicht aufpaßt, demnächst anfangen Dinge zu sehen, die gar nicht da sind. Hab ein Herz, Basil! Du treibst mich zum Wahnsinn.«

Es schien noch eine kleine Balgerei zu geben, dann knallte eine Tür. Mrs. Broome seufzte.

»Armer Mr. Tim. Es ist eine Schande, gerade heute liegt ihm doch besonders viel daran, Mr. Basil zu beruhigen, damit er herunterkommen und mit Ihnen reden kann. Aber ausgerechnet heut abend ist es mit Mr. Basil besonders schlimm. Genau wie's früher mit seinem Papa war. Egal, was Mr. Eustace sagt.«

»Wie lange wird es dauern, bis dieser Mensch eingeschlafen ist?«

»Ich fürchte, er wird es bis zur totalen Erschöpfung weitertreiben. Aber er hat einen langen Tag hinter sich und schläft vielleicht doch bald ein. Doch ich habe schon erlebt, daß er zwei Stunden lang verrückt gespielt hat, bis alle anderen erschöpft waren. Sie heiraten in eine Familie ein, die einen langen Leidensweg hinter sich hat, Miss.«

»Warum, um Himmels willen, dulden sie ihn noch hier?«

Margaret Broome lachte. »Oh, es ist nicht nur er. Sie scharen die ungewöhnlichsten Leute um sich. Sie sammeln sie. Und nur, weil sie tolerant sein wollen. Ich habe nie gehört, daß die früheren Generationen so waren, aber Mr. Eustace und Miss Alison benehmen sich, als müßten sie für irgendeine Sünde büßen, die sie begangen haben.«

Kaum ausgesprochen, war der Gedanke auch schon vergessen, und sie schwenkte mit dieser für sie so charakteristischen Bewegung selbstbewußt die Hüften.

»Also ich bin überhaupt nicht so«, sagte sie glücklich. »Wenn ich jemanden liebe, vergebe ich ihm, aber wenn ein Mensch mir nichts bedeutet, hat er auch nichts von mir zu erwarten. Wenn man sich mit schrecklichen Menschen abgibt und sie nicht einmal liebt, dann ermutigt man sie nur, sich abscheulich zu benehmen, nichts sonst. Nun, so sehe ich es, geht es Ihnen nicht genauso? Ach, egal. Kommen Sie mit, dann erzähle ich Ihnen alles über meinen Mr. Luke. Er hat sich so sehr für Mr. Tim interessiert, und es ist bestimmt netter, an ihn zu denken, als meinem armen purpurroten Mäntelchen nachzuweinen.«

17

Der Junge in der Ecke

In der Küche roch es warm und stickig, und das einzige Licht kam von dem kleinen glühenden Heizfaden des Elektroöfchens, das Mrs. Broome auf den Rost des falschen Kamins gestellt hatte, damit das Liebespaar es »heimelig« hatte.

Die Tür, die ins Haus führte, wurde vorsichtig geöffnet, und Tim streckte den Kopf durch den Spalt. »Julia?«

»Ich bin hier, im Sessel.« Sie flüsterten beide, und er tastete sich um den Tisch herum zu ihr.

»Ist er endlich still?« fragte sie leise, als er sich über den Sessel beugte.

»Ich glaube schon. Er schläft ein, schnarcht so laut wie ein Hilfsmotor und weckt sich damit wieder selbst. Dann will er sofort los, um sich einen Kurzen für seine trockene Kehle zu holen. Aber vergiß ihn. Ich glaube, für heute ist er geschafft. Wo bist du? Wo bist du nur, Liebling?«

»Hier. Komm zu mir, hier ist Platz genug für zwei.«

Er drückte sich in den ächzenden Korbsessel, schob die Schulter unter sie und zog ihren Kopf in seine Halsgrube.

»Verdammter Sessel! Absolut ungeeignet, um sich zu lieben. Es sieht Nan ähnlich zu erwarten, daß wir genau das tun werden.« Julia lachte, der Sessel quietschte und knarrte durch die Erschütterung, und Tim begann ebenfalls zu lachen.

»Sie sorgt dafür, daß die Party nicht zur Orgie wird.«

Er begann zu kichern. »Genauso könnten wir versuchen, in einem Akkordeon miteinander zu schlafen. Lach nicht, lach nicht! Das Ende kommt mit Tränen. Ich möchte dich küssen. Ich möchte dich küssen. Wo ist dein Mund, Mädchen?«

Julia schien zu erstarren. »Hör mal!«

Timothy reckte den Hals, und beide hielten den Atem an.

Um sie herum ächzte und atmete das Haus, war aber dennoch eine Oase verhältnismäßiger Stille inmitten des nie versiegenden Lärms der riesigen Stadt. Doch die einzigen Geräusche, die sie unterscheiden konnten, kamen von weither, Schlepper hupten auf dem Fluß, unsichtbare Züge rumpelten über unsichtbare Gleise.

»Tut mir leid«, flüsterte Julia. »Ich dachte, ich hätte ihn auf der Treppe gehört.«

»Hier herunter käme er bestimmt nicht. Falls er wieder aufgestanden sein sollte, dann nur, weil es ihn ins Speisezimmer zum Barschrank zieht. Dann gibt es wohl in der nächsten Minute einen mächtigen Krach, weil er wieder flach auf dem Gesicht gelandet ist. Er braucht nur noch ein Glas, dann ist er endgültig weg. Diesmal hat er mich geschafft. Denk nicht mehr an ihn.« Timothy nahm seine alte Stellung wieder ein, aber der Augenblick war dahin, und obwohl er sie fest in den Armen hielt und mit den Lippen ihr Ohr streichelte, fühlte sie, daß seine Gedanken nicht bei ihr waren. Sie unterdrückte die Panik, die in ihr aufstieg, aber es war nicht leicht, und sie fröstelte.

»Was ist jetzt los?«

»Nichts. Es war nur so ein Gefühl. Hast du das nicht auch manchmal? Man wartet, konzentriert sich ganz auf den Augenblick, in dem etwas Neues anfängt.«

»Hier?«

»Nein, ich habe zur Abwechslung einmal nicht an uns gedacht.« Heiß lag ihre Wange an der seinen. »Ich habe weniger an ein bestimmtes Ereignis als an eine Biegung in der Straße gedacht. Man hat das Gefühl, daß ein Teil der Strecke fast hinter einem liegt und gleich der nächste auftauchen wird, und alle Leute, die irgendwie dazugehören, nähern sich unaufhaltsam dieser Stelle, ob es ihnen gefällt oder nicht. Verstehst du, was ich meine?«

»Nein«, sagte er ehrlich. »Nein, mit so was beschäftige ich

mich nicht, aber ich habe nichts dagegen, wenn du es tust. Es gefällt mir sogar. Nur – heute abend bin ich ein bißchen durcheinander. Dieses ganze Zeug, das Basil vorhin hier drin verzapft hat, war mir neu, weißt du?«

»Über diese Miss Thyrza?«

»Es war die Wahrheit.« Er bewegte sich unruhig. Daß er flüsterte, schien dem, was er ihr anvertraute, eine noch größere Bedeutung zu verleihen. »Das war uns allen sofort klar. Ist es dir nicht aufgefallen? Es war, als sähen wir plötzlich etwas Schreckliches und ganz Eindeutiges – wie Blut auf der Straße. Der Groschen ist einfach gefallen. Alles, was man je gehört hat oder was einem aufgefallen ist, paßt auf einmal. Ich erinnerte mich zum Beispiel sofort daran, daß es vor langer Zeit irgendein Geheimnis um ein verbotenes Buch gab. Schon ein Lehrer in der Schule erwähnte es mit einem ganz besonderen Unterton in der Stimme, aber ich kannte die Geschichte nicht, und sie ist bis jetzt für mich ein Geheimnis geblieben.«

»Ist das denn heute noch wichtig? Miss Thyrza ist vor mehr als hundert Jahren gestorben.«

»Oh, Basils Enthüllungen werden uns nicht die Polizei auf den Hals hetzen. Jetzt bist du aber ein bißchen schwer von Begriff, mein kleiner Dummkopf. Nur – meiner Meinung nach gibt es Schlimmeres als die Polizei, denn hier wird die grundlegende, noch heute lebendige Sünde aufgedeckt – das eigentliche Verbrechen. Die Familie Kinnit ist so, wie Basil gesagt hat. Sie neigt dazu, ihre Wohltätigkeit zu Kapital zu machen, da Motiv und Zweck dieser Wohltätigkeit falsch sind. Sie helfen den Menschen nicht aus Warmherzigkeit und weil sie diese Menschen lieben, sondern aus einem berechnenden, praktischen Grund: sie hoffen, sich selbst als gütige Menschen zu sehen, die gütig zu anderen sind. Alison und Eustace sind in dieser Hinsicht besonders unglücklich. Sie wissen all das und mögen sich deshalb selbst nicht besonders. Basil hat sie furchtbar verletzt. Sie wissen, daß sie durch ihre Kälte etwas Wesentliches versäumen, aber sie wissen nicht, was. Das haben wir anderen plötzlich begriffen. Der Teufel soll Basil holen.«

»Aber Eustace hat dich gern. Wirklich gern.«

»Das hat er, nicht wahr?« flüsterte Timothy eindringlich. »Ich hab es mir eigentlich gedacht. Er ist ein kalter Fisch, doch für mich empfindet er etwas.« Er wandte den Kopf und küßte sie aufs Ohr. »Dem Himmel sei Dank für dich, meine Schöne. Ich habe heute abend sehr viel begriffen, und es wäre für mich sehr hart gewesen, wenn ich dich nicht hätte.«

»Ich fürchte, es ist noch nicht vorbei«, sagte sie und schmiegte sich fester an ihn. »Jeder Mensch, der so geliebt wird, wie du Eustace liebst, muß ein bißchen auftauen.« Das klang eifersüchtig, und sie beeilte sich, den Eindruck abzuschwächen. »Wenn du für dieses seelische Tauwetter verantwortlich bist, darfst du nie aufhören, ihn zu lieben. Das weißt du auch, nicht wahr?«

»Ja«, sagte er, »das weiß ich.« Sie fühlte sein Herz unter ihrer Wange schlagen, und ihre Gedanken nahmen denselben Weg wie die seinen.

»Du schuldest ihr sehr viel.«

»Nan? Das Doppelte von allem. Sie ist leicht übergeschnappt. Geht durch die Welt wie ein alter Schmetterling, der sich während eines Bombardements an seine Flügel klammert. Sie sind alles, was sie hat, also darf man es ihr nicht übelnehmen. Sag mal, hast du ihren Mantel gesehen? Sie hat ihn mir eben auf der Treppe gezeigt.«

»Ich hab's als erste bemerkt. Es ist erschreckend. Mir war nicht klar, daß dieses Viertel so gefährlich ist. Sie hat mir nicht erlaubt, die Polizei zu verständigen.«

»Ich weiß. Sie hat es mir gesagt. Sie hat die ganze Sache auch jetzt noch heruntergespielt. Das bedeutet, daß sie selbst sie sehr ernst nimmt. Wenn Nan dächte, daß es nur ein dummer Streich war, würde sie Zeter und Mordio schreien, doch sobald sie spürt, daß das etwas wirklich Böses ist, zeigt sie es nicht. Sie kann einen schon manchmal zum Wahnsinn treiben, aber als Kind habe ich immer gedacht, daß Gott sie ganz besonders gern haben muß, weil sie sich so über ›Seine geringsten Werke‹ freuen konnte.«

»Im Augenblick ist sie von Superintendent Luke sehr eingenommen.«

»Das ist mir nicht entgangen. Wie paßt er eigentlich ins Bild? Hat da vielleicht dein einflußreicher Papa heimlich dran gedreht?«

»Nein, ich fürchte, das war ich. Ich habe Gemeinderat Cornish gesagt, falls er eine Idee haben sollte, wer das Feuer bei den Stalkeys gelegt haben könnte, müsse er zu Mr. Luke gehen, und das wird er wohl getan haben. Doch nach dem, was Nanny Broome mir über die Vernehmung erzählt hat, ist der Brand gar nicht zur Sprache gekommen. Tim? Ich habe über Gemeinderat Cornish nachgedacht.«

»Ich auch, Schätzchen, ich auch. Er ist mein richtiger Vater, nicht wahr?«

»Glaubst du?« fragte sie, ihm rasch das Gesicht zuwendend. »Auf jeden Fall gehörst du zur gleichen Familie.«

»Ich denke, es ist ein bißchen mehr als das. Und er denkt es auch.«

Sie schwiegen eine Weile, lagen dicht beieinander im Sessel, und ihr Atem vermischte sich.

»Wann bist du zu diesem Schluß gekommen?«

»Das kann ich nicht recht sagen. Ich habe es eigentlich nur so nach und nach begriffen. Der Schuster war der erste, der mich auf den Gedanken gebracht hat. Als er hörte, daß ich als Baby aus Ebbfield evakuiert worden war, verlangte er plötzlich ganz vehement von mir, ich müsse zu Cornish gehen. Nicht, daß er irgendeine Andeutung gemacht hätte, aber er war unglaublich hartnäckig. ›Cornish soll sich Sie mal ansehen‹, sagte er immer wieder.« Timothy zögerte. »Die Ähnlichkeit muß wirklich phänomenal sein. Mir ist aufgefallen, daß auch Aich uns heute vormittag merkwürdig beäugt hat.«

»Ja, die Ähnlichkeit ist ziemlich groß. Sie liegt aber ebenso in den Bewegungen und persönlichen Eigenheiten wie im Aussehen. Wenn du nervös bist, malträtierst du dein Ohr genau wie er.«

Der Atem stockte ihm. »Weißt du, daß mir das auch aufgefallen ist? Als ich's das erstemal sah – bei ihm zu Hause –, war ich wütend. Wir bewegen uns da auf einem schrecklich gefährlichen emotionalen Boden, habe ich das Gefühl, oder? Das gefällt mir nicht besonders.«

»Hättest du etwas dagegen, wenn er wirklich dein Vater wäre?«

»Nein, ich glaub nicht.« Hier im Dunkeln konnten sie rückhaltlos ehrlich zueinander sein. »Ich wäre ziemlich erleichtert, denke ich. Ich meine, ich bin ziemlich erleichtert. Er gehört zu den Leuten, die ich ohnehin am besten verstehe. Ein Intellektueller, der versucht, Praktiker zu sein. Er hätte sehr gut Universitätsdozent oder Wissenschaftler sein können, wenn er eine entsprechende Ausbildung gehabt hätte. So verbraucht er seine ganze Energie hauptsächlich dazu, sich zu entrüsten. Ich habe das Gefühl, ihn erschreckend gut zu kennen, und das gefällt mir nicht an ihm.«

»Ärgerst du dich, daß du ihm ähnlich bist?«

»Nein. Natürlich nicht. Ich bin dankbar. Ich möchte zu irgendeiner Familie gehören.«

»Warum?«

»Das hab ich dir schon gesagt. Als ich mich endgültig damit abfinden mußte, daß ich wirklich kein Kinnit bin, kam ich mir völlig verloren vor. Ich wußte nicht, wie es weitergehen sollte, und hatte Angst, daß ich dem, was mich erwartete, ganz und gar nicht gewachsen sein würde. Das war keine gewöhnliche Ängstlichkeit, sondern etwas Unterschwelliges und irgendwie unheimlich.«

»Aber du hattest doch mich.«

»Zu meinem großen Glück. Natürlich hatte ich dich, und dafür danke ich Gott, doch es ging nicht ums Alleinsein. Du wirst verstehen, was ich meine, wenn du an diese jüngste Sache mit Eustace und Alison und der armen Miss Thyrza denkst. Die Geschichte hat bereits hundert Jahre überdauert und ist noch nicht zu Ende. Die Vergangenheit lebt länger als wir, das ist ungefähr die Quintessenz daraus.« Er schwieg eine ganze Weile. »Ich weiß nicht, wie er reagieren wird«, sagte er schließlich. »Er hat eine neue Frau, die nicht meine Mutter ist. Vielleicht ist es das.«

»Ist er deshalb so wild entschlossen, die Wahrheit zu leugnen?«

»Zum Teufel! Warum hast du das gesagt?«

»Ich weiß nicht. Ich habe nur gedacht, er müsse einen Grund haben. Aber ich glaube nicht, daß es ein egoistischer Grund ist. Eher einer, den er als ziemlich tragisch empfindet.«

»Wie ungewöhnlich, so etwas zu sagen! Woher weißt du es?«

»Weil man manchmal sehr gewichtige Gründe hat, etwas nicht zu tun, was man sehr gern tun möchte, und wenn man das als tragisch empfindet, sieht man so aus und handelt wie er heute.«

»Dummes Zeug! Entschuldige, Liebling, das ist Unsinn. Ich habe noch nie Tragik empfunden. Du redest Quatsch.«

»Mir ist der Arm eingeschlafen.«

»O mein Liebes, tut mir so leid! Ist es jetzt besser? Julia? Was gibt's?«

Sie schien neben ihm erstarrt zu sein, und er fühlte ihren Schreck und rührte sich auch nicht mehr, und es wurde so still, daß man nur noch das Hämmern ihrer Herzen hörte.

»Ein Licht!« Sie formte die Worte nur mit den Lippen.

»Auf der Treppe?«

»Nein, auf der anderen Seite. Schau mal.«

»Was?« Es war ein Moment abergläubischen Erschreckens, denn auf dieser Seite gab es keine Tür nach draußen, durch die das Licht von der Straße einfallen konnte. Es gab dort nur den engen Gang und den Keller mit dem alten Brunnen.

Julia hielt Timothy fest, hielt ihn zurück, und ihre Augen bohrten sich in die Schatten um die innere Tür. Während sie warteten, die Körper starr, die Köpfe verdreht, fiel ein dünner Lichtstrahl zwischen Tür und Angel auf den Fußboden, flakkerte und verschwand.

»Das ist ein Streifenpolizist, der das zerbrochene Fenster entdeckt hat und jetzt den Raum mit der Taschenlampe ableuchtet«, sagte Timothy leise. »Ich geh hin und rede ein paar Worte mit ihm, sonst kommt er noch an die Haustür und klingelt. Warte hier.«

»Nein. Dafür war das Licht zu nahe. Die Taschenlampe war dicht hinter der Tür.«

»Unmöglich. Bleib hier.«

Leise durchquerte er den Raum, öffnete die Innentür ein paar Zentimeter und spähte hinaus. Jetzt war der Lichtstrahl breiter gestreut und schien deshalb weniger hell, bewegte sich aber immer noch hin und her. Noch immer nicht das leiseste Geräusch.

Timothy rührte sich nicht, und nach einer Weile jagte seine seltsame Bewegungslosigkeit Julia Angst ein.

Sie stand sehr schnell auf, aber der Sessel ächzte, und durch die Dunkelheit erreichte sie ein so mühsames Flüstern, daß sie kaum die Stimme erkannte. »Sei still!«

Timothy hatte es zu spät gesagt. Sie stand schon neben ihm, und gemeinsam blickten sie durch den kurzen Gang zur offenen Kellertür. Etwas Schwarzes bewegte sich geschmeidig über dem Strahl der Taschenlampe, der nach unten auf die Steine mit der runden eisernen Abdeckplatte gerichtet war. Die Gestalt selbst schien an Ort und Stelle festgewurzelt, aber das Licht huschte geschäftig bald hierhin, bald dorthin, hielt inne, bewegte sich wieder, während, von dem diffusen Schein geworfen, ein sich krümmender Schatten über Wand und Decke wanderte.

Als unerwartete Begegnung war es erschreckend, weil der Verstand nicht wahrhaben wollte, daß etwas in einen leeren, türlosen Raum eindringen konnte. Ein Würgelaut tief aus Julias Kehle riß Timothy aus seiner Erstarrung. Die Lichtschalter für Gang und Brunnenkeller waren gleich neben der Tür, und er fuhr mit der Hand darüber.

Der Keller wurde von einer einzigen, an ihrem Kabel schwingenden Glühbirne erhellt, die ein hartes gelbes Licht gab, und im nächsten Moment sahen sie die ganze Szene vor sich.

Gummi rutschte über den rauhen Steinboden, und man hörte ein leises Wimmern, sehr hoch und sehr kurz, als das offensichtlich männliche Wesen unter das hohe Fenster zurückhuschte, durch das es eingedrungen sein mußte. Es stand Timothy und Julia gegenüber und sah sie an, noch immer auf den seltsam angewurzelten Füßen schwankend. Sogar im hellen Licht sah es zum Fürchten aus, trotz seiner eigenen Angst, die ihnen wie ein schlechter Geruch entgegenschlug. Es war groß und unvorstellbar dünn, jetzt aber gekrümmt wie ein Fötus, kauerte am Boden, Knie angezogen, einen Unterarm kaum merklich angehoben, und es schwankte noch immer, als hänge es an Drähten. Es war von Kopf bis Fuß schwarz gekleidet, trug Jacke und Jeans, die so eng waren, daß sie nicht knittern, geschweige denn eine Falte werfen konnten, und über das Gesicht hatte es sich – was besonders furchterregend wirkte – einen schwarzen Nylonstrumpf gezogen, der seine Züge, ohne sie völlig zu verbergen, so platt aussehen ließ, daß sie kaum noch menschenähnlich waren. Der zweite bestürzende Faktor war, daß es sogar von weitem unglaublich und gleichmäßig schmutzig aussah und seine Kleidung jenen irisierenden Glanz hatte, den alte schwarze Stoffe annehmen, die lange in der Gosse gelegen hatten.

Timothy faßte sich als erster und reagierte auf die einzige Weise, die der Jugend dieses Jahrhunderts, die schon so viele Schrecken erlebt hat, geblieben ist. Er lachte. Mit einer sehr ausdrucksvollen Geste, als glaube er, daß der Fremdling Worte nicht verstehen könne, zeigte er auf die Brunnenabdeckung.

»Willst du da runter, oder kommst du grade rauf?«

Der Eindringling kicherte. Es war ein leises Schnaufen, nicht unangenehm, sondern eher gewinnend. Jetzt entspannte er sich und richtete sich aus der kauernden Stellung auf, die er vor Schreck wieder eingenommen hatte. Er hing jedoch weiterhin an seinen unsichtbaren Drähten, noch immer unter dem Fenster wie festgewurzelt, noch immer schwankend.

»Weißt du, was dort unten ist? Hast du das Loch schon mal aufgemacht?«

Er hatte eine weiche, lispelnde Stimme, sehr leise, durchaus nicht ungebildet, aber durch die Nylonmaske gedämpft. Weder Timothy noch Julia sagten etwas, und ihr Schweigen schien ihn zu beunruhigen. Seine schwarze Strumpfmaske war oben offen, und er zog sie mit der linken Hand herunter. Seine Rechte war entweder unbrauchbar oder hinter seinem Rücken versteckt.

Das Gesicht, das zum Vorschein kam, war nicht gerade vertrauenerweckend. Es war grob und grau, die Nase dick und flach und sehr hoch angesetzt und die Augen schmale dunkle Schlitze. Er war nicht mongoloid, hatte aber irgendeinen anderen Defekt, und ein offensichtlich neuer Haarschnitt – exzentrisch lange, verfilzte Locken und mit Öl an den Kopf geklatschte kurze schwarze Löckchen – machte ihn auch nicht schöner.

Vorsichtig, die rechte Hand noch hinter dem Rücken, schob er sich vorwärts, bis er wieder vor dem Brunnenstein stand, den er mit einem überlangen Schuh leicht berührte. Der Stein schien ihn zu faszinieren.

»Es könnten Hunderttausende dort unten liegen. Ein Schatz und so.« Die leise, weiche Stimme klang noch immer gleichgültig. Er prahlte, war zugleich aber so unsicher, daß seine Behauptung wie eine halbe Frage klang.

»Wieso glaubst du das?« fragte Timothy zurückhaltend. Er fühlte, wie Julia hinter ihm zitterte, und vermutete, daß die eng beieinanderstehenden Gitterstäbe des Fensters der hauptsächliche Grund ihres Schreckens war. Die Tatsache, daß der Eindringling sich durchgezwängt haben mußte, war bestürzend und enervierend, weil sie seine reptilhaften Fähigkeiten unterstrich, die ohnehin schon auf fast unerträgliche Weise betont wurden.

»Der Brunnen ist alt, wißt ihr?« Der gelispelte Akzent war sehr leicht, aber die Arroganz nicht zu überhören. »Das Haus wurde nach ihm benannt. Ich meine, das ist doch die richtige Adresse, oder? Well House – das Brunnenhaus. Das bedeutet, daß der Brunnen alt ist, und alte Brunnen in der Stadt haben nicht immer nur Wasser enthalten, man hat sie auch noch für ganz andere Dinge benutzt. Es hat Seuchen gegeben, und man hat die Menschen hineingeworfen, und keiner hat sich die Zeit genommen, sie richtig zu untersuchen. Alles verrottet, außer Metall. Aber ich merke schon, du liest nicht.«

Akademischer Snobismus war wirklich das letzte, was Timothy und Julia erwartet hätten, und um ein Haar hätten sie hysterisch losgelacht.

»Du liest?« fragte Tim. Er hatte nicht gelächelt, aber der Fremdling war gekränkt. Seine Empfindlichkeit war psychopathisch akut und fast telepathisch.

»Was dagegen?« fragte er und zog sich zurück, aber ohne die Füße zu bewegen. »Ich lese viel und habe Zugang zu ein paar sehr bemerkenswerten Büchern. Du wärst überrascht, was du in einer Bibliothek lernen kannst. Wenn du unendlich viel Zeit hast.« Die Bedeutung dessen, was er sagte, und sein Stolz darauf waren nicht mißzuverstehen, und wieder verstummten sie unsicher und ratlos. Er musterte sie nachdenklich.

»Ihr beide arbeitet hier, nehme ich an. Müßt die dort oben bedienen. Ich habe gedacht, daß man euch in einem solchen Haus vielleicht zwingt, Uniformen zu tragen, aber das ist altmodisch, nicht wahr? Ihr seid jetzt ›au pair‹. So nennen sie euch. Nun, wenn ihr den Mund haltet, wird euch nichts passieren, denke ich. Ich will Basil sehen – und zwar allein.«

»Wen?«

»Basil. Ihr wißt, wen ich meine, und ich weiß, daß er hier ist. Ich habe ihn gesehen. Er ist betrunken, aber das macht nichts. Was ich ihm zu sagen habe, wird er auch im paralysierten Zustand verstehen. Das Mädchen soll mich heimlich in sein Zimmer schmuggeln, und ich werde euch beiden nichts tun. Basil Kinnit. Den will ich sprechen.«

»Aber einen Basil Kinnit gibt es nicht!« Zum zweitenmal an diesem Tag entschlüpften Julia diese Worte, und das Element des Übersinnlichen, das sie umgab, kam ihr plötzlich heiß zum Bewußtsein. Sie preßte die Hand auf den Mund, weil sie Angst hatte zu schreien.

Diese Angst schien der Fremdling körperlich zu spüren, als habe er sie gehört oder gerochen, denn er zog sich noch etwa einen Meter zurück und blieb wieder schwankend stehen. Er war auch verärgert.

»Du lügst, du bist in ihn verliebt, du versteckst ihn.«

Er spuckte und flüsterte, und die kurzen Silben waren wie Sand zwischen den weichen Lauten.

»Unsinn«, antwortete Timothy an ihrer Statt. Er war verblüfft, eher neugierig als verängstigt, und sein Ton war beschwichtigend. »Wen genau willst du sprechen? Wir müssen das klären. Einen Basil Kinnit gibt es nicht. Bist du sicher, daß du den richtigen Namen hast?«

»Aber ja, ganz sicher.« Der Fremdling entspannte sich abermals, und das vertrauliche Lispeln klang wieder weich und einschmeichelnd. »Ich weiß schon lange, daß sein Name Kinnit ist. Aber daß er Basil heißt, habe ich erst heute erfahren. Ich mußte auf einen Telefonanruf warten.« Er gab ihnen zu verstehen, daß er es bedeutungsvoll und romantisch fand, einen Telefonapparat zu benutzen. »Ich habe eine Freundin gebeten, herauszufinden, wie er heißt, und sie hat mich aus einer Zelle beim Friedhof angerufen und mir in dem Laden, den wir für solche Dinge benutzen, eine Nachricht hinterlassen. ›Er heißt Basil Kinnit, und die Adresse ist Well House‹, lautete diese Nachricht. Da ich es nun weiß, hätte es keinen Sinn, noch länger zu zögern. Also hab ich mich gleich auf den Weg gemacht. Und jetzt bin ich hier.«

»Aber du mußt schon früher hiergewesen sein. Wann hast du das Glas aus dem Fenster herausgebrochen?«

Es schien ihm nichts auszumachen, ausgefragt zu werden. Er antwortete glatt und wenigstens zum Teil wahrheitsgemäß.

»Heute nachmittag. Ich war immer in der Nähe. Es gibt hier viele Plätze, wo man warten und beobachten kann. Die Gegend ist so richtig dafür gemacht. Man sieht und wird nicht gesehen. Ich habe in einem Luftschacht nebenan gesessen und zwanzig Glimmstengel geraucht. Zwanzig.« Das war reine Großtuerei. »Zwanzig an einem Nachmittag.«

»Warum hast du so lange gewartet?«

»Ich warte immer. Seh mich gern um. Ich muß wissen, wer ein und aus geht. Das ist mein Job. Es interessiert mich. Und jetzt möchte ich Mr. Basil Kinnit sprechen.«

»Was willst du von ihm?«

»Ich will ihm sagen, er soll mich in Frieden lassen. Ich will ihn lehren, sich nicht einzumischen. Ich mag es nicht, wenn Privatschnüffler sich nach meiner Geburt erkundigen. Ich dulde keine Schnüffelei. Und Ag auch nicht. Ich habe seinen Bluthunden einen Denkzettel gegeben, und jetzt will ich ihn warnen. Und ihr beide haltet den Mund, oder ihr lernt dasselbe Lied – Text und Musik.« Der letzte Satz hatte keinen Sinn, war nur eine Folge drohender Laute, und er wiederholte ihn mit großer Befriedigung: »Text und Musik.«

»Warum sollte er etwas über deine Geburt erfahren wollen?« Tims ruhige Frage klang immerhin energisch genug, den abschweifenden Geist des Fremdlings zurückzuholen.

»Weil er Ag das Geld nicht gönnt, das sie bekommt. Mein Dad steckt ihr immer ein bißchen was zu. Als Ag von diesem miesen Kinnit-Trick erfuhr, hat sie sofort gewußt, was los war. Ag ist nicht besonders intelligent. Sie hat keinen Verstand. Ist nicht ganz bei Trost, aber wenn es um Geld geht, kennt sie sich aus. Ihr war sofort klar, auf was er aus war, und da ist sie zu mir gekommen und hat es mir erzählt, und natürlich habe ich mich darum gekümmert. Heute abend werde ich ihm die Tour vermasseln, in Zukunft wird er uns schön in Ruhe lassen.«

»Ist Ag deine Mutter?«

»Nein, ist sie nicht. Ist sie nicht. Ist sie nicht. Sie hat es nie behauptet, und sie ist es nicht. Sie ist eine Freundin; sie kümmert sich um mich. Sie tut, was ich sage. Wie heute. Sie ist auf den Friedhof gegangen. Ich hatte ihr gesagt, sie würde die Adresse auf einem Kranz finden, wenn sie nicht in der Zeitung stand. Und sie ist gleich gegangen. Dann hat sie telefoniert.«

»Schon gut. Ich verstehe.«

»Tust du nicht. Gar nichts verstehst du. Du hast keine Ahnung. Ich bin nicht wie alle anderen. Ag hat mich gerettet, als ich geboren wurde. Ich bin nicht auf normale Weise geboren. Das sind viele berühmte Leute auch nicht, das weiß man aus der Geschichte und so. Ich war noch nicht ganz auf der Welt, als eine Bombe das Krankenhaus traf, in dem meine Mutter lag. Es war am allerersten Kriegstag, und meine Mutter wurde getötet, und Ag stürzte herein und packte mich wie ein Kätzchen und brachte mich, noch ganz blutig, zu den Rettungsbussen. Dann mußte sie für mich sorgen, und sie zog monatelang von Lager zu Lager, bis sie meine Papiere fand, und dann haben sich die Nonnen meiner angenommen und meinen Vater gefunden.«

»Aber am ersten Kriegstag hat es keinen Bombenangriff gegeben. Ein ganzes Jahr lang sind keine Bomben gefallen.« Julia hatte diesen Protest gewagt, und sie traf auch die ganze Breitseite seines Zorns.

»Das ist eine Lüge!« Er schien den Einwand jedoch schon öfter gehört zu haben, denn er fuhr fort: »Die Leute reden alles mögliche, aber sie haben unrecht, und ich bin das lebende Beispiel dafür, nicht wahr? Ich bin nicht wie alle anderen. Ich habe alle Papiere. Ich bin ehelich. Ich habe Rechte. Mein Vater und meine Mutter waren gesetzlich verheiratet. In einer Kirche. Es war eine weiße Hochzeit. Fünfhundert Gäste, glaub ich. Erstaunlich, daß man so viel für ein einziges Fest ausgeben kann. Man muß sich das mal vorstellen!«

»Wie heißt du?« Tim versuchte seine Aufmerksamkeit von Julia abzulenken.

»Du hast vielleicht Nerven! Wie ich heiße? Ich glaube nicht, daß ich dich dafür loben kann. Das ist ziemlich frech, nicht wahr? So nennen sie's in den vornehmen Schulen. Frech. Wie ich heiße! Also tut mir den Gefallen! Ihr müßt denken, ich hab sie nicht alle.«

»Du heißt Cornish«, sagte Julia in dem Moment, in dem Timothy sie hinter sich schob.

Gerade zur rechten Zeit. Das Wesen stürzte sich auf sie und ließ zum erstenmal seine rechte Hand sehen. Der Anblick war grauenerregend. Sie prallten beide zurück, und ihre Reaktion befriedigte ihn. Er genoß ihr Erschrecken. Bis zum Ellenbogen war sein Arm eine Pranke mit mächtigen blutbefleckten Krallen – eine phantastische und gräßliche Gliedmaße, wie man sie aus gewissen Comicstrips und Horrorfilmen kennt – sofern man sich für sie begeistert.

Sie wirkte so realistisch und saß ausgezeichnet, und im ersten Moment erkannte man tatsächlich nicht, daß es sich um bemaltes Gummi handelte, eingebettet in echtes Affenfell.

Timothy begann zu lachen. »Ein paar von diesen Dingern hatten wir letztes Semester auch«, sagte er. »Hast du das in dem Scherzartikelladen in der Tugwell Street gekauft?«

Der Fremdling vergaß seinen Ärger und grinste selbst. Er ging wieder in die Hocke, aber diesmal absichtlich, und schwang die Unterarme mit locker hängenden Händen nach oben.

»Kind des *Fallout**«, sagte er lachend.

Alle drei amüsierten sich – wenn auch ein wenig schuld-

* radioaktiver Niederschlag nach Atombombenabwurf (A. d. Ü.)

bewußt – über den makabren Scherz, der für jede andere Generation unbeschreiblich schockierend wäre. Aber das Lachen verging ihnen bald. Dem Fremdling war sein Triumph zu Kopf gestiegen, und er drehte die rechte Handfläche in dem lächerlichen Handschuh nach oben. Die fünf Rasierklingen, die aus dem Gummi herausragten, blitzten im Licht.

Timothy sprang mit einem Satz auf den Fremdling zu, packte seinen Oberarm und drehte ihn ihm auf den Rücken. Es war eine rein instinktive Bewegung und so blitzartig, daß sie völlig überraschend kam. Die Reaktion des anderen, ebenso spontan, warf sie fast beide zu Boden. Er begann mit einer erschreckend heiseren, jedoch nicht sehr lauten Stimme zu schreien, seine Gelenke gaben nach, die Muskeln wurden schlaff, und er sackte zu Boden, so daß Timothy sein ganzes Gewicht tragen mußte. Er ließ ihn fallen, stellte ihm den Fuß auf die Schulter und streifte ihm den Handschuh ab. Die Rasierklingen waren in ein gewebtes Gurtband eingenäht, und das zu entfernen erwies sich als überaus schwierig, mit der auf den Steinplatten zitternden, keuchenden und sich krümmenden Kreatur. Als er aufhörte zu schreien, begann er zu fluchen, und die Flut der Obszönitäten, mit der weichen, lispelnden Stimme hervorgestoßen, war unvorstellbar widerlich. So etwas hatten Timothy und Julia noch nie erlebt.

»Nimm diese verdammten Dinger, und bring sie irgendwo in Sicherheit«, sagte Timothy zu Julia. »Und schneide dich nicht, um Himmels willen. Das Zeug ist so dreckig, daß du dir eine Tetanusinfektion holst.«

Julia gehorchte stumm, nahm Handschuh und Webgurt und verschwand in der dunklen Küche.

Allein gelassen, trat Timothy ein paar Schritte zurück und wischte sich die Hände ab.

»Halt den Mund und steh auf!« sagte er.

Die Geschwindigkeit, mit der die Kreatur aufsprang, wie ein Pfeil in die Höhe schnellte, um das hohe Fenster zu erreichen, kam genauso überraschend wie Timothys Angriff auf den

Krallenarm und war von gleicher instinktiver Präzision. Nur die Gitterstäbe hinderten ihn daran zu entkommen. Sie waren so eng, daß auch ein überschlanker Mensch wie er Mühe gehabt haben mußte, sich durchzuzwängen. Er fiel zurück, hing schlaff an der Wand, ein schwarzer Streifen vor dem Grau.

»Komm runter und dreh dich um!«

Der Fremdling gehorchte. Seine Unterwürfigkeit war noch widerwärtiger als seine Arroganz. Er schlurfte in eine Ecke, blieb stehen und lehnte sich an die Wand, um aufrecht stehen zu können. Seine schmutzigen Hände hingen schlaff herunter. Sein Gesicht glänzte naß von Schweiß und Speichel, und er stank wie eine Kloake.

»Wie heißt du?«

»Barry Leach, und ich wohne Cremorne Street dreiundsechzig, The Viaduct, E.«

Er nannte seine Daten flüssig, offenbar hatte er Erfahrung darin, und verstummte dann. Ein neuer Gedanke kam ihm und war von seinem Gesicht so klar abzulesen wie vom Gesicht eines Kindes. »Das ist der Name, den ich mit Ag abgesprochen habe. Es ist ihr Name. Sie heißt Mrs. Leach. Den Namen von Dad gebe ich erst an, wenn ich unbedingt muß. Das ist ein Teil der Übereinkunft. Er zahlt, und wir halten ihn raus. Es ist auch die Adresse von Ag. Ich wohne bei ihr, wenn ich irgendwo wohne, aber ihr kennt meinen richtigen Namen, der in meinen Papieren steht, also hat es keinen Sinn, ihn zu verschweigen. Meine Papiere hat Ag. Sie zeigt sie nicht, aber sie hebt sie auf, und ich lese sie, wenn mir danach zumute ist.«

»Siehst du deinen Vater manchmal?«

Timothy konzentrierte sich und sah müde und älter aus als er war.

»Spricht er mit dir?«

»Manchmal.«

»Wie oft?«

»Nicht so oft wie er möchte. Er schafft mich.«

»Wieso denn das?«

»Na ja, er ist alt – wir sind nicht die gleiche Generation. Wir sind immer verschiedener Meinung. Er hat keinen Humor. Sogar du hast mehr Humor als er. Es ist das Alter, verstehst du?«

»Aber er gibt dir Geld?«

»Er gibt Ag das Geld für mich.«

»Warum?«

»Weil ich es keinen einzigen Tag behalte. Ich gebe es aus. Wenn ich Geld habe, fahre ich Taxi.«

»Taxi? Wohin denn?«

»Keine Ahnung. Überallhin. Ich mag Taxis, sie geben mir das Gefühl, daß ich bin, wer ich bin – gebildet und legitim und all das eben.«

»Ich verstehe. Hast du je bei deinem Vater gewohnt?«

»Nein. Wollte ich nie. Ag hat recht, wenn sie dagegen ist. Deine Seele würde nicht mehr dir gehören, nicht bei ihm. Er ist sehr reich, aber er gibt das Geld nicht aus. Er ist ein Wohltäter. Er gibt Ag das Geld für mich, weil er denkt, ich sollte bei ihm wohnen, er das aber wegen seiner neuen Frau nicht will. Wenn du lesen würdest, könntest du viel über solche Männer lernen. Ein schlechtes Gewissen hat er, das ist es. Mir paßt das sehr gut.«

»Wo liest du so viel?«

»Im Knast. Ich arbeite dort in der Bibliothek, ich bin nämlich gebildet, weißt du? Die Wärter können überhaupt nicht lesen. Kennen nicht einmal die Hälfte der Bücher, die sie in den Gefängnisbibliotheken haben. Bringt mich zum Lachen, und auch du würdest es komisch finden. Wir sind ungefähr im gleichen Alter, nicht wahr? Die alte Generation ist für die nächste verantwortlich. Denkt sie. Aber das stimmt nicht. Die eigene Generation ist es, die, in der du lebst, nicht wahr? Den dummen alten Eseln die Schuld in die Schuhe zu schieben, nützt uns nichts. Das habe ich nicht gelesen, weißt du. Das habe ich mir ausgedacht. Manchmal denke ich. Was wirst du mit mir tun?«

»Wann?«

»Bitte tu mir den Gefallen! Jetzt natürlich. Bist du bescheuert oder was? Wirf mich raus, das ist am besten für dich. Wirf mich raus. Wenn man uns zusammen hier findet, verlierst du vielleicht deinen Job. Ich könnte alles behaupten, und du könntest es nicht abstreiten. Meine Stimme gilt genausoviel wie die deine. Ich bin legal. Ich habe Papiere, die kannst du mir nicht wegnehmen. Oder?«

»Irgend etwas ist oben los«, sagte Julia im Gang hinter ihnen. »Tim! Oben schreit jemand.«

»Nein«, sagte Tim zu Barry, der noch immer in der Ecke lehnte, »ich glaube auch nicht, daß ich sie dir wegnehmen möchte.« Er wandte sich an Julia.

»Das ganze Haus ist wach, nicht wahr? Ich denke, wir nehmen ihn am besten mit. Er ist unsere Sache.«

18

Schlummertrunk

»Sehr hübsch«, sagte Luke und lehnte sich in Albert Campions bequemstem Sessel zurück. Er hatte ein Glas in der Hand, das Telefon stand auf seinen Knien, damit es ihm erspart blieb, aufzustehen, falls es klingelte, und seine Füße lagen auf dem Kaminvorsetzer. »So lobe ich es mir, zu warten. Geben wir ihnen noch eine halbe Stunde. O. k.?«

Campion blickte von der Nachricht auf, die er auf seinem Schreibtisch vorgefunden hatte, als sie vor einer Weile in die Wohnung in der Bottle Street gekommen waren. Seine Sorge, ob sie auch wirklich eingetroffen war, war einer der Gründe, warum er Luke auf einen Schlummertrunk eingeladen hatte, anstatt sich überreden zu lassen, noch irgendwohin zu gehen, nachdem sie den Speisesaal der ›Eagle Tavern‹ verlassen hatten. Es war eine lange Epistel, verfaßt in Mr. Luggs Schuljungenschrift, und war am Telefon durchgegeben worden, das man jetzt in England so oft zur Übermittlung von Telegrammen benutzte. Campion hatte sie ohne Staunen gelesen, und als er sie jetzt in die Tasche steckte, glitt ein merkwürdig bedauerndes Lächeln über sein blasses Gesicht.

Luke kniff ein Auge zu und sah ihn schräg von unten an. »Geheimnisse?« fragte er. »Sie sagen uns nicht mehr, als Sie unbedingt müssen, nicht wahr, Sie alter Sünder? Ich nehme es Ihnen nicht übel, wir sind nun einmal nicht besonders feinfühlig. Lugg ist zu Bett gegangen, aus Prinzip, nehme ich an. Was macht er, hat er eine Vierzigstundenwoche?«

»Er behauptet, es seien eher hundertvierzig als vierzig Stunden, und wenn er eine Gewerkschaft hätte, sagt er, würde er sich über mich beschweren, mich ruinieren und sich damit selbst um das bißchen Komfort bringen, das er hat. Tut mir leid, es ging nicht anders, ich mußte mithören, als Sie eben telefonierten. Sie haben Mrs. Leach also geschnappt?«

Lukes breites Grinsen verriet, daß er aufrichtig belustigt war. In seinen Augen schimmerten Lachtränen, und er spitzte die Lippen wie eine Katze. »Ich weiß nicht, warum ich diese dämlichen Gewohnheitstäter so komisch finde«, sagte er. »Es ist kein schöner Charakterzug. Aber so ist es nun mal. Wissen Sie, wo sie die ganze Zeit gesteckt hat? Im alten Harold-Dene-Revier in einer Zelle.«

»Beim Harold-Dene-Friedhof?«

Luke nickte. »Sie hat auf dem Friedhof Blumen geklaut und versucht, sie im kleinen Blumenladen gegenüber dem Haupteingang zu verkaufen. Der verblüffte Blumenhändler hatte eine knappe Viertelstunde vorher einem Stammkunden einen sehr teuren Strauß weißer Gartenlilien zusammengestellt und merkte es natürlich, als sie mit demselben Strauß ankam. Er bat Agnes zu warten, weil er Geld holen müsse, und schlüpfte inzwischen zur Hintertür hinaus, um einen Polizisten zu suchen. Während er draußen war, telefonierte sie und legte eben auf, als er mit dem Mann von der Streife zurückkam. Wir finden sie immer, nicht wahr?« Er schwieg einen Moment, nahm einen Schluck von seinem Drink und blickte ins Gasfeuer, als sehe er dort eine Fata Morgana.

»Dieser Timothy hatte Glück«, sagte er endlich. »Die wohl letzte bewußte Handlung seiner Mutter vor ihrem Tod hat uns jetzt geholfen, die Sache zu klären. Er muß einen guten Schutzengel gehabt haben.«

Er schien sehr ernst zu sein, die langen, welligen Falten schnitten tief in seine Stirn ein. »Erinnern Sie sich an die Geschichte vom Kopftuch, die wir heut nachmittag gehört haben? Sie ist mir gleich irgendwie merkwürdig vorgekommen. Kleine weiße Lämmchen, die über ein blaues Feld hüpfen und die Worte ›Glücklich und froh‹ – *Glücklich und froh!* – in

Blumenschrift über das ganze Tuch verstreut. Jetzt frag ich Sie, Campion! Stellen Sie sich die arme junge Frau vor, die in einem Krankenhaus im Sterben liegt, das nach Ansicht aller in ein paar Stunden bombardiert werden wird. Verheiratet mit einem nervösen, übergewissenhaften Idioten, der nicht einmal weiß, daß er Vater geworden und außerdem beim Militär ist. Ihre einzige Verwandte ist eine hilflose alte Frau und niemand da, der das Baby betreuen kann. Was also tut sie? Sie läßt das Kind in ein Kopftuch mit der Aufschrift ›Glücklich und froh‹ einwickeln und begibt sich dann klaglos in die Ewigkeit. Und wie geht es weiter? Wie erwartet? Aber nicht die Spur. Ein Mädchen erscheint, ein leicht schwachsinniges Mädchen, das den Kleinen mitnimmt, ihn als rosa Ticket in die Sicherheit benutzt und dann zielsicher einer Frau in die leere Wiege legt, die im Auftauchen dieses Neugeborenen nichts Ungewöhnliches sieht und die Botschaft richtig versteht. Eine klare Antwort auf eine offene Bitte an den lieben Gott.«

Campion sah seinen Freund zweifelnd an.

»So kann man es natürlich deuten«, sagte er. »Aber es gibt auch noch andere Blickwinkel.«

»Nicht von ihrem Standpunkt aus gesehen.« Luke beharrte auf seiner Meinung. »Finden Sie den wahren Protagonisten einer Geschichte heraus, und sofort geraten Sie in ein Zeitalter der Wunder. Das ist meine ernste und wohlüberlegte Ansicht. Ich habe für das Material, auf das ich stoße, keine andere plausible Erklärung.« Er lachte und schloß das ungewöhnliche Thema ab. »Munday ist fuchsteufelswild, habe ich gehört«, sagte er. »Dort unten wird ziemlich viel gesträubtes Gefieder zu glätten sein, denk ich.«

»Hat er nicht gewußt, daß Barry Leach etwas mit Cornish zu tun hatte?«

»Er wußte nicht einmal, daß ein Barry Leach oder Barry Cornish existiert«, antwortete Luke grimmig. »Warum sollte er? Ein gewisser Charles Luke, Superintendent, hätte sich, nachdem die Wohnung verwüstet worden war, an etwas im

Zusammenhang mit einem Problem-Balg erinnern müssen. Aber hat er sich erinnert? Nein, natürlich nicht. Er hatte bis heute nachmittag, als er sich sein Strafregister kommen ließ, noch nie etwas von dem jungen Idioten gehört. Es war mein Fehler. Cornish ist jemand in Mundays Bezirk. Hätte Munday früher etwas von diesem Skelett im Schrank gewußt, hätte ihm das vielleicht geholfen. Er ist verärgert.«

»Wird er es sich anmerken lassen?«

»Das weiß ich nicht. Es wird interessant sein, ihn zu beobachten, nicht wahr?« Wie als Antwort auf seine Frage begann das Telefon auf seinen Knien zu klingeln, und er nahm ab.

»Luke«, meldete er sich, und seine Miene hellte sich deutlich auf. »Ah! Hallo! Ich habe eben von Ihnen gesprochen, Inspektor. Wie geht's? Was? Hier? Warum nicht? Mr. Campion hat nichts dagegen, vielleicht bietet er Ihnen sogar einen Drink an. Sie kommen sofort? O. k.«

Er legte auf und schnitt eines seiner sehr komischen Gesichter.

»Er möchte mich persönlich sprechen, wenn ich nichts dagegen habe. Alles ganz proper und korrekt. Das soll mir eine Lehre sein.«

Er war noch immer ein bißchen besorgt, als Munday zehn Minuten später erschien; und als ihn Campion, der ihn noch nicht kannte, hereinließ, war er über seine Haltung verblüfft, die ganz anders war als erwartet. Der korrekte rotgesichtige Beamte machte Luke weder Vorwürfe, noch empfand er heimliche Befriedigung, weil er plötzlich Oberwasser über den Gemeinderat bekommen hatte. Er kam mit der Miene eines Mannes herein, der entschlossen war, eine delikate Taktik durchzusetzen.

»Ich muß mich entschuldigen, daß ich so spät abends noch Ihre Gastfreundschaft beanspruche, Mr. Campion«, sagte er mit einer ihm sonst fremden Überschwenglichkeit. »Ich habe immer gehofft, Sie einmal kennenzulernen, aber das ist eine Zumutung.«

Luke, der ihm erstaunt zuhörte, entspannte sich ein wenig.

»Es macht ihm nichts aus«, sagte er fröhlich. »Auch wenn er mir nicht sagen will, was in seinem Telegramm gestanden hat. Also, Inspektor, was war los? Haben Sie den Jungen?«

»Noch nicht, Superintendent. Aber er wurde heute nachmittag von einem Streifenpolizisten in Scribbenfields gesehen – bevor die Fahndung anlief, also ist er wahrscheinlich dort, wo Sie vermutet haben. Nach Dunkelwerden ist er nicht mehr aufgetaucht, doch das Haus wird bewacht, und mit Agnes Leach habe ich selbst gesprochen.« Er schüttelte den Kopf. »Eine Jammergestalt. Nicht gerade imbezil, verstehen Sie, aber doch geistesschwach. Sie gibt zu, die Schuhmacherwerkstatt angerufen und bei Miss Tray eine Nachricht für Barry Leach hinterlassen zu haben. Nur den Namen und die Adresse der Person, von der sie glaubt, sie habe die Stalkeys angeheuert, das war alles.«

»Hat sie gesagt, woher sie Namen und Adresse hat?«

»Den Familiennamen und die Adresse von einem Etikett auf einem Kranz und den Vornamen hat in irgendeinem Zusammenhang eine Frau genannt, die sie am Grab gesehen hat. Eine Frau übrigens, die sie zu kennen glaubt, der sie, wie sie meint, vor vielen Jahren irgendwo auf dem Land begegnet ist. Aber wo das war, weiß sie nicht mehr.«

»Ah!« rief Luke. »Dann hat Mrs. B. also doch mit ihr gesprochen. Ich dachte mir schon, diese Version uncharakteristischen Schweigens sei zu gut, um wahr zu sein.«

»Möglicherweise hat sie mit sich selbst geredet, glauben Sie nicht?« fragte Campion. »Eine Gewohnheit, die sie bestimmt *Alice im Wunderland* abgeschaut hat.«

»Alice? Also eine *Alice* ist sie wirklich«, sagte Luke aus vollem Herzen. »Klassisch und für Kinder geeignet. Wie steht es mit der Beobachtung von Well House, Bob? Wir brauchen nicht noch mehr Tricks mit Feueranzündern. Das Gebäude ist eine Schatztruhe – voller antiker Kuriositäten.«

»Das habe ich gehört. Ein paar davon sind menschlich.« Es

hätte ein Scherz sein können, doch Munday behielt seine ernste Miene bei. »Ich denke nicht, daß wir das befürchten müssen. Ich habe zwei gute Leute da, und die uniformierte Abteilung kooperiert. Die Bewohner haben wir noch nicht alarmiert.« Er zögerte, und ihnen wurde klar, daß er jetzt zum eigentlichen Grund seines Besuches kam. »Ich habe einen ungewöhnlichen Schritt unternommen und hoffe, Sie sind damit einverstanden, Superintendent.«

»Ach ja? Und was ist das für ein Schritt?« Mundays umständliche Art machte Luke neugierig. »Was ist mit Ihnen los, Inspektor?«

»Nichts, Sir. Aber ich weiß nicht, ob Sie sich die ungewöhnliche Stellung eines Mannes wie Gemeinderat Cornish in einem Ort wie Ebbfield richtig vorstellen können.« Er packte den Stier bei den Hörnern. »Ich habe mir die Freiheit genommen, ihn zu informieren, und er wird anwesend sein, wenn wir die Verhaftung vornehmen. Ich hätte es gern. Ich wäre glücklicher.«

»Tun Sie, was Sie für richtig halten, alter Junge. Es ist Ihr Baby.«

Luke saß da wie eine Katze, seine Augen glänzten wie tiefschwarze Glasperlen. »Ich wußte nicht, daß Gemeindepolitiker eine solche Macht haben. Er kann Ihnen eine Menge Scherereien machen, wenn Sie ihn nicht wie ein rohes Ei behandeln, nicht wahr?«

Zum erstenmal verzogen Mundays dünne Lippen sich zu einem frostigen Lächeln.

»Darum geht es nicht«, entgegnete er. »Aber er ist seiner Stellung einiges schuldig, verstehen Sie, und daß er ein so bemerkenswert gewissenhafter Mann ist, ist für ihn selbst ein großer Nachteil. In Schottland gibt es viel mehr solcher Leute als hier.«

»Ich verstehe das Ganze zwar nicht«, sagte Luke, »aber es fasziniert mich. Wovor fürchten Sie sich?«

Munday seufzte. »Nun, lassen Sie es mich so erklären: Angenommen, er kommt seinem Sohn zu Hilfe, wie – soviel ich gehört habe – schon früher ein paarmal, besucht ihn in der Zelle und sieht, daß der Junge ein paar Hautabschürfungen hat – vielleicht.«

Luke legte das Kinn auf die Brust. »›Hautabschürfungen‹ – das gefällt mir«, sagte er vor sich hin. »Was dann?«

»Dann muß der Vater hart mit seinem furchtbaren Gewissen kämpfen«, antwortete Munday mit steinernem Ernst. »Soll er bei der Polizei Krach schlagen, die ihre Pflicht möglicherweise auch allzu gewissenhaft getan hat, und so das öffentliche Interesse auf sich ziehen? Oder soll er nichts sagen, die polizeiliche Brutalität stillschweigend dulden, um nicht in die Presse zu kommen?« Er machte eine kurze Pause. »Ich kenne ihn, habe in der Regel ein- oder zweimal die Woche mit ihm zu tun. Er kann schrecklich lästig werden, ist aber ein guter Mann. Jeder Teufel in der Hölle würde ihn dazu treiben, sich selbst zu opfern; die gesamte Londoner Presse würde uns in der Luft zerreißen, und das Lokalblättchen würde es am tollsten treiben. In einer hübschen Vorstadt mit erstklassigen Wohnanlagen bliebe uns dieser Skandal erspart.«

Charles Luke fuhr sich mit der Hand durch das Haar.

»Ich habe Sie in all den Jahren nicht richtig zu schätzen gewußt, Inspektor«, sagte er. »Hatte keine Ahnung, daß das in Ihnen steckt. Also kommt er mit und ist bei der Verhaftung zugegen. Das ist sehr vernünftig. Es wird reichen, nicht wahr?«

»Höchstwahrscheinlich.« Munday machte ein hölzernes Gesicht. »Aber um die gewünschte Wirkung auch tatsächlich zu erzielen, habe ich ihn gebeten, den Bewährungshelfer mitzubringen, mit dem der Junge es schon ein paarmal zu tun hatte, und ich habe mich abgesichert, indem ich mir einen Sergeant von der C. I. D. aus Essex ausgeliehen habe. Er kennt Barry Leach, hat ihn selbst schon ein paarmal festgenommen.«

»Ohne Abschürfungen?«

»Ohne Abschürfungen.«

Luke lehnte sich zurück, und sein dunkles Gesicht zuckte amüsiert.

»Machen Sie weiter. Sie haben alles im Griff, Inspektor. Wir bleiben hier und überlassen es Ihnen. Der Tag war lang.« Das Telefon unterbrach ihn abermals, und er hob ab. »Luke hier.«

Er hörte aufmerksam zu, während die Stimme am anderen Ende zwitscherte wie ein Sperling. Nach und nach wurde seine Miene immer ernster, und seine breiten Schultern wirkten unnatürlich steif.

»In Ordnung«, sagte er endlich. »Der Chefinspektor ist hier. Ich sage es ihm, und wir kommen vorbei. Auf Wiedersehen.«

Er legte auf, stellte den Apparat auf den Tisch und stand auf.

»Kommt mit, Jungs«, sagte er. »Die Sache kommt ins Rollen. Es hat in Well House zwar kein Feuer, aber offenbar einen Mord gegeben. Ich fürchte, Inspektor, jetzt kriegen Sie doch Ihre unerwünschte Publicity.«

19

Der Treffpunkt

Timothy nahm Barry Leach mit, als er und Julia in das Stockwerk hinaufliefen, in dem die Schlafzimmer lagen und jetzt ein wildes Durcheinander herrschte. Er hatte ihn fest am Arm gepackt, da er das Gefühl hatte, er dürfe ihn nicht loslassen; aber er wußte auch nicht, was er mit ihm anfangen sollte. Sein Gefangener leistete keinen Widerstand und kam nicht nur ganz friedlich mit, sondern zerrte Timothy ein paarmal vorwärts wie einen schüchternen Hund mit einem Dressurhalsband.

Die einzigen Lichter, die noch im Haus brannten, waren die beiden Lampen in den Kandelabern im Treppenhaus, so daß sie die im Schatten liegenden flachen Stufen hinaufstolperten. Das Gebäude um sie herum, riesengroß und geisterhaft, ähnelte einer alten Scheune, die an allen Ecken und Enden knarrte. Über ihnen war es jedoch nicht nur erschreckend laut, von irgendwoher kam ein scharfer Luftzug und prallte gegen sie wie eine Welle.

»Das ist Nanny Broome«, sagte Julia außer Atem. »Ich glaube, sie schreit etwas aus dem Fenster. Was, um alles in der Welt, ist los?«

Eustace, der plötzlich vor seiner Tür erschien – der ersten im Flur des rechten Flügels –, stellte die gleiche Frage. Er trug einen eleganten seidenen Morgenmantel und hatte sich sogar das Haar gebürstet, so daß er adrett und rosig in dem fahlen Licht stand.

»Was soll denn das?« fragte er. »Ist jemand krank? Tim, was machst du denn?« Dann erblickte er Barry Leach. »Gütiger Himmel! Wer ist das?«

Ein plötzlicher Schwall heftiger Proteste in einer tiefen, jedoch unerwartet vertrauten Stimme erreichte sie durch eine offene Tür auf der anderen Seite des Flurs. Es war Miss Aicheson, und sie schien Angst zu haben.

»Seien Sie still, Mrs. Broome! Halten Sie Ihren verdammten Mund, Frauenzimmer, und helfen Sie mir mit ihm. Ich glaube, er ist tot.«

»Ist das nicht Basils Zimmer?« wandte sich Eustace an Timothy, ohne sich von der Stelle zu rühren. »Das ist es doch, oder?«

»Natürlich ist es seins. *Du hältst gefälligst still!*« Tims letzte Worte galten seinem Gefangenen, der sich plötzlich aufgebäumt hatte wie ein verängstigtes Tier. »Sei ruhig!«

Julia stand als erste auf der Schwelle und drehte am Lichtschalter direkt neben der Tür. Das Zimmer hatte teilweise im Dunkeln gelegen, da nur die kleine Nachttischlampe brannte. Es war das größte Gästezimmer, mit Tudoreleganz eingerichtet, aber jetzt standen die Wandbehänge und die langen Seidenvorhänge wie wehende Banner quer im Raum, und Nanny Broome, die zwar ganz angezogen, aber weiß wie die Wand und völlig aufgelöst war, zog den Kopf wieder zum Fenster herein.

»Sie kommen. Ich habe sie gesehen, deshalb habe ich gerufen. Die Polizei kommt.«

»Guter Gott, Frau, das ist nicht gut!« Miss Aicheson strengte sich an, etwas im Bett hochzuheben, aber ihre plumpen Hände schafften es nicht. »Schaut euch das an! Jemand soll herkommen! Jemand soll sofort herkommen!«

Die Neuankömmlinge stürmten als geschlossene Gruppe hinein und starrten einen schwindelerregenden Augenblick verständnislos auf das, was sie vor sich sahen.

Zwischen den Kissen lag etwas Riesiges und Glänzendes, schimmerte im jetzt grellen Licht ein farbiges Oval – rosa und blau und irisierend. Mindestens die Hälfte der Leute, die so unerwartet davorstanden, wurden absurderweise an Blumen erinnert, an ein in Geschenkpapier verpacktes Bukett, das vom Blumenhändler geliefert worden war. Doch schon im nächsten Moment war es ihnen nicht mehr möglich zu leugnen, was ihre Augen sahen, und sie begriffen die entsetzliche Wahrheit. Sei blickten auf Basil Tobermans Gesicht, rötlich blau, mit Schaum auf den Lippen und in einen Plastiksack gezwängt.

Miss Aicheson war fast hysterisch und peinlich berührt und wirkte zum erstenmal wie eine alte Jungfer. Sie hatte versucht, den Sack herunterzuziehen, gab aber plötzlich den Kampf auf, schlug die Bettlaken herunter und schleuderte sie auf die Seite. Der schwere Polyäthylensack über Basil Tobermans Kopf diente eigentlich zur Aufbewahrung eines langen Abendkleides. Die überflüssige Länge war, in Falten gelegt, fest um Tobermans Hals und Schultern zusammengezogen und mit den Laken zugedeckt worden. Obwohl er sich zur Seite gerollt und die Knie aufgestellt hatte, steckte er immer noch fest in dem Sack.

Julia reagierte sofort und Timothy einen Sekundenbruchteil nach ihr.

»Er atmet nicht!« sagte sie. »Schnell!«

Timothy stürzte zu ihr und bemühte sich, Toberman einen Arm unter die Schultern zu schieben. »Ich hebe ihn auf, und du ziehst den Sack herunter.«

In der Aufregung vergaß er seinen Gefangenen, und als er den Griff um den Lederärmel lockerte, verschwand Barry Leach wie ein Schatten. Er stürmte nicht einfach los, sondern schob sich unauffällig durch die kleine Gruppe und schoß dann hinaus auf den Flur. Niemand merkte, daß er ging. Die Aufmerksamkeit aller richtete sich ausschließlich auf das Bett. Es erwies sich als ziemlich schwierig, Toberman aus dem Sack herauszuholen. Das über Mund und Nase feuchte Plastikmaterial klebte fest, und da es ungewöhnlich kräftig war, ließ es sich nicht zerreißen. Es dauerte mehrere Sekunden, bevor sie ihn befreit hatten.

»Ich möchte ihn auf den Boden legen«, sagte Timothy und setzte seine ganze Kraft ein, um die schlaffe Gestalt auf den Teppich hinunterzuziehen. »Dann kann ich über ihm knien und mit seinen Armen pumpen. Wir müssen ihn irgendwie dazu bringen, daß er wieder zu atmen beginnt.«

Bei seinem autoritären Ton riß Nanny Broome sich zusammen. Sie beendete ihre dramatische Stunde und ging zu Boden, um Tim beim Umdrehen des schweren Körpers zu helfen. Timothy zog die Jacke aus und bereitete sich darauf vor, Toberman künstlich zu beatmen. Nanny Broome und Timothy hockten auf den Fersen, und das Licht, das in der Mitte des Zimmers von der Decke hing, schien direkt in das gerötete Gesicht des Mannes zwischen ihnen. Nach einer Weile beugte Nanny Broome sich vor, um sich ihn näher anzusehen, streckte die Hand aus und zog das untere Augenlid kurz nach unten.

»Er sieht genauso aus, wie sie ausgesehen hat«, sagte sie zu Timothy, aber so deutlich und klar, daß alle es hörten. »Ich meine Miss Saxon. Sie hat genauso ausgesehen wie er, aber ohne diesen Schaum.«

»Mein Gott, Frauenzimmer, was werden Sie als nächstes behaupten!« rief Eustace entsetzt und verstummte dann abrupt, denn direkt vor der Tür und ganz in ihrer Nähe schrie jemand vor Schmerz laut auf. Im selben Moment hörten alle die schweren Schritte auf der Treppe, während irgendwo unten im Haus eine fremde Männerstimme Befehle brüllte.

Inzwischen hatte Flavia Aicheson die Stimme erkannt, die geschrien hatte.

»Alison!« Sie lief um das Bett herum und polterte durch das Zimmer zur Tür, während alle sich zu ihr umdrehten und sie beobachteten, nur nicht Timothy, der alle Hände voll zu tun hatte.

Alison taumelte ins Zimmer und fiel ihrer Freundin in die plumpen Arme. Sie trug einen Kleinmädchen-Morgenrock mit einem Muster aus rosa Rosen. Die Hände vors Gesicht geschlagen, den glatten silbernen Kopf gesenkt, sah sie hilflos und rührend aus.

»Er hat mich geschlagen!« Ihre Stimme klang weinerlich, aber auch fassungslos erstaunt. »Er hat mich geschlagen, Aich! Ich bin aus meinem Zimmer gekommen, und plötzlich war er da, vor mir im Flur. ›Wer sind Sie?‹ fragte ich, und da schlug er mich und lief weg.«

»Wer, Liebes, wer?«

»Tim, er ist weg!« rief Julia, und Eustace, der gewissermaßen hilflos zwischen zwei Katastrophen pendelte, fuhr zu ihr herum.

»Wer? Wer ist weg?« fragte er. »Wer war dieser Mann hier drin? Was geht hier vor? Wieso seid ihr alle noch angezogen? Was ist eigentlich los, und wer... Gütiger Himmel, Sir! Und wer sind Sie?«

Die letzte Frage galt einem untersetzten Mann in einem zu engen Anzug, der eben den Raum betreten hatte.

Sergeant Stockwell orientierte sich mit einem einzigen Blick. Er war hochzufrieden mit sich und strahlte Zuversicht aus. Er war auch noch menschlich genug, um aufgeregt zu sein.

»Ich bin die Polizei, Sir«, sagte er zu Eustace. »Die Dame hat uns aus dem Fenster gerufen. Alles in Ordnung, wir haben ihn. Jemand hat hier oben geschrien, als wir ins Haus kamen, und er ist uns direkt in die Arme gelaufen. Es ist alles in Ordnung, wir haben ihn festgenommen.«

»Wen? Von wem reden Sie? Von einem Einbrecher?« Eustace brüllte plötzlich. Sein glattes Gesicht war schweißfeucht, und er zitterte.

»Er heißt Leach, Sir. So wird er jedenfalls genannt. Aber es ist in Ordnung. Setzen Sie sich jetzt einen Augenblick, damit ich mir den Schaden ansehen kann.« Er schob Eustace energisch in den Armsessel unter dem Fenster, wandte sich der Gruppe auf dem Boden zu und ließ sich auf ein Knie nieder. »Sie machen das sehr gut, Sohn«, sagte er. »Nur weiter so. Ich lasse Sie sofort ablösen.« Er sah Julia an. »Hätten Sie etwas dagegen, mir einen Gefallen zu tun, Miss? Laufen Sie zu dem uniformierten Polizisten hinunter, und sagen Sie ihm, daß er hier oben dringend gebraucht wird. Ist in diesem Stockwerk ein Telefon?«

»Ja, in meinem Schlafzimmer, gleich hier.« Eustace sprang auf und packte den Sergeant am Arm. »Ich wünsche eine Erklärung! Das ist mein Haus, und ich habe nicht die leiseste Ahnung, was vorgeht. Ich verlange alle erforderlichen Informationen von Ihnen.«

»Ja, Sir.« Stockwell hatte Erfahrung. Er war zwar freundlich, aber auch sehr energisch. »Doch was Sie am dringendsten brauchen, ob es Ihnen bewußt ist oder nicht, das ist ein Arzt. Und wenn ich unseren Polizeiarzt noch erwische, bevor er ins Bett geht, kann er in ein paar Minuten hier sein. Er wohnt gleich um die Ecke. Wir müssen tun, was wir können, nicht wahr? Auch wenn es nicht sehr hoffnungsvoll aussieht. Zeigen Sie mir jetzt bitte, wo das Telefon ist, Sir.«

Als Julia mit einem Polizisten zurückkam, war Timothy der Erschöpfung nahe und sehr dankbar, daß er abgelöst wurde. Der Polizist war ein kräftiger junger Mann, voll ausgebildet und hilfsbereit und streifte sofort seine Uniformjacke ab. Nanny Broome hatte sich mittlerweile von ihrer anfänglichen Panik erholt und schien jetzt erpicht darauf, so viel von ihrer Ehre wiederherzustellen wie sie verloren glaubte, weil sie sich bis zum äußersten hatte gehenlassen. Sie nahm dem Polizisten den Helm ab, legte ihn auf einen Stuhl, schüttelte die Uniformjacke aus und faltete sie ordentlich.

»Es war der Luftmangel, der hat dem armen Mann das angetan«, sagte sie überflüssigerweise. »Als ich ihn sah, habe ich sofort das Fenster aufgerissen und nach Ihnen gerufen. Ich habe Sie alle vom Zwischenstock aus beobachtet. Daher habe ich sofort an Sie gedacht.«

Der Polizist hörte ihr nicht zu. Ein Blick auf den Patienten hatte ihm gesagt, wie ernst sein Zustand war, und jetzt rollte er die Hemdsärmel auf, schob sich hinter Timothy und löste ihn ganz vorsichtig ab, ohne den Rhythmus der Armbewegungen zu ändern.

Timothy war so müde, daß er nur mit Hilfe des Bettpfostens wieder auf die Beine kam. Sein Gesicht war grau vor Erschöpfung und Betroffenheit. »Er ist wie ein Holzklotz«, sagte er mit einem Blick zu Julia, die hilflos zusah. »Wie hat er es gemacht?« Er bückte sich, berührte den schlaffen Körper und zog die Hand wieder zurück. »Ich nehme an, jemand hat einen Arzt verständigt?«

»Ich glaube, ja. In Eustaces Zimmer wurde telefoniert, als ich vorüberging«, antwortete Julia. Sie verstummte, und im Raum war nur noch das gleichmäßige Pumpgeräusch zu hören. »Was für eine furchtbare Gesichtsfarbe«, sagte sie nach einer Weile. »So etwas habe ich noch nie gesehen.«

»Ich glaube, er hat sich mit seinem eigenen Atem vergiftet. Irgend etwas von der Art. Machen Sie noch ein paar Minuten weiter, Sir. Ich übernehme dann wieder, wenn Sie wollen.« Der Polizist nickte und machte weiter, zwang Luft in die verstopften Lungen und zwang sie, die Luft wieder entweichen zu lassen. Basil Toberman hatte aufgehört, eine eigenständige Person zu sein, war nur noch Körper, der mit seiner drückenden Gegenwart den ganzen Raum ausfüllte.

Die Nachtluft, die durch das weit offenstehende Fenster hereinströmte, brachte alle weit entfernten Straßengeräusche mit, die vorher keinem aufgefallen waren. Ihre Kühle war mit einer anderen Kälte vermischt, die sich, nachdem der erste Schock vorbei war und sie wieder zu denken anfingen, in ihrem Innern ausbreitete.

»Es ist unmöglich«, begann Julia und wurde von Flavia Aicheson unterbrochen, die plötzlich verdrießlich sagte:

»Kommen Sie doch einen Moment her, Mrs. Broome. Miss Alisons Gesicht hat Striemen, sehen Sie? Vielleicht können wir sie miteinander in ihr Zimmer bringen, damit man ihr das Gesicht wenigstens baden kann.«

Dieser neue Zwischenfall schien Basil Toberman völlig aus

ihrem Kopf verdrängt zu haben, und sie war mütterlich zärtlich und doch hoffnungslos scheu und unpraktisch in ihrer Sorge um Alison; sie stellte sich an, als sei Alison tödlich verletzt. Als Nanny Broome zu ihr hinüberlief, gewannen die jungen Leute den Eindruck, daß Flavia Aicheson überhaupt nicht mehr wahrnahm, daß es noch einen Verletzten gab. Nanny Broome hatte sich inzwischen fast völlig erholt und wackelte schon wieder, wie es ihre Gewohnheit war, beim Gehen mit dem Hinterteil. Flavia Aicheson hingegen schien einem Zusammenbruch nahe und befand sich in dem Stadium, in dem sie fast zwanghaft Erklärungen abgeben mußte.

»Ich war mit Alisons Buch zu ihrem Zimmer unterwegs, als ich Sie rufen hörte«, sagte sie heiser zu Mrs. Broome. »Warum haben Sie das getan? Warum haben Sie zum Fenster hinausgeschrien, anstatt den unglückseligen Mann aus dem verdammten Sack herauszuholen?«

Mrs. Broome starrte sie an, und man merkte, daß sich ihr diese Frage selbst zum erstenmal stellte. Ihre Antwort kam spontan und klang absolut aufrichtig.

»Ich habe nicht gewußt, daß es ein Sack ist«, sagte sie. »Ich wußte überhaupt nicht, was es war. Es war nicht sehr hell hier drin, und ich hatte keine Brille auf, weil ich sie eigentlich nur zum Lesen brauche, und ich dachte, er sehe so gräßlich – so – so zerflossen aus, weil er getrunken hatte. Er hatte überhaupt nichts Menschliches mehr, und ich verlor den Kopf und schrie, was das Zeug hielt. Ich wußte, daß die Polizisten draußen waren, und – und sie waren so was Handfestes, also habe ich sie gerufen.«

Julia hörte ihr nicht mehr zu und wandte sich abrupt an Timothy. Ihr Gesicht war blaß, die Augen riesengroß.

»Jemand muß ihm das angetan haben«, sagte sie. »Das ist mir eben erst klargeworden. Er hätte sich die Bettlaken nicht um den Hals feststecken können, nachdem ...« Sie ließ den Rest des Satzes ungesagt.

»Es ist alles in Ordnung, Miss. Wir haben den Mann. Konnten ihn unten festhalten.« Der Polizist sprach, ohne seine rhythmische Arbeit zu unterbrechen. Er war außer Atem und bellte die Worte förmlich heraus.

Timothy und Julia wechselten einen erschrockenen Blick.

»Wenn Sie den Kerl meinen, den wir heraufgebracht haben – der kann es nicht gewesen sein.« Der Polizist sagte nichts und lächelte nur. Timothy machte ein verdutztes Gesicht.

»Wahrscheinlich werden sie denken, daß er es getan hat«, sagte er zu Julia.

»Wenn sie das tun, können wir ihm ein Alibi geben«, erwiderte sie. »Tim! Basil darf nicht sterben!«

Timothy antwortete nicht sofort, sondern blickte auf das schlaffe Bündel hinunter, wandte sich wieder ab.

»Mein Gott, hoffentlich nicht!« sagte er. »Jetzt werden wir es bald erfahren.«

Sergeant Stockwell war mit dem Arzt gekommen, einem sehr schlanken, sehr von sich überzeugten Mann.

Er warf einen flüchtigen Blick auf Toberman und ging dann zur Kommode, um den richtigen Platz für seinen hocheleganten ledernen Arztkoffer zu finden.

»Schön und gut«, sagte er über die Schulter, während er den Koffer aufschloß. »Ich möchte, daß Sie jetzt den Raum verlassen, alle bitte. Außer dem Polizisten. Es ist mir egal, wohin Sie gehen, Madam«, erklärte er Flavia Aicheson, die den Mund aufgemacht, aber noch nichts gesagt hatte, und ihn nur bitten wollte, später nach Alison zu sehen. »Hinunter, hinauf, wohin Sie wollen, Hauptsache, Sie verschwinden hier. Ich will versuchen, diesem Mann das Leben zu retten, und dazu brauche ich Platz und Luft. Das gilt auch für Sie«, wandte er sich an Julia, die nur darauf wartete, hinausgehen zu können. »Raus mit Ihnen allen! So schnell wie möglich. Schicken Sie mir bitte einen zweiten Mann herauf, Sergeant, und wenn Ihr Inspektor erscheint, sagen Sie ihm, wo ich bin.«

»Ja, Sir.« Stockwell sah zu Timothy hinüber, und sein linkes Lid flatterte. »Ich möchte, daß sich alle in dem großen Raum im

Erdgeschoß versammeln. Sie gehen voran, Miss.« Sie marschierten hinaus, und der Arzt rief ihnen nach: »Vergessen Sie meinen zweiten Mann nicht, Sergeant! Der hier ist schon fix und fertig.«

»In Ordnung, Sir«, antwortete Stockwell laut und fügte, als sie auf dem Flur waren, leise hinzu: »Ich nehme einen aus der Schachtel. Wir kriegen sie ja dutzendweise geliefert.«

»Alison muß sich Umschläge machen. Er hat sie geschlagen.«

Flavia Aicheson drehte sich um und wandte sich an Sergeant Stockwell, und Nanny Broome, die Alison Kinnit stützte, blieb hoffnungsvoll stehen.

»Sie meinen den Einbrecher? Er hat sie angegriffen, ja? Hat er sie tatsächlich geschlagen?«

»Das hat er, nicht wahr, Liebes?«

»Aber ja, Aich, natürlich, ich hab's dir doch gesagt. Er hat mich gesehen und schlug zu. Ich glaube, er ist erschrocken.«

»Das sind Sie wahrscheinlich auch, Miss.« Der Sergeant wollte sie trösten. »Er ist ein brutales junges Scheusal. Zeigen Sie mir bitte, wo Sie waren, und schildern Sie genau, was er getan hat.«

Timothy und Julia gingen weiter. Die Tür zum Salon stand offen, und das rosafarbene Licht fiel in den düsteren Flur.

»Machst du dir seinetwegen Sorgen?« Julia zog Timothy einen Moment beiseite, und sie lehnten sich dicht nebeneinander über die schwere eichene Balustrade, die sich um das Treppenhaus zog, und unterhielten sich flüsternd.

»Nein, aber sie können ihn nicht für etwas bestrafen, was er nicht getan hat. Er hat eingebrochen, und ganz bestimmt hat er auch Nans Mantel aufgeschlitzt und Alison eins übergebraten, aber niemand darf behaupten, daß er für den augenblicklichen Zustand des armen Basil verantwortlich ist.«

»Nein, natürlich nicht. Das sollte ja auch kein Vorwurf sein, ich habe nur gefragt.«

»O verdammt! Sollen doch alle zum Teufel gehen.« Er

drehte sich zu ihr um, küßte sie aufs Ohr, drückte das Gesicht einen Moment in ihr warmes, weiches Haar. »Was hast du mit dem Horror-Handschuh gemacht?«

»Ich habe ihn versteckt. Er ist in dem Ofen hinter dem künstlichen Kamin. Willst du ihnen nichts davon sagen?«

»Auf keinen Fall werde ich sie damit überfallen.«

»Tim! O Liebling, du kannst dich doch nicht für ihn verantwortlich fühlen.«

»Warum nicht? Er ist in unserem Alter, und ich habe ihn gefangen.«

»Ich verstehe.« Sie schwieg einen Moment und sagte dann: »Hast du die Behauptung von Nanny Broome gehört, daß Miss Saxon genauso ausgesehen hat wie Basil?«

»Hab ich gehört.«

»Was sollen wir tun?«

»Was können wir tun? Nichts. Das ist nicht unser Bier. Diese Basil-Geschichte geht nur die ältere Generation etwas an. Das ist das einzige, was wir darüber wissen. Gehen wir.«

Sie gingen in den Salon, wo Eustace vor der Kakteensammlung auf dem Kaminvorleger stand. Gemeinderat Cornish saß am anderen Ende des Raums mit gebeugtem Rücken und hängenden Armen in einem Sessel. Er trug noch immer den scheußlichen Regenmantel, und sein schwarzer Hut lag neben ihm auf dem Boden.

»Ah, hier bist du ja, mein Junge!« rief Eustace erleichtert. »Wie geht es Basil? Es steht doch nicht so schlimm um ihn wie es aussieht, oder? Er wird es überstehen, oder? Was für ein schrecklicher Unfall! Wo warst du, als das alles passiert ist?«

»Mit Julia im Brunnenkeller, wo wir den Kerl beobachteten, der durch das zerbrochene Fenster hereingeklettert war. Das Glas hat er allem Anschein nach heute nachmittag herausgebrochen.«

Eustaces Gesicht verriet Erstaunen. Er hatte sich von seinem ersten Schock erholt und jetzt wieder alle fünf Sinne beisammen.

»Sei ein bißchen diskreter, Tim«, sagte er leise und blickte zu Cornish hinüber, der aufstand, als Julia auf ihn zukam. »Ich glaube nicht, daß es so passiert sein kann, weißt du. Kein menschliches Wesen kann sich durch diese Gitterstäbe zwängen. Bestimmt hat er sich schon im Haus herumgetrieben, bevor du ihn entdeckt hast.«

»Das hat er nicht«, antwortete Timothy höflich, aber bestimmt. »Wir waren in der Küche, und er hätte vom Haus aus nicht in den Keller gelangen können, ohne uns zu stören. Er konnte sich durch die Gitterstäbe zwängen. Der könnte durch ein Schlüsselloch schlüpfen. Hast du ihn gesehen?«

»Ja, das habe ich. Er und ein Kriminalbeamter und ein netter junger Mann, eine Art Wohlfahrtsbeamter, sind im Speisezimmer.« Eustace zögerte und führte Timothy dann in den Fenstererker. »So wie es aussieht, ist es Cornishs Junge«, sagte er leise. »Es hat schon ein paarmal Schwierigkeiten mit ihm gegeben.« Er seufzte. »Was für ein ungewöhnlicher Zufall, findest du nicht? Und das, nachdem Cornish uns heute vormittag helfen konnte. Ich muß dir ganz ehrlich sagen, daß ich mir wegen des Feuers so meine Gedanken mache. Gehen wir hinüber. Ich weiß nicht, was deine kleine Julia ihm über den Keller erzählt. Wir wollen doch nicht, daß er sich vergebliche Hoffnungen macht, der Ärmste.«

Als sie zu den beiden kamen, hörten sie noch den Schluß eines ernsten und vertraulichen Gesprächs.

»Ich hatte so sehr gehofft, daß Sie zu Mr. Luke gehen würden«, sagte Julia mit sehr klarer Stimme. »Ich bin so erleichtert. Als ich hörte, daß er Nanny Broome zu sich bestellt hatte, wußte ich, daß Sie bei ihm gewesen waren.«

»Seien Sie bitte still, meine Liebe«, entgegnete Cornish. Man merkte ihm an, daß er litt. Sein hilfloser Jammer war nicht zu übersehen. Er wandte sich an Tim und sagte störrisch:

»Sie haben ihm nicht weh getan. Ich bin sehr dankbar, daß Sie ihm nicht weh getan haben. Verstehe ich richtig, daß er dort oben etwas Schreckliches angestellt hat?«

»Nein, Sir. Er hat, seit er in diesem Haus ist, überhaupt nichts angestellt – nur mit mir geredet.«

Genauso störrisch ignorierte Timothy, daß Eustace heftig seinen Arm drückte. »Julia und ich haben das Licht seiner Taschenlampe gesehen, als er in den Brunnenkeller einstieg, und danach haben wir ihn nicht mehr aus den Augen gelassen. Als wir oben den Lärm hörten und hinaufgingen, um nachzusehen, was los war, habe ich ihn mitgenommen. Basil Tobermans Zimmer haben wir zusammen betreten.«

»Basil Toberman? Ist das der Mann, der ermordet wurde?«

Als Cornish diese Frage stellte, versuchte Eustace sie mit einer völlig wirkungslosen Geste abzuwehren, und holte tief und pfeifend Atem. Es war, als habe er auf das Wort gewartet und könne ihm nun, da es ausgesprochen war, keinen Widerstand entgegensetzen. Er ließ sich in den nächsten Sessel fallen und sackte zusammen. »Ist er tot?« fragte er.

»Ich weiß es nicht, Onkel.«

»Mir war nicht klar, daß es da noch Zweifel gibt.« Cornish entschuldigte sich und war zutiefst erleichtert. »Ich wurde durch etwas in die Irre geführt, das ein Kriminalbeamter zu einem anderen gesagt hat.«

Eustace blickte zu Timothy auf. »Wenn er stirbt, ist es mit uns zu Ende, und das hängt mit allen möglichen Geheimnissen zusammen«, sagte er mit tiefem Ernst. »Diese Szene beim Abendessen vorhin und alles, was dieser dumme Tölpel zu weiß Gott wem im Flugzeug gesagt hat, alles wird herauskommen. Es wird in allen Zeitungen stehen, überall, und das wird ein Viertel des Schadens sein. Wenn der alte Hirsch fällt, stürzt sich die Meute geschlossen auf ihn.« Aus seinem Mund klang sogar diese blumige Wendung natürlich, aber Timothy, der überempfindlich war, wenn es um die Würde dieses alten Mannes ging, reagierte heftig.

»Dann müssen wir stillhalten und es durchstehen, etwas anderes können wir nicht tun.«

»Das ist leicht gesagt.« Eustaces Hoffnungslosigkeit schien

mit einer Art Schadenfreude gegen sich selbst vermischt. »Warte nur, bis du die Reaktion von Julias Vater siehst. Warte, bis es dich persönlich berührt.«

»Aber wieso soll es Tim persönlich berühren? Was hat es mit ihm zu tun? Er ist kein Kinnit.«

Julia sprengte mit ihrem Einwurf die Mauer der Zurückhaltung, die alle übten. Sie schien von erschreckender und dennoch unschuldiger Rücksichtslosigkeit, nur interessiert an ihrer Liebe. Die beiden älteren Männer wandten sich ihr flehend zu, aber Timothy ließ sich nicht ablenken. Er legte den Arm um sie und zog sie mit einem Ruck an sich. »Du bist still«, sagte er. »Wir wollen das alles nicht mehr hören, Liebling. Wir wissen jetzt alles Nötige über mich. Betrachte das als endgültig erledigt. Wenn dein Vater sagt, wir müssen warten, bis du einundzwanzig bist, dann müssen wir eben warten, und das ist endgültig. Wir werden heiraten, sobald es möglich ist.«

Gemeinderat Cornish zögerte. Er schien erleichtert, auf jemanden gleichen Kalibers gestoßen zu sein, mit dem er sich auseinandersetzen konnte.

»Verstehe ich richtig, daß Sie Barry ein hieb- und stichfestes Alibi geben können für – egal, was da oben passiert ist?«

»Ich gebe ihm gar nichts.« Noch nie hatte Timothy mehr wie eine jüngere Ausgabe des Mannes ausgesehen, der vor ihm stand. »Ich bestätige nur, daß ich mit ihm zusammen war, während er sich heute abend in diesem Haus aufhielt. Er wird bestätigen, daß er mit Julia und mir zusammen war. Das Alibi ist gegenseitig. In dieser Sache ist sein Wort so gut wie das meine. Seine Identität ist unbestritten, das hat er mir gesagt.«

Cornishs Augen unter den buschigen Brauen flackerten.

»Sie wissen Bescheid, nicht wahr? Ich habe mich schon gefragt, was ich Ihnen und der jungen Dame darüber sagen sollte.« Er zögerte. »Oder ob ich überhaupt etwas sagen würde.« Wieder machte er eine Pause, doch dann sprach er überstürzt weiter. »Er nimmt seine Papiere ungeheuer wichtig.« Es klang, als rede er über ein seltsames Tier, für das er zwar verantwortlich war, das er aber nie verstehen würde. »Sie sind die einzigen Aspekte von Gesetz und Ordnung, die er zu respektieren scheint.«

»Es ist ihm mit seiner Identität sehr ernst«, entgegnete Timothy. »Das ist nur natürlich. Sie scheint alles zu sein, was er hat.«

Es war ein ungewöhnliches Gespräch, bedeutsam und absolut verständlich für die Beteiligten, aber für alle anderen fast ohne jeden Sinn.

Cornish sah Timothy besorgt an.

»Und wie steht es mit Ihnen, Sohn?«

Timothys Blick fiel auf Julias schimmernden Kopf an seiner Schulter und wanderte dann zu Eustace, der noch immer zusammengekauert und alt im Sessel saß. Schließlich sah er Cornish fest in dic Augen.

»Ich habe Pflichten«, sagte er ernst. »Es geht mir gut.«

»Mr. Timothy Kinnit?« sagte Stockwell scharf von der Schwelle her. Er war aufgeregt, und seine Gewohnheit, auf den Füßen zu wippen, fiel heute besonders auf.

»Hier, Sergeant.«

Stockwell musterte Timothy von Kopf bis Fuß. Er benahm sich so, als habe er das Gefühl, die Situation sei fast zu schön, um wahr zu sein. »Ich habe den Superintendent und meinen Chefinspektor verständigt, und sie werden bald hier sein. Bis dahin könnten wir gemeinsam eine kleine Frage klären, die sich ergeben hat. Mein Polizist hat mir gesagt, daß Sie in seiner Gegenwart zugaben, Sie hätten den Mann Leach in Mr. Tobermans Zimmer mitgebracht.«

»Das ist richtig. Meine Verlobte und ich sind mit ihm hinaufgegangen, als wir den Radau hörten. Wir wußten nicht, was wir sonst mit ihm anfangen sollten.«

»Ich verstehe, Sir.« Stockwell schien sich auf Zehenspitzen auf eine Schlußfolgerung zuzubewegen. »Dann war er, als Sie ihn heraufbrachten, Ihrer Meinung nach das erstemal in Mr. Tobermans Zimmer?«

»Selbstverständlich. Sagt er etwas anderes?«

»Genau das sagt er auch.«

Stockwell verzog das breite Gesicht zu einem halb triumphierenden Grinsen.

»Was ist los?« fragte Timothy. »Worauf wollen Sie hinaus?«

»Damit haben Sie sich verraten, junger Mann, nicht wahr?« Zwar schien Stockwell noch immer nicht so recht an sein Glück zu glauben, aber trotzdem wagte er den Sprung. »Sie waren es, der Mr. Toberman ins Bett gebracht hat, nicht wahr? Als er viel zu betrunken war, um allein hineinzusteigen, geschweige denn, sich einen Plastiksack über den Kopf zu stülpen. Das ist doch die Wahrheit, nicht wahr?«

Die Unterstellung, in ihrer Ungeheuerlichkeit so direkt und einfach, daß sie sofort, vor ihren Augen, eine Angelegenheit komplizierter Ermittlungen und endloser juristischer Auseinandersetzungen wurde, explodierte im Raum wie eine Bombe.

Es folgte ein langes, entsetztes Schweigen, das schließlich von einer Stimme gebrochen wurde, die hinter dem Sergeant von der Tür herkam.

»Nun gut, wenn Sie dumm genug sind zu glauben, daß Mr. Tim es getan hat«, sagte Nanny Broome gereizt, »dann müssen Sie eben die Wahrheit erfahren.«

Während der Sergeant sich langsam zu ihr umdrehte, drang, volltönend wie immer, die Stimme von Superintendent Luke zu ihnen herauf, der in der Halle mit dem diensthabenden Polizisten sprach.

20

Augenzeugin

Die Leselampe auf dem Schreibtisch von Eustaces Arbeitszimmer warf einen kleinen, hellen Lichtkreis auf das polierte Holz, und der Widerschein berührte die Gesichter der ernsten Männer, die um den Schreibtisch herum standen und auf Margaret Broome in Eustaces Sessel hinuntersahen.

Luke war da und Campion, Munday und Stockwell, vier Köpfe dicht nebeneinander, die Männer aufmerksam und schweigend; nur ab und zu murmelte der oder jener zustimmend.

Diesmal machte Nanny Broome sich keine Illusionen. Sie war verängstigt und völlig im Bilde. Sie hatte keine Zeit, sich zu zieren oder verlegen zu sein.

»Wir haben fast eine Stunde gebraucht, um ihn zur Ruhe zu bringen, Mr. Tim und ich.« Sie sprach sehr leise, flüsterte beinahe, blieb aber erstaunlich konsequent bei der Sache, und sie waren alle viel zu erfahren, um sie abzulenken. »Ununterbrochen ging's mit ihm rein ins Bett und raus aus dem Bett und wieder rein und wieder raus. Verrückt konnte man dabei werden. Endlich schlief er doch ein, und wir sind auf Zehenspitzen hinausgegangen, um ihn ja nicht zu wecken. Mr. Tim lief hinunter zu seiner jungen Dame, und ich wartete für den Fall, daß Mr. Basil wieder wach wurde. Inzwischen erledigte ich ein paar Kleinigkeiten, richtete Mr. Tims Bett zum Schlafen her und warf einen Blick zu Mr. Eustace hinein, um zu sehen, ob er etwas brauchte. Er las. Das tut er übrigens immer. Miss Alison war mit ihrem Bad fertig, ich hörte das Wasser ablaufen. Also ging ich zu den drei anderen Zimmern hinüber. Miss Julias Bett war schon aufgeschlagen. Mrs. Telpher bat mich, ihr zu helfen. Ihr Fenster klemmte und ließ sich nicht schließen. Hinterher ging ich weiter bis zur Tür von Miss Aich, aber das Zimmer habe ich nicht betreten.«

»Haben Sie es versucht?« fragte Luke mit sorgfältig gesenkter Stimme, die nicht lauter war als die ihre, damit sie sich nicht gestört und in ihrem Gedankenfluß unterbrochen fühlte.

»Nein, eigentlich nicht. Ich klopfte, und sie sagte ›alles bestens, alles bestens‹. Da dachte ich mir, ›na, auch gut‹, und hab sie nicht gestört. Dann ging ich zurück und horchte an Mr. Basils Tür. Er schnarchte ganz regelmäßig, also setzte ich mich auf die Fensterbank am Ende des Flurs und schaute auf die Straße. Ich blieb sehr lange sitzen. Das tu ich oft. Es ist mein Platz. Ich bin nicht im Weg, weil die Samtvorhänge mich verdecken, und das Licht ist am anderen Ende des Flurs und reicht nicht bis zu mir. Ich beobachtete die Polizei sehr lange. Zuerst dachte ich, die Männer in Zivil sehen sich hier nur ein bißchen um, aber als sie immer wieder verstohlen mit dem uniformierten Beamten sprachen und sich dabei heimlich umschauten, habe ich erraten, wer sie waren, und mich gefragt, ob Miss Julia sie vielleicht doch gerufen hatte.«

»Warum sollte sie?«

»Weil jemand mir den Mantel aufgeschlitzt hatte, als ich von dem Treffen mit Ihnen zurückkam, Mr. Luke. Ich hatte ihr gesagt, wir sollten es erst morgen früh melden.«

»Nun schön.« Luke beherrschte sich so gut er konnte. »Was ist dann passiert?«

»Nichts – eine sehr lange Zeit nichts. Ich überlegte mir, ob ich ins Bett gehen und die beiden jungen Schlingel in der Küche sich selbst überlassen könnte. Man kann niemandem in diesem Alter wirklich trauen. Es ist auch nicht recht, es von ihnen zu verlangen. Dann hörte ich etwas, schob die Vorhänge ein bißchen auseinander und guckte hinaus, und da hab ich die Frau gesehen, die in Mr. Basils Zimmer ging. Ich war so wütend, ich hätte sie ohrfeigen können, weil er doch so schwer eingeschlafen war, aber ich hörte keinen Laut, und nach ein paar Minuten kam sie wieder heraus und ging in ihr Zimmer zurück. Und ich saß da, und das Herz klopfte mir im Hals, und ich dachte: ›Wenn er wieder mit seinen Mätzchen anfängt, dann geht es gleich los.‹ Aber es blieb alles still, und kurz darauf stand ich auf und horchte an seiner Tür, und er schnarchte.«

»Sind Sie hineingegangen?«

»Nein. Ich habe die Tür nur einen Fußbreit aufgemacht und den Kopf hineingesteckt. Das Licht der Straßenlaterne fällt in sein Zimmer. Ich habe ihn gesehen. Er war in Ordnung. Schlief fest und schnaufte wie ein großes Nilpferd. Armer, armer Kerl.«

»Denken Sie jetzt nicht daran. Was haben Sie gemacht?«

»Bin zu meinem Platz zurückgegangen und hab die Kriminalbeamten auf der anderen Straßenseite beobachtet. Ein Streifenwagen fuhr langsam vorbei, und einer von den Männern ging ihm in die Seitenstraße nach, in die er eingebogen war. Wahrscheinlich, um Bericht zu erstatten. Weit und breit war niemand sonst zu sehen. Am Tag wimmelt es hier von Leuten, aber am Abend kommt kaum jemand vorbei. Ich hätte leicht ins Bett gehen können, habe es jedoch nicht getan. Ich wartete darauf, daß der Kriminalbeamte zurückkam, deshalb war ich noch da, als die Person wieder auftauchte. Ich traute meinen Augen kaum, als ich sie sah, doch sie ging schnurstracks in Mr. Basils Zimmer und blieb fünf oder sechs Minuten drin. Dann erschien sie wieder.«

»Und es war dieselbe Frau wie vorher?«

»O ja.«

»Und Sie könnten sie ganz sicher identifizieren?« In dem Bemühen, seine Stimme zu beherrschen, verströmte Luke so viel Kraft, daß die Anspannung sich auf die ganze Gruppe übertrug.

»Nun, man ist ja nie ganz sicher, besonders nachts nicht, nicht wahr? Und weil ich nicht sicher war, habe ich sie angesprochen.«

Munday unterdrückte einen kleinen erstickten Laut in der Kehle, begann zu husten, und die anderen hielten den Atem an.

»›Ist er in Ordnung?‹ fragte ich. Mir fiel einfach nichts anderes ein. Sie zuckte nicht zusammen, drehte sich nur um und kam auf mich zu. ›Unten brennt noch Licht‹, sagte sie, und darauf ich: ›Ich weiß, das ist schon in Ordnung. Wie geht es Mr. Basil?‹« Erstaunlicherweise hatte Margaret Broomes Stimme bisher kein einziges Mal gezittert, doch als sie sich jetzt erinnerte, wie empört sie gewesen war, konnte sie nicht mehr ruhig sprechen. »Stellen Sie sich vor, da antwortet sie mir doch: ›Ich war nicht bei ihm.‹ Eine solche Unverschämtheit! ›Tim hat ihn ins Bett gebracht‹, sagte sie. ›Ich bin nicht hineingegangen.‹ Natürlich habe ich da noch nicht gewußt, was sie getan hatte, sonst hätte ich ihr etwas anderes erzählt!«

»Warten Sie!« Luke legte ihr die Hand auf die Schulter. »Atmen Sie tief durch.« Er behandelte sie wie die Kinder, die er vernehmen mußte, und sie gehorchte ihm aufs Wort.

»Ich habe durchgeatmet.«

»In Ordnung. Gehen wir jetzt ein Stück zurück. Sie haben mit ihr gesprochen. Sie hat Ihnen geantwortet. Sie wußten, wer sie war. Was haben Sie gemacht, als sie sagte, sie sei nicht in Mr. Basils Zimmer gewesen?«

»Ich habe sie ganz perplex angestarrt und dann gesagt: ›Also ich hab gemeint, Sie waren drin. Gute Nacht.‹ Dann setzte ich mich wieder hin und schaute aus dem Fenster. Sie blieb noch einen Moment stehen, und ich dachte, sie würde es mir erklären, aber sie hat es nicht getan, hat nur kehrtgemacht und ist in ihr Zimmer gegangen. Ich blieb, wo ich war, weil mir nicht einmal im Traum eingefallen wäre, daß er in diesem Ding stecken könnte.«

»Wie lange hat es gedauert, bevor Sie nach ihm sahen?«

»Oh, ein paar Minuten. Ich saß hinter den Vorhängen, und es wurde immer wärmer. Ich dachte natürlich an nichts Böses, wie sollte ich auch? Sie hatte ihn das erstemal nicht geweckt, warum also sollte sie ihn das zweitemal wecken? Ich fragte mich, warum sie überhaupt hineingegangen sein mochte, und überlegte, warum sie so albern gewesen war und versucht hatte, so zu tun, als sei sie nicht drin gewesen, und darüber schlief ich fast ein.«

»Schon gut, bleiben Sie am Ball. Wann haben Sie hineingeschaut?«

»Nach zehn Minuten, ungefähr. Ich wollte hinuntergehen und nach den Kindern sehen, schließlich sind sie jung, und was genug ist, ist genug. Im Vorbeigehen horchte ich wieder an Mr. Basils Tür, hörte aber nichts. Das Zimmer war so still wie ein Grab. Zwar habe ich mir nicht viel dabei gedacht, aber irgendwie komisch ist es mir schon vorgekommen, und ich habe mich gefragt, ob er vielleicht wach ist. Ich mache also ganz leise die Tür auf und schau hinein. Die Nachttischlampe brennt, und im Bett ist etwas, das wie eine große Wasserlache aussieht. Das habe ich einem von Ihnen schon erzählt, nicht wahr? Dann hab ich den Kopf verloren und angefangen zu schreien, und weil ich wußte, daß Sie alle vor dem Haus waren, hab ich Sie gerufen.«

»Weil Sie dachten, es sei ein Verbrechen geschehen?«

»Nein. Weil ich Hilfe brauchte. Für mich haben Polizeibeamte nicht nur mit Mord und Totschlag zu tun.«

»Die Polizei, dein Freund und Helfer«, murmelte Campion vor sich hin.

»Sie werden uns den Namen der Frau nennen müssen«, sagte Luke freundlich. »Loyalität und die Ehre des Hauses, in dessen Diensten Sie so lange stehen, sind wichtig, aber bei einer solchen Sache nicht wichtig genug. Wer war es, Mrs. Broome? Nur den Namen.«

»Es war das alte Mädchen, das herumgeschrien hat, als ich ins Schlafzimmer kam, nicht wahr?« sagte Stockwell, der sich nicht länger zurückhalten konnte. »Wie heißt die Dame noch? Aicheson? Sie tut so, als hätte sie nichts anderes im Kopf als die Prügel, die die alte Schwester des Hausherrn bezogen hat.«

Nanny Broome sah ihn ganz perplex an.

»O nein«, sagte sie. »Miss Aicheson könnte keiner Fliege etwas zuleide tun, ohne dabei erwischt zu werden. Nein, es war Mrs. Telpher. Auch wenn ich sie nicht gesehen hätte, hätte ich es erraten müssen, nachdem mir aufgefallen war, daß Mr. Basil genauso verfärbt war wie Miss Saxon nach ihrem Tod.«

»Mrs. Telpher? Wer ist das? Ich habe bisher noch nicht einmal von ihr gehört.« Stockwell war schon fast an der Tür, als Margaret Broomes unnatürlich ruhige Stimme ihn zurückhielt.

»Wer hat Sie eigentlich ins Haus gelassen, nachdem ich Sie gerufen hatte, junger Mann?« wollte sie wissen. »Das frage ich mich schon, seit ich in diesem Zimmer sitze. Es war niemand sonst hier. Sie muß hinausgegangen sein, als Sie hereinkamen. Sie hat sich aus dem Staub gemacht. Als ich sie angesprochen hatte, wußte sie, daß sie entlarvt war. Selbst wenn es ihr möglich gewesen wäre, ihren Kleidersack zurückzuholen, bevor ich ihn entdeckt hatte, hätte ich Bescheid gewußt, wenn er am Morgen tot aufgefunden worden wäre.«

In dem Augenblick der Stille, in dem allen klar wurde, was ihre Aussage zu bedeuten hatte, klopfte es, und der kleine Doktor kam herein.

»Ich habe Ihnen etwas zu sagen«, verkündete er, ohne jemanden direkt anzusprechen. »Er schafft es. Er hat eben gesprochen. Ich glaube auch nicht, daß sein Gehirn geschädigt ist. Das Letzte, woran er sich erinnert, ist, daß Miss Alison Kinnit ihm einen Drink ans Bett gebracht hat.«

Wieder folgte eine lange Pause, nur unterbrochen durch ein tiefes Aufatmen von Chefinspektor Munday.

Luke zuckte mit den Schultern. »Das stellt alles auf den Kopf, was wir gehört haben«, sagte er. »Was jetzt? Ich bin froh, daß er lebt, doch ich wünschte, er würde aufhören zu reden.«

»Aber es war Mrs. Telpher, die ihm den Drink gebracht hat. Das ist mir zu allererst aufgefallen.« Nanny Broome war so aufgeregt, daß sie fast bis zur Unverständlichkeit stotterte. »Ich war mit Miss Julia zusammen, als Mrs. Telpher mit dem

Glas hinaufging, und ich machte noch eine Bemerkung darüber. Ich sagte: ›Das war mindestens ein halbes Glas Whisky pur.‹« Sie unterbrach sich, wandte sich wieder an Luke und platzte plötzlich mit jener Offenheit heraus, die eine ihrer erschreckendsten Eigenschaften war. »Eigentlich bin ich nur deshalb in ihr Zimmer gegangen, als sie mich rief, weil ihr Fenster klemmte. Sie nahm gerade ein langes Wollkleid aus einem Plastiksack. Ich wollte sehen, ob sie das ganze Zeug tatsächlich getrunken hatte. Es ist nicht nur Neugier, aber ich bin für dieses Haus verantwortlich und muß wissen, was vorgeht.«

»Und hatte sie?« Luke griff nach dem Faden, bevor er verlorenging.

»Nein. Das Glas stand unberührt auf dem Nachttisch. Sie hatte ein Stück Seidenpapier darübergelegt, aber man konnte es nicht übersehen, es roch so stark. Als sie es später zu Mr. Basil hineintrug, glaubte ich zu wissen, worauf sie aus war. Sie will ihn so betrunken machen, daß es heute nacht keine Störung mehr gibt, dachte ich. Selbstsüchtiges Ding! Würde dir recht geschehen, wenn er Delirium tremens bekäme, und Well House sich in ein Irrenhaus verwandelte. – Sie müssen wissen, daß ich mich noch sehr gut daran erinnere, wie sein Papa es getrieben hat.«

Luke ignorierte den Hinweis auf die Vergangenheit.

»Können Sie beschwören, daß es Mrs. Telpher war, die Sie im Flur gesehen haben und nicht Miss Alison Kinnit? Sie sehen sich sehr ähnlich.«

»Natürlich sehen sie sich ähnlich. Deshalb hat Mr. Basil sie auch verwechselt, in dem Zustand, in dem er war. Alle Kinnits sehen sich ähnlich. Die Familienmerkmale sind sehr stark ausgeprägt. Auch im Wesen ähneln sie sich. Als sie versuchte, die Sache Mr. Tim in die Schuhe zu schieben, war das auch typisch Kinnit. Das habe ich mir schon in dem Moment gedacht.«

»Wann?« Luke stürzte sich förmlich auf den Fehler, den sie begangen hatte. »Als Sie auf dem Flur mit Mrs. Telpher sprachen, wußten Sie doch noch nicht, daß Mr. Toberman etwas zugestoßen war.«

Nanny Broomes angeborene Ehrlichkeit setzte sich durch.

»Nein, aber als ich Mr. Basil so glänzen sah, wurde mir klar, daß Mrs. Telpher dahinterstecken mußte – ganz gleich, was mit ihm war –, und daß sie die Absicht hatte, Mr. Tim zum Sündenbock zu machen. Deshalb habe ich geschrien und die Polizei gerufen. Ich rege mich nämlich sonst nicht so leicht auf, müssen Sie wissen. Ich schreie nicht wegen nichts und wieder nichts. Ich weiß gewöhnlich, was ich tue. Wo wäre Mr. Tim denn jetzt, wenn ich nicht geschrien und es der Familie überlassen hätte, zu entscheiden, was für eine Version der Geschichte man Ihnen auftischen wollte? Mir war klar, daß sie fliehen mußte, weil ich mit ihr gesprochen hatte, und sie wußte auch, daß ich wußte, wer in Mr. Basils Zimmer war. Sie ist weg. Fort mit Schaden. Ich habe mir gedacht, daß sie die Zeit nützen würde, die ich ihr gab.«

»Seien Sie vorsichtig mit dem, was Sie sagen!« warf Munday unwillkürlich ein. »Die Dame kommt nicht weit, sie hat keine Chance. Haben Sie schon einmal etwas von Begünstigung gehört?«

»Kenne ich nur aus Romanen«, sagte Nanny Broome verächtlich. »Fassen Sie sie, wenn Sie glauben, daß Sie es schaffen, aber bringen Sie sie ja nicht in die Nähe meiner Kinderlein!«

»Welcher Kinderlein?« begann Munday interessiert, doch Luke signalisierte ihm hastig, er solle schweigen.

»Vergessen Sie's«, sagte er leise. »Wir haben nur ein Leben. Sergeant Stockwell, Sie hätten die Dame an der Haustür bemerken müssen. Veranlassen Sie die Fahndung. Warten Sie einen Moment. Ihr Kind liegt im St. Joseph's Hospital: Versuchen Sie es dort zuerst. Ich denke, wir können voraussetzen, daß sie nicht normal ist. Es ist der alte psychiatrische Kram. Wahrscheinlich gibt es kein erkennbares Motiv und...«

»Ich glaube schon, daß es eins gibt«, mischte sich Albert

Campion, der sich bisher im Hintergrund gehalten hatte und von allen vergessen worden war, jetzt so zaghaft ein, als müsse er sich dafür entschuldigen. »Meiner Meinung nach war sie die einzige, die ein ausreichendes Motiv hatte. Angst ist die einzige adäquate Triebfeder für eine impulsive Handlung dieser Art, finden Sie nicht? Angst vor einem Verlust. Angst vor Schwierigkeiten. Angst vor unerträglichen Enthüllungen. Besonders wenn man sich schon ganz nah am Ziel glaubt.«

Luke sah ihn verblüfft an.

»O du meine prophetische Seele, Ihr Telegramm!« rief er. »Ich hätte es wissen müssen. Ich nehme an, sie ist nicht Mrs. Telpher?«

»Aber ja, sie ist es.« Campion schien sehr unglücklich zu sein. »Das ist ihr richtiger Name, und sie ist die Nichte der Kinnits. Das Telegramm war die Antwort auf eine Anfrage, die ich an die Agentur Petersen in Johannesburg gerichtet hatte.« Er unterbrach sich und machte ein verlegenes Gesicht. »Es ist eine jener traurigen, albernen, ganz alltäglichen Erklärungen, die hinter den meisten kriminellen Handlungen stehen«, fuhr er endlich fort. »Das Geheimnis, um das es hier geht, gibt es wohl am häufigsten auf der Welt, und sie konnte es mit Erfolg vor allen bewahren, außer vor Basil Toberman, der sein Leben damit verbringt, darauf zu achten, daß er in diesem Punkt nicht betrogen wird.«

Luke zog die Brauen hoch, bis sie unter dem Haaransatz spitze Winkel bildeten.

»Geld?«

Campion nickte. »Ich fürchte, ja. Sie ist nicht reich. So einfach ist das. Sie ist zwar nicht arm, und es geht ihr nicht schlecht. Doch sie ist ganz einfach nicht reich. Sie war nie reich. Der verstorbene Telpher war Buchhalter, kein Finanzier.«

»Aber das hätte die Familie Kinnit doch wissen müssen?«

»Wieso denn? Es gibt Leute, die sich um die finanziellen Verhältnisse ihrer verschiedenen Verwandten kümmern, andere jedoch interessieren sich überhaupt nicht dafür, machen aus diesem Desinteresse fast einen Kult. Mrs. Telpher ist eine entfernte Verwandte. Entfernt nach Meilen. Die Kinnits wußten, daß es sie gab, waren aber nicht neugierig. Wie der Gedanke von ihrem unermeßlichen Reichtum ursprünglich bei ihnen aufkam, weiß ich nicht. Vielleicht hat es mit einem ganz nebensächlichen Irrtum angefangen oder beruhte einfach auf der Tatsache, daß sie selbst sehr reich sind und sie ihnen nie die Wahrheit gesagt hat. Als sie nach London kam, war es jedenfalls für sie sehr leicht, die Familie für ihre Zwecke zu nutzen. Sie hatte Erfolg, weil sie sie so gut kannte. Sie sind alle gleich geartet. Kalt, nicht neugierig, lieben den Komfort, haben einen großen Respekt vor Geld und sind auf eine merkwürdig gleichgültige Art gastfreundlich und kennen Pflichten des Gastgebers sehr genau.«

»Diese Frau lebt nur für eins, und das ist Bargeld«, sagte Nanny Broome unerwartet. »Wenn sie noch kein Vermögen besitzt, dann war ihr Hauptgrund hierherzukommen der, zu gegebener Zeit zu erben. Dessen können Sie sicher sein. Vergessen Sie nicht, sie ist außer Mr. Tim die einzige Verwandte der Kinnits, und wahrscheinlich hat sie gedacht, daß er nicht zählt, weil er nur adoptiert ist. Ihre Idee war, ihn zu vertreiben, ihn mir wegzunehmen. Inzwischen konnten sie und Miss Saxon hier kostenlos leben.«

Dieser prosaische Gedanke, der allen Anwesenden durch den Kopf gegangen war, blieb ohne Kommentar.

Luke wartete darauf, daß Campion seine Erklärung fortsetzte.

»Das einzige große Risiko, das sie auf sich nahm, ergab sich nie«, fuhr er fort. »Niemand bestand darauf, das Kind im Krankenhaus zu besuchen. Da sie die Familie kannte, nahm sie gar nicht an, daß jemand den Wunsch äußern würde.«

»Ich hab's getan, wurde aber sehr schnell eines Besseren belehrt«, warf die unbezähmbare Nanny Broome gereizt ein. »Das arme kleine Dingelchen war ›viel zu krank, um Besuch zu bekommen. Anordnung des Arztes.‹ Als könnte mein Besuch einem Kindchen schaden!«

Luke gab ihr mit einer Geste zu verstehen, sie solle schweigen, und sah zu Campion hinüber. »Gibt es dieses Kind überhaupt?«

»O ja, das gibt es«, antwortete Campion bekümmert. »Und sein Zustand ist genauso wie sie ihn geschildert hat – es ist bewußtlos und unheilbar. Ein herzzerreißender Anblick, für einen ihm nahestehenden Menschen zu furchtbar, um es lange an seinem Bett auszuhalten. Mrs. Telpher steht ihm nicht nahe. Sie ist die Gouvernante. Sie hat den Wagen gefahren, als der Unfall passierte. Sie wurde von ihren Arbeitgebern mit dem Kind und seiner Nurse Miss Saxon nach London geschickt, als jede andere Hoffnung auf Heilung fehlgeschlagen war. Das Kind heißt Maria Van der Graff. Es wurde unter diesem Namen ins Krankenhaus eingeliefert. Jeder hätte das feststellen können, wenn man daran gedacht hätte, sich zu erkundigen.«

Die Erzählung hatte den bedrückend vertrauten Klang aller wahren Geschichten, für den erfahrene Polizeibeamte ein feines Ohr haben. Niemand stellte sie in Frage. Ein klassisches Beispiel menschlicher Schwäche, schäbig, peinlich und traurig.

»Mordversuch«, sagte Luke. »Sie hat es getan, um nicht entlarvt zu werden und um das Mißlingen ihrer Pläne zu verhindern, und als sie sah, daß sie in der Falle saß, versuchte sie zweifellos, den jungen Mann zu diskriminieren, der zwischen ihr und dem Erbe stand.« Er zögerte, und sie warteten, hatten alle den gleichen Gedanken.

Margaret Broome suchte Lukes Augen.

»Deshalb hatte Miss Saxon das Kindlein so gern, sie hat es schließlich aufgezogen, und deshalb wollte sie mir immer von den Diamanten erzählen.«

»Von den Diamanten?« fragte er so erstaunt, als spreche sie plötzlich von weißen Elefanten.

»Den Diamanten in dem Bankschließfach«, erklärte Nanny

Broome selbstgefällig. »Durch den Brief, in dem Mr. Eustace ihr in seiner zerfahrenen Art schrieb, sie solle keine Juwelen ins Haus bringen, sondern sie bei der Bank deponieren, ist sie wohl auf den Gedanken gekommen. Sie erfand ein paar Diamanten, weil sie merkte, daß er erwartete, sie würde etliche mitbringen, und behauptete, sie habe sie in ein Bankschließfach getan. Als sie die Steine in meiner Gegenwart erwähnte, sagte mir Miss Saxon – vor ihr –, sie seien so groß, daß sie sie nie und nimmer für echt gehalten hätte, wenn sie es nicht besser wüßte. Nun, sie wußte es besser, nicht wahr? Wenn sie bei derselben Familie angestellt waren, wußte Miss Saxon natürlich, daß Mrs. Telpher nicht reich war. Sie wußte, die Diamanten waren nicht echt und wahrscheinlich überhaupt nicht vorhanden. Sie war nahe daran, es mir zu sagen. Wir freundeten uns viel zu sehr an, Miss Saxon und ich, deshalb endete sie auch mit dem Kopf im Plastiksack. Ich nehme an, bei ihr hat sie Aspirin verwendet, keinen Alkohol, um sie zu betäuben.«

»Ruhe!« Luke schlug mit der flachen Hand auf den Schreibtisch und brachte sie zum Schweigen. »Wenn Sie auch nur noch einmal den Mund aufmachen, mein Mädchen, sperre ich Sie ein und niemand sonst. Doktor, angenommen, der Gentleman dort oben wäre gestorben, was hätten Sie bei der Obduktion festgestellt?«

Der Arzt warf ihm einen erstaunten Blick zu.

»Ich glaube nicht, daß eine Obduktion nötig gewesen wäre, Superintendent. Die Diagnose steht fest.«

»Das weiß ich, Sir. Es ist eine rein hypothetische Frage. Was hätten Sie festgestellt, wenn der Mann tot aufgefunden und der Sack vorher entfernt und versteckt worden wäre?«

»Wenn ich nichts gewußt hätte? Wenn man mir nur die Leiche präsentiert und ich von dem Sack nichts gewußt hätte?«

»Genau das meine ich, Sir.«

Der kleine Mann zögerte. »Tja, keine Ahnung«, sagte er gereizt. »Woher soll ich das wissen? Es gibt unzählige Todesursachen. Unser Inneres ist noch ein bißchen komplexer als das eines Fernsehapparates, Superintendent. Ganz bestimmt hätte ich nicht behaupten können, daß er erstickt ist, wenn Sie das meinen.«

»Das hätten Sie nicht?«

»Nein. Die Kohlenmonoxyd-Werte im Blut hätten leicht erhöht sein können – nein, man hätte von mir nicht erwarten können, daß ich Tod durch Ersticken diagnostiziere. Keine Fremdkörper im Mund oder in der Luftröhre, keine blauen Flecke, keine anderen Merkmale von Gewaltanwendung. Nein, an Tod durch Ersticken hätte ich nicht gedacht. Zum Glück stellt sich diese Frage nicht.«

»Genau«, sagte Luke und sah Nanny Broome finster an. »Und sie darf sich auch nicht stellen, sonst fallen wir alle auf die Nase. Vergessen Sie das nicht! Chefinspektor, hat Ihr Sergeant die Fahndung veranlaßt? Wohin bringen Sie Barry Leach?«

»Nach Ebbfield, denke ich«, antwortete Munday. »Was gegen ihn vorliegt, klären wir wohl am besten auf heimischem Grund, oder sind Sie anderer Meinung?«

Luke kam nicht dazu zu antworten, denn es klopfte, und der Chefinspektor öffnete. Vor der Tür stand ein verschlafen und doch gehetzt aussehender junger Mann, den Munday erleichtert begrüßte. Es folgte eine hastige Konferenz auf der Schwelle, während Geräusche und aufgeregte Stimmen durch das Treppenhaus nach oben drangen. Nach etwa einer halben Minute ging der Chefinspektor zum Schreibtisch und beugte sich zu Luke hinüber.

»Es geht um einen Handschuh, den Leach angeblich bei sich gehabt hat. Er ist verschwunden.«

Der Arzt brummte ungeduldig vor sich hin, aber der Superintendent war sehr interessiert. Er wandte sich an Nanny Broome.

»Sie haben gesagt, jemand hat Ihnen heute abend den Mantel aufgeschlitzt. Was haben Sie damit gemeint?«

»Oh, daran wollte ich erst morgen früh wieder denken«, antwortete sie.

Lukes weiße Zähne blitzten in seinem dunklen Gesicht, und der Blick, den er ihr zuwarf, war unverkennbar liebevoll.

»Weil Sie sich vor der Dunkelheit fürchten, nehme ich an? Gehen Sie mit dem jungen Mann dort an der Tür. Er ist kein Polizist, sondern Bewährungshelfer. Sagen Sie ihm alles, was er wissen möchte. Er versucht jemandem zu helfen, bevor man ihm das Herz bricht, dem armen Kerl.«

Margaret Broome hatte das letzte Wort. Sie war schon unterwegs zur Tür, als es ihr einfiel, und sie drehte sich noch einmal um.

»Sie könnten ein sehr netter Mensch sein, wenn Sie nicht so dreist wären«, sagte sie und ging, von Munday gefolgt, hinaus.

Charlie Luke, nur noch halb so groß wie vorher, wurde feuerrot und wandte sich scharf an den Arzt, der unwillige Laute von sich gab. »Nun, Sir?«

»Ich möchte, daß der Mann in ein Krankenhaus gebracht wird«, sagte der Arzt aggressiv. »Er wird nicht sterben, aber er ist sehr krank. Er ist auch verwirrt. Das mag zum Teil dem Alkohol zuzuschreiben sein, Sie verstehen? In diesem Stadium ist professionelle Pflege für ihn lebenswichtig.«

»Ausgezeichnete Idee«, entgegnete Luke. »So schnell wie möglich. Veranlassen Sie alles, und sobald der Chefinspektor zurückkommt, wird er Ihre vorläufige Aussage aufnehmen. Keine Einzelheiten. Sie soll uns nur durch die nächste Phase helfen. Wir müssen die Dame unter Anklage stellen, wenn wir ihrer habhaft werden, verstehen Sie?«

»Selbstverständlich.« Der Doktor war zufrieden und tat sehr beschäftigt. »Zum Glück steht in Mr. Eustace Kinnits Schlafzimmer ein Telefon.«

Luke lächelte ihm ganz ohne Ironie zu. »Das ist wirklich ein Glück«, sagte er vergnügt und wandte sich an Albert Campion, während der Doktor hinauseilte und die Tür hinter sich offenließ.

»Das kann einen langen Prozeß geben«, sagte Luke. »Sie könnte davonkommen, wenn unser Medikus sich auf Tobermans erste Worte stützt. Ich höre förmlich, wie Sir Cunningham Mrs. Broome ins Kreuzverhör nimmt und sie befragt, was und wen sie im Flur gesehen hat. Das wird Mord in Reinkultur.«

In das schimmernde Mahagoni vertieft, stand Campion noch vor dem Schreibtisch.

»Leider wird die Welt wieder einmal etwas über die Kinnits und ihre Gouvernanten zu hören bekommen«, sagte er endlich. »Das kann wohl niemand mehr verhindern, fürchte ich. Jetzt kann man Miss Thyrza nicht mehr totschweigen. Sie ist aus dem Grab auferstanden. Sie hat am Ende doch gesiegt.«

»Mord läßt sich nicht vertuschen.« Luke war zur Tür gegangen. »Mein altes Lehrbuch hatte ja so recht: ›Mord drängt ans Licht.‹ Etwas ist verdammt komisch daran. Der Wunsch, die Schuld dem wahren Täter zuzuweisen, geht aus dem Intellekt ins Blut über. Ich habe Mörder gekannt, die sich selbst bezichtigten, damit ihre Tat kein Rätsel blieb.«

Albert Campions Gedanken bewegten sich auf einem anderen Gleis.

»Es ist schon sehr seltsam, wie in diesem besonderen Fall das Wort ›Gouvernante‹ für Schuld steht«, sagte er. »Miss Julia hat mir vorhin von dem Streit in der Küche erzählt. Allem Anschein nach versuchte der Vater von Eustace Kinnit die Wahrheit über eine Gouvernante zu vertuschen. Eustace selbst machte sich die größte Mühe, den Namen Kinnit und das Wort Gouvernante nie in einem Atemzug zu nennen. Mrs. Telpher hat in ihrer Rolle als Gouvernante einen schrecklichen Unfall verursacht, und sie kam hierher, hinterging ihre Verwandten und brachte eine Frau mit, die sie unnötigerweise als Gouvernante bezeichnete. Für die Kinnits ist ›Gouvernante‹ zu einem unheilbringenden Wort geworden, das immer mit Kummer und Sorgen verbunden ist. Das eigentliche Gespenst ist nicht Miss Thyrza, sondern ihr eigenes Gewissen, das sich selbst zum Sündenbock macht.«

Luke lachte kurz auf. »Ich weiß, was mir am meisten angst

macht«, sagte er. »Mr. Eustace und Miss Alison werden die Unterstützung ihres Adoptivsohns brauchen. Was für ein Glück, daß er eine vernünftige junge Frau an seiner Seite hat.«

Er verließ das Zimmer, und als Campion ihn einholte, stand er an der Balustrade des Treppenhauses im Schatten.

Zusammen schauten sie hinunter auf die seltsame Szenerie, die das alte Haus mit seinen offenen Türen und den erleuchteten Nischen und Erkern darstellte. Es erinnerte stark an eines der geheimnisvollen, frühen niederländischen Gemälde.

Von da, wo sie standen, hatten sie einen perspektivisch verkürzten Blick auf eine Männergruppe in der Halle. Munday sprach mit einen Polizisten und einem Mann in Zivil, während eine jämmerliche schwarze Gestalt, wie ein Fragezeichen gekrümmt, zwischen ihnen hin und her schwankte wie eine rückgratlose, ins Kraut geschossene Pflanze.

Im nächsten Stockwerk sahen sie durch die offene Tür des Salons Julia mit Eustace reden. Sie schien ihn zu trösten und ihm Mut zuzusprechen, denn er lehnte in einem der rosafarbenen Sofas und blickte zu ihr auf, wobei sie das, was sie sagte, mit kleinen Gesten unterstrich. Es war eine sehr klare Szene, die Farben so leuchtend wie auf einem Hinterglasbild.

Im oberen Stockwerk, zu ihrer Rechten, zeigte Margaret Broome dem Bewährungshelfer ihren Mantel. Sie hatte ihn an die Balustrade ins Licht getragen, und die purpurfarbenen Falten schimmerten satt und warm aus dem Schatten hervor. Miss Aicheson, mit einem karierten Morgenrock bekleidet, stieg mit einem Tablett die Küchentreppe herauf, auf dem ein weißer Krug und eine Tasse standen. Und ihnen gegenüber, auf der anderen Seite des Treppenschachts, kam der Doktor aus Eustaces Schlafzimmer, blieb einen Moment stehen, schaute zu Luke herüber und gab ihm durch ein Handzeichen zu verstehen, daß alles in Ordnung war.

Albert Campion war zufrieden. Es ist ein Bild, das Zuversicht einflößt, dachte er, das Bild eines neuen Anfangs: neue Kapitel werden aufgeschlagen, neue Bindungen geknüpft und neue Beziehungen eingegangen.

Stimmengemurmel aus dem Flur direkt unter ihnen erregte seine Aufmerksamkeit. Luke lauschte bereits. Gemeinderat Cornish sprach mit Timothy.

»Es war sehr anständig von Ihnen, und ich weiß, was Sie empfunden haben müssen«, sagte er ernst. »Aber wenn Sie wissen, wo dieser Handschuh ist, sollten wir ihn holen und der Polizei übergeben. Wir sind nicht die Richter. Das ist eines der sehr wenigen Dinge, die ich während der letzten zwanzig Jahre gelernt habe. Wir sind nun einmal nicht allwissend. Darin scheint die ganze Schwierigkeit zu liegen. Keiner von uns verfügt über alle Daten. Wenn wir uns zusammentun und versuchen, sie zu bekommen, wie in einem Gerichtsprozeß, wird einem das am deutlichsten bewußt. Wie ich es jetzt sehe, kann alles, was wir für uns behalten, entscheidend und lebenswichtig für die Sicherheit oder Rettung des Jungen sein. Wir haben absolut keine Möglichkeit, das vorauszusehen, das weiß ich jetzt. Das Leben ist nicht vorhersehbar.«

»Ich habe nichts verbergen wollen«, sagte Timothy sehr nachdrücklich mit einer Stimme, die so viel von dem Timbre der Stimme des Älteren hatte. »Ich wollte nur nichts übereilen. Wollte nicht derjenige sein, der ihn anprangert.«

»O mein Junge, als ob ich das nicht wüßte!« Das wurde aus tiefstem Herzen gesagt. »Diese Haltung war mein Leben lang ein Hemmschuh für mich.«

Es folgte eine lange Pause, dann erreichte ein merkwürdig glückliches Lachen die beiden Männer an der Balustrade.

»Wir werden einander vielleicht nicht oft sehen«, sagte Cornish, dann entfernten sich Timothy und er, gingen auf die Treppe zu, und seine Stimme wurde immer schwächer. »Ihre Verpflichtungen hier werden Sie voll in Anspruch nehmen, das ist mir klar. Aber da wir die Gelegenheit haben, möchte ich Ihnen eines sagen. Es – äh – betrifft meine erste Frau. Sie war nur ein ganz durchschnittliches Londoner Mädchen. Sehr süß, sehr tapfer, sehr fröhlich, aber wenn sie still vor sich hinlächelte, war sie wunderschön ...«

Die Stimme wurde immer leiser und verlor sich schließlich in den vielfachen Geräuschen des geschäftigen Haushalts.